人民共和國文化與文學叢書

十 編

李 怡 主編

第 **8** 冊

1980 年代報告文學新潮論

陳 元 峰 著

花木蘭文化事業有限公司

國家圖書館出版品預行編目資料

1980 年代報告文學新潮論／陳元峰 著 -- 初版 -- 新北市：花
木蘭文化事業有限公司，2022〔民 111〕
序 6+ 目 2+244 面；19×26 公分
（人民共和國文化與文學叢書 十編；第 8 冊）
ISBN 978-986-518-948-8（精裝）
1.CST：報導文學 2.CST：文學評論
820.8   111009790

特邀編委（以姓氏筆畫為序）：

吳義勤　孟繁華　張　檸
張志忠　張清華　陳思和
陳曉明　程光煒　劉福春
（臺灣）宋如珊
（日本）岩佐昌暲
（新西蘭）王一燕
（澳大利亞）鄭　怡

ISBN-978-986-518-948-8

9 789865 189488

人民共和國文化與文學叢書
十　編　第八冊   ISBN：978-986-518-948-8

1980 年代報告文學新潮論

作　　者	陳元峰
主　　編	李　怡
企　　劃	四川大學中國詩歌研究院
總 編 輯	杜潔祥
副總編輯	楊嘉樂
編輯主任	許郁翎
編　　輯	張雅淋、潘玟靜、劉子瑄　美術編輯　陳逸婷
出　　版	花木蘭文化事業有限公司
發 行 人	高小娟
聯絡地址	235 新北市中和區中安街七二號十三樓
	電話：02-2923-1455 ／傳真：02-2923-1452
網　　址	http://www.huamulan.tw 信箱 service@huamulans.com
印　　刷	普羅文化出版廣告事業
初　　版	2022 年 9 月
定　　價	十編 17 冊（精裝）新台幣 43,000 元

1980 年代報告文學新潮論

陳元峰 著

作者簡介

陳元峰，男，山東臨沂人。大學畢業後從事中學語文教學工作十數年，晉升中學高級教師；後進入南開大學文學院攻讀中國現當代文學碩士和博士學位，現為內蒙古民族大學文學與新聞傳播學院副教授，碩士生導師。主持省部級哲學社會科學科研項目 2 項，參與國家社會科學基金項目 2 項，發表學術論文 30 多篇。

提　　要

　　自 1985 年下半年始的四五年間，文壇上出現全景式、宏觀式、綜合性的報告文學新潮創作，報告文學的參與意識和社會批判功能大大強化，其作品不斷製造著社會「轟動效應」。報告文學新潮創作的興起，源自於社會變革的時代召喚和報告文學自身變革的需要，也與啟蒙時代作家主體意識的自覺和讀者參與意識的增強密不可分。

　　勇於正視現實是報告文學新潮創作的重要特點。1980 年代社會轉型期所暴露的所有現實問題它幾乎都有涉及，本文選取教育問題、人才問題、環境問題等具有當下意義的問題作為重點研究對象，考察作家們的憂患意識和反思精神。現實問題向縱深追問，形成對歷史的反思。反思的焦點集中在近代以來尤其是 1949 年以後的民族苦難的歷史，批判的矛頭更多地指向給民族和人民帶來深重災難的極左政治路線。作品充滿著對個體人的尊重和人本主義精神，貫穿著「人的解放」的主題。現實和歷史的種種問題往往與傳統觀念不可分割。面對著阻礙人的現代化和社會現代化的傳統觀念，如權力本位觀念和人治傳統，傳統的家庭婚戀情愛觀念，計劃經濟觀念和金錢與道德衝突的觀念等等，報告文學作家們進行了深入剖析，呼喚思想觀念領域的變革。

　　作品中自覺的批判意識、強烈的理性精神、文化反思視角的選擇和寬廣的現代視野，體現了報告文學新潮創作的現代品格，在 1980 年代新啟蒙運動中起了舉足輕重的作用。

人民共和國時代的現代文學研究——
《人民共和國文化與文學叢書‧十編》引言

李 怡

中華人民共和國成立七十餘年，書寫了風雨兼程的當代中國史，與民國時期的學術史不同，中國現代文學研究被成功地納入了國家社會發展體制當中，成為國家文化事業的有機組成部分，因此，我們的學術研究理所當然地深植於這一宏大的國家文化發展的機體之上，每時每刻無不反映著國家社會的細微的動向，尤其是中國現代文學研究，幾乎就是呈現中國知識分子對於新中國理想奮鬥的思想的過程，表達對這一過程的文學性的態度，較之於其他學科更需要體現一種政治的態度，這個意義上說，七十年新中國歷史的風雨也生動體現在了中國現代文學的學術發展之中。從新中國建立之初的「現代文學學科體制」的確立，到 1950～1970 年代的對過去歷史的評判和刪選，再到新時期的「回到中國現代文學本身」，一直到 1990 年代以降的「知識考古」及多種可能的學術態勢的出現，無不折射出新中國歷史的成就、輝煌與種種的曲折。文學與國家歷史的多方位緊密聯繫印證了中國現代文學研究在當下的一種有影響力的訴求：文學與社會歷史的深入的對話。

研究共和國文學，也必須瞭解共和國時代之於中國現代文學的學術態度。

一、納入國家思想系統的中國現代文學研究

中國現代文學研究伴隨著五四新文學的誕生就出現了，作為現代文學的開山之作《狂人日記》發表的第二年，傅斯年就在《新潮》雜誌第 1 卷第 2 號上介紹了《狂人日記》並作了點評。1922 年胡適應上海《申報》之邀，撰寫

了《五十年來中國之文學》，已經為僅僅有五年歷史的新文學闢專節論述。但是整個民國時期，新文學並未成為一門獨立學科。在一開始，新文學是作為或長或短文學史敘述的一個「尾巴」而附屬於中國古代文學史或近代文學史之後的，諸如上世紀二十年代影響較大的文學史著作如趙景深《中國文學小史》（1926 年）、陳之展《中國近代文學之變遷》（1929 年），分別以「最近的中國文學」和「十年以來的文學革命運動」附屬於古代文學和近代文學之後。朱自清 1929 年在清華大學開設「中國新文學研究」，但到了 1933 年這門課不再開設，為上課而編寫的《中國新文學研究綱要》，也並沒有公開發行。1933年王哲甫《中國新文學運動史》出版，這部具有開創之功的新文學史著作，最重要的貢獻就在於新文學獲得了獨立的歷史敘述形態。1935 年上海良友圖書公司出版了由趙家璧主編的十卷本《中國新文學大系》，作為對新文學第一個十年的總結，由新文學歷史的開創者和參與者共同建立了對新文學的評價體系。至此，新文學在文學史上獲得了獨立性而成為人們研究關注的對象。但是，從總體上看，民國時期的中國現代文學研究還是學者和文學家們的個人興趣的產物，這裡並沒有國家學術機構和文化管理部門的統一的規劃和安排，連「中國現代文學」這一門學科也沒有納入為教育部的統一計劃，而由不同的學校根據自身情況各行其是。

新中國的成立徹底改變了這一學術格局。中華人民共和國的成立，意味著歷史進入一個新的階段。被作為中國現代革命史重要組成部分的現代文學史，成為建構革命意識形態的重要領域，中國現代文學在性質上就和以往文學截然分開。雖然中國現代文學僅僅有三十多年的歷史，但其所承擔的歷史敘述和意識形態建構功能卻是古代文學無法比擬的。由此拉開了在國家思想文化系統中對中國現代文學性質與價值內涵反覆闡釋的歷史大幕。現代文學既在國家思想文化的大體系中獲得了建構現代民族國家的非凡意義，但也被這一體系所束縛甚至異化。王瑤《中國新文學史》的寫作和出版就是標誌性的事件。按教育部 1950 年所通過的《高等學校文法兩學院各系課程草案》，「中國新文學史」是大學中文系核心必修課，在教材缺乏的情況下，王瑤應各學校要求完成《中國新文學史稿》（上冊）並於 1951 年 9 月由北京開明書店出版，下冊拖至 1952 年完稿並於 1953 年 8 月由上海新文藝出版社出版。但隨之而來的批判則可以看出，一方面是國家層面主動規劃和關心著中國現代文學的學術發展，使得學科真正建立，學術發展有了更高層面的支持和更

大範圍的響應，未來的空間陡然間如此開闊，但是，不言而喻的是，國家政治本身的風風雨雨也將直接作用於一個學科學術的內部，在某些特定的時刻，產生的限制作用可能超出了學者本身的預期。王瑤編寫和出版《中國新文學史》最終必須納入集體討論，不斷接受集體從各自的政策理解出發做出的修改和批評意見。面對各種批判，王瑤自己發表了《從錯誤中汲取教訓》，檢討自己「為學術而學術的客觀主義傾向。」〔註1〕

新中國成立，意味著必須從新的意識形態的需要出發整理和規範「現代文學」的傳統。十七年期間出現了對 20 年代到 40 年代已出版作品的修改熱潮。1951 年到 1952 年，開明書店出版了兩輯作品選，稱之為「開明選集本」。第一輯是已故作家選集，第二輯是仍健在的 12 位作家的選集。包括郭沫若、茅盾、葉聖陶、曹禺、老舍、丁玲、艾青等。許多作家趁選集出版對作品進行了修改。1952 年到 1957 年，人民文學出版社又出版了一批被稱為「白皮」和「綠皮」的選集和單行本，同樣作家對舊作做了很大的修改。像「開明選集本」的《雷雨》，去掉了序幕和尾聲，重寫了第四幕；老舍的《駱駝祥子》節錄本刪去了近 7 萬多字，相比原著少了近五分之二。這些在建國前曾經出版了的現代文學作品，都按當時的政治指導思想做了不同程度的修改，向主流意識更加靠攏。通過對新文學的梳理甄別，標識出新中國認可的新文學遺產。

伴隨著對已出版作品的修改與甄別，十七年時期現代文學研究的重心是通過文學史的撰寫規範出革命意識形態認可的闡釋與接受的話語模式。1950 年代以來興起的現代文學修史熱，清晰呈現出現代文學在向政治革命意識形態靠攏的過程中如何逐步消泯了自身的特性，到了文革時期，文學史完全異化成路線鬥爭的傳聲筒，這是 1960 年代與 1950 年代的主要差異：從蔡儀的《中國新文學史講話》（1952 年），到丁易的《中國現代文學史略》、張畢來的《新文學史綱（第 1 卷）》（1955 年），劉綬松《中國新文學史初稿》（1956 年）。1950 年代，雖然政治色彩越來越濃厚，但多少保留了一些學者個人化的評判和史識見解。到了 1958 年之後，隨著「反右」運動而來的階級鬥爭擴大化，個人性的修史被群眾運動式的集體編寫所取代，經過所謂的「拔白旗，插紅旗」的雙反運動，群眾運動式的學術佔領了所謂的「資產階級知識分子」的學術領地。全國出現了大量的集體編寫的文學史，多數未能出版發行，當時有代表性是復旦大學中文系學生集體編寫的《中國現代文學史》和《中國現

〔註1〕王瑤：從錯誤中汲取教訓〔N〕，文藝報，1955-10-30（27）。

代文藝思想鬥爭史》，吉林大學中文系和中國人民大學語文系師生分別編寫的兩種《中國現代文學史》。充斥著火藥味濃烈的戰鬥豪情，文學史徹底淪為政治鬥爭的工具。文革時期更是出現了大量以工農兵戰鬥小組冠名文學史和作品選講，學術研究的正常狀態完全被破壞，以個人獨立思考為基礎的學術研究已經被完全摒棄了。正如作為歷史親歷者的王瑤後來所反思的，「一次又一次的政治運動，批判掉了一批又一批的現代文學作家和作品，到『文化大革命』的十年動亂中，在『否定一切，打倒一切』的思潮影響下，三十年的現代文學史只能研究魯迅一人，政治鬥爭的需要代替了學術研究，滋長了與馬克思主義根本不相容的實用主義學風，講假話，隱瞞歷史真相，以致造成了現代文學這門歷史學科的極大危機」。〔註2〕

至此，中國現代文學的學術危機可謂是格外深重了。

二、1980 年代：作為思想啟蒙運動一部分的學術研究

中國現代文學研究重新煥發出生命力是在 1980 年代。伴隨著國家改革開放的大潮，中國現代文學迎來了重要的發展期。

新時期中國現代文學研究的首要任務是盡力恢復被極左政治掃蕩一空的文學記憶，展示中國現代文學歷史原本豐富多彩的景觀。一系列「平反」式的學術研究得以展開，正如錢理群所總結的，「一方面，是要讓歷次政治運動中被排斥在文學之外的作家作品歸位，恢復其被剝奪的被研究的權利，恢復其應有的歷史地位；另一方面，則是對原有的研究對象與課題在新的研究視野、觀念與方法下進行新的開掘與闡釋，而這兩個方面都具有重新評價的性質與意義」。〔註3〕在這樣的「平反」式的作家重評和研究視野的擴展中，原來受到批判的胡適、新月派、七月派等作家流派、被忽略的自由主義作家沈從文、錢鍾書、張愛玲等開始重新獲得正視，甚至以鴛鴦蝴蝶派為代表的通俗文學也在現代文學發展的整體視野中獲得應有的地位。突破了僅從政治立場審視文學的狹窄視野，以現代精神為追求目標的歷史闡釋框架起到了很好的「擴容」作用，這就是所謂的「主流」、「支流」與「逆流」之說，借助於這一原本並非完善的概括，我們的現代文學終於不僅保有主流，也容納了若干

〔註2〕王瑤：中國現代文學研究的歷史和現狀〔J〕，華中師大學報，1984（4）：2。
〔註3〕錢理群：我們所走過的道路——《中國現代文學研究叢刊》100 期回顧〔J〕，中國現代文學研究叢刊，2004（4）：5。

支流，理解了一些逆流，一句話，可以研究的空間大大的擴展了。

在研究空間內部不斷拓展的同時，80 年代現代文學研究視野的擴展更引人注目，這就是在「走向世界」的開闊視野中，應用比較文學的研究方法，考察中國現代文學與外國文學的關係，建立起中國現代文學和世界文學之間廣泛而深入的聯繫。代表作有李萬鈞的《論外國短篇小說對魯迅的影響》（1979年）、王瑤的《論魯迅與外國文學的關係》、溫儒敏的《魯迅前期美學思想與廚川白村》（1981 年）。陝西人民出版社推出了「魯迅研究叢書」，魯迅與外國文學的關係成為其中重要的選題，例如戈寶權的《魯迅在世界文學上的地位》、王富仁《魯迅前期小說與俄羅斯文學》、張華的《魯迅與外國作家》等。80 年代的現代文學研究首先是以魯迅為中心，建立起與世界文學的廣泛聯繫，這樣的比較研究有力地證明了現代文學的價值不僅僅侷限於革命史的框架內，現代文學是中國社會由傳統向現代的轉變中並逐步融入世界潮流的精神歷程的反映，現代化作為衡量文學的尺度所體現出的「進化」色彩，反映出當時的研究者急於思想突圍的歷史激情，並由此激發起人們對「總體文學」——「世界文學」壯麗圖景的想像。曾小逸主編的《走向世界》，陳思和的《中國新文學整體觀》、黃子平、陳平原和錢理群的《二十世紀中國文學三人談》，對 20 世紀 80 年文學史總體架構影響深遠的這幾部著作都洋溢著飽滿的「走向世界」的激情。掙脫了數十年的文化封閉而與世界展開對話，現代文學研究的視野陡然開闊。「走向世界」既是我們主動融入世界潮流的過程，也是世界湧向中國的過程，由此出現了各種西方思想文化潮水般湧入中國的壯麗景象。在名目繁多的方法轉換中，是人們急於創新的迫切心情，而這樣的研究方法所引起的思想與觀念的大換血，終於更新了我們原有的僵化研究模式，開拓出了豐富的文學審美新境界，讓中國現代文學的學術研究有了自我生長的基礎和未來發展的空間。與此同時，國外漢學家的論述逐步進入中國，帶給了我們新的視野，如夏志清《中國現代小說史》、司馬長風《中國新文學史》，給予中國學者極大的衝擊。在多向度的衝擊回應中，現代文學的研究成為 1980 年代學術研究的顯學。

相對於在和西方文學相比較的視野中來發掘現代文學的世界文學因素並論證其現代價值而言，真正有撼動力量的還是中國學者從思想啟蒙出發對中國現代文學學術思想方法的反思和探索。一系列名為「回到中國現代文學本身」的研究決堤而出，大大地推進了我們的學術認知。這其中影響最大的包

括王富仁對魯迅小說的闡釋，錢理群對魯迅「心靈世界」的分析，汪暉對「魯迅研究歷史的批判」，以及凌宇的沈從文研究，藍棣之的新詩研究，劉納對五四文學的研究，陳平原對中國現代小說模式的研究，趙園對老舍等的研究，吳福輝對京派海派的研究，陳思和對巴金的研究，楊義對眾多小說家創作現象的打撈和陳述等等。這些研究的一個鮮明特點，就是立足於中國現代作家的獨立創造性，展現出現代文學在中國思想文化發展史上所具有的獨特認識價值和審美價值。作為 1980 年代文學史研究的兩大重要口號（概念）也清晰地體現了中國學者擺脫政治意識形態束縛，尋找中國現代文學獨立發展規律的努力，這就是「二十世紀中國文學」與「重寫文學史」，如今，這兩個口號早已經在海內外廣泛傳播，成為國際學界認可的基本概念。

今天的人們對「文學」更傾向於一種「反本質主義」的理解，因而對 1980 年代的「回到本身」的訴求常常不以為然。但是，平心而論，在新時期思想啟蒙的潮流之中，「回到本身」與其說是對文學的迷信不如說是借助這一響亮的口號來祛除極左政治對學術發展的干擾，使得中國的現代文學研究能夠在學術自主的方向上發展，理解了這一點，我們就能夠進一步發現，1980 年代的中國學術雖然高舉「文學本身」的大旗，卻並沒有陷入「純文學」的迷信之中，而是在極力張揚文學性的背後指向「人性復歸」與精神啟蒙，而並非是簡單地回到純粹的文學藝術當中。同樣借助回到魯迅、回到五四等，在重新評估研究對象的選擇中，有著當時人們更為迫切的思想文化問題需要解決。正如王富仁在回顧新時期以來的魯迅研究歷史時所指出的：「迄今為止，魯迅作品之得到中國讀者的重視，仍然不在於它們在藝術上的成功……中國讀者重視魯迅的原因在可見的將來依然是由於他的思想和文化批判。」〔註4〕「回到魯迅」的學術追求是借助魯迅實現思想獨立，「這時期魯迅研究中的啟蒙派的根本特徵是：努力擺脫凌駕於自我以及凌駕於魯迅之上的另一種權威性語言的干擾，用自我的現實人生體驗直接與魯迅及其作品實現思想和感情的溝通。」〔註5〕80 年代現代文學研究中無論是影響研究下對現代文學中西方精神文化元素的勘探，還是重寫文學史中敘史模式的重建，或是對歷史起源的

〔註4〕王富仁：中國魯迅研究的歷史與現狀（連載十一）〔J〕，魯迅研究月刊，1994（12）：45。

〔註5〕王富仁：中國魯迅研究的歷史與現狀（連載十）〔J〕，魯迅研究月刊，1994（11）：39。

返回，最核心的問題就是思想解放，人們相信文學具有療傷和復歸人性的作用，同時也是獨立精神重建的需要。80 年代的主流思想被稱之為「新啟蒙」，其意義就是借助國家改革開放和思想解放的歷史大趨勢，既和主流意識形態分享著對現代化的認可與想像，也內含著知識分子重建自我獨立精神的追求。因此 80 年現代文學不在於多麼準確地理解了西方，而是借助西方、借助五四，借助魯迅激活了自身的學術創造力。相比 90 年代日益規範的學術化取向，80 年代現代研究最主要的貢獻就是開拓了研究空間，更新了學術話語，激活了研究者獨立的精神創造力。當然，感性的激情難免忽略了更為深入的歷史探尋和更為準確東西對比。在思想解放激情的裹挾下，難免忽略了對歷史細節的追問和辨析。這為 90 年代的知識考古和文化研究留下展開空間，但是 80 年代的帶有綜合性的學術追求中，文化和歷史也是 80 年代現代文學研究的自覺學術追求。錢理群當時就指出：「我覺得『二十世紀中國文學』這個概念還要求一種綜合研究的方法，這是由我們的研究對象所決定的。現代中國很少『為藝術而藝術』的純文學家，很少作家把自己的探索集中於純文學的領域，他們涉及的領域是十分廣闊的，不僅文學，更包括了哲學、歷史學、倫理學、宗教學、經濟學、人類學、社會學、民俗學、語言學、心理學，幾乎是現代社會科學的一切領域。不少人對現代自然科學也同樣有很深的造詣。不少人是作家、學者、戰士的統一。這一切必然或多或少、或隱或顯地體現到他們的思想、創作活動和文學作品中來。就像我們剛才講到的，是一個四面八方撞擊而產生的一個文學浪潮。只有綜合研究的方法，才能把握這個浪潮的具體的總貌。」〔註6〕，80 年代對現代文學研究綜合性的強調，顯然認識到現代文學與社會歷史文化廣闊的聯繫，只不過 80 年代更多的是從靜態的構成要素角度理解現代文學的內部和外部之間的聯繫，而不是從動態的生產與創造的角度進行深入開掘，但 80 年代這樣的學術理念與追求也為 90 年代之後學術規範之下現代文學研究的「精耕細作」奠定了基礎。

三、1990 年代：進入「規範」的中國現代文學研究

1990 年代，中國社會發生了很大的改變。在國家政治的新的格局中，知識分子對 1980 年代啟蒙過程中「西化」傾向的批判成為必然，同時，如何借

〔註6〕陳平原、錢理群、黃子平：「二十世紀中國文學」三人談‧方法〔J〕，讀書，1986（3）。

助「學術規範」建立起更「科學」、「理智」也更符合學術規則的研究態度開始佔據主流，當然，這種種的「規範」之中也天然地包含著知識分子審時度勢，自我規範的意圖。在這個時代，不是過去所謂的「救亡」壓倒了「啟蒙」，而是「規範化」的訴求一點一點地擠乾了「啟蒙」的激情。

1990 年代的現代文學研究首先以學術規範為名的對 1980 年代現代文學研究進行反思與清理。《學人》雜誌的創刊通常被認為是 1990 年代學術轉型的標誌，值得一提的，三位主編中陳平原和汪暉都是 1980 年代中國現代文學研究的代表性人物。

進入「規範」時代的中國現代文學研究有兩個值得注意的傾向：

一是學術研究從激情式的宣判轉入冷靜的知識考古，將學術的結論蘊藏在事實與知識的敘述之中。從 1990 年代開始，《中國現代文學叢刊》開始倡導更具學術含量的研究選題。分別在 1991 年第 2 期開設「現代作家與地域文化專欄」，1993 年第 4 期設「現代作家與宗教文化」專欄，1994 年第 1 期開闢「淪陷區文學研究專號」，1994 年第 4 期組織了「現代女性文學研究」專欄。這種學術化的取向，極大地推進了現代文學向縱深領域拓展，出現了一批富有代表性的成果。如嚴家炎主持的「二十世紀中國文學與區域文化叢書」（1995 年）和「二十世紀中國文學研究叢書」（1999～2000 年），前者是探討地域文化和現代文學的關係，後者側重文學思潮和藝術表現研究。在某一個領域深耕細作的學者大多推出自己的代表作，如劉納的《嬗變——辛亥革命時期的中國文學》（1998 年），從中國文學發展的內部梳理五四文學的發生；范伯群主編的《中國近現代通俗文學史》（2000 年），有關現代文學的擴容討論終於在通俗文學的研究上有了實質性的成果；再如文學與城市文化的研究包括趙園的《北京：城與人》（1991 年）、李今的《海派文化與都市文化》（2000 年）等研究成果。隨著學術對象的擴展，不但民國時期的舊體詩詞、地方戲劇等受到關注，而且和現代文學相關的出版傳媒，稿酬制度，期刊雜誌，文學社團，中小學及大學的文學教育等作為社會生產性的制度因素一併成為學術研究對象。劉納的《創造社與泰東書局》（1999）；魯湘元的《稿酬怎樣攪動文壇——市場經濟與中國近代文學》（1998 年）；錢理群主編的「二十世紀中國文學與大學文化叢書」等都是這方面具有代表性的研究成果。90 年代中期，作為現代文學學科重要奠基人的樊駿曾認為「我們的學科，已經不再年輕，正在走向成熟。」而成熟的標誌，就是學術性成果的陸續推出，「就整體而言，

我們正努力把工作的重點和目的轉移到學術建設上來，看重它的學術內容學術價值，注意科學的理性的規範，使研究成果具有較多的學術品格與較高的學術品位，從而逐步成為真正意義上的學術工作。」〔註7〕

　　二是對文獻史料的越來越重視，大量的文獻被挖掘和呈現，同時提出了現代文獻的一系列問題，例如版本、年譜、副文本等等，文獻理論的建設也越發引起人們的重視。從 80 年代學界不斷提出建立「中國現代文學文獻學」的呼籲。《中國現代文學研究叢刊》1985 年第 1 期刊登了馬良春《關於建立中國現代文學「史料學」的建議》，提出了文獻史料的七分法：專題性研究史料、工具性史料、敘事性史料、作品史料、傳記性史料、文獻史料和考辨史料。1989 年《新文學史料》在第 1、2、4 期上連續刊登了樊駿的八萬多字的長文《這是一項宏大的系統工程——關於中國現代文學史料工作的總體考察》，樊駿先生就指出：「如果我們不把史料工作僅僅理解為拾遺補缺、剪刀漿糊之類的簡單勞動，而承認它有自己的領域和職責、嚴密的方法和要求，特殊的品格和價值——不只在整個文學研究事業中佔有不容忽視、無法替代的位置，而且它本身就是一項宏大的系統工程，一門獨立的複雜的學問；那麼就不難發現迄今所做的，無論就史料工作理應包羅的眾多方面和廣泛內容，還是史料工作必須達到的嚴謹程度和科學水平而言，都還存在許多不足。」1989 年成立了中華文學史料學會，並編輯出版了會刊《中華文學史料》。借助 90 年代「學術性」被格外強調，「學術規範」問題獲得鄭重強調和肯定的大環境，許多學者自覺投入到文獻收藏、整理與研究的領域，涉及現代文學史料的一系列新課題得以深入展開，例如版本問題、手稿問題、副文本問題、目錄、校勘、輯佚、辨偽等，對文獻史料作為獨立學科的價值、意義和研究方法等方面都展開了前所未有的討論。其中的重要成果有賈植芳、俞桂元主編的《中國現代文學總書目》（1993 年）、陳平原、錢理群等編《二十世紀中國小說理論資料》五卷（1997 年），錢理群主編的「中國淪陷區文學大系」（1998～2000），延續這一努力，劉增人等於 2005 年推出了 100 多萬字的《中國現代文學期刊史論》，既有「中國現代文學期刊敘錄」，又有「中國現代文學期刊研究資料目錄」的史料彙編。不僅史料的收集整理在學術研究上獲得了深入發展，「五四」以來許多重要作家的全集、文集和選集在 90 年代被重新編輯出版。如浙

〔註7〕 樊駿：我們的學科，已經不再年輕，正在走向成熟〔J〕，中國現代文學研究叢刊，1995（2）：196～197。

江文藝出版社推出的《中國現代經典作家詩文全編書系》，共 40 種，再如冠以經典薈萃、解讀賞析之類的更是不勝枚舉。這些選本文集的出版，現代文學研究領域的許多學者都參與其中，既普及了現代文學的影響力，又在無形中重新篩選著經典作家。比如 90 年代隨著有關張愛玲各種各樣的全集、選集本的推出，在全國迅速形成了張愛玲熱，為張愛玲的經典化產生了重要作用。

1990 年代現代文學研究的學術化轉向，包含著意味深長的思想史意義。作為這一轉向的倡導者的汪暉，在 1990 年代就解釋了這一轉向所包含的思想意義：「學術規範與學術史的討論本是極為專門的問題，但卻引起了學術界以至文化界的廣泛注意，此事自有學術發展的內在邏輯，但更需要在 1989 年之後的特定歷史情境中加以解釋。否則我們無法理解：這樣專門的問題為什麼會變成一個社會文化事件，更無從理解這樣的問題在朋友們的心中引發的理性的激情。學者們從對 80 年代學術的批評發展為對近百年中國現代學術的主要趨勢的反思。這一面是將學術的失範視為社會失範的原因或結果，從而對學術規範和學術歷史的反思是對社會歷史過程進行反思的一種特殊方式；另一方面則是借助於學術，內省晚清以來在西學東漸背景下建立的現代性的歷史觀，雖然這種反思遠不是清晰和自覺的。參加討論的學者大多是 80 年代學術文化運動的參與者，這種反思式的討論除了學術上的自我批評以外，還涉及在政治上無能為力的知識者在特定情境中重建自己的認同的努力，是一種化被動為主動的社會行為和歷史姿態。」﹝註8﹞汪暉為 1990 年代的學術化轉向設定了這麼幾層意思：1990 年代的學術化轉向是建立在對 1980 年代學術的反思基礎上，而且將學術的失範和社會的失範聯繫起來，進而對學術規範和學術史的反思也就對社會歷史的一種特殊反思，由此對所謂主導學術發展的現代性歷史觀進行批判。汪暉後來甚至認為：「儘管『新啟蒙』思潮本身錯綜複雜，並在 80 年代後期發生了嚴重的分化，但歷史地看，中國『新啟蒙』思想的基本立場和歷史意義，就在於它是為整個國家的改革實踐提供意識形態的基礎的。」﹝註9﹞一方面認為 80 年代以新啟蒙為特點的學術追求是造成社會失範的原因或結果，一方面又認為這一學術追求為改革實踐提供了意識

﹝註8﹞羅崗、倪文尖編：90 年代思想文選（第一卷）﹝C﹞，南寧：廣西人民出版社，2000 年：6～7。

﹝註9﹞羅崗、倪文尖編：90 年代思想文選（第一卷）﹝C﹞，南寧：廣西人民出版社，2000 年：280。

形態基礎，在這帶有矛盾性的表述中，依然跳不出從社會政治框架衡量學術意義的思維。但由此所引發的問題卻是值得深思的：現代文學作為一門學科的根本基礎和合法性何在？1990年代的學術轉向，試圖以學術化的取向在和政治保持適當的距離中重建學科的合法性，即所謂的告別革命，回歸學術，學術研究只是社會分工中的一環，即陳思和所言的崗位意識：「我所說的崗位意識，是知識分子在當代社會中的一種自我分界。……（崗位的）第一種含義是知識分子的謀生職業，即可以寄託知識分子理想的工作。……另一層更為深刻也更為內在的意義，即知識分子如何維繫文化傳統的精血」。〔註10〕這就更顯豁的表達出1990年代學術轉型所抱有的思想追求，現代文學不再是批判性知識和思想的策源地，而是學科分工之下的眾多門類之一，消退理想主義者曾經賦予自身的思想光芒和啟蒙幻覺，回歸到基本謀生層面，以工匠的精神維持一種有距離的理性主義清醒。

不過，這種學術化的轉型和1990年代興起的後學思潮相互疊加，卻也開始動搖了現代文學這門學科的基礎。如果說學術化轉向是帶著某種認真的反思，並在學術層面上對現代文學研究做出了一定的推進，而90年代伴隨著後學理論的興起，則從思想觀念上擾亂了對現代文學的認識和評價。借助於西方文化內部的反叛和解構理論，將對西方自文藝復興至啟蒙運動所形成的「現代性」傳統展開猛烈批判的後現代主義（還包括解構主義、後殖民主義等等）挪用於中國，以此宣布中國的「現代性終結」，讓埋頭於現代化追求和想像的人們無比的尷尬和震驚：

> 「現代性」無疑是一個西方化的過程。這裡有一個明顯的文化等級制，西方被視為世界的中心，而中國已自居於「他者」位置，處於邊緣。中國的知識分子由於民族及個人身份危機的巨大衝擊，已從「古典性」的中心化的話語中擺脫出來，經歷了巨大的「知識」轉換（從鴉片戰爭到「五四」的整個過程可以被視為這一轉換的過程，而「五四」則可以被看作這一轉換的完成），開始以西方式的「主體」的「視點」來觀看和審視中國。〔註11〕

〔註10〕陳思和：知識分子在現代社會轉型期的三種價值取向〔J〕，上海文化，1993（1）。

〔註11〕張頤武：「現代性」終結——一個無法迴避的課題〔J〕，戰略與管理，1994（3）：106。

　　以西方最新的後學理論對五四以來的現代文學做出了理論上的宣判，作為「他者」狀況反映的現代文學的價值受到了懷疑。「現代性」作為 90 年代現代文學研究的核心關鍵詞，就是在這樣的質疑聲中登陸中國學術界。人們既在各種意義飄忽不定的現代性理論中進行知識考古式的辨析和確認，又在不斷的懷疑和顛覆中迷失了對自我感受的判斷。這種用最新的西方理論宣判另一種西方理論的終結的學術追求卻反諷般地認為是在維護我們的「本土性」和「中華性」，而其中的曖昧，恰如一位學人所指出的：「在我看來，必須意識到 90 年代大陸一些批評家所鼓吹的『後現代主義』與官方新意識形態之間的高度默契。比如，有學者把大眾文化褒揚為所謂『社會主義初級階段特色』，異常輕易地把反思都嘲弄為知識分子的精英立場；也有人脫離本土的社會文化經驗，激昂地宣告『現代性』的終結，歡呼中國在『走向一個小康』的理想時刻。這就不僅徹底地把『後現代』變成了一個完全『不及物』的能指符號，而且成為了對市場和意識形態地有力支持和論證。」〔註12〕

　　正是在「現代性」理論的困擾中，1990 年代後期，人們逐漸認識到源自於西方的「現代性」理論並不能準確概括中國的歷史經驗，而文學做為感性的藝術，絕非是既定思想理念的印證。1980 年代我們在急於走向世界的激情中，只揭示了西方思想文化如何影響了現代文學，還沒有更從容深入的展示出現代作家作為精神文化創造者的獨立性和主體性。但是無論十七年時期現代文學作為新民主主義革命的有力組成部分，還是 1980 年代的現代化想像，現代文學都是和國家文化的發展建設緊密聯繫在一起，學科合法性並未引起人們的思考。1990 年代的學術化取向和現代性內涵的考古發掘，都在逼問著現代文學一旦從總體性的國家文化結構中脫離出來，在資本和市場成為社會主導的今天，現代文學如何重建自身的學科合法性，就成為新世紀以來現代文學學術研究的核心問題。作為具有強烈歷史實踐品格和批判精神的現代文學，顯然不能在純粹的學術化取向中獲得自身存在的意義，需要在與社會政治保持適度張力的同時激活現代文學研究在思想生產中的價值和意義。

四、新世紀以後：思想分化中的現代文學研究

　　1980 年代的現代文學研究貫穿著思想解放與觀念更新的歷史訴求：1990

〔註12〕張春田：從「新啟蒙」到「後革命」──重思「90 年代」的中國現代文學研究〔J〕，現代中文學刊，2010（3）：59。

年代則是探尋學科研究的基礎與合法性何在，而新世紀開啟的文史對話則屬於重新構建學術自主性的追求。

面對遭遇學科危機的現代文學研究，1990 年代後期已經顯現的知識分子的思想分化在中國現代文學研究中更加明顯地表現了出來。圍繞對二十世紀重要遺產——革命的不同的認知，不同思想派別對中國現代文學的肯定和否定趨向各自發展，距離越來越大。「新左派」認定「革命」是 20 世紀重要的遺產，對左翼文學價值的挖掘具有對抗全球資本主義滲透的特殊價值，「再解讀」思潮就是對左翼——延安一直至當代文學「十七年」的重新肯定，這無疑是打開了重新認識中國現代文學「革命文化」的新路徑，但是，他們同時也將 1980 年代的思想啟蒙等同於自由主義，並認定正是自由主義的興起、「告別革命」的提出遮蔽了左翼文學的歷史價值，無疑也是將更複雜的歷史演變做了十分簡略的歸納，而對歷史複雜的任何一次簡單的處理都可能損害分歧雙方原本存在的思想溝通，讓知識分子陣營的分化進一步加劇。當然，所謂自由主義知識分子群體也未能及時從 1980 年代的「平反「邏輯中深化發展，繼續將歷史上左翼文化糾纏於當代極左政治，放棄了發掘左翼文化正義價值的耐性，甚至對魯迅與左翼這樣的重大而複雜的話題也作出某些情緒性的判斷，這便深深地影響了他們理論的說服力，也阻斷了他們深入觀察當代全球性的左翼思潮的新的理論基礎，並基於「理解之同情」的方向與之認真對話。

新世紀以來中國現代文學研究的推進和發展，首先體現在超越左／右的對立思維、在整合過往的學術發展經驗的基礎上建構基於真實歷史情境的文學發展觀，對中國現代文學研究更有推動性的努力是文學史觀念的繼續拓展，以及新的學術方法的嘗試。

我們看到，1980 年代後期的「重寫文學史」的願望並沒有就此告終，在新世紀，出現了多種多樣的探索。

一是從語言角度嘗試現代文學史的新寫作。展開了中國現代文學研究的語言維度的努力，先後出現了曹萬生主編的《中國現代漢語文學史》（2007 年）和朱壽桐主編的《漢語新文學通史》（2010 年）。這兩部文學史最大的特點是從語言的角度整合以往限於歷史性質判別和國別民族區分而呈現出某種「斷裂」的文學史敘述。曹著是從現代漢語角度來整合中國現代文學和當代文學，從而將五四之後以現代漢語寫作的文學作品作為文學史分析的整體，「中國現代漢語文學包容了啟蒙論、革命論、再啟蒙論、後現代論、消費性與傳媒論

所主張的內容」〔註13〕那些曾經矛盾重重的意識形態因素在工具性的語言之下獲得了某種統一。在這樣的語言表達工具論之下的文學史視野中，和現代文學並行的文言寫作自然被排除在外，而臺灣文學港澳文學甚至旅外華人以現代漢語寫作的文學都被納入，甚至網絡文學、影視文學和歌詞也受到關注。但其中內涵的問題是現代漢語作為僅有百年歷史的語言形態，其未完成性對把握現代漢語的特點造成了不小的困擾，以這樣一種仍在變化發展的語言形態作為貫穿所有文學發展的歷史線索，依然存在不少困難。如果說曹著重在語言表達作為工具性的統一，那麼朱著則側重於語言作為文化統一體的意義。文學作為一種文化形態，其基礎在於語言，「由同一種語言傳達出來的『共同體』的興味與情趣，也即是同一語言形成的文化認同」，「文學中所體現的國族氣派和文化風格，最終也還是落實在語言本身」，〔註14〕那麼作為語言文化統一形態的「漢語新文學」這一概念所承擔的文學史功能就是：「超越乃至克服了國家板塊、政治地域對於新文學的某種規定和制約，從而使得新文學研究能夠擺脫政治化的學術預期，在漢語審美表達的規律性探討方面建構起新的學術路徑」〔註15〕。顯然朱著的重點在以語言的文化和審美為紐帶，打破地域和國別的阻隔、中心與邊緣的區分。朱著所體現的龐大的文學史擴容問題，體現出可貴的學術勇氣，但在這樣體系龐大的通史中，語言的維度是否能夠替代國別與民族的角度，還需要進一步思考。

二是嘗試從國家歷史的具體情態出發概括百年來文學的發展，提出了「民國文學史」、「共和國文學史」等新概念。早在 1999 年陳福康借助史學界的概念，建議「現代文學」之名不妨用「民國文學」取代。後來張福貴、丁帆、湯溢澤、趙步陽等學者就這一命名有了進一步闡發。〔註16〕在這帶有歷史還原意味的命名的基礎上，李怡提出了「民國機制」的觀點，這一概念就是希望進入文史對話的縱深領域，即立足於國家歷史情境的內部，對百年來中國文學轉換演變的複雜過程、歷史意義和文化功能提出新的解釋，這也就是從國

〔註13〕曹萬生主編：中國現代漢語文學史〔M〕，北京：中國人民大學出版社，2007：8。
〔註14〕朱壽桐主編：漢語新文學通史〔M〕，廣州：廣東人民出版社，2010：12～13。
〔註15〕朱壽桐主編：漢語新文學通史〔M〕，廣州：廣東人民出版社，2010：8。
〔註16〕參見張福貴：從「現代文學」到「民國文學」——再談中國現代文學的命名問題〔J〕，文藝爭鳴，2011（11）及丁帆：給新文學史重新斷代的理由——關於「民國文學」構想及其他的幾點補充意見〔J〕，中國現代文學研究叢刊，2011（3）等。

家歷史情境中的社會機制入手，分析推動和限制文學發展的歷史要素。〔註17〕
這些探索引起了學術界不同的反應，也先後出現了一些質疑之聲，不過，重
要的還是究竟從這一視角出發能否推進我們對現代文學具體問題的理解。在
這方面花城出版社先後推出了「民國文學史論」第一輯、第二輯，共17冊，
山東文藝出版社也推出了10冊的「民國歷史文化與中國現代文學研究」的大
型叢書，數十冊著作分別從多個方面展示了民國視角的文學史意義，可以說
是初步展示了相關研究的成果，在未來，這些研究能否深入展開是決定民國
視角有效性的關鍵。

　　值得一提的還有源於海外華文文學界的概念——華語語系文學。目前，
這一概念在海外學界影響較大，不過，不同的學者（如史書美與王德威）各
自的論述也並不相同，史書美更明確地將這一概念當作對抗中國大陸現代文
學精神統攝性的方式，而王德威則傾向於強調這一概念對於不同區域華文文
學的包容性。華語語系文學的提出的確有助於海外華文寫作擺脫對中國中心
的依附，建構各自獨特的文學主體性，不過，主體性的建立是否一定需要在
對抗或者排斥「母國」文化的程序中建立？甚至將對抗當作一種近於生理般
的反應？是一個值得認真思考的問題。

　　新世紀以來，方法論上的最重要的探索就是「文史對話」的研究成為許
多人認可並嘗試的方法。「文史對話」研究取向，從1980年代的重返歷史和
1990年代的文化研究的興起密切相關。1980年代在「撥亂反正」政策調整下
的作家重評就是一種基於歷史事實的文史對話，而在1980年代興起的「文化
熱」，也可以看成是將歷史轉化為文化要素，以「文化視角」對現代文學文本
與文學發展演變進行的歷史分析。在1980年代非常樸素的文史對話方式中，
我們看到一面借助外來理論，一面在「原始」史料的收集整理、作品閱讀的
基礎上，艱難地形成屬於中國文學發展實際的學術概念。而隨著1990年代西
方大量以文化研究和知識考古為代表的後學理論湧入中國後。特別是受文化
理論的影響，1980年代基於樸素的文化視角研究現代文學的歷史化取向，轉
變為文化研究之下的泛歷史化研究。1990年代的「文化研究」不同於1980年
代「文化視角」的區別在於：1980年代文化只是文學文本的一個構成性或背
景性的要素，是以文學文本為中心的研究；而受西方文化研究理論的影響，

〔註17〕李怡：民國機制：中國現代文學的一種闡釋框架〔J〕，廣東社會科學，2010
　　　　（6）：132。

1990 年代的文化研究是將社會歷史看成泛文本，歷史文化本身的各種元素不再是論述文學文本的背景性因素，它們也是作為文本成為研究考察的對象。在文化研究轉向影響下的 90 年代中後期的現代文學研究，突破了以文學文本為中心，而從權力話語的角度將文學文本放在複雜的歷史文化中進行分析，這樣文化研究就和歷史研究獲得了某種重合，特別是受福柯、新歷史主義等理論的影響，文學文本和其他文本之間的權力關係成為關注的重點。

這樣就形成了 1980 年代作家重評與文化視角之下的文史對話，和 9190 年中後期已降的在文化研究理論啟發和構造之下的文史對話，而這兩種文史對話之間的矛盾或者說差異，根本的問題在於如何基於中國經驗而重構我們學術研究的自主性問題。1980 年代的文史對話是置身在中國學術走出國門、引入西方思潮的強烈風浪中，緊張的歷史追問後面飄動著頗為扎眼的「西化」外衣，而對中國問題的思考和關注則容易被後來者有意無意的忽略，特別在西方理論影響和中國問題發現之間的平衡與錯位中的學術創新焦慮，更讓我們容易將自己的學術自主性建構問題遮蔽。文化研究之下的權力話語分析確實打開了進入堅硬歷史骨骼的有效路徑，但這樣的分析在解構權力、拆解宏達敘述的同時，則很容易被各種先行的理論替代了歷史本身，而真實的歷史實踐問題則很容易被規整為各種脫離實際的理論構造。而且在瓦解元敘述的泛文本分析中，歷史被解構成碎片，文學本身也淹沒在各種繁複的話語分析中而不再成為審美經驗的感性表達，歷史和文學喪失了區分，實質上也消解了文史對話的真正展開。所以當下文史對話的展開，必須在更高的層次上融合過往的學術經驗。中國學術研究的自主性必須基於對自身歷史經驗的分析和提煉，形成符合中國文學自身發展的學術概念和話語體系，但是這樣強調本土經驗的優先性，特別是對「中國特色」和「中國道路」的道德化強調中，我們卻要警惕來自狹隘的民族主義的干擾和破壞；同時對於西方理論資源，必須看成是不斷打開我們認識外界世界的有力武器，而不能用理論替代對歷史經驗的分析。因此當下以文史對話為追求的現代文學研究，不僅僅是對西方理論話語的超越，更是對自身學術發展經驗的反思與提升。質言之，應該是對 1980 年代啟蒙精神與 1990 年代學術化取向的深度融合。

在以文史對話為導向的學術自主性建構中，作為可借鑒的資源，我們首先可以激活有著深厚中國學術傳統的「大文學」史觀，這一「大文學」概念的意義在於：一是突破西方純文學理論的文體限制，將中國作家多樣化的寫作

納入研究範圍，諸如日記、書信及其他思想隨筆，包括像現代雜文這種富有
爭議的形式也由此獲得理所當然的存在理由；二是對文學與歷史文化相互對
話的根據與研究思路有自覺的理論把握，特別是「大文學」這一概念本身的
中國文化內涵，將為我們「跨界」闡釋中國文學提供理論支撐。當然在今天
看來，最需要思考的問題是如何在「文史對話」之中呈現「文學」的特點，文
史對話在我們而言還是為了解決文學的疑問而不是歷史學的考證。如此在呈
現中國文學的歷史複雜性的同時，也建構出屬於我們自己的具有自主性的學
術話語體系，從而為未來的現代文學研究開闢出廣闊的學術前景。

此文與王永祥先生合著

序

李新宇

　　這是陳元峰的博士論文，是一本很有價值的書，值得一讀。

　　從 1980 年代走來的讀者大概不會忘記，當時的中國文壇曾經出現種種新潮。不過，正如本書所呈現的，1980 年代中期以後，與小說、詩歌、戲劇的「向內轉」不同，報告文學卻強化了參與意識和批判功能，寫法轉向全景式、宏觀式、綜合性的研究報告，而且形成了一股創作大潮。蘇曉康、麥天樞、賈魯生、錢剛、趙瑜、胡平、徐剛……一大群創作力旺盛的報告文學作家如群星閃爍，帶來了一大批具有「社會轟動效應」的佳作：《陰陽大裂變》《神聖憂思錄》《自由備忘錄》《洪荒啟示錄》《土地與土皇帝》《西部在移民》《問蒼茫大地》《愛河橫流》《世界大串聯》《東方大爆炸》《神州「大拼搏」》《丐幫漂流記》《唐山大地震》《中國小皇帝》《黑色的七月》……一篇篇，一部部，都曾產生過強烈反響。這是一個重要的創作現象，從它的出現，到它的思想內容和價值取向，都值得當代文學史大書特書，也值得研究者深入解讀。然而，告別 80 年代之後，它卻被有意無意地遮蔽和遺忘了。陳元峰選這個題目來做自己的博士論文，顯示了可貴的學術勇氣，選題的價值和意義是不言而喻的。

　　因為直到陳元峰走近這個課題，還沒有一部研究它的著作出現，所以這是一項拓荒性的工作，需要極大的勞動量，也需要相應的知識準備和研究能力。因為需要大量閱讀，才能把握現象的全貌；又需要深入地細讀，才能準確地理解作家的思路和作品的價值所在；需要有很高的鑒賞能力，才能從浩如煙海的作品中把最有價值的東西淘選出來；又需要很強的概括力和邏輯思維能力，才能把一地散珠結構成嚴密的整體。令人欣喜的是，陳元峰

具備這樣的能力，再加上他那黃牛般吃苦耐勞的精神，他做到了，終於對這一創作現象有了全面而深入的理解和把握，並且以流暢而不乏生動的文字表達了出來，而且不乏精彩之處。

從某種意義上說，能夠把當時的創作情況和那些激動人心的作品呈現出來，為歷史存照，就盡到了文學史家的職責。換句話說，能夠保存記憶，避免遺忘，已經是功德無量。然而，陳元峰顯然並未就此止步，他向著更艱難的方向挺進，試圖讓自己的論文承擔更多，所以他沒有滿足於歷史的描述和作家作品的介紹，沒有滿足於一般的論述，甚至不願迴避所謂敏感話題。眾所周知，一些敏感話題是無法正面展開的，需要特別的技巧和策略。這就為陳元峰的工作增加了難度，要求他有更多的智慧克服困難，尋找通途。

說到選題的難度，還有一個問題，就是這一新潮中的報告文學作品對社會存在的種種問題進行了思考。這是陳元峰自己的描述：「1980 中後期報告文學的觸角幾乎深入到了社會歷史生活的方方面面，從現實到歷史，從社會到自然，從經濟到政治，從民主到法治，從教育到人口，從少年兒童到大中學生，從知識分子到工人農民，從婚戀家庭到性愛倫理，從體育競技到體育腐敗，從流行歌手到乞丐妓女，從出國熱到經商潮，從地震到森林大火，從交通運輸到文物盜竊，可謂包羅萬象。」研究者要對這些作品做出評價，就需要相關的知識結構和思想資源。換句話說，要與作者對話，就需要對作者思考過的問題進行思考；要批評作者，就需要在思想和認知方面至少與作者站在同一地平線上。在這一點上，陳元峰的努力值得稱道。為了完成本課題，他讀了大量相關著作，哲學的，歷史的，政治的，倫理的，社會的，甚至關於性愛、婚姻和家庭……在一個個領域，他與作家們一起進行了思考。所以，本書具有極大的信息量。

除此之外，本書值得稱道的還有它所具有的溫度。細心的讀者不難體會，書是有溫度的。有的書冷，有的書熱，有的書與作者之間有隔離層，所以書的溫度並不代表作者的溫度，有的書卻是直接呈現著作者的激情和熱血。這本書屬於後者，因為陳元峰本來就不乏理想和激情，並且有正義感和責任心，這使他與他所研究的報告文學作家有許多相同之處，也有更多的共同語言，交流和碰撞都難以「零度介入」。

眾所周知，面對同樣的作品，不同的研究者會看到不同的東西，會選擇不同的論題。這種不同的選擇顯示著研究者的不同趣味，而這不同的趣味又

研究成果的對話。前者可以顯示對研究對象的理解程度，後者可以顯示對本研究領域的瞭解程度，而兩者都可以顯示作者的水平。面對一個個作家，包括他所讚賞的作家，陳元峰不是仰視，而是在深入理解的基礎上與之平等對話，探討問題，既看到他們的閃光之處，又指出他們存在的問題。比如，蘇曉康的《神聖憂思錄》發表之後曾經引起強烈反響，著名作家冰心都在《人民日報》發表文章《我請求》，呼籲人們都來讀一讀這篇報告文學，都來關心教育問題。陳元峰也高度評價蘇曉康，但在他看來，《神聖憂思錄》雖然把教育的危機展示了出來，但作品的力量主要來源於那些司空見慣卻又觸目驚心的第一手材料和對中小學教育危境的全景式描寫，以及作者飽含情感的文字。而對根本問題的探討卻「過於節制或語焉不詳」。首先是對當代反智主義「語焉不詳」。「作品雖然借助被採訪者之口道出了教育工作者建國後屢遭迫害的遭際，卻沒有對這一造成文化自戕的反智主義思潮做系統總結和反思。以階級翻身為目標的中國革命具有民粹主義的傾向。革命主要依靠力量是工農兵，包括廣大教師在內的知識分子必須先改造再利用……『最乾淨的還是工人農民，儘管他們手是黑的，腳上有牛屎，還是比資產階級和小資產階級知識分子都乾淨。』在此種反智主義思潮的支配下，從延安整風運動之後的三四十年間，知識分子被迫進行『思想改造』，地位不斷下降，『文革』中更是淪為『臭老九』。教育因此深受其害。」「其次，作品對『神聖』的反思隱晦不明」。蘇曉康文章開頭有這樣的發問：「那文明傳遞的神聖偉力，那如孔子作為教育家的『不怨天，不尤人』的執著精神而今是否仍然存在？」結尾又有這樣的發問：「古老的神聖，你還能再傳遞我們一程嗎？」陳元峰認為這容易導致誤解，他指出：「以儒家思想為主體的中國傳統文化，注重以人倫道德來維繫人與人之間的各種關係，它更強調道德標準而忽視物質利益的調節作用。中國傳統文化實質上是一種道德文化，……教師『為人師表』，是『靈魂的工程師』，他理應在道德上成為世人的表率，自覺抵制物質利益的誘惑而『甘於清貧』。因此，當我們談到尊師重教時，使用的也是道德槓杆，給教師頭上強加上『神聖』的光環，並苛刻地抬高對他們的道德要求。……在小農經濟之下，這種『神聖』還可以勉強維持，但在道德文化解體、商品經濟蓬勃興起的 1980 年代，『神聖』的消失是必然的。商業文明承認人的物質追求，以物質利益作為社會調節的主要手段，教師這一行業不可能脫離商業文化的大環境而獨自『神聖』，因此，作者應該也認識到了，寄望於古老的『神聖』再傳遞我們

一程的想法已經變得不合時宜了。作品中所展示的 1980 年代教育的種種困境，恰恰是神聖光環消失、利益導向尚未形成的尷尬。」這些論述無疑是對作品的有益補充。

再比如，面對反映環境問題的報告文學，尤其是濫伐森林和盜獵野生動物問題的作品，陳元峰寫道：「在他們的筆下，中國人人性之中醜陋陰暗的一面泛濫成災，產生了令人驚悚的破壞力。然而，為什麼中國人的欲望泛濫到了毫無節制的地步，成為吞噬自然生態的無底黑洞？作家們大都思考的並不深入。即如徐剛這樣的優秀報告文學作家，也只是從人類的普遍性角度思考闡發。」在《伐木者醒來！》中，徐剛有這樣的議論：「人類有多大的創造了，就有多大的破壞力。」「人類創造文明史的同時也留下了對大自然的破壞史，或者甚至可以這樣說：人類浩瀚的文明史中的有一些章節本身就是赤裸裸的志得意滿的對人的破壞力的宣揚及稱頌。」陳元峰指出：「這種闡發看似深刻，實則輕易為中國人的生態破壞行為找到了藉口，從而取消了討論這一問題的現實意義。」在他看來，問題主要並不在於普遍的人性，而是有現實的社會原因。在私有經濟還很不發達的時候，為什麼人們物慾卻極度膨脹而不可遏抑呢？究其原因，是在過去很長的一段歷史時期對人的物慾的極度壓抑。在他看來，「欲望的壓抑越嚴重，其反彈的力量也必將越強大，當人對物質的追求被賦予合理性的時候，當『讓一部分人先富起來』成為我們的社會目標的時候，物慾的膨脹就成為必然。」「可悲的是，我們的這種物慾潮流較之西方更缺乏規約，具有更大的隨意性和盲目性，它對人性的異化表現在社會的方方面面，貽害綿延不絕⋯⋯」

面對關於生態報告文學的評論中出現的「去人類中心主義」的傾向，他指出：「此種傾向緣起於西方對現代性的反思」，在人類走向現代的探索過程中，確實有許多需要反思之處，但是，「我們呼喚保護自然，是基於可持續發展的需要而合理地利用和改造自然，並非對自然毫無作為。那種為了自然的利益否定文明進步甚至否定人類本身的自然中心主義傾向是不可取的⋯⋯」拿西方對現代性的反思來阻撓中國的全面現代化進程，是清醒的學者應該警惕的。

寫到這裡，我忽然覺得很慚愧，因為論文初稿中原有更多的議論和抒情文字很精彩，但在定稿時在我的建議之下刪除了。指導學生寫論文，這是我感受至深的一種痛苦：為求穩妥，親手化精彩為平庸，使本來富於個性的思考

變得一般化，把獨到的表達掩蓋於流行話語之下。我知道，有不少導師像我一樣為此而深感對不起學生的才華，也對不起學術的尊嚴和未來學術史的可信度，但為了論文順利通過而不惹麻煩，卻又別無選擇。所以面對學生論文的最後定稿，常常不是欣慰，而是無聲歎息。

　　本想少寫幾句，但又寫得不少了。序言太長往往是討厭的，所以就此打住，並請讀者原諒！

2022 年 2 月　寫於天津社會山

目

次

緒　論

一、選題的緣起及相關概念

　　1980 年代中期以後，中國文壇出現了「新潮」創作的熱鬧景觀。先鋒小說、新生代詩歌和探索戲劇表現出「純文學」的創作傾向，它們趨向於疏離時代和讀者，放棄對現實的干預和吶喊，鑽進文學的象牙塔，致力於自我的表現和形式的實驗。與此同時，報告文學卻反其道而行之，它的「新潮」恰恰表現在對小說、詩歌、戲劇「向內轉」所騰出的空間的佔領，是對社會批判意識和參與意識的強化，並一改報告文學以情節的敘述和人物形象的塑造為核心的傳統創作手法，發展出全景式、宏觀式、綜合性和學術化的報告文學，將報告文學推向了歷史的潮頭。有人將 1980 年代中後期這一報告文學新潮稱為「問題報告文學」，也有人稱之為「宏觀報告文學」、「綜合性報告文學」、「全景式報告文學」等。無論命名如何，該時期，報告文學從內容到形式都出現了對傳統報告文學的超越。報告文學作家們以強烈的參與意識和干預生活的精神，將創作的觸角伸向社會生活的各個方面和領域，幾乎社會生活中存在的一切問題都成為報告文學作家用心考察和深入思考的對象。文壇瞬間閃爍著一些耀眼的名字：蘇曉康、錢鋼、麥天樞、賈魯生、趙瑜、胡平、徐剛……這些報告文學作家們以現代意識燭照現實和歷史，以理性精神剖析紛繁複雜的社會現象，以學術素養構築嚴密的思維邏輯，寫作了大量具有「時代轟動效應」的報告文學佳作，如蘇曉康的《陰陽大裂變》《神聖憂思錄》《自由備忘錄》《洪荒啟示錄》，張瑜的《中國的要害》《太行山斷裂》《強國夢》，麥天樞的《土地與土皇帝》《西部在移民》《問蒼茫大地》《活祭》《愛河橫流》

《白夜》，胡平、張勝友的《世界大串聯》《東方大爆炸》《歷史沉思錄》《神州「大拼搏」》《中國的眸子》，徐剛的《伐木者，醒來！》《沉淪的國土》，賈魯生的《丐幫漂流記》，錢鋼的《唐山大地震》，涵逸的《中國小皇帝》，陳冠柏的《黑色的七月》，霍達的《國殤》等。從形式上看，問題報告文學放棄了傳統報告文學以寫人敘事為主的寫作模式，增強了報告文學的「學術性」、「綜合性」，作者往往圍繞某一社會問題「全景式」選材、「集合式」論證，「從那種講究結構精巧，研究情節曲折和注意刻畫人物性格的小家碧玉式形態，轉向追求場景、畫面、線條的濃重塗抹，以橫斷面板塊式結構來鋪陳廣泛的社會內容，並試圖從現狀、文化、歷史三個角度，全面展示當代中國社會中面臨的一切問題」。〔註1〕正是這些作品，讓那一片文學的天空格外明亮，讓那一片文學的大地格外蔥綠，給時人也給後人留下了寶貴的精神財富。這些報告文學是中國現實與中國文學發展到改革開放時代的歷史產物，是中國作家與中國知識分子的主體人格和思維方式發生變革的必然結果。它的崛起和發展，不僅是報告文學文體本身的革命，而且也向傳統的文學觀念與理論提出了有力的挑戰，極大地影響和帶動了中國文學界與思想界的革命。可謂意義重大而深遠。

然而，相對於創作的繁榮，對該種報告文學新潮的研究卻遠遠滯後，從它產生到如今，近三十年過去了，卻一直缺少全面而系統的研究。只有一些零星的論文散見於報刊雜誌，尚無一部專著出現。因此，本人選擇這一文學現象作為自己博士論文的選題。

對於這一報告文學新潮的命名，自從它誕生之初即存在爭議。較為常見的稱謂是「問題報告文學」，然而，不少人認為「問題報告文學」的提法不夠科學，例如何西來從內涵的模糊性上對「問題報告文學」的提法提出質疑，他認為「任何一篇報告文學都是或者提出問題或者回答問題，很難嚴格地劃分出什麼樣的報告文學才算是問題報告文學」；〔註2〕肖復興則從「問題報告文學」外延的適用性上表達質疑，他說「人生面臨著許多問題，人和世界都為一個一個問題困惑著，世界要被問題壓塌了，對這些問題報告文學是承擔

〔註1〕謝泳：《禁錮下的吶喊——1978～1989 年中國的報告文學》，自費印刷，第25 頁。

〔註2〕艾妮：《弄潮人的求索——問題報告文學研討會概述》，《文學評論》1989 年第3 期，第 63 頁。

不了的，因而叫社會報告文學更合適」；〔註3〕雷達則認為「問題報告文學」
這一提法矮化了 1980 年代中後期報告文學的成就，他認為「這種提法縮小了
報告文學本身所包容的思想內涵、思想深度和藝術結構的方式」，「問題報告
文學的概念容易給我們一個感覺，就是把社會切割成一個個孤立的小塊，成
了一個個問題，而報告文學就是貼近生活本身直接回答和解決一些問題的，
這僅是報告文學的一個粗糙、初級的階段，而報告文學目前的創作狀況已遠
遠超出了問題報告文學的發展階段，就是說它已經發現社會中的任何一個問
題都是與整個社會聯繫在一起的，它面對的是整體性的而非單個性的問題，
並且注意把它上升到一個全景式的文化視角，甚至作為一個文化哲學的問題
來觀照，叫問題報告文學則把問題拉回到原來那樣一個較低的層次」。〔註4〕
在所有不贊成「問題報告文學」命名的觀點中，以上三者具有代表性。贊同
使用該名稱的人認為，問題報告文學的提法是對「問題小說」提法的借鑒，
文學史上的「五四」時期和新時期都曾經出現過「問題小說」的提法，它特指
那些以關注各類社會問題為己任，揭出「問題」，以引起「療救的注意」的小
說作品，由此，「問題報告文學」就社會功能而言與「問題小說」確有異曲同
工之處。如賀興安說「就是要叫問題報告文學，因為它不同於人物報告文學
和其他報告文學，在中國 1980 年代的這場表演非常之輝煌，問題報告文學不
僅要寫進中國文學史，而且也要寫進世界文學史」。〔註5〕另有論者將之命名
為「全景式報告文學」、「集合式報告文學」、「綜合式報告文學」、「宏觀性報
告文學」、「學術化報告文學」、「薈萃式報告文學」等。就筆者看來，這些命名
都部分地反映了這一報告文學新潮的特點，卻又都具有概念表述不周延、隨
意總結的弊端。因此，筆者決定放棄命名，仍以「新潮」稱之。

二、本課題的研究現狀

　　相較於小說、詩歌、散文等傳統文體，報告文學的研究十分薄弱，致力
於此的研究者寥若晨星，研究論著屈指可數，而且大多做的是材料梳理工作，

〔註3〕艾妮：《弄潮人的求索——問題報告文學研討會概述》，《文學評論》1989 年第
　　　　3 期，第 63 頁。
〔註4〕艾妮：《弄潮人的求索——問題報告文學研討會概述》，《文學評論》1989 年第
　　　　3 期，第 64 頁。
〔註5〕艾妮：《弄潮人的求索——問題報告文學研討會概述》，《文學評論》1989 年第
　　　　3 期，第 64 頁。

系統化的理論建構嚴重不足。關於 1980 年代報告文學新潮的研究，從研究對象誕生之日起，已經過了近三十年的時間，以下分三個階段進行回顧與梳理。

第一階段（1985～1989）是與研究對象同步發展的追蹤批評階段。這一階段，大致有兩種研究：

其一，對報告文學的本體研究。隨著創作熱潮的到來，人們開始超越報告文學的傳統觀念，探索報告文學的「新質」。而這種探索，又首先是由報告文學作家們發起。該時期，《文藝報》《人民文學》《解放軍文藝》《報告文學》《文學自由談》《作品與爭鳴》等報紙雜誌紛紛組織針對報告文學的專題研討會、座談會等，如 1986 年 5 月 16 日《文藝報》文學部組織部分在京報告文學作家、編輯以「報告文學，全社會都在關注您」為話題進行座談，1986 年 6 月《報告文學》雜誌邀請報告文學作家和評論家進行「1985～1986 年全國報告文學筆談」，1987 年 7 月 20 日《文學自由談》編輯部就「報告文學的命運」舉行報告文學作家和評論家的座談，1987 年 12 月《文學評論》編輯部於武漢舉行座談會，針對「報告文學理論建設的薄弱」問題，呼籲文學理論界予以重視，1987 年 12 月《報告文學》與《文學評論》雜誌組織部分在京報告文學作家、評論家，就報告文學創作的現狀和諸多理論問題進行研討，1988 年底《解放軍文藝》雜誌社組織作家、評論家、編輯、讀者代表進行「關於報告文學的對話」，等等。在眾多的關於報告文學的研討中，以當時處於創作旺盛期的報告文學作家為主體參與的討論活動取得的效果更好，這些討論紀要大都發表在 1988 年的報刊上。主要有：祖慰、喬邁、蘇曉康、胡平、張勝友、陸星兒、劉漢太的《報告文學七人談》，刊發於《東方紀事》第 1 期；蘇曉康、麥天樞、趙瑜、李炳銀、馮立三的《太行夜話——報告文學五人談》，刊發於 1988 年 9 月 23 日《光明日報》；蘇曉康、麥天樞、趙瑜、賈魯生等的《1988·關於報告文學的對話》，刊發於《花城》第 6 期。這些座談會，反映了作家和評論家對報告文學的許多新認識。例如審美即審信息論：「在『信息爆炸』的時代，人們最為關注的是近處的信息。審美，說到底也是審信息。現代人、未來人的審美，更追求近距離的審美觀照。」〔註6〕再比如思想性就是美論：「當思想的深度構成讀者對報告文學的普遍要求的時候，思想性就表現為一種美」〔註7〕處於「巔峰」創作狀態的報告文學作家，從創作實踐出發，希望解除

〔註6〕蘇曉康等：《報告文學七人談》，《東方紀事》1988 年第 1 期。
〔註7〕蘇曉康等：《太行夜話——報告文學五人談》，《光明日報》1988 年 9 月 23 日。

傳統觀念對報告文學的束縛，為報告文學的創作爭取更大的自由，給理論界帶來了重評報告文學的可能性。

　　基於這種對報告文學「新質」的探索，理論界展開了對報告文學「文學性」的討論。傳統意義上對報告文學的「文學性」的認識，往往是根據茅盾1930年代在《關於「報告文學」》中的那段經典論述形成的：「好的『報告』須要具備小說所有的藝術上的條件——人物的刻畫，環境的描寫，氛圍的渲染等等。」〔註8〕但1980年代中期以後，報告文學由「一人一事」向全景式、集納式方向發展，茅盾的論述顯然已經不能適應新的文體發展的需要，在此背景下，一些善於獨立思考的作家、評論家開始重新探索報告文學文學性的內涵。李炳銀明確指出：「對報告文學的文學性的認識，不能用小說的文學因素來規範，似乎也不應該用過去一般理解的文學性如形象、結構、語言、細節之類來要求。」〔註9〕報告文學當然可以借鑒小說的諸種藝術手法，但卻不能用小說的藝術來規約報告文學。吳國光認為：「報告文學愈益與小說分道揚鑣，各奔東西，無論從何種意義來說都是一種好事，是一種進步。報告文學應該尋找自己的特點，發揮自己的優勢，建立自己獨特的美學觀念與文學觀念。」〔註10〕文學實踐的發展，要求文學理論必須與之相適應。

　　那麼，適合於報告文學新潮創作的藝術評判標準是什麼呢？對此，報告文學作家和研究者不少人作出了自己的探索。麥天樞認為：「思辨本身就是一種美。理性的認識本身就是一種美。」在他看來，具有深刻性、警示性的「思辨的東西確實有震撼人的審美意義。這種審美意義往往超過那些具體的人物或細節的刻畫。思辨本身進入文學，報告文學就是以思辨作為武器，來解剖這個社會，來貢獻於這個社會」。〔註11〕在此，麥天樞提出了一個頗具冒險性的理論命題，即思辨、理性或曰思想為美。考察1980年代的報告文學新潮創作，它們對讀者所產生的魅力、震撼力，確實並非來源於作品的小說式的藝術性，而是很大程度上來自於作品的思辨之美、理性之美或曰思想之美。對麥天樞的立論，張韌、何西來等表示了認同。張韌認為：「新的思想

〔註8〕茅盾《關於「報告文學」》，《中流》第1卷第11期，1937年2月20日。
〔註9〕見《太行夜話——報告文學五人談》，《光明日報》1988年9月23日。
〔註10〕吳國光：《這一天，新綠躍進眼簾》，見《1985～1986 全國報告文學筆談》，《報告文學》1986年第2期。
〔註11〕麥天樞語，見《1988·關於報告文學的對話》，《花城》1988年第6期。

就是一種美。」〔註12〕何西來也說：「理性可以作為審美的對象，而且人們的審美中必然帶著理性。」〔註13〕

在討論報告文學「文學性」的同時，人們對 1980 年代中期前後報告文學的「新變」也開始從多個角度分析。如南平、王暉用「藝術表現的『三級跳』」，描述新時期報告文學的發展軌跡：即「從單一敘事體到以滲透著作家審美個性的人物形象的再現為主」，再到全景式、多角度、多層次的綜合性的描繪。〔註14〕理由、蘇曉康、曾鎮南等認為，「報告文學的發展極為迅速，近幾年出現了從『散文化』報告文學向『學術化』報告文學，從微觀報告文學向宏觀、全景報告文學，從人物報告文學向問題、事件報告文學的轉變」，並對這種新變做了一定意義上的積極評價。〔註15〕這些對 1980 年代報告文學變化趨向的揭示，有利於人們認識報告文學新潮創作的來龍去脈。

在 1980 年代這場報告文學的討論中，謝泳無疑是不能忽視的人物。他連續發表了《科學與民主精神的張揚》《社會問題報告文學的終結》《關於近期報告文學發展的一些問題》《試論近期報告文學主題的轉移》《崛起的新生代報告文學作家群》等大量論文。其論析可謂全面而深入。《試論近期報告文學主題的轉移》〔註16〕一文，謝泳從報告文學史的觀察中，發現以往的「報告文學是一種傾向性非常鮮明的宣傳性文學」，「其主題的單一性和鮮明性是很容易確定的，似乎戰鬥或批判就足以概括了」。而近觀當下的報告文學創作，謝泳又洞悉報告文學的主題發生了明顯的變化。這種變化就是「由過於敏感的與政治生活聯繫緊密的事件轉向對日常生活關注」，這種關注「一是和普通中國人生活有直接聯繫的事，二是和整個人類生存狀況有聯繫的事，前者以社會學的調查報告出現，後者則類似於未來學的思考」。另外，謝泳研究的突出之處還在於，他不僅揭示了現象，還能揭示現象背後潛隱的意旨。謝泳指出：「報告文學主題轉移之後，由於避免了敏感的政治問題或具體的人和事

〔註12〕見艾妮《弄潮人的求索——問題報告文學研討會概述》，《文學評論》1989 年第 3 期。

〔註13〕見艾妮《弄潮人的求索——問題報告文學研討會概述》，《文學評論》1989 年第 3 期。

〔註14〕南平、王暉：《1977～1986 中國非虛構文學描述》，《文學評論》1987 年第 1 期。

〔註15〕朱建新：《面對方興未艾的報告文學的世界——報告文學作家、評論家對話會紀實》，《文學評論》1988 年第 2 期。

〔註16〕謝泳：《試論近期報告文學主題的轉移》，《山西文學》1988 年第 4 期。

常常給報告文學創作帶來的麻煩，因而易於開拓更為廣闊的天地。事實上這一主題的轉移在很大程度上也有迴避現實生活對報告文學創作帶來的干擾這個原因。」在這裡，謝泳指出了主題轉移所可能帶來的積極的功能和或許是負面的功能，可謂觀察細緻，思考深入。

朱子南從社會學的角度看取報告文學創作的變化。朱子南認為，《唐山大地震》《中國的「小皇帝」》《陰陽大裂變》等「作品突破了傳統的題材框架，從社會關係、社會生活的多方面來考察它自身，試圖分析和解答重大社會問題的更廣泛、更深刻的社會原因，從而形成了內容寬廣、意蘊深厚的社會學思考題材」。這類作品「更深刻地從社會意義上來表現人。它們一般不是滿足於刻畫人物的性格」。〔註17〕

所有這些討論，大大更新了人們對報告文學的認識，有利於報告文學對文體自身傳統的超越，對報告文學的發展意義重大。

其二是作家作品研究。如今我們可以檢索到該時期發表於報刊雜誌的評論文章數十篇，雖然有許多是印象式批評，泡沫化嚴重，但也不乏具有真知灼見的研究成果。其中主要的有：第一，報告文學作品研究：曾鎮南的《誇耀於整個人類——談〈中國農民大趨勢〉》、林為進的《「花環」與「鎖鏈」——談近年婚姻、家庭題材報告文學》、李炳銀的《在現實生活中不斷完善與發展——讀幾篇報告文學新作有感》、魏威的《當代人的家庭婚姻觀——關於婚姻題材報告文學的隨想》、朱子南的《報告文學中的社會學思考——從一九八六年的部分作品談起》、吳國光的《面對著道德文化解體的彷徨思緒——評報告文學〈神聖憂思錄〉》、賀興安的《深沉的憂思——蘇曉康報告文學漫議》、朱子南的《宏觀把握，微觀落筆——評麥天樞的報告文學》、安哲的《當代社會的多方透視——評第四屆獲獎報告文學作品兼談近年來報告文學創作趨勢》、韓瑞亭的《在歷史與現實交匯處凝思——談幾部歷史題材報告文學》；第二，報告文學作家研究：洪正的《在思考與剖析中開拓前進的信心和希望——評劉賓雁的報告文學》、李歐梵的《論劉賓雁》、張景超的《論劉賓雁報告文學的崇高美》、譚健的《從「全景」式到「卡片」式——李延國報告文學泛論》、謝泳的《崛起的新生代報告文學作家群》和《報告文學的靈魂——漫談劉賓雁和當代中國報告文學》；第三，新潮報告文學總體研究：郭冬的《「社會問題」

〔註17〕朱子南：《報告文學中的社會學思考——從 1986 年的部分作品談起》，《人民日報》1987 年 3 月 31 日。

報告文學面面觀》、李炳銀的《「問題報告文學」面面觀》、趙聯的《論「社會問題報告文學」的總體特徵》、張春寧的《論「問題報告文學」的勃興》、謝泳的《社會問題報告文學面臨的困境》、應紅的《在痛苦中沉思人生——聽麥天樞談問題報告文學》、何西來的《論當代報告文學大潮中的理性精神》、尹均生的《論近年來報告文學的現實性、功利性、文學性——兼評一九八八年「中國潮」獲獎報告文學》、溫子建、徐學清的《從熱情的讚頌到冷靜的敘寫——新時期報告文學第三次浪潮的輪廓描述》等。研究者從各自不同角度研究作家、研讀作品，揭示作家的創作個性，把握作品的時代精神和社會內涵，發掘該時期報告文學的現代特質，為報告文學創作吶喊助威、獻計獻策。謝泳的《崛起的新生代報告文學作家群》〔註18〕將麥天樞、賈魯生、錢鋼、趙瑜、陳冠柏、劉漢太等命名為「新生代」，整篇評論的主旨也在於通過比較突現這一批作家的「新」。謝泳從文體觀念、作品激情表達、啟蒙精神及理性張揚等四個方面，對新生代報告文學家的群體特徵作了勾勒與分析。謝泳認為，造就新生代作家創作異於同時先期作家如徐遲、柯岩、理由等人創作的主要原因，在於「他們報告文學觀念上的突破」，「他們似乎不是在搞文學，而是更多地注意了報告」。在謝泳看來，新生代作家作品之所以「富於啟蒙精神」，「富於理性」，其根源就在於他們的文體觀念發生了變化。而作家文體觀念的變異又由作家獨特的存在所決定。文革以後接受的大學教育，新聞記者的工作經歷，思想所受的世界性思潮的影響等，無一不在影響著新生代作家的思想觀念，進而影響到他們的文學觀念。張春寧的《論「問題報告文學」的勃興》〔註19〕較為全面地把握了問題報告文學的創作現狀和文體特點。文章首先回顧了問題報告文學熱潮出現的來龍去脈，將劉賓雁視為問題報告文學的先驅；繼而分析了問題報告文學與傳統報告文學的不同，認為它的第一個特點是「突破了以往幾十年來報告文學專注於政治（及軍事）的偏限，而向社會生活各方面突進，實現了視角的多元化和全方位」，「另一重要特點是突出的理性思維」；作者還分析了問題報告文學勃興的豐富而深刻的社會和文學的背景，指出了問題報告文學興盛的必然性；作者還為問題報告文學受到的質疑進行辯護，體現了對於這一新興報告文學文體的前景的信心。

〔註18〕謝泳：《崛起的新生代報告文學作家群》，《文學自由談》1988 年第 4 期。
〔註19〕張春寧：《論「問題報告文學」的勃興》，《文藝評論》1988 年第 4 期。

　　第二階段（1990～1999）。本階段的絕大部分時段裏，研究者一般都迴避了報告文學新潮中的重要代表作家和作品，一些重要的研究者甚至退出了這一研究領域。研究成果較少。

　　其一，研究著作。該時期相關研究著作僅見七部，且都出版於 1995 年以後。章羅生的《新時期報告文學概觀》〔註20〕是新時期報告文學研究的第一本專著，著作將「新時期」設定為 1977～1989 年，對該時期報告文學的數十位作家和數百篇作品進行了認真的研讀和分析，全書共設九章，力圖涵括新時期報告文學探討的主要社會問題，如知識分子問題、體壇問題、改革開放問題、民主法制問題、民族歷史與傳統文化問題、婦女家庭與性愛問題以及其他各種社會問題，該書大量地佔有資料，並嘗試以題材來梳理報告文學創作，使紛繁複雜的創作現象變得清晰了。當然，該書對作品的不恰當歸類對人們深刻地理解其價值勢必帶來妨礙，影響人們全面深刻地把握作家作品；該書忽視了報告文學與社會現實生活的緊密聯繫，在知世論人論作方面顯得粗疏，不能不說是一大遺憾。朱子南的《中國報告文學史》〔註21〕是 94 萬字的皇皇巨著，該書從「史」的角度將我國報告文學的成長過程分為萌生（19世紀後半期到 1918 年）、形成（1919～1929）、成長（1930～1936）、發展（1937～1949）、曲折發展與變型（1949～1965）、衰敗（1966～1976）和繁榮（1977～1988）七個階段，其中最後一章注意到了報告文學對社會問題全景式的社會學思考，其社會心理報告所顯示的社會心態和社會觀念，其歷史題材的報告所透示的現實價值，並充分肯定了該時期作家的宏觀意識、探索意識、憂患意識、時代意識、參與意識和平民意識，書中還設有麥天樞、賈魯生、陳冠柏的報告文學專述。缺點是研究者自己所深知的：「對新時期作家作品則作了簡單化的處理」，「因為這一時期的作家作品是為大家所熟悉的」。〔註22〕佘樹森、陳旭光的《中國當代散文報告文學發展史》是新時期散文、報告文學的史學論著，其最後一章《報告文學的潮湧》專論 1980 年代中後期的報告文學新潮，作者認為該時期報告文學轉型的成就在於「問題報告文學」的潮湧、「冰凍話題」的復活和報告文學的「未來學化」趨向，指出「這些作品突破了傳統報告文學的題材框架、結構模式和觀照方式，從社會關係、社會心理等

〔註20〕章羅生：《新時期報告文學概觀》，廣州：華南理工大學出版社，1995 年版。
〔註21〕朱子南：《中國報告文學史》，南昌：百花洲文藝出版社，1995 年版。
〔註22〕朱子南：《中國報告文學史》，《後記》，第 1134 頁。

各個方面來整體地考察和思考，試圖深入地剖析重大社會問題的更廣泛、更深刻的社會原因，從而形成了內容寬廣、題材廣泛、意蘊深厚的社會學思考的特點」。〔註23〕論著還專設一節論述「崛起的『新生代』報告文學作家群」，所論作家主要有錢鋼、李延國、胡平、張勝友、麥天樞、趙瑜、賈魯生等，但論述過於簡單。陳進波、馬永強的《報告文學探論》〔註24〕以較少的篇幅概述了 1985～1989 年的報告文學創作，它將該階段的報告文學分為「歷史反思類」和「現實參與類」兩大類，並簡要概括了兩類報告文學的創作情況及主要特點；在作家選評一章選取了賈魯生，在作品選析一章選取了錢鋼的《唐山大地震》和李延國的《中國農民大趨勢》。名家名作遺漏頗多，難以形成全面觀照。李炳銀的《當代報告文學流變論》〔註25〕是作者的報告文學論文集，收錄論文 30 餘篇，力圖考察新時期以來報告文學流變的歷史，其中有李延國、趙瑜、麥天樞、賈魯生等的報告文學創作論，有 1987、1988、1989 年度作品論，尤值一提的是文末附有《中國當代報告文學史綱》（上、下），該長文從「史」的角度對「社會問題報告文學」的創作概況給予了認真梳理，並積極評價了這一文學現象的出現，它指出「『社會問題報告文學』的出現和發展，是報告文學積極主動參與社會變革的一種新途徑和新領域，它使創作更加貼近生活，也使作品對社會的參與變得直接明瞭了起來」。何西來評價本書：「一是他對社會效應的重視，二是他對報告文學家主體人格的關注，三是他對理性精神的張揚。」〔註26〕作者自己認為本書的不足是，因為「經常是在匆忙中追蹤報告文學的動態表現而寫的這些文章，欠缺必要的理論深度和更多一些的細緻分析」。〔註27〕梁多亮的《中國新時期報告文學論稿》〔註28〕亦為一部論文的結集，其中的《新時期報告文學的繁榮與發展》《新時期報告文學的參與意識》《新時期報告文學的價值取向》《新時期報告文學的真實性與「略有虛構」》《新時期報告文學真實美與理性美》《新時期報告文學的新品種》

〔註23〕佘樹森、陳旭光：《中國當代散文報告文學發展史》，北京：北京大學出版社，1996 年版，第 319 頁。

〔註24〕陳進波、馬永強：《報告文學探論》，蘭州，蘭州大學出版社，1997 年版。

〔註25〕李炳銀：《當代報告文學流變論》，北京：人民文學出版社，1997 年版。

〔註26〕何西來：《序李炳銀〈當代報告文學流變論〉》，見李炳銀《當代報告文學流變論》，北京：人民文學出版社，1997 年版，第 2 頁。

〔註27〕李炳銀：《當代報告文學流變論》，北京：人民文學出版社，1997 年版，第 340 頁。

〔註28〕梁多亮：《中國新時期報告文學論稿》，海口：海南出版社，1998 年版。

諸篇，從不同的角度對新時期尤其是 1980 年代中後期全景式綜合型報告文學給予理論解析和價值估定，頗有見地。尤其是書中搜集了大量的報告文學研究資料，具有珍貴的史料價值。周政保的《「非虛構」敘述形態：九十年代報告文學批評》〔註29〕，該書從對 1990 年代報告文學創作「魚目混珠、泥沙俱下」現狀的反思入手，重申報告文學創作的品格：「從某種意義上說，報告文學創作所傳達的，是一個社會渴求進步的正義感或使命意識，……是一種敢於向邪惡宣戰的前沿品格，或一種獨立思考的既吻合潮流又體現公眾利益的社會文化精神。」〔註30〕因此，他旗幟鮮明地反對一切「虛構的敘述形態」，如與虛擬相關的「小說化描寫」，與假定相關的「合理想像」，與典型化相關的「片面真實」，與誇張相關的各式各樣的「粉飾」，等等。由此，他大膽規定了報告文學作家的身份特徵：「報告文學作家理應是文學界最具資格被稱為『知識分子』或『公眾知識分子』的群體——從嚴格意義上說，只有那些關注歷史進程、關心民眾生存狀態，以文學的方式參與社會政治生活以及憂患國家與民族前途的作家，才可能成為真正的報告文學作家……他們站在社會生活的前沿，憂國憂民，始終關注『民心熱點』，無論是張揚還是揭露性的描寫，大都具有犀利的批判鋒芒，……他們的膽識，決定了他們是值得受到尊敬的報告文學作家。」〔註31〕作者雖然以 1990 年代報告文學為研究對象，且很少提到 1980 年代的作家作品，但在對 1990 年代報告文學現狀批判的字裏行間，我們卻深深地體會到了作者希望報告文學「重回八十年代」的熱切期盼。

其二，研究論文。1990 年代涉論 1980 年代報告文學新潮的學術論文數量有限，專論就更是屈指可數。第一類涉及報告文學新潮創作的文體特徵及分類研究。朱子南的《當代報告文學四十年》〔註32〕是最早對建國後報告文學創作進行梳理的論文，對於 1980 年代中後期的報告文學創作給予了應有的重視。論文將該時期報告文學創作劃分為社會報告性作品、心理報告性作品和歷史題材報告性作品。針對社會報告性作品，文章認為，它們「更深刻地

〔註29〕周政保：《非虛構敘述形態——九十年代報告文學批評》，北京：解放軍文藝出版社，1999 年版。

〔註30〕周政保：《非虛構敘述形態——九十年代報告文學批評》，1999 年版，第 1～2 頁。

〔註31〕周政保：《非虛構敘述形態——九十年代報告文學批評》，1999 年版，第 53 頁。

〔註32〕朱子南：《當代報告文學四十年》，《蘇州大學學報》1990 年第 3 期。

從社會意義上來表現人。它不是一般地滿足於表現人物的完整性格，而是著重地把人放在縱橫交叉的社會網絡上，反映出時代意義與傳統意識的衝突，變革的社會與落後的觀念的衝突，發展的現實與習慣性思維的衝突，社會的追求與不相適應的文化、教育體制的衝突，要求社會承認與不被理解的衝突，價位期望與自身素質的衝突，在歷史判斷與道德判斷的合力下構思作品。這使作品多維地顯示著社會，並具有警策的內蘊」。針對心理報告性作品，文章認為，「作品從社會學、心理學與商品經濟、倫理道德的視角寫下的種種，提供給人們的是認識當今社會生活中傳統的消費模式、心理模式所投下的濃重陰影，又可以逆向地使我們認識到這陰影是如何反作用於傳統的心理模式的，從而體味到全方位的深化改革的必要性」。針對歷史題材報告性作品，文章認為，「這些作品，通過所寫的已被遺忘或未被重視或原來作為禁區的歷史，透現出現實價值，在歷史與現實的交織中為現實尋求歷史的訓誡，也在歷史的總體評析中探究不該被歷史拋棄、蔑視的人的命運」。總之，作者在對該時期報告文學的評價中，突出了其「反傳統」性和對「人」的尊重，可謂抓住了實質。丁曉原的《歷史與現實的對話──論新時期歷史報告文學》，〔註 33〕對1980 年代中後期歷史題材報告文學中引人注目的《海葬》《西路軍女戰士蒙難記》《南京大屠殺》《志願軍戰俘記事》《文壇悲歌》和《歷史沉思錄》等篇進行分析，指出「它不僅於報告文學題材拓新有績，而且於歷史的補網填空有功……更重要的是歷史題材的報告文學，史中有今，今中蘊史，讀者可以從對歷史的沉思中省悟出安邦強國的許多道理」；作者進一步指出了其對「個體人」的尊重，「在這些作品中，作者十分注重表現個人命運的悲劇，重筆敘寫了人物在特定歷史環境中的各種悲劇性的遭際，通過個人的悲劇命運，畫出民族悲劇的全貌」。楊美進的《論新時期宏觀報告文學》〔註 34〕是 1980 年代中後期報告文學專論，文章論及宏觀報告文學的命名、興起原因以及主要功績。文中指出，宏觀報告文學「力圖把具體的報告對象置於更加廣闊的背景之中加以多方審視，以發掘其更為深廣的時代內涵」。它從題材選擇、結構剪裁、意境創造、議論抒情等幾方面對宏觀報告文學進行了解讀。徐淵的《社會

〔註33〕丁曉原：《歷史與現實的對話──論新時期歷史報告文學》，《當代文壇》1993年第 6 期。
〔註34〕楊美進：《論新時期宏觀報告文學》，《成都大學學報》（社科版）1994 年第 1期。

問題報告文學文體三探》〔註35〕對傳統意義上的報告文學的三大特點，作者
結合對社會問題報告文學的分析進行了新的探討。針對報告文學的時效性，
作者認為：「對報告文學的時效性的理解和遵循絕不應當以反映內容是否是
『當前』、『新近』發生的為依據。關鍵不在於反映什麼，而在於如何反映，不
主要在於時間上的當代性，而主要在於思想上的現實性。」針對報告文學的
文學性，作者認為：「報告文學的文學性雖然是指除虛偽以外的一切文學手段
都可充分運用，但絕不意味著必須調動各種文學手法劃刻塑造一個典型人物。
報告文學在反映現實的表現手法上應該是多種多樣的，可以以塑人物形象為
目的，也可以不以塑人物形象為目的，而不能把它們放在不能互相併存的絕
對對立的兩極。」針對報告文學的政論性，作者認為：「簡潔、形象的政論與
長篇、理性的政論不能絕然對立。」

　　第二類是對該種報告文學社會作用和價值取向的研究。李炳銀的長篇論
文《生活與文學凝聚的大山——對報告文學創作的閱讀與理解》〔註36〕對報
告文學的諸多理論問題進行了探討。對於報告文學的批判性，他認為：「批判
的態度並不一定就是消極的態度，更不能把批判性簡單地視為破壞性。在許
多時候，批判正是一種進取，是一種建設，是勇敢的探求。對於批判的恐懼
與推拒，有時實際上正是一種固守與乏力的表現……歷史正是在一種不斷的
批判淘汰中得到進步與發展，得到變革與更新的。人們沒有理由拒絕批判的
存在。」這一段表述從歷史發展的哲學高度，揭示了報告文學新潮創作存在
的合理性。對於現實性，他認為：「追逐生活現實，並非是一種機械的運作，
而應是文學對現實生活的一種能動性地適應和參與……報告文學的現實性和
時代性若只被理解成一種現時性，被理解成為一種對現實生活的迎合，那就
是報告文學的悲哀了。現實性是明天的歷史性，可現時性卻如同過眼的雲，
耳邊的風，它與歷史是無緣的。」「現實性是明天的歷史性」可謂微言大義，
那些迎合現時的諛主之作，那些缺乏歷史內涵的應景之作，不是報告文學的
「現實性」，它們終將成為歷史的塵埃，隨風飄逝。報告文學正是憑藉它對社
會問題的關注，獲得了它的「現實性」品格。章羅生的《論新時期報告文學的

〔註35〕徐淵：《社會問題報告文學文體三探》，《漢中師範學院學報》1996年第3期。
〔註36〕李炳銀：《生活與文學凝聚的大山——對報告文學創作的閱讀與理解》，《文學
　　　　評論》1992年第2期。

理性精神》〔註37〕主要以 1980 年代中後期報告文學為論述對象，闡明了報告文學理性精神的三個主要方面，即哲理思辨精神、文化啟蒙精神和歷史反思精神。尤其對文化啟蒙精神的闡述較為深刻。龔舉善的《論新時期報告文學的現代意識》〔註38〕認為，新時期報告文學，「因人文精神回歸、哲理意味加濃、文化色彩亮麗、人類關懷趨顯和個性意識增強等而擁有鮮明、濃烈的現代文本意識」。作者從四個方面解讀了這種「現代意識」：「一是厚重而深邃的時空度量上的史詩意識；二是對象選擇上的平民意識；三是從自然的憂戚、靈魂的救贖、文化的關切三個方面實現了價值取向上的超越意識；四是話語方式上的自便意識。」

第三階段（2000 至今）。新世紀以來，報告文學研究與其他文體橫向比較雖仍處弱勢，但文體內部卻進步明顯，表現在研究隊伍大大擴充，論著數量空前豐富。就研究隊伍而言，1990 年代湧現的學者漸趨成熟，理論成果不斷湧現；研究新人漸露頭角，新作亦時有所見。前者如丁曉原、王暉、劉雪梅、李炳銀、周政保、尹均生、章羅生、龔舉善、張瑗等，均有報告文學研究新著出版。後者如張昇陽、孫春、周森龍、王吉鵬、何蕊等，亦皆有專著問世。總之，新世紀報告文學的研究者的研究視野更加開闊，學理性不斷增強，許多人對構建報告文學的獨立理論體系表現出自覺的追求。這些研究者的新著對 1980 年代中後期報告文學都有不同程度的涉論。如丁曉原的《文化生態與報告文學》〔註39〕從文化的角度，尤其是從政治文化的角度，對中國報告文學作了外部環境和內部形式相結合的整體觀照。針對 1980 年代的報告文學新潮，他做出了新鮮獨到的分析：「新時期報告文學中最引人注目的存在莫過於問題報告文學……本來對於問題的揭示，對於不合理現象等的批判，都是報告文學文體的題中應有之義……但以往的報告文學的批判基本上是體制外的，體制之內的批判——自我批判頗為困難。而歷史行進到 1980 年代後期，情勢就大不一樣了。這一時期主導報告文學潮流的就是問題類報告文學。報告文學的轟動，從一定意義上說就是問題報告文學的轟動。《中國「小皇帝」》《神聖憂思錄》《國殤》《世界大串聯》《西部在移民》等作品

〔註37〕章羅生：《論新時期報告文學的理性精神》，《求索》1995 年第 6 期。
〔註38〕龔舉善：《論新時期報告文學的現代意識》，《廣播電視大學學報》（哲社版）1998 年第 3 期。
〔註39〕丁曉原：《文化生態與報告文學》，上海：上海三聯書店，2001 年版。

所提出的問題，一時成為公眾關注的熱點。這種境況一方面反映作者和公眾
具有一種普遍的現實關懷精神，同時也表明社會多了一種兼容性，這種兼容
性正是現代文化生態的重要品質。正是在開放的兼容的歷史語境中，報告文
學開始以主體的自覺，以題材的拓展，文體的增容，思想性的強化和批判性
的回歸，實現著文體的自覺。」在具體分析中，作者從「主體意識的自覺」、
「批判功能的強化」「啟蒙功能的實現」和「文體形式的開放」等幾方面論
述了該時期報告文學作為「現代文化建構和報告文學自覺」的文學史貢獻。
具有較強的理論性和思辨性。李炳銀的《中國報告文學的世紀景觀》〔註40〕
《中國報告文學的凝思》〔註41〕是作者的兩部報告文學評論集。其中，《中
國報告文學的世紀景觀》收入了 1996～2000 年的各種評論文章 29 篇，內容
包括理論探討、作家作品評論和年度述評等，其中的論文《「史傳性報告文
學」——報告文學的新形態》在對 1980 年代中期以來的一系列史傳性報告
文學進行分析的基礎上，指出：「史傳性報告文學是報告文學向社會生產更
深層次的開掘，是對報告文學題材領域的有力拓展……史傳性報告文學的思
維核心是現實生活的敏感內容，只是借助了某些歷史的、行業的和地域文化
的資料，因此，這種類型的報告文學作品，在其思想內容方面對現實生活有
著明顯的參與認識作用，在它的內容表現上又是有著突出的述史寫志的特
點。」作者並把這種特點與純粹的歷史著作和以現實為題材的報告文學作品
進行對比，從而突出了史傳性報告文學在「文學」和「歷史」兩個方面的價
值和意義。《中國報告文學的凝思》，收錄了作者新世紀的評論文章 18 篇，
其中數篇論及「社會問題報告文學」，如《「社會問題報告文學」的歷史作用和
意義》即概述了「社會問題報告文學」的產生、作用和意義，並給予它以高
度評價，他指出：「『社會問題報告文學』最突出的特點是作家通過對各種社
會問題的直接觀照，建立起了作家自己的獨立人格和主體精神，使過去報告
文學中那種更多地出於宣傳目的，甚至摻進虛假成分和只在對報告文學對象
進行分析闡述的情形得以糾正和改變」，「『社會問題報告文學』既是一篇篇作
品疊印出的個性分明的文學景象，也是許多報告文學作家以自己的道德精神
和人格力量鑄就的一塊巨大的社會歷史碑石」。尤需一提的是章羅生 2012 年

〔註40〕李炳銀：《中國報告文學的世紀景觀》，武漢：長江文藝出版社，2003 年版。
〔註41〕李炳銀：《中國報告文學的凝思》，北京：作家出版社，2009 年版。

10 月出版的《中國報告文學新論——從新時期到新世紀》，〔註42〕全書 84 萬多字，該書以新時期以來 30 多年的報告文學創作為研究對象，從宏觀上多層次、多角度地論述了有關中國報告文學的理論建構、發展規律、流派團體與代表作家等，其中首次提出了報告文學流派的概念，把新時期以來報告文學大致分成哥德巴赫派、國土熱流派、社會問題派、歷史反思派、文體明星派、人傑宣傳派、巾幗紅顏派、生態環保派等八大流派，其中對「社會問題」派和「歷史反思」派報告文學的形成與發展、風格與特色、成就與侷限做了較系統的梳理與評介，有利於我們形成對這一報告文學新潮的總體認識，但研究仍流於表面化。

　　該時期出現了一批報告文學研究的博士和碩士論文。其中博士論文 5 篇〔註43〕，碩士論文 13 篇〔註44〕。這些報告文學的學位論文，多層次多角度地開掘新時期以來報告文學的研究，對 1980 年代報告文學新潮亦時有所涉。如丁曉原的博士論文《文化生態演化與百年中國報告文學流變》，其第五章《現代文化建構與報告文學的自覺》，從「主體自覺」、「功能強化」、「文體轉型」三方面，探討了 1980 年代報告文學新潮產生的時代背景，其批判性功能以及

〔註42〕 章羅生：《中國報告文學新論——從新時期到新世紀》，長沙：湖南大學出版社，2012 年版。

〔註43〕 5 篇博士論文是：丁曉原的《文化生態演化與百年中國報告文學流變》（蘇州大學 2001 年）、王暉的《百年報告文學文體流變論》（蘇州大學 2002 年）、謝耘耕的《從新興文體到文學「大國」——中國二十世紀報告文學流變論》（華中師範大學 2002 年）、龔舉善的《報告文學的現代轉進——從新時期到新世紀》（武漢大學 2011 年）、胡柏一的《中國報告文學的歷史進程與文體演變》（吉林大學 2007 年）。

〔註44〕 13 篇碩士論文是：劉真福的《報告文學的寫人藝術》（中國社會科學院研究生院 2000 年）、何蕊的《中國新時期報告文學的價值取向論》（遼寧師範大學 2004 年）、彭樹濤的《論新時期報告文學的第一次嬗變》（武漢大學 2004 年）、寇紅的《報告文學與法制社會建設》（山東師範大學 2004 年）、張俊鵬的《新時期新聞視野中的報告文學研究》（河南大學 2006 年）、黃菲蒂的《問題·典型·文體——張瑜報告文學創作論》（湖南大學 2007 年）、吳曉麗的《論史傳報告文學》（湖南大學 2007 年）、許多嬌的《吶喊的文學——論何建明報告文學的底層抒寫》（吉林大學 2008 年）、邱仕兵的《新時期社會問題報告文學研究》（南京師範大學 2008 年）、吳立麗的《八十年代報告文學流變論》（福建師範大學 2008 年）、張學真的《英雄的涅槃——新時期報告文學中軍人形象塑造的嬗變與反思》（中南民族大學 2009 年）、崔丹丹的《論新時期災難報告文學》（河北師範大學 2009 年）、楊素蓉的《論李輝創作中的歷史敘述》（福建師範大學 2011 年）。

文體上的開放性，重在對其產生的文化生態的考量。王暉的博士論文《百年報告文學文體流變論》從文體學的角度對百年報告文學的流變進行考察，著作對於 1980 年代報告文學新潮「雄渾、悲壯」的語體特色和「集合式」結構特點分析頗為深入，而對於作家「干預敘述者」敘述特點的研究尤為獨到。邱仕兵的碩士論文《新時期社會問題報告文學研究》，是在王暉指導下的社會問題報告文學專論，全文共分三章，分別探討了社會問題報告文學的文化生態和創作主體，社會問題報告文學的作品類型（作者分為結構型、變遷型、越軌型），社會問題報告文學的思想價值和藝術價值。問題在於全面性和深刻性都不足，對其價值和意義的評價也流於泛泛。

　　總之，近三十年對本課題的研究雖然取得了一定的實績，但多是作家作品的分散研究，或者是在報告文學史大框架中作為史料梳理而淺有提及，到目前為止對於 1980 年代報告文學新潮的總體觀照尚付闕如。鑒於此，對其做系統的研究就具有了可行性和必要性。

三、論文的目標和思路

　　論文預期目標是：首先借助對 1980 年代報告文學新潮的興起和引起社會「轟動效應」情況的考察，分析這一報告文學潮湧現象出現的原因以及這種創作何以會出現轟動效應。其次通過對作家作品所關注的現實問題、歷史問題和思想觀念的考察，發掘報告文學作家審視現實和歷史問題上的創新和開拓意義，探討作家們面對社會領域中的思想觀念嬗變所作出的價值判斷和自我選擇，認識報告文學新潮創作所取得的成就和存在的失誤與欠缺。其次計劃深入創作主體的內部，考察報告文學新潮作家存在怎樣的主體人格和精神現實，以及他們所具有的現代品格在作品中的呈現。總之，希望通過對文學現象、文學作品和創作主體三個層面的考察，對 1980 年代報告文學新潮進行一次較為全面系統地研究。

　　本書的大致思路如下：

　　1980 年代報告文學新潮是文學史上一個獨特的存在，在小說、詩歌和戲劇等文學樣式都忙於向內轉，著重於表現自我和形式試驗的時候，報告文學卻一改此前的頹勢異峰突起，不斷形成文學熱點和社會熱點，產生了強烈的轟動效應。作家隊伍空前強大，作品空前繁盛，讀者、媒介、評論界都對之表現出了極大的熱情。那麼，為什麼在 1980 年代中後期會出現這樣一種

報告文學的繁盛局面的？我們應該從文體的內部和外部兩個方面考察其原因。就文體內部而言，報告文學文體有自身變革的需要，報告文學需要擺脫小說的附庸地位而自成一國；就外部而言，改革開放時代的風雲巨變和思想觀念的革新，中國向現代化進軍的強烈希冀，都呼喊報告文學參與到改革的洪流之中。文體自身有變革的要求，時代社會又有強烈的希冀，共同促成了報告文學新潮的到來。本文第一章正是要就報告文學新潮的興起狀況和原因進行交代。

1980 年代報告文學的新潮之「新」是本文討論的又一重點。「新」無非體現在內容和形式兩個方面。本文將著重討論報告文學新潮的內容之「新」，形式的「新」將在討論內容時穿插進行。就內容而言，新潮報告文學首先表現出對各類社會現實問題關注的熱情。1980 年代，隨著改革開放的深入和思想解放的深化，中國社會轉型期的各類問題紛紛浮出地表，紛繁複雜，令人困惑。是否敢於面對這些問題？如何認識這些問題？成為擺在人們面前的一道難題。此時報告文學新潮作家毅然登上歷史舞臺，他們以大無畏的干預生活的勇氣和領先於時代的先進的現代觀念，將視角深入到社會現實的方方面面，幾乎對社會上所有的問題都做了或深或淺的觀照。問題似海洋，本文不可能對報告文學新潮作家所關注的所有問題一一論述，只能選取現今仍然具有深刻現實意義的問題，比如教育問題、人才問題、環境問題等，看一看 1980 年代報告文學新潮作家們都做了哪些思考，這些思考對我們今天有什麼啟示。這是本文第二章意欲完成的任務。其次，對歷史問題的反思。歷史問題在中國也是現實問題。因為現實的需要，中國的歷史被大量地遮蔽和篡改，這些歷史需要以嶄新的現代眼光去重新打量，歷史是一筆糊塗賬，我們又如何指導現實？更如何面向未來？報告文學新潮作家擔負起了釐清歷史和反思歷史的重任，他們勇敢地打破政治的藩籬，將真實的歷史尤其是近代以來被遮蔽的中華民族苦難的歷史昭示天下，這是報告文學新潮作家對現實問題的思考向縱深發展的結果。在揭示歷史的同時，作家們表現出了以歷史反觀現實的強烈願望和認識歷史時的不同於以往的先進的現代觀念。這將是本文第三章重點要探討的問題。再次，中國是一個傳統觀念十分濃厚的國家，各種各樣的傳統觀念深深束縛著人們的思想和行為，它對於中國走向現代化之路造成種種障礙。比如官本位的傳統觀念和人治的傳統、計劃經濟的觀念和金錢與道德對立的觀念、傳統的婚戀情愛觀念等等。認識和反思這些傳統觀念有利於

為新觀念的確立開闢道路。報告文學新潮作家以強烈的社會責任感直面傳統，
對各種阻礙中國現代化進程的傳統思想觀念進行認真地剖析和深刻地反思，
其中所體現出的嶄新的現代思想和新鮮觀念，時至今日仍然對我們具有指導
意義和啟示作用。本文第四章將重點討論這一問題。

　　1980 年代報告文學新潮的「新」還表現在報告文學文體的現代品格，這
首先源於報告文學創作主體的現代思想和鮮明而獨立的主體人格。這批以新
聞記者為主體的報告文學新潮作家群，成長於文革之後思想解放和各種西方
思潮大量湧入的改革年代，他們具有了與前代作家完全不同的思想資源和思
想方法。表現在報告文學創作中，就是報告文學的批判意識顯著增強，報告
文學的理性精神空前強化，而且絕大部分作品都能夠透過現象深挖問題產生
的制度根源和文化根源，表現出寬廣的現代文化視野。本文第五章將對報告
文學創作主體和文體本身的這些現代品格進行分析和討論。

　　總之，本文沿著「現實—歷史—傳統—現代」的思路展開，力圖對 1980
年代報告文學新潮做全方位觀照。

第一章　報告文學新潮的興起

　　1980 年代中後期，中國的報告文學創作迎來了歷史上的鼎盛時期，報告文學從總體上取代了小說而在社會上引起廣泛的轟動效應，報告文學作為一種獨立的文體受到整個社會的關注。這一時期的報告文學從內容到形式都較以往有了重大突破。其顯著特徵是報告文學作家獲得了獨立思考的能力，將一度被淹埋於歌頌主題之下的批判主題重新召回，勇敢地揭示社會生活中存在的種種問題，使報告文學在題材的廣度和深度上都有了重大開拓。在形式方面，宏觀全景式報告文學大盛，作品思想性和學術性顯著增強，報告文學開始擺脫小說附庸的地位而獲得文體的自覺。

第一節　蔚為壯觀的「潮湧」景象

　　1980 年代中後期，報告文學由涓涓細流而匯成大江大海，形成蔚為壯觀的「潮湧」景象，不斷製造著文壇的熱點和社會的熱點，創造了報告文學這一文體史無前例的輝煌。

　　就創作規模而言，1980 年代中後期增長迅速。據上海圖書館所編《全國報刊索引》收錄的報告文學重要篇目，1977 年僅收 137 篇，至 1984 年增至807 篇，而從 1985 年至 1989 年則每年都超過 1000 篇，其中最多的 1988 年為 1315 篇，其直線增長的態勢十分明顯。另據對該時期作家作品集的粗略統計，截至 1989 年，起碼有 80 人以上出版了不少於 140 種的報告文學專集和選集，報告文學文體和作家群體的繁榮興旺史無前例。[註1] 更為重要的是，

〔註 1〕以上數據轉引自章羅生的相關文獻，詳見章羅生著《中國報告文學發展史》，
　　　　湖南人民出版社 2002 年版，第 278～279 頁。

不僅創作數量增加迅猛，而且中長篇作品比例顯著增大，五至十萬字的中篇自不必說，即使是十萬字以上，甚至是二、三十萬字的長篇報告文學也俯拾即是。如李延國的《中國農民大趨勢》和《走出神農架》，錢鋼的《唐山大地震》和《海葬》，大鷹的《志願軍戰俘記事》，徐志耕的《南京大屠殺》，周鋼的《西天一柱》，董漢河的《西路軍女戰士蒙難記》，尹衛星的《中國體育界》，謝德輝的《錢，瘋狂的困獸》，趙瑜的《強國夢》等等，都是膾炙人口的長篇。

就題材內容而言，1980 年代中後期報告文學的觸角幾乎深入到了社會歷史生活的方方面面，從現實到歷史，從社會到自然，從經濟到政治，從民主到法治，從教育到人口，從少年兒童到大中學生，從知識分子到工人農民，從婚戀家庭到性愛倫理，從體育競技到體育腐敗，從流行歌手到乞丐妓女，從出國熱到經商潮，從地震到森林大火，從交通運輸到文物盜竊，可謂包羅萬象。其中更為引人注目的現象是，作品一改過去頌揚為主的正面立意方式，大多以反思的目光，揭批民眾關心的現實和歷史問題，尤其關注改革開放進程中展現出來的保守與改革的較量，傳統與現代的衝突，理性思考新的歷史時期所遭遇的問題、失誤和經驗教訓，體現出強烈的民族憂患意識和理性批判精神。

就創作實際而言，第一篇引起文壇關注的是 1985 年李延國發表的《中國農民大趨勢》，它一改過去報告文學單一寫人敘事的傳統，而是採用了全景式的視角，宏觀上把握了中國農民由傳統走向現代的大趨勢。隨後的 1986 年，富有現實性、迫切性的全景式報告文學作品不斷引起強烈的社會反響，錢鋼的《唐山大地震》，蘇曉康的《洪荒啟示錄》，涵逸的《中國小皇帝》，蘇曉康的《陰陽大裂變》，沙青的《北京失去平衡》，趙瑜的《中國的要害》，馮驥才的《一百個人的十年》等，皆以鮮明的問題意識和豐富的材料、深刻的思想而引起讀者的共鳴，遂形成報告文學的「新潮」並一發而不可收。1987 年更是名篇迭出，麥天樞等的《土地與土皇帝》，胡平、張勝友的《歷史沉思錄》，大鷹的《志願軍戰俘記事》，賈魯生的《丐幫漂流記》，麥天樞的《愛河橫流》，楊民青等的《大興安嶺大火災》，蘇曉康的《自由備忘錄》和《神聖憂思錄》，陳冠柏的《黑色的七月》等等，進一步為報告文學「新潮」推波助瀾，直至形成 1988 年的「潮頭」盛事。1988 年被稱為「報告文學年」，該年度，《人民文學》《中國作家》《收穫》《報告文學》《當代》《十月》《解放軍文藝》《崑崙》《芙蓉》《萌芽》《百花洲》《北京文學》《長城》《鍾山》《飛天》《莽原》《啄木鳥》《鴨綠江》《文匯月刊》等全國 108 家刊物聯合發起了「中國潮」報告文學

徵文，有力推動了報告文學創作的繁榮發展，徵文中共收到作品萬餘篇，其中湧現出一大批優秀報告文學作品，最終評出一等獎 10 篇，二等獎 30 篇，三等獎 60 篇：

一等獎（以得票多少為序，10 篇）

《西部在移民》 麥天樞 《解放軍文藝》 1988 年第 5 期

《走出神龍架》 李延國 《解放軍文藝》 1988 年第 1 期

《中國體育界》 尹衛星 《花城》 1987 年 6 期～1988 年 2 期

《僑鄉步兵師》 中夙 《崑崙》 1988 年第 3 期

《第二渠道》 賈魯生 《報告文學》 1988 年第 7 期

《蔚藍色的呼吸》 陳冠柏 《文匯月刊》 1988 年第 9 期

《伐木者，醒來！》 徐剛 《新觀察》 1988 年第 2 期

《依稀大地灣》 沙青 《十月》 1988 年第 5 期

《世界大串聯》 胡平、張勝友 《當代》 1988 年第 1 期

《元旦的震盪》 理由 《鍾山》 1988 年第 4 期

二等獎（以得票多少為序，30 篇）

《西天一柱》 周綱 《現代作家》 1988 年第 8 期

《國殤》 霍達 《當代》 1988 年第 3 期

《沉重的車站鐘聲》 傅溪鵬 《中國作家》 1988 年第 5 期

《大王魂》 李存葆、王光明 《人民文學》 1988 年第 8 期

《創世紀荒誕》 盧躍剛 《開拓》 1988 年第 2 期

《天下第一難》 陸幸生 《收穫》 1988 年第 4 期

《草原二號──特區的明珠》 陳元麟 《廈門文學》 1988 年第 1 期

《步鑫生現象的反思》 周嘉俊 《文匯月刊》 1988 年第 2 期

《強國夢》 趙瑜 《當代》 1988 年第 2 期

《只有一條長江》 岳非丘 《報告文學》 1988 年第 5 期

《超級婦女》 陸星兒 《十月》 1988 年第 4 期

《城市與老闆的編年史》 喬良 《崑崙》 1988 年第 4 期

《誰來保衛 2000 年的中國》 大鷹 《解放軍文藝》 1988 年第 8 期

《最後的古都》 蘇曉康、蔡元江 《花城》 1987 年第 6 期

《輪空，或再一次選擇》 胡發雲 《中國作家》 1988 年第 1 期

《錢，瘋狂的困獸》 謝德輝 《芙蓉》 1988 年第 2 期

《今日大慶》　龍慶文　《東北作家》　1988 年增刊

《不出經驗的城市》　陳沖　《河北文學》　1988 年第 7 期

《本世紀無大戰》　高建國　《解放軍文藝》　1988 年第 3 期

《中國大團圓前奏曲》　巴桐　《香港》　《福建文學》　1988 年第 7 期

《南中國熱風：中國秀才們》　田濤　《天津文學》　1988 年第 7 期

《黃河悲歌》　劉元舉　《鴨綠江》　1988 年第 9 期

《溫州大爆發》　朱幼棕、陳堅發　《報告文學》　1988 年第 10、11 期

《一九八七：生存的空間》　陳祖芬　《花城》　1987 年第 6 期

《走出現代迷信》　陶鎧、張義德、戴晴　《鍾山》　1988 年第 3 期

《尋找中國潮》　孟曉雲　《人民文學》　1988 年第 5 期

《夢中南國的輝煌》　張莉莉　《散文世界》　1988 年第 6 期

《大血脈之憂思》　梅潔　《長城》　1988 年第 2 期

《愛神在憂思》　竇志先　《桃花源》　1988 年第 4、5 期

（注：三等獎，60 篇，從略）

　　其中麥天樞的《西部在移民》、尹衛星的《中國體育界》、徐剛的《伐木者，醒來！》、沙青的《依稀大地灣》、胡平、張勝友的《世界大串聯》、霍達的《國殤》、盧躍剛的《創世紀荒誕》、趙瑜的《強國夢》、岳非丘的《只有一條長江》、謝德輝的《錢，瘋狂的困獸》、陶鎧、張義德、戴晴的《走出現代迷信》等作品社會影響廣泛。這些作品的共同點是尖銳地揭露問題、大膽地干預現實，表現出強烈的批判性和戰鬥性；其順應了改革的大潮，迎合了社會各階層改良社會和參政議政的需要，使報告文學首次實現了作家和讀者大規模的雙向互動，甚至很多報告文學成為社會改革的參考文獻和催化劑，實現了文學直接干預時政的作用。報告文學作家們有意無意地相互學習、互相借鑒，很快形成了一個報告文學新潮作家群，表現出大致相同的藝術追求和審美風格，共同促成了報告文學創作高潮的到來。

　　報告文學的這一潮湧現象還得益於媒體和評論界的熱捧。媒體除了大力支持報告文學的創作之外，還多次召開報告文學創作座談會，就報告文學的創作實踐和理論建設展開研討。1986 年《報告文學》雜誌舉辦「1985～1986 年全國報告文學筆談」；1986 年 5 月 16 日，《文藝報》文學部邀請部分在京報告文學作家、編輯座談，主題為「報告文學，全社會都在關注您」；1987 年 7 月

20 日《文學自由談》雜誌以「報告文學的使命」為主題，舉辦報告文學作家、評論家座談會；1987 年 12 月《文學評論》雜誌社在武漢舉行報告文學研究者座談會，試圖解決「報告文學理論建設的薄弱問題」，呼籲理論界重視報告文學的理論建設；1987 年 12 月《報告文學》和《文學評論》兩家雜誌社聯合召開作家、評論家對話會，探討報告文學的創作現狀和理論批評問題；1988 年《東方紀事》組織報告文學作家祖慰、喬邁、蘇曉康、胡平、張勝友、陸星兒、劉漢太等七人就報告文學的創作問題進行探討，並整理成《報告文學七人談》於《東方紀事》1988 年第 1 期發表；《文學評論》組織報告文學作家、評論家陳駿濤、何西來、劉賓雁、理由、孟曉雲、丁臨一、肖復興、錢鋼、蘇曉康、李樹喜、李延國、吳國光等人討論報告文學的發展大計，並於 1988 年第 2 期發表討論紀實《面對方興未艾的報告文學世界》；《花城》雜誌邀請蘇曉康、賈宏圖、麥天樞、尹衛星、趙瑜等報告文學作家座談，並於 1988 年第 5 期發表座談記錄《1988·關於報告文學的對話》；《評論家》雜誌組織報告文學作家和評論家蘇曉康、馮立三、李炳銀座談，並於 1988 年第 6 期發表發言紀要《問題和前景——報告文學三人談》；1988 年 11 月蘇州報告文學學會邀請李延國、肖復興、錢鋼、李玲修、楊守松、賈宏圖、胡平、張勝友、李炳銀、謝泳、謝致紅、高寧、應紅、吳志峰、曹禮堯等報告文學作家、評論家、編輯座談，探討報告文學的存在問題和發展前景；1988 年底《解放軍文藝》雜誌社邀請作家、評論家、編輯、讀者進行了一次「關於報告文學的對話」，就報告文學的發展獻計獻策。如此等等，各種研討會、座談會、對話會的密集召開，顯示了媒體對於報告文學的重視，加強了報告文學的理論建構和實踐指導，擴大了報告文學在讀者中的影響，進一步為報告文學的「潮湧」推波助瀾。

第二節　社會和文學變革的召喚

　　報告文學在 1980 年代中後期形成潮湧之勢絕不是偶然的，它是中國社會發展到改革開放時代的產物，也是報告文學自身變革的需要。現實社會中各種思潮衝突的加劇呼喚與之相適應的文學，而此時報告文學新潮作家以充滿理性的問題意識、學者式的嚴謹學術態度和記者式的寬廣視野，將報告文學推向社會變革的風口浪尖，使之成為該時期影響最大的文學樣式，從某種程度上填補了小說失去轟動效應之後的文壇空白。

　　首先是社會變革的時代召喚。1980 年代中期以前，政治意識形態領域的主要任務是撥亂反正和思想解放，其中首要的是以真理的「實踐標準」打破「兩個凡是」的迷信，為改革開放政策的推行掃清障礙，此時，文學加入到了這一政治的大合唱，與政治意識形態之間達成了某種程度的默契。也正是因為撥亂反正的需要，文學可以偷偷摸摸地滲透一點民主、平等、人性等的思想，然而，當撥亂反正的任務完成，文學中的這些「越軌」行為即被作為「資產階級自由化」傾向而受到壓制。文學工作者壓力倍增，紛紛另闢蹊徑，或在文化上尋根探源，或進行先鋒實驗，或進行純粹的寫實，以期避開政治的鋒芒，文學也因此走向幽深和偏僻，從而失去了在民眾中的轟動效應，成為了小範圍把玩賞鑒的「器物」。

　　文學迴避了社會問題，並不代表社會沒有問題，相反，隨著改革開放的深入，中國社會暴露的問題日漸增多，這其中既有老問題的顯現，又有新矛盾的產生。現代與傳統、文明與愚昧、創造與破壞、進步與落後、奉獻與剝奪、崇高與卑鄙、法治與人治、金錢與權勢等等，各種問題相互糾纏，使整個社會充滿迷茫和困惑，人們不知道改革將何去何從。然而，問題還在滋生和蔓延，它成為無論如何也繞不開的殘酷現實，更主要的是，很多改革者在問題和矛盾面前倒下了，「天空充滿了翅膀，但鳥兒卻沒有飛過」。改革的這種步履蹣跚、瞻前顧後造成了極為嚴重的社會綜合症。改革已經將人們從可預見的相對單一的社會生活中拖拽出來，一下投入到複雜的、多元的、劇烈變化的生活之中，人們的人際關係、道德觀念、心理狀態業已發生複雜微妙的變化，各種千奇百怪的社會現象也首次在中國這塊古老的大地上呈現，社會的紛繁複雜和思想的多元矛盾呼喚著改革的深入，尤其是政治和文化改革的深入；然而此時，保守勢力和傳統力量成為改革的嚴重阻礙，經濟上的市場和計劃的衝突日漸突出，許多人難以從社會主義計劃經濟的思維模式中解放出來，更不願意接受作為資本主義象徵的市場經濟；政治改革遭遇的是「自由」、「民主」的瓶頸，它們成為改革者不敢觸碰的禁區，此一禁區決定著改革之路必將越走越艱難；在文化上，我們始終堅守著共產主義的信仰和對中國傳統文化的弘揚，鄙視或牴觸西方現代文化。這些矛盾使我們的社會新舊雜陳，浮沉相映，正誤並存，具體到社會行為上，則是權力至上、以權代法、貪污腐敗、權錢交易、人浮於事、假冒偽劣、破壞自然、損公肥私、損人利己等現象漸趨猖獗。此時的中國需要的是清醒的頭腦和無畏的精神，是高屋建瓴的理論

素養和現代意識，這樣的改革者需要文學的吶喊，報告文學新潮的興起適逢其時。報告文學以問題為切入點，把握時代脈搏，觸及社會敏感點和焦灼點，進而思考問題背後的政治、經濟、文化因素，為改革的步履維艱尋病根、開藥方。

社會問題的彰顯只是報告文學創作轉型的條件之一，改革開放所帶來的作家主體意識的覺醒是又一條件。新時期以來，文學對政治的亦步亦趨現象被打破了，作家們從僵化的教條中探出頭來，看到一個嶄新的理論世界和文學世界，「表現自我」也在與傳統文學觀念的不斷博弈中頑強地在作家的心中成長，作家們不再滿足於「再現」和「表現」現實，而是將自己的觀察、分析和判斷融入寫作過程，力圖於紛繁複雜的社會表象中「去偽存真」，以充滿現代精神的參與意識、憂患意識和批判意識，參與到社會現實的變革與重構。這種作家「主觀戰鬥精神」的發揮，使過去被忽視的問題得以發掘，過去視而不見的弊端得以揭露，過去模糊不清的概念得以釐清，又加社會科學領域內社會學、經濟學、文化學、民俗學、倫理學、心理學等相對於中國而言的新興科學的興起，為作家們提供了新的認識世界的武器，終致報告文學新潮創作破繭而出。

其次是文學變革的自我選擇。1980 年代中期以後，中國文學界的各種文體都不約而同地迎來了一次大的轉型，不同的文學樣式選擇了內涵和形式不盡相同的轉型方式。就小說而言，馬原 1985 年發表的小說《岡底斯的誘惑》彰顯了轉型的徵兆；1987 年，《當代》《收穫》等大型文學期刊集中推出馬原、蘇童、余華、洪峰、格非、殘雪、孫甘露等的「先鋒小說」創作，標誌著小說向「敘述的圈套」、「結構的遊戲」、「語言的迷宮」轉向。另外，「新寫實小說」的出現也成為引人矚目的文學現象，作家採用感情「零度介入」的敘述模式，力圖再現生活的「原生態」。詩歌方面，1986 年，《詩歌報》和《深圳青年報》聯合舉辦「現代主義詩歌大展」，集中推出 60 多家自稱的現代詩派、130 餘名第三代詩人，並分別介紹了他們的實驗詩歌理論和代表作品，如「他們派」、「海上詩群」、「非非主義」、「整體主義」、「新傳統主義」、「莽漢主義」等。這標誌著詩歌開始向「反文化」、「反傳統」、「反英雄」、「反崇高」、「反意象」、「反優雅」等方向轉型。文壇上這種轟轟烈烈的轉向有一個共同特點，即消解或淡化了新時期文學傳統中的責任感、使命感和啟蒙意識，使文學成為遠離社會現實和人民大眾的「敘事圈套」和「語言遊戲」。報告文學同樣經歷了這次文壇的大轉型，但與小說和詩歌不同的是，它沒有遠離現實，淡化使命感，而是史無前例地強化了啟蒙意識和批判功能。

　　新時期之初的幾年間，報告文學和其他文體一樣，亦加入到了撥亂反正和改革開放的洪流之中，基本沿著傷痕文學和反思文學的道路前行。從主題上看，歌頌和暴露相結合，致力於對極左政治思潮的否定和對幹部群眾尤其是知識分子愛國精神的頌揚；從形式上看，小說化傾向明顯，重視人物形象的塑造和事件過程的敘述〔註 2〕。報告文學這種文學性的強化固然增強了其生動性和可讀性，但同時也出現了一個問題，即報告文學要與小說爭奪讀者，與傷痕小說和反思小說不斷引起轟動效應相比，報告文學的劣勢地位是十分明顯的。另就報告文學自身而言，這種「小說化」傾向常給人「虛構」和「非真」的印象，那些心理的、細節的、動作的描寫何以得來？讀者的懷疑常常要減損報告文學的「真實感」，這種對報告文學「真實性」的質疑實際是質疑報告文學存在的合理性，從而致使報告文學文體自身的存在出現危機。它難以在小說之外尋找到自身存在的價值和意義，如何自處？因此，1984 至 1985年上半年，報告文學一度陷入低迷期。此時報告文學不得不作出新的抉擇，它必須擺脫小說附庸的地位，尋找到自己在文學史上的位置。

　　報告文學由「報告」和「文學」兩部分構成，是「報告」多一點還是「文學」多一點似乎無人深究，過去人們強調報告文學的「文學性」，似乎天經地義；那麼，報告文學是不是可以弱化「文學性」而強化「報告性」呢？此一問題在 1980 年代初即有人思考。以「寫人記事」的傳統方式寫作報告文學的劉賓雁就曾提倡過問題式的報告方式，他說，「報告文學的一個長處，就是它的對象比藝術文學更寬廣。有一些永遠無法進入藝術文學領地的現象、人物、事件和問題，都可以是報告文學極好的素材」；〔註 3〕「一場鬥爭、一個事件、一種社會現象或一個社會問題，同樣可以成為報告文學的題材」，「可惜，目前我國全社會所關心的許多重大問題，例如經濟改革、幹部問題、教育事業的發展和青少年犯罪問題等等，在報告文學中還很少得到反映」。〔註 4〕1980 年代中期，隨著報告文學的漸趨沈寂，終於有越來越多的人認識到，報告文學的文體變革只能在「報告」上做文章。1985 年李延國的《中國農民大趨勢》已經使人們認識到報告文學向宏觀、全景、綜合方向發展的

〔註 2〕徐遲的《地質之光》、《哥德巴赫猜想》，黃宗英的《大雁情》、《小木屋》，孟曉雲的《胡楊淚》，陳祖芬的《祖國高於一切》等名篇，無不是圍繞一個主人公言情敘事的小說式筆法。

〔註 3〕劉賓雁：《路子可以更廣些》，《文藝研究》1980 年第 4 期。

〔註 4〕劉賓雁：《不應銹蝕的武器》，《文匯月刊》1983 年第 1 期。

可行性；1986 年錢鋼的報告文學《唐山大地震》的出現和作家蘇曉康的異峰突起給文壇造成巨大衝擊，有評論者甚至用「大地震」熱和「蘇曉康年」〔註5〕來概括其產生的巨大影響。《唐山大地震》在寫法上對報告文學文體的貢獻不可估量，它完全擺脫了傳統報告文學的寫作模式，對唐山大地震的方方面面進行「全景式」觀照，材料之豐富，內容之全面，手法之多樣，令人歎為觀止；文章綜合運用了社會學、人類學、統計學、心理學等多種社會科學的方法，為宏觀綜合式報告文學的寫作提供了很好的範本。蘇曉康 1986 年以後的報告文學寫作，往往能夠做到「在大的文化和社會背景下，站在哲學、歷史的高度觀照和思考當代現實生活，廣泛佔有和綜合材料，做出深刻地社會研究」〔註6〕，從而形成「蘇曉康模式」。就內容而言，「蘇曉康模式」表現出強烈的現實干預性以及戰鬥性和批判性，其對社會問題所進行的政治和文化反思常常能牽動讀者的心弦；就形式而言，「蘇曉康模式」突破了一人一事的傳統模式，淡化人物、淡化故事，採用了便於凸顯問題和利於強化理性思考的宏觀綜合式架構，其突出特點是「對某一領域內的社會生活進行了包括政治、經濟、文化、心理、歷史等多方面的全方位考察，對大量的生活信息進行分析與綜合、篩選與甄別，並運用多種文學表現手法，全方位、立體式、多角度地表現生活」。〔註7〕

　　由此，全景式宏觀報告文學出現並興盛。它的出現，標誌著報告文學作家開始打破傳統文體觀念加於報告文學的條條框框，在開放式的結構下自由靈活地分配材料和掌握敘述，從而使報告文學更適宜於多側面多角度地表現一個充滿矛盾和內涵豐富的世界，進而達到對現實世界宏觀地整體地把握，而不僅僅滿足於某個側面、某個局部的展現。無疑，報告文學的這場文體革新適應了改革開放的複雜時代背景，同時也提高了報告文學這一文體的輻射性和穿透力，大大提升了報告文學反映社會的功能。恰如蘇曉康所說：「淡化人物，突出問題，從微觀走向宏觀，從單一走向綜合。這種報告文學，包含著對社會、對歷史、對大文化、對價值觀念的總體思考。它拓展了藝術思維的空間，進入到人與自然、人與社會關係的哲學性思考，並把對歷史的反思、

〔註5〕安哲：《當代社會的多方透視》，《報告文學》1988 年第 7 期。
〔註6〕安哲：《當代社會的多方透視》，《報告文學》1988 年第 7 期。
〔註7〕王吉鵬、何蕊編著《中國新時期報告文學史稿》，吉林人民出版社 2002 年版，第 148 頁。

對現實的審視和對未來的預測，融進富於現代意識的藝術表現形式之中。同時，作為一種理性的覺醒，它又同許多其他學科發生交叉關係，如社會學、文化學、心理學、倫理學等等，這就增加了它的廣度、深度和力度。」〔註8〕

報告文學的興盛和在社會中不斷產生轟動效應，還與讀者的熱捧密不可分。報告文學新潮創作強化了報告文學的「報告性」和「新聞性」，而「報告」和「新聞」的功能，本來是應該由大眾傳媒去完成的；這不能不使人想到，我們的大眾傳媒肯定是出了問題，才需要由報告文學來加以補償。實際上，報告文學的繁盛恰恰是因為中國新聞體制的封閉促成的。新聞的「喉舌」地位和不自由狀態，使它在大眾中的信譽每況愈下，甚至有時候人們會從相反的方向理解它所傳播的信息，致使其新聞的傳播功能大打折扣。在信息封閉和虛假的情況下，讀者大眾對獲取社會信息的渴望指數直線上升，也勢必會對透露了部分真實信息的新潮報告文學給予關注甚至熱捧。在這種情況下，以新聞記者為主體的報告文學作家，將自己掌握的不能在新聞媒體傳播的社會信息，借助文學刊物的掩護傳達給讀者就具有了特殊意義。報告文學體現著讀者大眾理解和參與社會生活的熱情，是現代生活和社會民主的一種表現方式，也是在政治的夾縫中實現民主的一種渠道和手段。

另外，「二戰」以後直至 1980 年代，世界範圍內的對於社會問題的社會學、政治學、未來學等領域的反思和展望，對於中國思想界和學術界的影響是不言而喻的，這些影響也在一定程度上反映到了報告文學作家的創作中。例如，羅馬俱樂部關於人類社會所面臨困境的報告〔註9〕，阿爾文‧托夫勒關於「第三次浪潮」的闡釋〔註10〕，約翰‧奈斯比特關於「大趨勢」的分析〔註11〕，都直接或者間接反射到報告文學的寫作當中，為之提供思想、主題或方法方面的借鑒。

總之，改革開放的不斷深入，一方面使各種社會問題大量湧現，另一方面也大大改變了作家們的思維方式、知識結構、觀察視角和表達方式，以此為

〔註 8〕劉夢嵐：《挽黃河狂瀾於沉思之中——訪蘇曉康》，《人民日報》1988 年 7 月 4 日、5 日。

〔註 9〕李寶恒譯：《增長的極限——羅馬俱樂部關於人類困境的研究報告》，成都：四川人民出版社 1983 年版。

〔註10〕阿爾溫‧托夫勒著，朱志焱、潘琪譯：《第三次浪潮》，北京：生活‧讀書‧新知三聯書店 1983 年版。

〔註11〕約翰‧奈斯比特著，梅豔、姚綜譯：《大趨勢》，新華出版社 1984 年版。

背景，以突出問題為旨歸的全景式宏觀報告文學應運而生。為了將問題闡釋清楚，報告文學作家們只得不厭其煩地列舉例證、數據，甚至要用圖表來分析綜合、歸納演繹。報告性甚或是學術性恰恰是報告文學新潮區別於此前報告文學的重要特徵。

第三節　新潮作家群的崛起

　　報告文學創作在 1984 年前後，正當其他文體尤其是小說創作繁榮的時期，出現了一段時間的彷徨局面，原因之一是之前的報告文學創作大都是由小說家來「客串」的，他們過於看重報告文學的文學性，試圖將報告文學當作小說來創作，致使在與小說的比拼中顯露窘境。這種窘迫的境況自 1985 年下半年開始突然改觀。「從錢鋼的《唐山大地震》到蘇曉康的《洪荒啟示錄》《陰陽大裂變》，涵逸的《中國小皇帝》，劉漢太的《中國的乞丐群落》和麥天樞的《土地與土皇帝》《愛河橫流》等，這批以宏觀反映當代中國社會問題為主要特徵的報告文學似乎宣告了新生代報告文學作家群的崛起。」〔註12〕報告文學新潮作家作為報告文學的新生代力量，自覺摒棄了文體觀念的束縛，放棄文學性的追求而致力於對各種社會問題的報告，從而為報告文學創作開拓了新的疆土。

一、新潮作家之「新」

　　研究者認為，自二十世紀初報告文學在中國的興起到 1980 年代中後期報告文學新潮的異軍突起，報告文學大致經歷了幾代作家的努力。以宋之的、范長江、夏衍、瞿秋白、鄒韜奮為第一代；以黃鋼、華山、劉白羽、徐遲、周而復為第二代；以劉賓雁、黃宗英等活躍於十七年的作家為第三代；以理由、肖復興、陳祖芬、孟曉雲等新時期前期作家為第四代。如此推算，1980 年代中後期報告文學作家如蘇曉康、麥天樞、錢鋼、徐剛、賈魯生、趙瑜、胡平、陳冠柏等應該算作第五代。〔註13〕這種代際劃分雖然有利於對報告文學作家從總體上把握，卻存在很大的不科學性，因為代與代之間的界線並不明顯，而作家的創作風格亦非一成不變，這一點在第四代、第五代作家身上表現得

〔註12〕謝泳：《崛起的新生代報告文學作家群》，《文學自由談》1988 年第 4 期。
〔註13〕見謝泳《崛起的新生代報告文學作家群》，《文學自由談》1988 年第 4 期。

尤為突出，如被劃歸「第四代」的孟曉雲就是報告文學新潮中的重要作家。因此，筆者決定使用「新潮作家」這一概念，它特指在主題指向、選題範圍、敘述方式和寫作手法等方面都明顯不同於以往的報告文學作家群。從這批作家身上，我們解讀到了作為啟蒙者的那種超乎常人的歷史使命感和社會責任感。因為這些人具有較為現代的透視眼光，故而可以敏銳地感知到整個社會結構的不合理和因之而帶來的現實中的種種社會弊端，並給以大膽地揭露。他們竭力維護啟蒙的基本精神，為整個社會的公平和正義充當吹鼓手和評判員，為此甚至不惜觸犯社會中最堅硬的東西。他們高舉理性精神的大旗，將科學論證和理性分析相結合，綜合運用各種社會科學的方法，給人們提供見解、方法和知識。總之，他們為了真理可以超越個人利害得失，甚至具有為真理而獻身的精神氣質。

報告文學新潮作家群精神氣質的形成與他們特殊的生長環境和人生際遇不無關係。按照李澤厚的說法，他們大都應該屬於「第六代」即「紅衛兵一代」知識分子，李澤厚在《中國近代思想史論》中這樣概括這一代知識分子的特點：「第六代是在邪惡的鬥爭環境中長大成熟的，他們在飽經各種生活曲折，洞悉社會苦難現實之後，由上當受騙而幡然憬悟，上代人失去了的勇敢和獨創開始回到他們身上，再次喊出了反封建的響亮呼聲。他們將是指向未來的橋樑和希望。」〔註14〕謝泳考察這批作家的自身思想狀況後指出：「從年齡上看，新生代報告文學作家群大都在三十——四十歲左右，這批人基本上都是文革後受過大學教育的，而且都是在從事一段新聞記者工作後改行搞報告文學的；從文化背景看，他們不同於五十年代的那些報告文學作家，那些人的主要文化背景是馬克思列寧斯大林的思想，批判現實主義和蘇聯文學的影響，而他們在文革後趕上改革開放的時代，由於思想觀念在八面來風的影響下，他們更多地接受了目前世界上各個學科領域的先進東西，因而讀他們的報告文學一個明顯的感覺是將發達國家做為一個參照系，然後來反思我們在同一問題上所處的困難境地。」〔註15〕正是由於不同的知識背景和精神來源，使這一創作群體具有了更多的參與意識和反思精神，責任感和使命感空前強化，形成與新時期前期活躍於文壇的那批報告文學作家不同的精神氣質。

〔註14〕李澤厚：《中國近代思想史論》，北京：人民出版社 1979 年版，第 470～471 頁。

〔註15〕謝泳：《崛起的新生代報告文學作家群》，《文學自由談》1988 年第 4 期。

　　另外，這批報告文學作家大都具有記者的身份或記者的經歷。「中國潮」報告文學徵文中，一等獎獲得者 11 人中竟有 7 人是從事新聞工作的，李運搏將他們稱為「記者型報告文學家」，並著意區分了他們與文人型作家的不同。在「中國潮」報告文學徵文頒獎晚會之後，李運搏說：「假若沒有一批記者型報告文學家的投入，中國當代報告文學創作很難有多大的生氣，『中國潮』亦不可能迎來這般確乎無愧的『節日』。單是小說家、詩人和散文家來『客串』報告文學，其總體效果（不排斥會產生一些精品）如何很令人懷疑。文人氣質的過多過重，未必適應充滿麻煩的『報告』。」「一批龍騰虎嘯的硬漢式的記者型報告文學家，恰是由於拒斥或少有虛幻、懦弱和纏綿的文人氣質，才有了一批震人魂魄的記者型報告文學文本，才使當代報告文學有了沉重、尖銳和勇猛的風骨氣度。」〔註16〕

　　中國文人本來就有溫柔纏綿的品性，經由 1949 年後長期的改造和打擊，又增添了怯懦的毛病，政治的氣候偶有風吹草動便會縮手縮腳，確實難以承擔直面社會、直擊現實的重任。無怪乎以報告文學《西部在移民》奪得「中國潮」徵文一等獎第一名的青年記者麥天樞公開聲明：「我不是什麼作家，也不想作為所謂的作家，我只是一名記者，當記者當不下去了，寫了該寫的東西發不出來，想了該想的問題沒地方去說，才想到寫報告文學。」〔註17〕麥天樞不想當「所謂的作家」，不想成為「文人圈」中的一員，他討厭文人圈裏為了一點蠅頭小利就丟掉「精英的自我意識」，這顯示了他對中國文人圈的深刻的觀察和深深的失望。麥天樞又說：「我是一個記者，職業使我無法迴避現實，老得去接受社會的痛苦，這樣就不會生活在那種虛幻的文化人的圈子裏。」〔註18〕蘇曉康也說：「我是做過幾年新聞記者的，……可我正因為吞吞吐吐、躲躲閃閃、說半句咽半句、敲邊鼓撩水花乃至乾瞪眼不敢寫等等，才厭煩了那營生。轉來搞報告文學，原本就是為了尋一塊封不住嘴的去處，能對著那些民眾關切、世人矚目、街談巷議的敏感問題，暢快地直抒胸臆。」〔註19〕是記者的經歷養成了他們的記者意識，即直面現實的勇氣和尖銳、勇猛、直抒胸臆的風骨。他們十分清楚自己不是在搞「文學」，而是在搞「報告」，

〔註16〕李運搏：《記者型報告文學家漫議》，《文學自由談》1989 年第 3 期。
〔註17〕曹曉鳴：《「年青人，我羨慕你們」》，《文學報》1988 年 12 月 29 日。
〔註18〕曹曉鳴：《「年青人，我羨慕你們」》，《文學報》1988 年 12 月 29 日。
〔註19〕蘇曉康：《望瓦爾拉夫之項背──報告文學的苦惱和出路》，《自由備忘錄──蘇曉康全景報告文學集》，北京：中國社會科學出版社 1988 年版，第 400 頁。

因此他們的報告文學作品少有附庸風雅的淺吟低唱,而是直擊矛盾直搗醜惡直刺要害。「記者型報告文學家非常注重作品的社會實踐的功利性。他們為的是啟蒙與批判,尋求的是科學、民主與文明。目的和手段的一致,就促使他們構置文本的敘事方式樸實、凝重和冷峻。花裏狐梢、豔辭麗語和玩弄結構,與他們絕對無緣。他們無意什麼『陌生化』,也大約反感什麼故事『開始了』、『又開始了』以及『說不清了』之類的敘事玩藝,把問題說清說透就是圭臬。很可能,他們不太有意雕琢『藝術性』,到達了也是自然的水到渠成。他們注重『報告』的理性和邏輯性,喜歡直抒胸臆的指是陳非,而不尚空靈也不事蘊藉亦不愛泛泛泄情,為的是讓更廣泛的讀者便於接受。若細加比較,他們與小說家、詩人寫的報告文學是有區別的,後者總趨華美,前者則老重質樸」。〔註20〕

總之,這一報告文學新潮作家群是在改革的大潮中成長起來的、以記者為主體的一支獨具風姿的報告文學創作隊伍,它在文壇的異峰突起,不僅為報告文學迎來了創作的黃金期,也為當代文壇注入了勃勃生氣。

二、新潮作家的湧起

報告文學新潮作家短時間內形成了一個人數眾多、實力強大的群體,主要作家有:蘇曉康、麥天樞、賈魯生、趙瑜、胡平、張勝友、孟曉雲、錢鋼、徐剛、霍達、鳳章、沙青、大鷹、中夙、董漢河、陳冠柏、謝德輝、劉漢太、戴晴、盧躍剛、李輝等。

蘇曉康(1949~),祖籍四川,生於浙江杭州。1984 年,入北京廣播學院新聞系學習,畢業後留校任教。1986 年,先後發表報告文學作品《洪荒啟示錄》與《陰陽大裂變》,社會反響強烈,甚至有人將 1986 年稱為「蘇曉康年」。1987 年又連續發表報告文學《神聖憂思錄》《自由備忘錄》等,強化了報告文學的宏觀綜合性和學術性,成為新潮報告文學的重要代表作家。1988 年又發表長篇報告文學《「烏托邦」祭》。蘇曉康的報告文學立足現代視角,對當代中國人落後的民主法治觀念、婚戀觀念、教育觀念等進行拷問,將批判的鋒芒深入人們的思維習慣、文化傳統積澱和社會政治觀念,體現了深沉的憂患意識和強烈的社會責任感。

蘇曉康作為報告文學新潮的領軍人物,被公認為是劉賓雁「鬥士」精神的繼承人。蘇曉康的問題報告文學作品並不多,但每篇都分量極重,都在當時

〔註20〕李運摶:《記者型報告文學家漫議》,《文學自由談》1989 年第 3 期。

產生了不小的轟動效應。發表於《中國作家》1986 年第 2 期的《洪荒啟示錄》可以說是蘇曉康的成名作，作品對我國政治生活中的不正常現象進行了深刻剖析，對於以權謀私、踐踏民主、蔑視法制而無視災民死活的權勢者進行了無情的揭露，產生了強烈的社會震撼力。《中國作家》1986 年第 5 期發表的《陰陽大裂變》，從婚姻家庭領域展開對封建思想的攻勢。該文由於選材關涉每個人的日常生活而更其轟動。文章批判了婚姻觀念上的傳統思想，尤其是政治勢力對於婚姻家庭生活的干預。作者沒有過多地糾纏於倫理、道德、價值觀念等視角，而是從心理學、生理學甚至是性科學的角度解析人的情感變化，給予人的情感以更人道主義的解釋，具有驚世駭俗的力量。1987 年，蘇曉康又發表了兩篇分量極重的作品：《自由備忘錄》和《神聖憂思錄》。《自由備忘錄》緊承《洪荒啟示錄》，從更高視點上反思了我國政治體制的缺陷。文章要引起大家思考的問題是：為什麼普通百姓的人權和自由輕易就會被剝奪？憲法在多大程度上起到了保護公民權利的作用？權力在中國的政治生活中充當了什麼角色？為什麼「縣委」會大於「憲法」？作者通過幾起無端踐踏公民權利的觸目驚心的事件，展示了我們政治生活中的「權力本位」和「人治」的封建傳統。《神聖憂思錄》發表後，社會反響強烈。作者以我國中小學教育的危機為記述對象，指出我們教育的問題主要來源於兩個方面：一是教育不被政府重視，校舍奇缺且破爛，師資匱乏且流失，經費不足且散失；二是讀書無用論的流毒致使師道隕落。反思的焦點在於解放後極左思想所造成的「文明斷裂」，從實際情況來看，它比封建思想具有更強的破壞性，如果不能盡快擺脫之，我們這個民族就會失去教育這一「造血功能」，中華文明將會因之而被「開除球籍」。另外，其長篇報告文學《烏托邦》祭記述了 1959 年「盧山會議」關於「彭德懷反黨集團」這一歷史冤案的發生、發展過程，反思了黨內民主路線的徹底喪失和封建式個人崇拜的瘋長，最終致使「三面紅旗」的「烏托邦」式試驗完全淪為一個人的獨裁，其所造成的重大損失永遠值得中國人民祭奠，而中國政治的民主化也需要在與封建專制的鬥爭中不斷完善。

　　麥天樞（1956～），寧夏中衛人。80 年代曾是《中國青年報》駐山西記者站記者。報告文學作品主要有《土地與土皇帝》《問蒼茫大地》《活祭》《西部在移民》《愛河橫流》《白夜》《天荒》以及《挽汾河》等。麥天樞善於選取社會普遍關注的事件，直面民族的矛盾和苦難，作品具有濃厚的思辨色彩和強烈的批判精神。

　　麥天樞是有著鮮明啟蒙意識的報告文學作家，其作品更多地致力於科學與民主的啟蒙，對政治領域和社會生活領域的封建思想持戰鬥的態度。《土地與土皇帝》、《問蒼茫大地》、《活祭》等作品將火力集中在揭批政治領域的封建行為。《土地和土皇帝》中，李計銀作為「土皇帝」統治山西省定襄縣橫山村達四十年之久，在橫山建立了自己的「封建王朝」。作者在揭批李計銀的同時，更深入地反思了我們的權力機關和新聞媒體中存在的官僚主義和不正之風，挖掘李計銀產生的社會根源。《問蒼茫大地》中，山西省 L 縣縣委書記、縣長、組織部長等人拉幫結派、專制獨裁、以權謀私，終致人們忍無可忍，在換屆選舉中讓這些腐敗分子悉數落選，「在中國選舉史上破天荒地創造了一個奇蹟」。在作者高度興奮的讚譽之聲中，我們明明聽到了那來自心靈深處的痛楚：權力到什麼時候才能真正向人民認祖歸宗？《活祭》中，岳陽市常務副市長殷正高清正廉潔、銳意改革，深受群眾愛戴，卻遭到省紀委「立案審查」，致使數千群眾上街遊行為其請願。文章深刻揭示了政治領域裏的改革與保守、清廉與貪腐、民主與專制的矛盾，指出不進行民主化的政治體制改革，經濟體制改革終會流產。

　　《西部在移民》《愛河橫流》《白夜》和《天荒》等作品則將矛頭指向了社會生活領域的封建落後思想。《西部在移民》獲「中國潮」徵文一等獎第一名，它深入分析了落後農民身上存在的精神貧困，「不孝有三無後為大」觀念、安土重遷觀念、祖先和神明觀念、自然崇拜觀念等，緊緊地束縛著中國農民的思想，使他們固守著貧瘠的土地世代貧窮而不願做出人生的重新選擇。具有文化啟蒙意義。《愛河橫流》將目光鎖定在中國農村中不合理的婚姻現象，展示了與現代文明對立的愚昧封建的傳統婚姻觀念。換親、轉親、連環親、拐賣、采禮、童養媳等仍然是當今農村主要的締結婚姻的方式，青年男女的人性、情感和尊嚴受到蔑視，因而私奔成為潮流。在婚姻問題上的封建習俗是如此根深蒂固，以致許多黨的地方領導幹部也公開支持甚至親自操辦封建式婚姻，使人深感現代文明「路漫漫其修遠兮」。《白夜》是作者關於性問題的採訪手記，它記述了現實生活中大量的性蒙昧的悲劇，批判了在性愛問題上的封閉、保守的封建主義，呼籲以科學的態度、人性的觀點對待性的問題。《天荒》則以性心理學專家陳仲舜治療性心理障礙為特例，將性愛問題引向政治領域，政治上的封建、保守是產生性禁忌的主要原因，破除性愛問題上的封建迷信、普及性科學，必須從政治的現代化著手。

　　賈魯生（1950～），山東曲阜人。曾從事過新聞工作。主要作品有《乞丐漂流記》《性別悲劇》《亞細亞怪圈》《莊園驚夢》《第二渠道》《千古荒墳》《難以走出的墓穴》等。賈魯生長於就社會轉型期傳統與現代之間存在的「二律背反」式矛盾展開思考。2010 年，賈魯生推出新作《瘋狂的養生》。

　　賈魯生的新潮報告文學選擇的視角比較獨特，他借改革時代現代與傳統的衝突，表達了對於民族傳統舊觀念和舊意識的否定。《未能走出「磨房」的廠長》寫的是在傳統的「磨道」中打轉的改革者形象，彰顯了傳統思想薰染的個體走向現代化的艱難。《被審判的金錢與金錢的審判》《千古荒墳》《難以走出的墓穴》等，以改革開放後商品經濟發展較快的溫州為背景，反映了經濟繁榮與思想落後、現代文明與封建意識之間的矛盾。那些富裕起來的溫州百姓並沒有從心靈深處接受現代文明，相反，他們牢牢固守著傳統觀念難以自拔。作者指出，富裕起來的中國農民只能成為「地主」，而不可能成為「資本家」，因為封建思想和傳統觀念像暴君一樣統治著他們的靈魂。《亞細亞怪圈》和《莊園驚夢》則是對「亞細亞生產方式」的反思。亞細亞生產方式是與專制獨裁和奴役剝削聯繫在一起的，作者要反思的是，以犧牲民主自由為代價換取物質文明是否必要，我們怎樣才能走出「亞細亞怪圈」，以民主自由驚醒千年的富強之夢。賈魯生還有一類報告文學作品是對社會底層人物的關注。《性別悲劇》關注的是 80 年代富裕農民中出現的納妾現象，婦女又一次成為了金錢的奴隸和男人的附屬品，作者批判了封建思想在婦女問題上的頑固和腐朽，性別悲劇也是傳統文化的悲劇。《丐幫漂流記》則是借對乞丐這一社會問題的考察，反思落後的文化傳統在每一個中國個體生命中的根深蒂固，乞丐也概莫能外。

　　趙瑜（1955～）祖籍河北安平，生於山西上黨。曾任晉東南地區文聯秘書長、《太行文學》副主編。1999 年入選劍橋大學評選的二十世紀全球 2000 名優秀知識分子。其報告文學作品《中國的要害》《太行山斷裂》《但悲不見九州同》《第二國策》等，觸及重大社會問題，有力地推動了報告文學新潮的湧起。尤其是其體育三部曲《強國夢》《兵敗漢城》《馬家軍調查》，勇闖體育界禁區，引發了全社會對體育體制改革及人權、人道問題的大討論。近年著有報告文學《革命百里洲》《犧牲者》《晉人援蜀記》《火車頭震盪》《王家嶺的訴說》《籃球的秘密》《野人山淘金記》《尋找巴金的黛莉》等。另有影視紀錄片《內陸九三》《大三峽》《申紀蘭》等 80 餘部集。

　　趙瑜是報告文學新潮作家中一個獨特的存在，他的作品幾乎沒有獲得過什麼獎項〔註21〕，然而引起的反響和爭議卻幾乎是最大的，甚至本人一度官司纏身。這源自於他對社會熱點和焦點問題的強度介入和超前預見性。他對問題的尖銳揭露、對現實的強烈干預和對黑暗現象的深刻批判，顯示了一個報告文學作家和知識分子應該具有的勇氣。發表於 1986 年的《中國的要害》〔註22〕以山西太洛公路為考察對象，揭露中國公路交通落後的嚴峻現實，成為認識中國公路交通的高屋建瓴的佳作，以至公路部門將其印發為內部文件學習參考。《強國夢》是趙瑜的成名作，它無情地揭露了中國體育界的種種弊端，全方位透視了中國體育表面繁榮背後的諸多憂患，表現了直面現實的勇氣和不避鋒芒的銳氣。作者甚至預言，1988 年漢城奧運會上中國只能得到五塊金牌，致使體育界要與作者對簿公堂，當預言兌現後，又引發了體育領導層的人事更迭，更引起體育界冷靜反思的熱潮。繼而作者寫作《兵敗漢城》，分析漢城奧運會中國體育代表團慘敗的教訓，指出原因主要是官僚主義和體制問題。作者一陣見血地指出：「體育衙門化，惡弊無窮，危害無窮。」進而作者借體育反思中國的現代化進程問題。1990 年代，趙瑜又寫作《馬家軍調查》，從而構成其「中國體育三部曲」，該文揭露了馬家軍多方面的問題，其中為了出成績而對人性的泯滅頗為突出，令人觸目驚心，是對 1980 年代體育反思的繼續和深化。另外，報告文學《太行山的斷裂》借山西撤銷晉東南地區設立晉城市的事件批判了改革中的教條主義和「左」害流毒，蘊含著對民主與科學的熱切期盼。

　　胡平（1948～），江西南昌人。高中畢業遭逢「文革」，做工人數年，1977年考取復旦大學中文系，1982 年畢業後主要從事文學創作。其報告文學作品大都是與張勝友合作完成的，主要有《歷史沉思錄》《世界大串聯》《東方大爆炸》《神州大拼搏》《中國的眸子》等，在社會上產生廣泛影響。近年來，作品《一百個理由》被《中華讀書報》評為 2005 年非虛構類全國十大好書之一；《情報日本》被《亞洲週刊》評為 2008 年全球華人十大好書第三名。

　　胡平是遊走於現實和歷史之間的報告文學作家，他往往能憑藉敏銳的眼光選取社會重大矛盾、時代重大題材和百姓關心的焦點進行報告，表現了開闊的視野和深沉的憂患意識。《世界大串聯》獲「中國潮」徵文一等獎，作品

〔註21〕僅《強國夢》獲「中國潮」徵文二等獎。
〔註22〕《文學大觀》1986 年第 10 期。

將 1980 年代愈演愈烈的出國潮作為考察對象，仔細挖掘了出國者的生活狀況、社會地位和去國心態，進而對我國的教育制度、人才機制和知識分子政策中的種種弊端進行了深刻的省察。提出了切實改變人才政策、提高知識分子待遇的命題。《神州「大拼搏」》承接上文的主題，通過對中國專業技術職稱評聘工作的考察，反映知識分子在國內的淒慘的生存現狀，從而大聲疾呼「切切實實尊重知識、承認知識分子貢獻與價值」。《歷史沉思錄——井岡山紅衛兵大串聯二十週年祭》借對二十年前那一場轟轟烈烈的紅衛兵運動的回顧，將反思的觸角深入到深層的文化心理和政治動因，甚至深入到人性的本原，從而總結國家、社會甚至是個人應該吸取的歷史教訓。《中國的眸子》借文化大革命中兩幕慘絕人寰的悲劇，繼續了對於現代迷信與專制思想的思考以及對於民主與法治的呼喚。

錢鋼（1953～），浙江杭州人。曾為《解放軍報》記者。1986 年發表的長篇報告文學《唐山大地震》，是錢鋼的代表作，也是全景式綜合性報告文學的奠基之作。另有《海葬》《大清留美幼童記》《二十世紀中國重災百錄》《舊聞記者》《中國傳媒與政治改革》《中國傳媒風雲錄》等。現為香港大學新聞及傳媒研究中心中國傳媒研究計劃主任、上海大學和平與發展研究中心學者。

錢剛於唐山大地震十週年之際發表長篇報告文學《唐山大地震》，引起強烈反響，其「宏觀全景」式的報告風格，災難報告文學的精神意蘊，都具有開拓意義和深遠影響。作品以客觀冷靜的文字、嚴肅科學的態度展示了地震給人類帶來的深重災難和人類生存的堅韌性，保留了人類關於傷痛的記憶。令人印象最為深刻的是貫穿始終的個體生命意識。面對著唐山大地震這一生命的大劫難，翻開《人民日報》，我們看到的不是對於生命的同情和心痛，而是一曲曲抗震救災的「凱歌」，是戰天鬥地的宣傳和鼓動，是政治信仰的強化和昇華，「人」成了政治的背景，甚至是政治的工具。十年後，重新回顧那一場自己親身經歷的人類歷史上最嚴重的自然劫難，錢鋼以對歷史高度負責的精神，發出了對政治化思維方式和行為方式的深刻反思，體現了很強的生命意識和現代精神。《海葬》借大清帝國北洋艦隊誕生、發展和全軍覆滅過程的記述，尤其是借助對李鴻章這一晚晴改革派人物客觀公正的評介，探討了晚晴改革中存在的種種問題，既實現了對於歷史人物和歷史事件的重新評價，也實現了對於現實改革的指導作用，達到歷史事實和現實需要的完美契合。

徐剛（1945～），上海崇明島人。1980 年代後期由詩歌而轉寫報告文學，作品主要有《伐木者，醒來》《江河並非萬古流》《沉淪的國土》《中國風沙線》《中國，另一種危機》《世紀末的憂思》《綠夢》《傾聽大地》《守望家園》《地球傳》《長江傳》《大山水》等。徐剛是生態報告文學的重要作家。有多篇作品被收入中學、大學教材。

徐剛自 1980 年代中期開始，二十餘年矢志不渝地在生態保護的園地裏耕耘，終至他成為生態報告文學中成就最大的作家。徐剛的生態報告文學成就主要表現在以下幾個方面。首先，他借助生態報告反映社會問題，干預現實和批判傳統。《伐木者，醒來》不僅倡導森林保護，更將批判的矛頭指向了損毀自然的官僚主義和傳統觀念，使生態報告文學具有了社會啟蒙的性質。其次，重新思考人與自然的關係。與眾多生態報告文學作家只注重生態系統中的某一方面而導致的視野相對狹窄不同，徐剛的報告文學幾乎涉獵了環境問題的方方面面，他將自然生態和人的生存作為一個整體加以考察，甚至拋棄了狹隘的人類中心主義和民族國家觀念，取自然視角和世界眼光，給予自然和人類以終極的關懷。他的系列報告文學《守望家園》是徐剛延續 1980 年代生態問題報告的集大成之作，以 6 卷 70 餘萬字的篇幅，全面觀照了地球甚至是整個宇宙這一人類「家園」的生態問題，被人稱為環境問題的「百科全書」。

霍達（1945～），北京人。以小說《穆斯林的葬禮》而蜚聲文壇。1980 年代後期一度轉入報告文學創作，主要作品有《萬家憂樂》《國殤》《小巷匹夫》《民以食為天》等。另有小說、散文、隨筆、電影劇本多篇。1999 年北京十月文藝出版社出版了《霍達文集》六卷。

霍達的報告文學作品更多地關注知識分子和人才在現實中國的命運，具有深沉的憂患意識和現代精神。《小巷匹夫》記述了富有創新精神的青年攝影師成功發明改造了攝影器材，引起了一場攝影技術的大革新，然而，來自領導的壓制，來自同事的嫉妒，來自社會的諷言諷語，卻使他一蹶不振。作者將批判的矛頭指向了輕視知識、輕視人才的傳統勢力和世俗偏見。《國殤》是霍達影響較大的報告文學代表作，文章記述了大量中年知識分子英年早逝的現狀，作者列舉了數學家張廣厚、藝術家王振泰等多個典型事例，痛悼國殤之士，呼籲國家像對待國寶大熊貓一樣對待知識分子，切實改善知識分子待遇。《萬家憂樂》關注的是另一個關係千家萬戶利益的問題——消費者權益。

作者寫到，正當國際社會大力促進消費者權益保護的時候，中國根本不知道「消費者協會」為何物，全社會損害消費者權益的現象愈演愈烈。《民以食為天》全方位考察了中國農村貧困與飢餓的現實，尖銳批評了領導層在糧食問題上的錯誤思想，指出中國仍未完全解決溫飽問題，糧食危機將是中國社會長期面臨的主要問題。

　　總之，1980 年代中後期，以記者為主，包括小說家和詩人，都不約而同地聚集到報告文學的園地辛勤耕耘，從而形成了一支高素質的創作隊伍，推動了報告文學新潮的湧起。

第二章　正視現實矛盾

　　改革開放凸顯了各種社會矛盾和社會問題，它們或許古已有之陳陳相因，或許產生於改革開放的新階段，無論人們對之持有何種態度，都不應該視而不見而必須認真加以對待，為此，提出問題引起思考就變得十分必要。1980年代報告文學新潮創作承擔了這一直面現實的任務，它將觸角伸向社會生活的幾乎每一個角落，關於官僚主義問題，關於權力腐敗問題，關於民主法制問題，關於知識分子問題，關於教育問題，關於愛情婚姻家庭問題，關於性愛問題，關於獨生子女問題，關於中學生心理問題，關於高考問題，關於大學生問題，關於人口問題，關於人才外流問題，關於醫療衛生問題，關於老年人婚姻問題，關於乞丐問題，關於盲流問題，關於黑社會問題，關於精神病問題，關於妓女問題，關於住房問題，關於市場與消費問題，關於合同工問題，關於農民工進城問題，關於鄉鎮企業問題，關於個體戶問題，關於濫伐森林問題，關於生態平衡問題，關於城市垃圾問題，等等。領域之廣闊，題材之廣泛，可謂史無前例。

　　其中的很多現實問題，時至今日依然甚至是更嚴重地困擾著我們，如教育問題、人才問題、環境問題等等，研究當年報告文學作家們對這些現實問題的考察和思考，不僅具有歷史意義，同時也具有當下意義。

第一節　教育問題的憂思

　　1995年9月1日起施行的《中華人民共和國教育法》這樣解釋我國教育的目的：「教育必須為社會主義現代化建設服務，必須與生產勞動相結合，

培養德、智、體等方面全面發展的社會主義事業的建設者和接班人。」「國家在受教育者中進行愛國主義、集體主義、社會主義的教育，進行理想、道德、紀律、法制、國防和民族團結的教育。」〔註1〕教育是具有功利性的，大到一個國家、一個民族，小到一個人的強大，離不開教育；然而教育又不能是功利主義的，眼睛不能只盯著眼前的那點兒小利，它更重要的是為「未來」負責。恰如哈佛大學第一位女校長德魯·福斯特在其就職演說中所說：「一所大學的精神所在，是它要特別對歷史和未來負責——而不單單或者僅僅是對現在負責。一所大學關乎學問（learning），影響終生的學問，將傳統傳承千年的學問，創造未來的學問。一所大學，既要回頭看，也要向前看，其看的方法必須——也應該——與大眾當下所關心的或是所要求的相對立。大學是要對永恆做出承諾，而這些投資會產生我們無法預測且常常是無法衡量的收益。」「大學培育的是一種變化的文化甚至是無法控制的文化。這是大學為未來承擔責任的核心。教育、研究、教學常常都是有關變化的——當人們學習時，它改變了個人；當我們的疑問改變我們對世界的看法時，它改變了世界；當我們的知識運用到政策之中時，它改變了社會。」〔註2〕教育應摒棄急功近利，為「永恆」負責。

中國人早就明白「十年樹木，百年樹人」的道理，然而，我們卻不具備現代教育觀念，尤其是 1949 年以後，我們甚至使教育走向了政治化、工具化，我們忙著培養「社會主義事業的接班人」、培養「德智體全面發展的社會主義的勞動者」，要求人成為社會機器上的一顆「螺絲釘」，成為社會主義大廈上的一塊「磚」，我們的教育成了生產「工具」的流水線；新時期以來，我們又走向了應試教育的極端，一改「政治掛帥」為「分數掛帥」，而隨著商品經濟和市場經濟的發展，我們又更多地將教育定位在「職業培訓」，培養的是廠礦企業急需的「技能型」人才。總之，我們的教育把「人」搞丟了，人的自由的發展、健全的人格、求異的思維、批判的精神不見了。錢學森先生臨終前對溫家寶總理發出的「為什麼我們的學校總是培養不出傑出人才」的「錢學森之問」，令人深思，建國六十多年了，我們的各行各業除了多了許多專家教授

〔註 1〕李小剛博客《大陸和臺灣教育法比較》，http://lxg027.blog.163.com/blog/static/
51727197200917101919356/。

〔註 2〕引自 2007 年 10 月 12 日美國哈佛大學第 28 任校長德魯·福斯特的就職演講詞《讓我們展開最富挑戰性的想像力》。http://blog.sina.com.cn/s/blog_6ff784fb
0100nr31.html。

之外，為什麼沒有出現民國時期那樣多的「傑出人才」，或許的確是我們教育的梯子搭錯了牆。果如此，我們的教育就走向了一條不歸路，它越是熱熱鬧鬧、轟轟烈烈，我們距離教育現代化就越遙遠，教育必須改革——我們還在猶豫什麼？

對此，二三十年前那些智慧的頭腦就已經開始了深入的思考，1980 年代報告文學新潮作家更是將其作為一個重要課題進行了探討。

一、師道隕落的揭示

在中國，教育曾經是神聖的事業，教師受人尊重，甚至被譽為「人類靈魂的工程師」。然而，1949 年後，教育神聖的觀念受到來自社會各方面的巨大衝擊，甚至一度為「知識無用」、「知識越多越反動」的論調所淹埋；廣大教師在歷次政治運動中更是受害頗深，他們被迫進行思想上的「洗澡」，被迫進行書面檢討或當眾檢討，教師的尊嚴和威信在學生面前幾近「掃地」；「文革」十年教師更是在劫難逃，他們被誣為「臭老九」，不斷接受「檢查」和「批鬥」，很多人長期被下放到農村監督勞動改造；1971 年全國教育工作會議指出教師「大多數的世界觀基本上是資產階級的」，這種將教師作為敵對階級的認識，使廣大教師的境遇雪上加霜。新時期以來，國家對教育逐步重視，教師本應獲得經濟地位的相應提高，其實不然，與整個社會財富的增長相比，教師的相對貧困化程度加深，教師在飽受了政治上的打擊和煎熬之後，又遭受著經濟上的壓抑和折磨。社會上流傳著「窮得像教授，傻得像博士」一類的民謠，教師成了「奉獻」的代名詞，甚至「教師之家」的牌子可以用來作為「防盜措施」。

1988 年羅來勇、陳志斌的報告文學《前門外的新大亨》[註3]對教師的經濟狀況做了詳細的調查和對比，作者調查了北京大學教師 2368 人，北京的個體雇工 2840 人，結果顯示：大學教授的月平均工資 175 元，副教授 122 元，講師 97 元，飯館大廚 300 元，百貨售貨員 200 元，腦體倒掛現象十分明顯。與民國時期比較，「五四」時期，一個大學教授的工資是每月 300 塊大洋，而毛澤東在北大圖書館做管理員的工資是 8 塊大洋，相差近 40 倍；1930 年代大學教授的工資是 500 塊大洋，相當於 28 個工人的工資。與國外比較，美國教授月收入八千至一萬美元，一般工人八百至一千美元，相差約十倍；日本教授月收入二十至三十萬日元，一般工人二萬至三萬日元，相差約十倍；

〔註 3〕《當代》1988 年第 4 期。

蘇聯教授月收入六百至八百盧布，一般工人一百至一百五十盧布，相差約六倍。中國大學教授的月工資收入相當於美國大學教授的百分之一，香港大學教授的百分之二，日本大學教授的百分之二，蘇聯大學教授的百分之六。

社會地位和經濟地位的雙重跌落，使中國教師這個職業成為「雞肋」，甚至成為避之唯恐不及的「災禍」，中國的教育面臨著前所未有的危機。蘇曉康、張敏的報告文學《神聖憂思錄——中小學教育危境紀實》〔註4〕對中小學教育的危機進行了全面地考察。首先，作者為我們描述了幾近荒誕的現實。每年七八月份，那些「望子成龍」的家長們就會使盡渾身解數將孩子的戶口轉入重點學校「片區」，為的是給孩子選擇一所「重點」學校，從此「基本敲定」孩子的「前程、等級、貴賤」。為此，真換房的、假換房的、認乾親的、假離婚的、假結婚的，哭的、吵的、鬧的、作揖的、下跪的、捧戶口本的、賴著不走的，家長們無所不用其極。然而，正當教育神殿的門檻前熱火朝天的時候，教育神殿內卻出現了另一種奇怪的現象。1986 年 8 月 14 日《光明日報》的一則消息透露：「今年師院的生源比往年更困難……北京的優秀中學畢業生不報師範，不選擇教師職業的問題日趨嚴重。」同年 9 月 9 日的《中國青年報》也以《師範院校為何依然門庭冷落》為題發表一篇調查：「『幫我們呼籲一下吧，師範院校招生太慘了。長此以往，教育事業將不堪設想！』教師節即將到來之際，作為培養教師的搖籃之一——北京師範學院的同志卻對記者發出了這樣的呼聲。」一面是中小學的大門幾被擠破，一面是師範院校門庭冷落、淒清一片，它昭示著一個荒誕的事實：越是希望子女受到良好教育的人們偏偏越是看不起教育這個行當。作者從中發現了一個不祥的怪圈：「社會的教育功能恰恰在生產著非教育的社會力量，繼而形成一種自我窒息的反作用力，結果是人才創造得越多教育反而越萎縮。」

作者指出，「這怪圈，說到底是規律對人類的報復」，它「恰恰證明了某種社會機制的荒誕」。作品例舉的現實中教師們的種種境遇正證明著這種「荒誕」。田暢的父母都是教師，父親是北京大學地質地理系 1957 年的本科畢業生，二十多年來發表過多本著作和譯著，然而全家四口人卻只能擠在一間十二平米的小屋裏，每天過著「大人與小孩輪流分享飯桌、每晚拆桌支床」的生活；田暢拒絕承襲父輩的命運，高考之後他寧願去上非師範類的大專，也不願上清華師資班和師範院校。「兩間斗室，總共十八平方米住著六口人。

〔註 4〕《天津文學》1987 年第 9 期。

那樣低矮，伸手摸得著天花板；那樣陰冷，終日不見陽光，地面滲得出水；那麼簡陋，冬天透風，夏天漏雨……」這就是教齡長達四十年的北京八中特級教師張思恭的生存空間，惡劣的環境和超負荷的工作奪走了他的健康，他死於肺癌，至死也沒能走出這破屋。南方某大都市，一位三十多年教齡的老教師，一家八口，只住二十一平方米；他在患肝癌住院期間，昏迷中還不斷哀叫「房子」；彌留之際，家人謊稱已經分到一套「三室一廳」，他才閉上眼睛，撒手西歸……作者還寫到教師令人擔憂的健康狀況：北京市西城區 4000 多名中學教師裏，因病全休者 233 人，半休者 272 人，帶病工作者 205 人；西城區展覽路一小 49 名教師，在一次體檢中竟查出 46 人有病，其中 22 人生了腫瘤；15 中校長說：「我們 100 個教師中，就有 65 個病號，大多都是中年。他們長期帶病教課，弄不好就暈在講壇上……」西城區 1985、1986 兩年死亡教師（包括已退休者）的平均壽命為五十幾歲，其中未到退休年齡即死亡者占將近一半。造成這種狀況的原因除了教師食住條件差、工作負荷大以外，醫療制度也難辭其咎。人們想像不到，同樣的公費醫療，教師卻是要被區別對待的：官員得病，可以「不惜一切代價」；企業單位職工，醫生也可以放膽開出大方子以求妙手回春；中小學教師，加蓋了學校醫務公章，一次方子價格不得超過三塊錢。原因正如作者分析的：「學校不能提供利潤，它只是向孩子們注入知識，孩子們把知識帶走了。孩子們是它的產品，而且還只是半成品。社會似乎不肯為這些半成品付款。這椿交換在半腰裏中斷了。」學校是服務型行業，教師的神聖在於無私地教書育人，純粹以經濟的手段去衡量，自然可取之處甚少。因此，作者沉痛地指出：「教師職業是神聖的，這神聖就在於甘願吃虧。可是如果社會蔑視這種吃虧的人，神聖就消失了。」

接著，作品記述了「神聖」被褻瀆之後的惡性循環。高中畢業生不願意報考師範院校，師範院校的招生名額幾乎占總招生名額的一半，而第一志願報考的人數卻是零；好不容易被籠絡到師範院校的畢業生也千方百計跳出教師行業。每臨師範院校畢業分配，大家紛爭即起，全都烏眼雞似的相互廝鬥。作者摘錄了一名師範畢業生的記述《生死搏鬥般的畢業分配》，十分典型：

> 　大夥兒全都眼紅了。過去煙酒不分的鐵哥們兒掰啦，卿卿我我
> 熱乎了幾年的相好吹啦，平日裏最革命最含蓄的主兒也赤膊上陣
> 啦，老實疙瘩榆木腦袋三腳踹不出個屁來的也都鬼了精了伶牙俐齒
> 啦！全系一百來人有一百多個肚子，一百多個肚子裏有一千多條

蛔蟲，但九九歸一都打著一個主意：想法把別人踹到中學去，自個兒逃出來。

其實能逃出去幾個？「暗渡陳倉」只有兩條棧道：考研究生和留校。前一條道，崎嶇小徑，不過幾個去，絕大多數只有望其項背的份兒。留校屬於第一輪爭奪戰，全係經過一番廝殺，十幾個獲勝者幾乎清一色是黨員，敗陣眾輩憤憤然呼之為「分配先鋒隊」。

第二輪爭奪更加較勁兒。大魚跑了撈蝦米。掐不著頭茬嫩尖掐二茬。橫豎是當孩子王，留城總比到農村教書強百倍。老蔫兒這小子早就算計到這一著。自打入學第一天起，就宣布爹媽雙雙有病，身邊離不了端茶倒水的，天天騎車從西到

東橫跨北京城回家去住。四年過去了，他沒沾過宿舍的床。到這節骨兒上，他樂了。一米八的大小夥子成了全班無可爭議的「困難戶」，第一個確定留城。

蛐蛐兒和黑蹦筋上下鋪睡了四年，吃飯都不分飯票，也算得上「肝膽洞，毛髮聳，立談中，死生同，一語千金重」。冷不丁傳出一個信兒，他倆得有一個分到郊區，頓時像劈過來一斧子，黑蹦筋跺腳搬出去了。蛐蛐兒不吭不哈，悄悄往班主任那兒遞上一張證明：本人從小跟姥姥過，最近姥姥遭了車禍，需要留城照顧。黑蹦筋傻了，又蹦又罵。

老蔫兒和蛐蛐兒的招術，令大夥兒叫悔不迭。一時間，父親病危、母親癌症、奶奶骨折、爺爺半癱，紛紛「報警」。俗話說：鑼鼓長了沒好戲。戳破了影戲人兒這層紙，大夥兒全都瞎忙——班立任鎖上家門走親戚去了。

架不住還有更絕的。大菊子突然宣布爹媽離婚，她和弟弟各歸一方，成了獨生子女，輕而易舉便把本來有條件留城的胖妞擠到郊區。胖妞哭成淚人兒，女生私下議論：不知離婚是真是假？

反正已經是雞毛韭菜難辨，大夥兒都哄吧。忽傳出婚配者也可照顧，於是學校旁邊的街道辦事處熱鬧非凡，大夥兒饑不擇食地找一個挎著胳膊就去排隊登記。獨生子歪猴兒乘火打劫，把垂涎已久的假西施從秀才手裏搶了過來。假西施全校聞名的美人兒，此刻也淚灑相思地，扔下頗有才氣定情多年的秀才去了。誰讓他爹媽在郊區呢！

亂哄哄半年過去了。每個人學到的東西都比書本上多。末了作鳥獸散。

萬般無奈踏進中學大門的，多數不安心工作，總想著逃離這「是非之地」。作品調查，北京市西城區教育局對四年內分來的大學生的調查顯示，來自二十所大專院校的三百八十多人中，不安心工作的占百分之十三，調出教育口的已達四分之一。宣武區五年裏分來的大學生已走了近三分之一，崇文區也走了近四分之一。

那麼，為什麼惡性循環不能變成良性循環呢？作者列舉了許多現實中的所謂「兩難」：有人擔心給予教師工資、補貼和稱號等的特殊政策會使社會失去平衡而影響穩定，不改善教師待遇又會影響教師的積極性從而殃及教育本身；改善教師待遇需要國家財政加大投入，而財政困難又需要抽取教育經費來救助突發性災荒和困難；校辦企業雖然可以抓錢，但學校作為教育職能部門兼顧教育和生產畢竟不是長久之計。現實中的兩難歸根結蒂是對教育不夠重視的藉口，作者在「尾聲」《報復將在何時？》中指出，在美國、日本這樣的超級大國都將教育放在優先發展的戰略地位的今天，如果我們還在「歷史遺留給我們的愚昧」裏尋找藉口，終有一天會遭到應有的「報復」！

《神聖憂思錄》在當時社會引起不小的轟動效應，它對教育危機的展示和深沉憂思引發了社會的強烈共鳴。著名作家冰心也在《人民日報》發表《我請求》〔註5〕一文，請求全社會都來閱讀這篇報告文學繼而關注教育問題。作品的力量來源於那些司空見慣卻又觸目驚心的第一手材料和對中小學教育危境的全景式觀照，以及作者字字沉痛、飽含情感的文字。在筆者看來，由於種種原因，作者對「神聖」破產原因的探討過於節制或語焉不詳。首先，對當代「反智主義」思潮語焉不詳。作品雖然借助被採訪者之口道出了教育工作者建國後屢遭迫害的遭際，卻沒有對這一造成文化自戕的反智主義思潮做系統總結和反思。以階級翻身為目標的中國革命具有民粹主義的傾向。革命的主要依靠力量是工農兵，包括廣大教師在內的知識分子必須先改造再利用，以至毛澤東說：「最乾淨的還是工人農民，儘管他們手是黑的，腳上有牛屎，還是比資產階級和小資產階級知識分子都乾淨。」〔註6〕在此種反智

〔註5〕《人民日報》1987年11月14日。
〔註6〕毛澤東：《在延安文藝座談會上的講話》，《毛澤東選集》（一卷本），北京：人民出版社1968年版，第808頁。

主義思潮的支配下，從延安整風運動之後的三四十年間，知識分子被迫進行「思想改造」，地位不斷下降，「文革」中更是淪為「臭老九」。教育因此深受其害。「讀書無用論」大行其道，「知識越多越反動」的說法風行一時。學生停課鬧革命，古今中外之書幾被焚燒一空，教師被批鬥，大學停止招生，正常的教育秩序和教育體制被完全破壞。更為可怕的是，大量的知識分子也都從「骨子裏爆發革命」，從內心裏認同了這種反智主義的思想，最終導致知識分子的異化和人文精神的危機。或許，在反思教育問題的時候，我們更應該反思為什麼當代中國會產生如此強大的一股反智主義的思潮，誰真正應該為教育的沒落負責。

其次，作品對「神聖」的反思隱晦不明。文章開頭發問：「那文明傳遞的神聖偉力，那如孔子作為教育家的『不怨天，不尤人』的執著精神而今是否仍然存在？」結尾再問：「古老的神聖，你還能再傳遞我們一程嗎？」筆者認為，作者當然無意於對所謂「神聖」的呼喚，反而要反思在商業背景下師德「神聖」的可靠性，可惜語焉不詳，容易引起誤解。以儒家思想為主體的中國傳統文化，注重以人倫道德來維繫人與人之間的各種關係，它更強調道德標準而忽視物質利益的調節作用。中國傳統文化實質上是一種道德文化，它以道德的追求和完善作為人生和社會的目標，道德渴望神聖，於是人性被納入「神聖」之圈。教師「為人師表」，是「人類靈魂的工程師」，他理應在道德上成為世人的表率，自覺抵制物質利益的誘惑而「甘於清貧」。因此，當我們談到尊師重教時，使用的也是道德槓杆，給教師頭上強加上「神聖」的光環，並苛刻地抬高對他們的道德要求。長期的文化薰染，使全社會甚至是頭戴光環的人都產生了一個錯覺，教師高人一等，神聖得很。在小農經濟之下，這種「神聖」還可以勉強維持，但在道德文化解體、商品經濟蓬勃興起的 1980年代，「神聖」的消失是必然的。商業文明承認人的物質追求，以物質利益作為社會調節的主要手段，教師這一行業不可能脫離商業文化的大環境而獨自「神聖」，因此，作者應該也認識到了，寄望於古老的「神聖」再傳遞我們一程的想法已經變得不合時宜了。作品中所展示的 1980年代教育的種種困境，恰恰是神聖光環消失、利益導向尚未形成的尷尬。

當然，提出問題比解決問題更重要。無論如何，師道的隕落是不爭的事實，人們沿著報告文學提供的線索繼續討論，或許正是報告文學作家們期望看到的結果。

二、「人」的丟失的省思

　　涵逸的《中國的「小皇帝」》、孟曉雲的《多思的年華》和《你在哪裏失去了他》、陳冠柏的《黑色的七月——關於中國高考問題的思索》、韓靜霆的《1987‧高考考生的父親母親們》、張樺、劉凱的《高考落選者》、羅達成的《少男少女的隱秘世界》、楊曉升《自殺沉思錄》等，這些作品從不同的側面剖析了中國家庭教育和學校教育的現狀，尤其對中國的教育方式、招生制度、考試方法進行了認真地反思，從而揭示了中國教育對受教育的主體——學生的主體性的漠視，甚至於對「人性」的摧殘，提出了教育需要全面改革的實質性話題。

　　首先是對教育功利主義的揭示。新時期以來，我們的學校教育以應試為旨歸，高考似乎成了每個孩子接受教育的終極目的。每年的 7 月 7 日、7 月 8 日、7 月 9 日三天（2003 年改在 6 月的 7、8、9 三天），全國成千上萬的學子、成千上萬個家庭、成千上萬所學校遭受著「高考」的煎熬。對於學生來說，這三天將決定他們能否上大學和上什麼樣的大學；對家長來說，它則是孩子將來能否有個好工作和幸福人生的關鍵時刻；而對於學校來說，它決定著學校的聲譽、校長的升遷和教師的福利。因此，這決定著眾多人命運的七月也被喻為「黑色的七月」。陳冠柏的《黑色的七月——關於中國高考問題的思索》[註7]對高考做了全方位的考察和報告。中國的高考是千軍萬馬擠獨木橋，陳冠伯對某省招生情況的調查，告訴人們高考的難度有多大：1985 年應屆生四萬五千多人，歷屆考生一萬多人，招生二萬人，被淘汰的三萬人以上；1986 年，應屆生八萬五，歷屆生二萬多，招生二萬，被淘汰的八萬多人；1987 年，預計應屆生九萬人，歷屆生三萬人，招生數不會有什麼增多，將會有十多萬人被擠出角逐區，然後加入下一年的高考隊伍。面對如此困難的局面，家長們卻鬥志旺盛，他們難以抑制那一顆望子成龍之心的悸動。為了孩子高考，他們可以在考場外攝氏 50 度的高溫下焦渴地等待；為了孩子高考，他們可以讓孩子享受時下最好的物質文明；為了孩子高考，他們可以手持重禮低三下四地哀求學校為孩子辦「留級」手續；為了孩子高考，他們可以逼迫孩子第八次踏進高考的考場；為了孩子高考，他們可以將高燒不退的孩子背進考場……家長們就是這樣急功近利，有時甚至有點不近人情，然而作家認為

［註 7］《文匯月刊》1986 年第 8 期。

我們無權責備他們，他筆下有一位中學校長這樣說：「不能責怪家長『望子成龍』。問題是社會上只承認大學生這一條『龍』，而且在『龍』與『蟲』之間的開闊地裏沒有合理的分檔。」家長們也道出了自己的無奈：「我也覺得給只能挑八十斤的孩子壓百斤擔不好。只要他用心了，出力了，幹什麼我也安心。可是除了上上下下瘋狂似的爭著考大學，社會上有誰實實在在地告訴我們別的去做什麼，又怎麼去做呢？」誠如是，在這樣的社會大環境下，有多少家長能夠給孩子選擇比上大學更輝煌的人生出路呢？面對著高考這一唯一的評價體系，考生們的壓力是沉重的，不少人的靈魂被扭曲了，落榜後，有的人選擇了自殺，有的人選擇了離家出走，有的人則一蹶不振。究其原因，是因為他們將人生價值的砝碼全都壓在了高考上，在他們看來，高考的失敗就是人生的徹底失敗，高考已經證明了他們是「低能兒」，他們的人生價值被一票否決了。作家傾聽考生們的心聲，體會他們那「顫悸不安」的心靈，寫出了他們的焦灼、痛苦和迷惘。一位考生滿含焦慮地說：「我只有考上大學才對得起父母，才能為鄉人稱道，才有唯一光明燦爛的前途。如果落榜回鄉里，那將為眾人取笑，無地自容。因此我一看到『高考』——這個人生轉折點的字眼就感到畏懼，我甚至在筆記本上寫下了萬一落榜後的打算——走絕路。」另一位考生也產生了這種日暮途窮之感：「我不知道我能不能考上。如果不能，迷茫、痛苦、失望，種種壓力都會襲來。……我們在日日沉淪著，等待著，得過且過著，在這人生最後一絲希望行將破滅之際，我們的生命之柱將依在哪兒呢？」十七八歲的年紀，本應過著「少年不識愁滋味」的天真爛漫的日子，他們卻早早地承受著這「人生不能承受之重」。而對於絕大部分考生來說，命中注定要成為高考的犧牲品，從此開啟自己「悲劇的命運」。作品寫到，學校也是「一切為了高考，為了高考的一切」。某校長指令把高三學生按成績切塊，一至六十名重點扶植；六十一至九十名聽其自然；九十一至一百四十名勸其回家。就這樣，近三分之二的學生被教育者放棄了。有什麼辦法呢？有限的養分只能用來澆灌「尖子」了，否則，怎麼保證升學率？升學率上不去，後果不堪設想。不信，你看，八中一百二十多考生卻又一次「剃了光頭」，學生罵，家長也罵，懊喪的空氣籠罩著整個校園，校長「一下子蒼老了許多」，老師去買菜，賣菜的說：「你們還有臉來買菜？啥時把學生送進大學再賣給你！」雖然我們也提倡素質教育，可是誰都知道，「這標準那標準弄到最後就是誰升學率高這一標準」。

　　教育的這種功利化傾向，家長、教育者和受教育者都有責任，但誰也承擔不了這一責任的全部重量，他們只不過是多米諾骨牌的一節，核心的推力是高考制度，是國家的人才選拔機制、使用機制和評價機制。《1987‧高考考生的父親母親們》〔註8〕的作者韓靜霆同時也是一個考生的家長，他以自己的親身經歷記述了父母為子女設計未來的經過，他們進行經濟投資、智力投資、生命投資，然而，在「一考定終身」的承襲著科舉形式的高考人才選拔機制面前，家長們的心血常常白花；即使僥倖過了高考這一關，孩子的人生之路上仍然潛藏著危機，我們的學校教育在孩子的天賦發掘、智力啟迪、品德教育和思想培養方面的作為，不能不讓人質疑，它除了一紙文憑之外，都給孩子們踏入社會準備了什麼呢？張樺、劉凱的《高考落選者——也獻給並未落選的人們》〔註9〕記述了一幕幕名落孫山者自殺、殺人、出走、患精神病等的慘劇，家長和孩子們之所以不惜一切代價，無非是為了未來可預見的幸福，然而，這種幸福也許僅僅是幻覺中的「海市蜃樓」。作者發現了兩個「怪圈」：「一方面，中國知識分子無論在物質上還是在政治上的地位實際並不值得令人垂涎，可依然有過多的人或自願，或被迫地試圖搶得這座大門的入場券。」「另一方面，在轟轟烈烈的經濟變動中，許多人在蔑視這張入場券或者說這種『義理』的同時，把人生必要的知識文化也一掃而光。」想明白了，我們只不過是有時候拿文憑「說事」，整個社會尚沒有形成「尊重知識、尊重人才」的風氣。這應該是教育功利主義的另一種表現。

　　涵逸的《中國的「小皇帝」》〔註10〕是當時影響深廣的一篇報告文學，它考察了獨生子女的教育問題，從另一層面上揭示了教育的功利主義。作者指出，80年代以來，計劃生育政策使許多家庭出現「小皇帝」，即那些由祖父母、外祖父母及父母用全部精力供養起來的，幾乎無一例外地患了「四二一」綜合症的孩子——獨生子女們。據國家計生委統計，到1984年，我國城鄉居民已領取獨生子女證2800萬張。「小皇帝」們從出生之日起，便享受著來自爺爺、奶奶、姥姥、姥爺、爸爸、媽媽的寵愛，他們衣來伸手飯來張口，有求必應，完全凌駕於了家庭、父母及親屬之上。作者先為我們展現了幾個家庭的素描：銘銘在家人和同學的簇擁下，正熱熱鬧鬧地過八歲大壽，觥籌交錯之間，

〔註8〕《報告文學》1987年第12期。
〔註9〕《中國作家》1988年第8期。
〔註10〕《中國作家》1986年第3期。

銘銘旁若無人，享受著「皇帝」般的祝福；出生於知識分子家庭的圓圓需要追著吃飯和拍著睡覺，溺愛使她身體孱弱，常常生病；含含受到來自爺爺奶奶的無微不至的照顧，爸爸媽媽欲送孩子上幼兒園被爺爺奶奶阻止，想懲罰孩子的說謊行為被爺爺奶奶責備，爸爸媽媽被完全剝奪了教育孩子的權利，他們不得不在孩子的教育上與兩位老人鬥智鬥勇；敏敏從小被做生意的爸爸和喜愛跳舞的媽媽驕縱，成為一個小電視迷，尤其喜歡武打片，自稱是霍元甲的徒弟，甚至為了練輕功從二樓的陽臺上跳下，摔斷了腿；形形的父母都是知識分子，他們對形形的學習成績要求嚴格──「九十分不算好分，考不上重點中學不算錄取」，卻疏於關心孩子的身心健康，致使形形離家出走。在幾個典型的家庭案例之後，作者又借助「一個老師的夏令營日記」，集中展示了家長對孩子各種各樣的溺愛行為以及孩子們所養成的畸形習慣。作者感慨道：「孩子們──這些獨生子女們將會很快長大，到那時，生活將不會獨獨厚待他們，生活便是生活，生活總是嚴峻的。……到那時，圍著他們旋轉的祖父、祖母、姥爺、姥姥、爸爸、媽媽，將會最終明白，他們無能為力！他們無法取代思考，他們無法取代探求，他們無法取代競爭！可以說，到了那個時候，我們只能用一句老話來作結：悔之晚矣！」

在作者看來，溺愛實際是家長望子成龍的另一種表現形式。溺愛孩子是為了使他或她比別人的孩子生活得更優越，從而不至於輸在起跑線上。文中提到：「越是溺愛孩子的家長，對孩子長大以後做什麼，越是有著不切實際的、高層次的理想，比如當學者、教授，出國留學，當考古學家、藝術家等等。景山學校對一個班學生家長的調查中，如上所述的占 90%以上，希望孩子做普通勞動者的一個也沒有。」我們看到，家長的溺愛是有條件的，他們可以到學校幫著孩子值日，擦玻璃、掃院子、拔青草，條件是「勞動的事兒會不會沒關係，成績好就行」；一旦這一條件不能滿足，溺愛就會變成懲罰，北京某中學 12 歲的初一女生喝敵敵畏自殺即是實例。女孩的父母對她的學習有嚴格的要求：「考試必須前十名，否則看我怎麼收拾你！」小姑娘不止一次地挨打、受罵，在重壓之下提心弔膽地過著日子，她幼小的心靈終於再也不能忍受了，她留下六分二十秒的錄音，服毒自殺。

就這樣，孩子從小就承受著巨大的精神壓力，他們為分數起早貪黑、日以繼夜，每天都被壓得透不過氣，身心受損，人性扭曲，這都是教育功利主義的貽害。我們並不否認教育功利性的一面，但如果過於急功近利而演變為

功利主義，那就是教育的災難。不管教育有多少現實的功利性，我們都不能忽視其「育人」的終極旨歸，它應該致力於個體「人」的全面發展，使人有健壯的身體、健全的人格、健康的心態和一顆善良的愛心，使人活得快樂、幸福。愛因斯坦說：「用專業知識教育人是不夠的。通過專業教育，他可以成為一種有用的機器，但是不能成為一個和諧發展的人。……否則，他——連同他的專業知識——就更像一隻受過很好訓練的狗，而不像一個和諧發展的人。」〔註 11〕而功利主義教育的最大危害，正在於犧牲健全的人格，健康的心態，以及對社會的責任與對他人的愛，專在技能上進行強化訓練，從而使人變成一隻訓練有素的「狗」。對此，1980 年代的報告文學即疾呼變革，然而時至今日卻仍然是「只打雷不下雨」。〔註 12〕

其次是對教育專制主義的批判。報告文學作家們在我們的家庭教育、學校教育和社會教育之中，發現了大量專制主義的因子。孟曉雲的報告文學《你在哪裏失去了他》〔註 13〕對家長的專制有著詳細的考察：絕大部分家長對人才的理解都十分偏狹，他們認為考上大學才算成才，分數是評價孩子的重要指標，他們總是告誡孩子去爭取每一分，甚至每半分；而面對孩子貪玩好動的天性，家長們總是把他們視為對立面，幾乎每時每刻都想影響他、教育他，每一次談話都要灌輸一種觀點，所以開口閉口「我們當初……你們現在……」；當孩子將自己的想法告訴家長時，他們會不屑一顧地反駁一聲「胡扯」，要麼加一句「我還忙著呢」，沒有人願意認真聆聽孩子們的心聲；他們會干涉孩子的衣著、髮型、走路的姿勢，甚至是說話的聲音和腔調；他們大都干涉或反對孩子同學之間的正常交往，他們不願意孩子出去找同學玩，對到自己家來的學生也會盤問再三，他們尤其反對自己的孩子與學習差的同學

〔註 11〕愛因斯坦：《愛因斯坦文集》（第三卷），北京：商務印書館 1979 年版，第 310頁。

〔註 12〕2012 年 4 月 9 日啟東市匯龍中學舉行例行的升國旗儀式，高二學生江成博被安排在國旗下做「如何樹立遠大理想」的演講，他偷偷將學校審查過的講演稿換成了《做美好的自我》。演講中，他慷慨激昂地表達了自己對所接受的教育和教育制度的不滿：「根據調查，中國孩子計算能力世界倒數第一，創造能力世界倒數第一……」，「這難道就是我們接受 16 年教育的結果嗎？我們不能只為父母的理想而努力，應該有自己的理想。」「現在的生活根本不是我們想要的，這種變味的教育，我們學了有什麼用？就是考上大學又能如何？」「我們不是機器，即使是機器，學校也不該把我們當成追求升學率的工具！」輿論一片譁然。

〔註 13〕《人民文學》1987 年第 10 期。

交往，更反對孩子與有一些「現代派」的學生來往；他們會逼著孩子去上各種各樣的特長班、訓練班、補習班，他們看不得孩子有空閒時間，更不能容忍孩子在學習之外娛樂玩耍；他們大都會偷看孩子的日記，並會粗暴地對待孩子青春期對異性產生的朦朧的感情；他們會維護自己的權威不受侵犯，一位六年級的女孩在作文中寫了父親的粗暴性格，儘管真實，父親卻將作文本撕得粉碎。家長們通過事無鉅細的「關懷」，失去了孩子們的信任和尊重，甚至失去了孩子本人。楊曉升的報告文學《自殺沉思錄》〔註 14〕展示給我們的就是一個一個年輕生命消逝的悲劇。陝西省銅川市某中學高一年紀學生王文生投銅川市公園湖自殺；山西省芮城縣東壚鄉某村十七歲的女中學生劉永豐扎進家裏的水井自殺；山東省梁山縣連續發生數起中小學生自殺事件，大多與家長的粗暴管理相關；青島市定陶路小學 4 名六年級學生服「安定」藥片，集體自殺；上海市七區不完全統計，一年中就有 15 名中學生自殺身亡，197人離家出走；北京市某中學一年來連續發生 5 起學生自殺事件，其中死亡 2人……另據研究人員對某縣一所城郊中學初三學生的測試，發現有自殺意念的 29 人，占 30%。難怪作者發出了「教育」還是「絞育」的憤激之詞。陳丹燕的報告文學《女中學生之死》〔註 15〕則更為詳盡地介紹了女中學生寧歌自殺的經過。寧歌是母親的私生女，窮困潦倒的母親在寧歌的身上寄予了太多的希望，她像對待牲畜那樣管理著寧歌的生活和學習。「告訴你不准拖著鞋走路，像叫花子一樣，浮屍！」母親總是這樣教訓她沒有規矩；「你給我老實讀書，不要七想八想，功課做不好的話，我不會再認你這女兒。」母親總是這樣督促她刻苦學習。寧歌成了母親擺脫困境的唯一籌碼，她承受不起這樣沉重的壓力，她說：「這樣莫名其妙，殘酷的人生，對我有什麼意思！」「我要逃到我來的那個世界裏，到那裡能擺脫掉這一切，這才能得到自由和安靜。」她從七樓上跳了下來，留下了一個大大的驚歎號！生兒育女本來是父母天然的責任和義務，是任何動物都有的本能行為，我們的道德倫理卻要將其規定為父母的恩情，這樣父母就獲得了管教子女的專制權力，子女也只有「順從」的義務，所謂「百善孝為先，百孝順當頭」；在此種觀念的支配下，父母可以將自己的意志強加給孩子，而不必顧忌孩子的尊嚴，動輒訓斥、打罵、體罰，

〔註 14〕楊曉升：《自殺沉思錄》，《社會問題沉思錄》，北京：人民文學出版社 1989 年版，第 75～105 頁。

〔註 15〕《中國作家》1987 年第 1 期。

所謂「棍棒之下出孝子」是也。面對如此專制粗暴的家長，孩子們失望了，他們紛紛構思自己心目中理想的父母形象。

孟曉雲的報告文學《你在哪裏失去了他》〔註16〕採用學生傾訴、母親獨白和母女對話的方式，探討了父母子女兩代人如何溝通理解和相互尊重的問題。其中摘錄的兩篇中學生作文很好傳達了孩子們的心聲。

湖北省某縣中學高二學生芙蓉寫了一篇《假如我來當媽媽》的作文，她希望媽媽是這樣的：

> ……
>
> （我女兒）她喜歡文學，我沒有阻止她，沒有偏信「學文無前途」的言論，我給她買了許多文學輔導書，告誡她不要偏科。「冰冰，你長大了想幹什麼呀？」我親切地和她談心。「我長大了要當一個作家」，她天真地回答。我感到很高興，我不會讓她去為一張令人羨慕的大學文憑而拼死拼活，我認為讓她以自己的興趣去選擇自己的道路更好。我要讓她的性情受到美的陶冶，舉止講文明有修養。告訴她不要自私，也不要嫉妒。「媽媽，假如我來做媽媽……」她坦承地對我說，我沒有生氣，更不會責怪她那是「傷風敗俗，無規無矩」。「你會怎麼樣？」我愉快地反問。我們是母女，也是朋友，在家裏，我讓她享有相同的發言權。她領了許多同學到家裏來玩，並且還有男同學，我熱情地招待了他們，和他們一起談笑風生，在一起下棋、唱歌……。我給女兒做既時髦又美觀大方的衣裳。讓她生活得既愉快又自由，充實。

下面一篇《夢想》的作者是一位高二男生，他想學習文科，他的父親卻利用自己的權威，強制他選擇了理科。他夢想中的父親應該這樣：

> 我的夢想是成為一位父親，雖然我距弱冠還差幾個年頭，在寂寞無聲的晚上，我常凝神思量，做一位父親是多麼神聖和不容易啊！
>
> 假如我真成了一位父親，我將懷著一顆成熟的幼稚心去看待我的孩子。讓兩顆雖有年代間隔卻有相同節奏的心一同跳動。
>
> 我不應只是一位父親，更應是孩子親密無間的朋友，運用我依然記憶猶新的童年思想設身處地為孩子想一想，我要使他看到，面前不是一個嚴父，分明是一位摯友！

〔註16〕《人民文學》1987 年第 10 期。

　　我不相信我的話全對，甚至可能大部分不那麼對，特別是對於青少年。孩子會有自己的主張，雖說有些幼稚，可畢竟是從他活潑的心中萌發出來的。父親的職責應當是燃起他的希望之火，而不是用圓滑的老生常談來熄滅他心中的火焰。我應該記得，我在少年時不是也曾執拗地反對過父親的見解，堅信自己是正確的嗎？父親的經驗並非兒子的經驗。

　　我將儘量像孩子一樣去思考，去行動，回到我迷人的童年時代。我知道，年代的隔膜會使兩代人的情誼淡漠，但是共同思想，共同行動，又會使兩顆心緊緊地融合在一起。我要用成年人的經驗小心翼翼地去擦拭孩子心上沾染的那薄薄的灰塵，又絕不武斷地限制他個性的發展和興趣的發揚。

　　我將不介意他的反抗和不服從，從他的倔強任性中我首先看到他性格的堅毅所在，而後是他不服輸的志氣，儘管這堅毅、志氣中摻雜著任性和無理。孩子要有自己的理想，我不把他們勇於表達自己的思想看成是對父親權威的蔑視，父親真正的權威是孩子自己在心中把他樹為榜樣，將自己的意志強加於孩子，本身便意味著權威掃地了。

　　我會集中精力關心我的孩子，我將正確地施加我的影響，引導他走上正確的道路，一直送他到成年的十字路口。然後，我愛撫地拍著他的肩膀，指著坎坷不平的大道對他說，孩子，勇敢地走下去吧！用你的信心，用你的毅力。我希望歲月凝成的愛護和教誨將變為你性格中堅毅的部分，成為今後你生活事業的推動力。若是這樣，我也就盡到了責任。

　　……

　　多麼美好的夢想，然而為什麼僅僅是夢想？因為就家庭教育而言，中國的許多家長幾乎就是專制暴君。這些家長將兒女小輩視為自己的私有財產，在供養他們生活的同時，子女的一切也必須由家長全權包辦，子女的入托、上學，甚至是婚姻大事都要聽從家長的安排，子女在父權專制之下失去了諸事的發言權，他們必須按照家長的意志行事，必須為家長的臉面增光添彩，否則，輕則訓斥重則責罰是常有的事。尤其是在教育問題上，幾乎每一個家長都在動用自己的權威，逼迫孩子成為自己希望的那樣出類拔萃，而這種欲望

又是沒有止境的。當然，他們都有一個冠冕堂皇的理由──「望子成龍」，於是子女的災難便降臨了。

孟曉雲的報告文學《多思的年華──中學生心理學》〔註17〕借助對中學生的訪問，從老師、爸爸媽媽、我們、早戀四個角度，全方位考察和剖析了中學生的心理，向老師、家長和社會提出了理解中學生、改進教育方法等問題。其中對學校教育中的封閉、保守、教條和專制有較多觸及。學生孟揚說：「兩千年前孔子就提出因材施教，可我們的教育方法是用同一種模式塑造學生，不允許反思，不然就說是叛逆心理。老師不喜歡開拓型的學生，不願意你跟老師的想法不一致」；「上語文課最沒勁兒，上來就是分段、總結段落大意，從小學三年級就開始這一套」。學生珊珊說：「我不大喜歡我們的班主任，她一點小事嘮叨個沒完，她缺乏頭腦，和語文老師一樣像一部機器，什麼都要機械化，人要機械化就糟了。她自己受了幾十年的愚弄，又來愚弄我們。見我們看《安娜‧卡列尼娜》，就在教室裏大聲嚷，『我就知道你們年輕人這點心思，晚上看這種書就睡不著覺。』同學們說，『你知道嗎，這是名著。』『什麼名著不名著的，你們看看晚報上的一分鐘小說，就可以了。』同學們被她折磨得夠可以的，就差沒長白頭髮生皺紋了。我們課間休息要打球，她非讓跑步，她什麼都管，連教室生爐子的小屁事也要管。爐子快滅了，她非要加一簸箕煤，我們說，別加了，要滅了。她氣哼哼地說，『我有三十多年教齡了，難道連生爐子還不會麼？』結果爐子滅了。真是讓人哭笑不得。鞋跟高了，她管；褲腿瘦了，她管。」某市重點中學的學生們發出了這樣的議論：

　　──課文的中心思想非得按老師的背，解詞也是如此，太限制人了。讀後感也是千人一面，先總結文章中心，引原文觀點，然後夾敘夾議，議什麼，敘什麼，都得按老師指定的寫，不然就扣分。讀後感，讀後感，就是有感而發麼，大家怎麼可能一樣呢！

　　──傻帽兒，整個教學大綱如此。考大學答題也有標準答案，你寫自己的見解就少給分，為了高考也只能如此。

　　──我想起一個兒童作家的詩：呃！／是從那一天開始的呀，／中學生的生活／變得這樣枯燥、單調，／抄抄、算算、寫寫，／無休無止，測驗、練習、統考，／沒完沒了……／耳邊聽到的：重點、重點、重點……／心裏想著的：初考、中考、高考……

〔註17〕《十月》1986年第5期。

——唉！一點也不考慮情緒！

——一上語文課，老師就打開書，讓我們先看一刻鐘，然後分段，沒人發言，老師耐不住了，「你們不說，我說」。然後是寫中心、記解詞，老師必須得這樣，不這樣，他的學生考不上大學。可這樣，能考出學生的實際分析能力麼？

作者深刻地認識到，學校教育的專制體現在教育觀念、教育手段、教育管理、教育評價等諸多方面。它以培養符合外在標準的「合格人才」為旨歸，忽視學生的內在精神籲求和自我發展的可能性；教育手段是居高臨下的灌輸式、規訓式等專制形式，不尊重學生的差異性；教育管理衙門化，缺乏起碼的人文關懷，像看守犯人一樣監視著學生的一舉一動，他們的頭髮、他們的衣服、他們的說笑打鬧都有嚴格的限制；教育評價重結果輕過程，根據分數強行將學生分出等級，優等生不但受到更多的尊重，還會獲得學校的獎勵，差生得到的則是冷眼、訓斥甚至是侮辱，學校變成了等級森嚴的專制小社會。作者進一步指出，片面追求升學率的教育思想是學校教育專制化的罪魁禍首。作品引用共青團中央學校部中學生處一位副處長的話說：「現在的教育格局是千軍萬馬過獨木橋，無視一百個同齡中學生只能有十個人升高中、三個人上大學這樣的事實，片面追求升學率。高考指揮棒不僅指揮著只占全國中學百分之三的重點中學，也指揮著那些被稱為第三世界的一般中學。許多中學把追求升學率作為目的，以此作為衡量一所學校、一個教師工作好壞的唯一標準。這些學校的校長和老師也難當，升學率上不去，學校名聲掃地，社會冷眼相看，家長不願讓孩子上這個學校，學校如何辦得下去呢！」

教育專制中最可怕也最難於改變的是思想專制。如前所述，「老師不喜歡開拓型的學生，不願意你跟老師的想法不一致」，「課文的中心思想非得按老師的背」，「讀後感也是千人一面」，甚至「考大學答題也有標準答案，你寫自己的見解就少給分」。對這種教育上的思想專制，許多報告文學作家都有涉及。陳冠柏的《黑色的七月——關於中國高考問題的思索》給我們列出了這樣一道高考題：

（1987 年政治高考單選題）人們要吃瘦豬肉，但瘦肉型豬生產的發展卻很困難，其關鍵原因是：(A)瘦肉型仔豬的成本高於普通仔豬 (B) 飼養瘦肉型豬所需要的勞力耗費較大 (C) 國家對瘦肉型豬的

收購價格偏低（D）飼養瘦肉型豬的飼料要求高，價格貴。〔註18〕

　　沒有商量、無須探討，考生必須猜測出題人的意圖，選擇那個標準答案。《文匯報》有一則上海某小學的故事更離奇：在一次春遊活動中，老師給六年級的學生布置了一道以「春天」為題的作文。回來後學生們紛紛交了作文。61 名學生中大多以「春天好」為主題，讚美春天的和風細雨、花紅柳綠。惟有學生王曉的作文與眾不同，認為「春天並不好」；春天細菌繁殖旺盛，春天易流行感冒；春天雨水淅淅瀝瀝下個不停，很煩人，像個愛哭的小姑娘，總也止不住……結果，他受到了嚴厲批評。老師認為：「古往今來一切文人都誇春天好，說春天不好是動錯了腦筋，胡思亂想。」〔註19〕

　　我們的教育就是這樣摧殘著學生的想像力和創造力，將「歷來如此」視為正確，將「生活常識」視為無需驗證的真理，將科學視為停滯不前的教條。這種思想上的專制較之方法、措施上的專制危害更隱蔽、更強大。在這種教育之下，學生的好奇心、探索的興趣和探索的精神被逐漸掩埋，他們享受不到自主學習、獨立思考的樂趣，他們甚至不認為它們有什麼必要。十七世紀捷克著名教育家誇美紐斯在《大教學論》中說：當時的學校「教導青年的方法通常都是非常嚴酷的，以致學校成了兒童恐怖的場所，變成了他們的才智的屠宰場，大部分學生對學習與書本都感到厭惡，都急急離開學校，跑到手藝工人的工廠，或找別種職業去了」。〔註20〕這不正是報告文學作家們所反映的中國教育的現實寫照嗎？關於教育的目的，瑞士教育心理學家皮亞傑認為：「教育的首要目標在於造就能夠創新，能夠有所創造、發明和發現的人，而不是簡單重複前人已做過的事情的人。第二個目標是培養有批判精神，能夠檢驗真理而不是簡單接受所提供的每件事情的頭腦。」〔註21〕我國臺灣地區教育法規定：「教育之目的以培養人民健全人格、民主素養、法治觀念、人文涵養、強健體魄及思考、判斷與創造能力，並促進其對基本人權之尊重、生態環境之保護及對不同國家、族群、性別、宗教、文化之瞭解與關懷，使其

〔註18〕引自陳冠柏《黑色的七月——關於中國高考問題的思索》，《文匯月刊》1986年第 8 期。

〔註19〕趙健偉：《教育病：對當代中國教育的拷問》，北京：中國社會出版社，2003年版，第 251 頁。

〔註20〕〔捷〕誇美紐斯著，傅任敢譯《大教學論》，北京：人民教育出版社 1984 年版，第 61 頁。

〔註21〕〔瑞士〕皮亞傑著，盧濬譯《皮亞傑教育論著選》，北京：人民教育出版社 1990年版，第 4 頁。

成為具有國家意識與國際視野之現代化國民。」〔註 22〕教育更多的是關注受教育者的個性化發展，而我們卻常常泯滅個性，強求一律，恰與現代教育背道而馳。

報告文學作家們普遍放棄了教育的宏大敘事，而是站在個體「人」的立場，表達對中國教育的憂患意識。他們指出，在教育功利主義和教育專制主義的長期壓制下，我們的教育把「人」搞丟了，我們的青少年不但丟失了學習的樂趣和生活的樂趣，還丟失了獨立思考的能力和獨立的人格。這將啟示我們去思考：我們教育的梯子是不是從一開始就放錯了牆？我們的教育偏愛「聽話」、「順從」的孩子，將那些桀驁不馴的靈魂視為「異端」並加以強力壓制和清除，培養出的是一個一個奴性十足的缺乏獨立人格的人。悲劇在於，當我們爬到頂端才發現教育的梯子放錯了牆，此時，我們是否有勇氣回到地面，重新尋找「正確的牆」呢？

總之，教育問題報告文學雖然數量不多，卻別有一種震撼人心的力量。原因之一在於報告文學作家所反映的問題促人深省，教育體制改革問題、教學內容和方法的改革問題、獨生子女的教育問題等，本身就是千家萬戶關心的話題，又加改革開放形勢的不斷推進，新觀念、新矛盾、新困惑不斷湧現，家長、老師和學生都需要不斷地適應和思考。另外，該類報告文學在藝術表現手法上的創新也是重要原因。面對教育問題寬廣的社會覆蓋面、恢宏的歷史跨度、海量的信息、眾多的人物，報告文學新潮作家捨棄了一人一事的創作模式，運用了全景式、集合式的報告文學創作模式，大大加強了報告的廣度、深度和力度。《神聖憂思錄》從公元前 504 年到 1980 年代歷史跨度兩千多年，從中國到美國、蘇聯、日本及西歐諸國的教育，從小學、中學到大學，從學生、老師到家長，以寬廣的時間和地域跨度、眾多的人物和恢宏的氣勢，表達了對教育興衰的深沉憂思。「全景式與集合式的結合，使《神聖憂思錄》顯現出不同的特點：（一）篇幅、結構恢宏，反映社會生活廣闊，使讀者看到中小學教育面臨困境的全貌，從而瞭解教育問題的癥結所在。《神聖憂思錄》除篇首和結尾外，共分三章十三節，作者高屋建瓴，宏觀俯視中小學內外情景，微觀透視人們的心靈，使讀者從表層深入到神聖殿堂的深層，逐層深入，從而一目了然，看到中小學教育的問題所在。（二）眾多的人物形象，以及

〔註 22〕李小剛博客《大陸和臺灣教育法比較》，http://lxg027.blog.163.com/blog/static/ 5172719720091710191935 6/。

他們的情態和活動，要求和呼聲，生動、鮮明地呈現，使讀者如見其人，如聞其聲，如臨其境。心弦被撥動，深深地從內心深處發出共鳴，增強了作品的感人力量。」〔註23〕另如報告文學《黑色的七月》，為了全景式展現我國的高考問題，選取了眾多的角度和側面，從高三教室到高考考場，從考場內的學生到考場外的學校領導、老師和家長，從院校招生人員到招辦工作人員等，將千軍萬馬過「獨木橋」的場景全方位展現，令人驚心動魄。可以說，全景式、集合式結構的恰到好處地運用，是教育類報告文學成功的重要因素。

第二節　人才問題的審視

人才問題〔註24〕是 1980 年代中後期報告文學關注的另一重要的現實問題。重要篇目有：胡平、張勝友的《世界大串聯》《神州大拼搏》，霍達的《小巷匹夫》《國殤》，鳳章的《1988：「球籍」的憂思——兼記中國的大學教授們》，陳祖芬的《飄走的蒲公英》，張建偉等六人的《命運備忘錄》，張建偉的《黃與黑——中國知識分子的畸變》，楊守松的《海南大氣候》《「朱漢章現象」研究》，田申的《才觴》等。這些作品再現了中國輕視人才、浪費人才的現實，呼籲改革壓抑、埋沒人才的傳統觀念、教育制度、人事制度和知識分子政策，引起社會的廣泛共鳴。

一、對人才現狀的憂慮

新時期以來，隨著「以經濟建設為中心」任務的確立，知識和人才在社會建設中的作用越來越凸顯出來，然而，整個社會並沒有形成「尊重知識，尊重人才」的良好風氣。人才問題日益成為中國社會的突出問題。1980 年代中後期新潮報告文學對此的報導觸目驚心。

陳祖芬的《飄走的蒲公英》、霍達的《國殤》、田申的《才觴》都報導了中年知識分子過早隕歿的悲劇。陳祖芬的報告文學《飄走的蒲公英》〔註25〕報告了北京婦產醫院年僅 39 歲的女醫師宋蓉中年早逝的悲劇，提出重視知識

〔註23〕徐金榮：《變革時代的深沉憂思》，《湖北大學學報》（哲學社會科學版）1988年第 3 期。

〔註24〕關於「人才」的定義莫衷一是，筆者認為現代「人才」起碼應具有以下幾個特徵：一是具有一定的知識和技能，二是能夠進行創造性勞動，三是有利於促進社會的發展和進步。

〔註25〕《報告文學》1988 年第 3 期。

分子、重視人才的問題。作品披露的中年知識分子早逝的數據令人痛心:「據1983 年的調查,中年知識分子的死亡率是老年人的 2 倍,近年又有增長趨勢。」「1986 年,中國科學院北京地區有 38 名科技人員去世。其中 23 名是中年知識分子。」「1987 年頭 4 個月,中科院有 7 位著名中年科學家去世。」「1987 年頭 7 個月,北京航空學院有 7 名中年知識分子去世。」「武漢大學近3 年來死亡人數中,40%為中年教師。」「1955 年畢業的北京大學物理系一個班 77 名學生中,已經去世 13 人。」

　　霍達的報告文學《國殤》〔註 26〕影響更為廣泛。首先,《國殤》也為我們列舉了一系列數字:我國中高級知識分子的壽命比全國人均壽命要短近十年,五年的統計結果顯示,中高級知識分子死亡的平均年齡為 58.52 歲,而全國人均壽命為 68 歲;在兩萬多名已故的中高級知識分子中,死於中年(40～60 歲)的占 61.42%,其中四十至五十歲是他們死亡的第一個高峰期,占 35.58%,五十至六十歲是他們死亡的第二個高峰期,占 25.84%;知識分子死亡的另一個顯著特點是,專業職稱越低,死亡的平均年齡越小,教授的平均死亡年齡與全國水平一致,副教授的平均死亡年齡為 59.25 歲,講師則為 49.29 歲。《國殤》以無比沉痛的心情記述了幾位正值事業巔峰期的中年知識分子的離世:著名數學家張廣厚死於乙型肝炎,年僅 50 歲;數學家鍾家慶死於心臟病突發,年僅 49歲;植保專家謝以銓死於心臟病,終年 53 歲;北師大有 30 年教齡的老講師徐志英渾身是病,死於買醬油的路上,終年 51 歲;「中國聾人戲劇之父」王振泰死於心臟病,年僅 48 歲;大直徑和特大無縫鋼管軋機的發明者高建民死於腦瘤,年僅 41 歲。過早離世者令人痛心,活著的中年知識分子的健康狀況也令人憂慮。作品報告,據中國科學院數學所 1987 年 3 月份的健康檢查結果,該所 66 名中年知識分子,有 31 人程度不同地患有各種疾病,其中有兩名早期腫瘤患者;據《光明日報》報導,中華醫學會對北京十一個單位調查,發現中年科技人員患慢性病的占總人數的 81.4%;北京師範大學 1984 年、1985 年對該校歷史、中文、哲學、生物、地理五個系的中年教師調查發現,359 人中患病人數 181 人,占 50%多;北京大學 1987 年上半年調查,中年教師的患病率為26.9%,校醫院登記的 50 名癌症患者中,中年教師占 17 人。

　　作品指出,這種危急狀況的產生與中年知識分子工作和生活壓力過大密不可分。中年知識分子是「文革」後科技、文化、教育事業的中堅力量,

---

〔註 26〕《當代》1988 年第 3 期。

在學院裏，「講課、帶研究生、搞科研，差不多全靠一批中年人了。老教授的研究生，實際是他們帶；老教授主編的教材、主持的科研項目，實際上是他們動手」。他們在超負荷、高消耗地運轉，體質下降，未老先衰，直至猝然死亡。在生活上，中年知識分子大都工資菲薄，且上有老下有小，奉養雙親和撫養子女可以不遺餘力，唯獨沒有精力和財力來心疼自己。有人將這種情況概括為「三重一低」，即教學、科研任務重，基層黨政工作擔子重，經濟負擔、家務勞動重，工資收入、生活水平低。在工作和家庭的雙重重擔的壓力下，中年知識分子像「糠了心」的蘿蔔，表面看來「年富力強」，實際隨時都有斷裂的危險。

　　知識分子問題尤其是中年知識分子問題，在作家們寫下這些作品的時候，已經成為一個刻不容緩亟待解決的問題。我們都知道，沒有任何一種職業的人比知識分子更需要自由的空氣和通暢順達的環境，中共中央領導層在改善知識分子待遇上也是有共識的。鄧小平 1977 年 5 月 24 日發表《尊重知識，尊重人才》的講話說：「一定要在黨內造成一種空氣：尊重知識，尊重人才。要反對不尊重知識分子的錯誤思想。」〔註 27〕1983 年 3 月 2 日他在談到電影《人到中年》時又強調：「落實知識分子政策，包括改善他們的生活待遇問題，要下決心解決。」〔註 28〕陳雲 1982 年 7 月 1 日說：「我們把錢用在中年知識分子身上，是劃得來的，是好鋼用在刀刃上。」「改善他們的工作條件，應當看成是基本建設的一個項目，而且是基本的基本建設。」「腦力勞動者比體力勞動者、受教育程度高的人比受教育程度低的人在工資收入上高一些，這是合乎社會主義經濟規律的，也是合乎人民長遠利益的。」〔註 29〕然而長期以來，對知識分子的偏見還有很厚的土壤，致使知識分子政策的落實阻力重重。相當一部分人並未從思想深處根除「左」的流毒，他們對提高知識分子待遇抱有嚴重的牴觸情緒，致使許多地區、部門、單位在落實中央政策的時候敷衍搪塞，應付了事。因此，改革開放十餘年來，知識分子名義上「翻了身」，實際地位並沒有明顯提高，相反，隨著農、工、商的一部分人「先富起來」，

〔註 27〕鄧小平：《尊重知識，尊重人才》，《鄧小平文選》（第二卷），北京：人民出版社，1994 年版，第 40 頁。

〔註 28〕鄧小平：《視察江蘇等地回北京後的談話》，《鄧小平文選》（第三卷），北京：人民出版社，1994 年版，第 26 頁。

〔註 29〕陳云：《改善中年知識分子的工作條件和生活條件》，《陳雲文選》（三），北京：人民出版社，1995 年版，第 195 頁。

他們反而被拉開了更大的距離；又加知識分子在體制內被統管，只能靠政策的傾斜和上級的恩典，其職稱、工資、住房等矛盾日益突出，權力借助於此又一次將知識分子玩弄於股掌之間，知識分子實質上仍然沒有擺脫「被決定」的命運，自由又從何談起！

報告文學考察了知識分子的工資待遇問題。鳳章的報告文學《1988：「球籍」的憂思——兼記中國的大學教授們》〔註30〕認為，1980 年代中後期的中國，知識的價值、知識分子的價值「已墜到谷底」，長此以往，我們將有被開除「球籍」的危險。文章披露，我們的大學本科畢業生，月工資才 68 元；再讀三年研究生，獲碩士學位，月工資才 76 元，就是說又經過三年寒窗苦讀，月工資只增加 8 元錢；碩士再苦讀三年，成為博士，月工資拿 82 元，只增加 4 元。作為對比，作品引用 1988 年 10 月 6 日《人民日報》海外版報導，在臺灣，研究生以上者，平均月薪為 1050 美元，折算人民幣為 4000 元左右，比大陸研究生畢業的月工資高 50 多倍；大學程度者，月薪平均為 935 美元，折人民幣約 3700 餘元，比大陸大學畢業生月工資亦高 50 多倍。或許有人認為由於地區差異這種比較意義不大，作者又為我們引用了以下數據。北京市 1987 年人均年工資為 1343 元，北大教師人均年工資卻只有 1227 元，低於北京市 116 元；中、青年教師人均年工資更低，才 800 多元，和北京市差距更大。44 歲的北大地質系講師董熙平博士月工資 105 元，加上其他雜項，實發 136 元 5 角，愛人電大畢業，工資加獎金比他整整高一倍，弟弟在外貿公司當統計員，只有初中文化，工資 180 元加獎金，超過他一倍還要多，妹妹也是初中文化，工資也比他高一倍。南京大學陳德芝教授，國內著名文史專家，受邀為《中國大百科全書》歷史卷撰寫條目，查卷閱書，多方考證，一個條目搞上兩三天，其稿費不抵電影院門口看自行車的老太太兩小時的收入。復旦大學以歷史地理研究所長鄒逸麟教授為首的 15 位專家，花去 8 年時間，寫了一部《地震地圖集》（上冊），每人得稿費 500 元，平均每年為 60 元；以月計，則才 5 元，還買不到兩包牡丹牌香煙。北醫附屬醫院大夫做手術超過十二點，僅僅補助兩個雞蛋，而他們雇傭的給頭部手術的病人剃頭的師傅，每剃一個是三元錢，社會上流傳的民諺「手術刀不如剃頭刀」絕非無稽之談。上海市城鄉抽樣調查隊曾公布一項調查結果說，上海人心目中的 24 種熱門職業，出租汽車司機排位第一，因為月收入高；第二位是賓館或餐廳的服務員，

〔註30〕《鍾山》1989 年第 3 期。

因其吃穿住都好，獎金高於工資。大學教師連排在末尾的資格都沒有。而據《香港時報》1988 年 8 月 29 日報導，臺灣「中央研究院」公布的一項調查顯示，在臺灣的 154 種職業中，聲望最高、評價最高、排列在最前的三種職業為科學家、大學校長、大學教授。而在上海為人們嚮往的汽車司機，在臺灣則排名在 119 位，賓館或餐廳服務員排名為 133 位。馬克思的名言：「少量的複雜勞動等於多量的簡單勞動。」我們完全顛倒了簡單勞動和複雜勞動、體力勞動和腦力勞動的價值，面對著 1980 年代中後期物價的瘋漲，那些智慧的頭腦們怎能不心急如焚，「壓力山大」。

於是，一個奇怪的現象產生了。大學教授們紛紛犧牲正常的教學科研搞創收，中文系辦寫作培訓班、法律系辦法律函授班、體育系辦舞蹈培訓班、外語系辦「託福」培訓班，理工科更是直接與工廠掛鉤，或擔當技術顧問，或出售技術專利，可謂「八仙過海各顯神通」。南京師範大學歷史系雖經「群策群力」，卻仍然找不到創收之道，年關將近，無奈的教授們只得從安徽購進五噸豬肉，欲賺得批零差價給系裏教師分得一點年終獎金。於是大學校園裏出現了教授輪著砍刀賣豬肉的奇觀。斯文掃地！但這不是教授們在丟人，是整個民族在丟人；砍刀砍向的不是鮮紅的豬肉，而是我們這個民族幾近僵死的思想。一個民族智慧的頭腦都懶於思想了，這個民族除了「愚昧至死」之外還有什麼出路？

知識分子們除了為經濟焦慮之外，住房問題也是他們長期的困擾。報告文學《國殤》詳細描述了早逝的中年科學家張廣厚和謝以銓的居住條件。數學家張廣厚一家四口住在京城北郊馬甸的兩間低矮簡陋的小平房裏二十多年，而這「兩間」房還是他自己用磚頭隔成的，「這邊放一張雙層木床，住著妻、女，那邊放著一張單人木床，一張破舊的兩屜桌，一把木椅，權作他的臥室兼工作室，這些就是他們的全部家當」。植保專家謝以銓結婚二十年來一直住在偏僻且昏暗潮濕的「斗室」裏，如今兩個女兒都長大了，一個十九，一個十六，房子就更加顯小。「這兒地處偏僻，殘破不堪，年久失修，狹窄、昏暗、潮濕，老同學來了，都說這兒是『貧民窟』。他們用衣櫃、書櫃把一間隔成兩半，一半睡覺，一半吃飯、做作業、備課、會客。另一個小間住兩個女兒。沒有廚房，鍋碗瓢勺都在屋裏。當然沒有暖氣，冬天得生爐子，買劈柴，買煤，安煙筒。」晚上，謝以銓不得不到隔壁鄰居家去讀書備課。報告文學《1988：「球籍」的憂思——兼記中國的大學教授們》記述，北大物理系講師趙一廣的

家只有 13 平米，實在放不下兩張床，夫妻倆和 13 歲的女兒只得睡在自己發明的「三人床」上。1987 年《北京日報》報導，北京人均居住面積達 6.7 平方米；而北大九月份調查統計，北大人均居住面積不足 6 平方米，遠低於北京人均住房面積。「現在北大有近 600 名青年教職工領了結婚登記證，卻無房結婚；有近百名結了婚，仍然『居無宅』；其中不少人有了孩子，因無住房，孩子報不上戶口，買不了油糧。有近 800 戶擁有 20 多年教齡和工齡的副教授、講師、職工，居住的是一間或一間半如『籠』的斗室。」〔註31〕中國的最高學府尚且如此，其他地方知識分子的居住條件更可想而知。知識分子可以吃糠咽菜，衣衫襤褸，但不能容忍逼仄的居住空間對人的傾軋，他們要讀書，要備課，要科研，在一個連身體都放不下的空間裏，又怎能放得下廣袤無垠的思想？或許有人以國家「暫時困難」為託辭，但與日本戰後的困難相比又如何？恰如一位日本人所說：「你們總說你們的實力不夠，其實我們日本在戰後比你們困難多得多。但是，我們當時首先建設的不是樓、堂、館、所，而是學校。尊重教師、尊重知識，在全民族蔚然成風。我們這次在中國看到了許多豪華的賓館和現代化建築，也看到了許多重點學校的危險房屋……」〔註32〕誠如是。《國殤》作者調查，截至 1988 年，北京市的飯店賓館已達 3900 家，43 萬張床位；涉外飯店已達 97 家，24000 張床位；此外，還有 102 家賓館在建或待建；到 1990 年，涉外飯店將達 200 家，有關方面估計將出現出租率下降、營業虧損現象。為什麼各地政府寧願將錢浪費在各種重複建設上也不願意用來改善知識分子待遇？這固然有思想認識方面的原因，更重要的還是官員的考核機制使他們不得不將「粉」搽在臉上，我們為什麼不能將改善知識分子待遇作為考核地方官的主要依據？說到底還是我們自上而下對知識和人才的重視不夠。「我們曾經為搶救大熊貓、為修復長城發動千家萬戶募捐，連娃娃們都省出了賣冰棍的硬幣，我們唯獨沒有為我們的知識分子掀起過這樣全民族的熱忱。大熊貓是國寶，知識分子更是國寶；長城是民族的驕傲，知識分子更是民族的驕傲。」〔註33〕大熊貓自然應該保護，但在作者看來，我們保護大熊貓似乎也出自一種功利目的和變態心理，全世界都在盯著這一

〔註31〕鳳章：《1988：「球籍」的憂思——兼記中國的大學教授們》，《鍾山》1989 年第 3 期。

〔註32〕霍達：《國殤》，《當代》1988 年第 3 期。

〔註33〕霍達：《國殤》，《當代》1988 年第 3 期。

「瀕危物種」，它成為我們樹立國際形象的難得機會；實際我們並不是真的愛護大熊貓，否則，就不會拿它作為「友好使者」在國家和地區間送來送去，看著外國人如此喜歡大熊貓，我們的滿足感無與倫比，彷彿他們也那麼喜歡我們的國家、我們的文化。知識分子不是大熊貓，他們不能給人帶來立竿見影的好處，不能馬上給官員帶來升遷的資本──政績，只有排隊等待「落實政策」了。

知識分子特別在意的還有職稱問題。在中國，職稱不僅牽涉到知識分子的名譽，更關係到工資、住房、家屬轉正、子女教育和就業等待遇的提高。然而，在職稱問題上，我們再一次陷入百分比的怪圈，我們引進了職稱評聘制度，卻沒有引進先進的評聘機制〔註34〕，使絕大部分知識分子承受著巨大的心理壓力，自我壓抑，自我貶損，甚至自我毀滅；職稱問題成為壓在知識分子心頭的「西西弗斯巨石」。《國殤》中的北京農業大學教師謝以銓「在科研上有重大成果，學術上有諸多著作，並且協助周教授培養了一批又一批的研究生。他是國家重點科研項目的主持人和參加者。是《中國農業百科全書‧昆蟲卷》的編委，是農大許多屆研究生學位論文答辯委員會的成員」，且已經53歲，卻至死也沒能解決副高的職稱問題，致使在他死後家屬的唯一要求就是落實職稱問題。人已經死了，所有一切的待遇都享受不到了，可那是老謝的榮譽啊，是社會對一位嚴肅正直學者的才乾和人格的承認啊。然而，這一讓死者安息的想法卻難以實現，致使農大 48 名教師和科研人員聯名上書校長，要求重新審議謝以銓的副研究員職稱。「謝以銓的死已經激起了民憤！」民憤又能如何？請願書如石沉大海。謝以銓的職稱問題之所以引起家屬和同事們的「民憤」，不是針對職稱評聘本身的，而是對職稱評聘操作層面的質疑，因不公而「憤」，因亂評而「怒」。「民憤」的背後不是潛藏著許多不需明言的東西嗎？

〔註34〕以美國為例。美國的職稱評聘機制是非常嚴格但又十分寬鬆的，雖有「理論意義」但無「實際價值」。說其嚴格，是因為條件苛刻，比如任低一級職稱的年限、實際專業工作時間、學術成果質量、在專業刊物上發表論文數量等，這些硬指標缺一不可，而且面向社會公開；說其寬鬆，是因為沒有指標限制，有多少人夠條件就評多少人，沒有就不評。說其有「理論意義」是因為你若評上某個職稱只能說明你的學識達到了社會認可的某個程度，至於社會是否接受你、使用你，另當別論；說其無「實際價值」，是因為即使你有職稱，但實際工作並不以職稱水平高低來聘用你，這是很正常的現象，評與聘是相對參考、絕對分開的。

　　胡平的報告文學《神州「大拼搏」——專業技術職稱評聘印象錄》〔註35〕更全面地講述和分析了職稱評聘中知識分子的心酸無奈和存在的問題。為了評職稱，他們炮製連自己都感到「悽惶」的論文；為了評職稱，他們不得不向外語「大進軍」；為了評職稱，他們對自己的競爭對手「明裏一把火，暗裏一把刀」；為了評職稱，他們第一次放下人格「跑關係」……然而，由於「名額緊張」和「不無濫評」現象，絕大部分人最終要「名在孫山外」，於是，沉默、眼淚、牢騷甚至罷工罷課、絕望輕生隨之而來，總要好些日子的不平靜，好一陣子的騷動，才能逐漸平靜下來。然後，重新回到工作中的需要慢慢消化牢騷、撫平傷痕，等待下一次的受傷。作者滿含激憤地議論：「即使是再強大的精神自我調節系統，也不能老是使命感與失落感並存、緊迫感與懈怠感並存、自尊感與自卑感並存……」首先，作者指出，職稱問題說到底是一個經濟問題，教委「能下達的所有職稱名額指標，均是以國家撥給的有限教育經費作後盾的」；而對於受聘者而言，工資、分房、醫療、出差、子女就業、家屬戶口等待遇的提高是最現實的實惠，「職稱，一個按本義理解應該是體現人們學術水平、業務水平的稱號，一個在熙熙攘攘的物質世界裏最應該保持自己獨立性的稱號，如今與廚房裏的柴米油鹽擱在了一起，與車廂幾乎厚成一堵牆的汗味、煙味靠在了一起，與夫妻們團圓的歡欣和天各一方的孤苦連在了一起……」解決職稱矛盾的最好辦法就是增加經費，提高知識分子待遇。經費增加了，待遇提高了，解決職稱的緊迫性自然就沒有那麼強烈了。然而，此時「財政困難」的咒語往往就會念起來。作者在採訪中，許多人想不明白，「提一個科長是很容易的事」，「提個處長、廳長，甚至副部長也不難」，「為什麼提個工程師、高級工程師就這麼難呢？」再者，「這七、八年，上上下下，東西南北，中國宛如一個汗雨飛空的大工地，密匝匝地聳起了多少樓堂館所，十層樓的，已經是武大郎，要開工便是二十層以上。鋁合金、馬賽克、玻璃鋼、茶色玻璃、中央空調……能用上的現代化建材和設施全用上了，宏偉而又精緻，在一個人平均居住面積常常只有幾平方米的『第三世界』國度，顯示著『第一世界』的雍容華貴。小汽車，就更如行雲流水、過江之鯽了，一位老北京曾經告訴我，五十年代初站在金水橋邊，你很難見著長安街上兩輛小汽車並肩馳過，五十年代初一個省城有多少輛小汽車，幾乎可以用十個指頭數得清。現在，『奔馳』、『尼桑』、『皇冠』、『雪鐵龍』、『卡迪拉克』、『藍鳥』、

〔註35〕《人民文學》1988 年第 6 期。

『奧利』……就是窮鄉僻壤的幹部，有的也坐上了『伏爾加』。說白了，還是輕視知識、輕視人才的觀念在作怪。其實，知識分子問題始終是一個觀念問題。作者大聲疾呼：「現在到了真正將教育、科學技術提高到一個最突出戰略位置的時候了！現在到了切切實實尊重知識、承認知識分子貢獻與價值的時候了！」其次，作者從知識分子自身出發深入探究職稱問題。1949 年之後的知識分子，「在社會主義優越性的動人光環下，從小學到大學，從招生到分配，從住房到就醫，從本人晉升到子女招工……國家像位不辭辛勞的母親，幾乎包攬了一切；組織像位什麼事只有自己去幹了才能放心的母親，幾乎決定了一切。在這一體制裏，人們自然會覺得要報答誰，要歸屬於誰，再經過有如壓路機般強大、執著的政治說教，它們便在理性裏明確定型為兩種觀念，依附觀念和工具觀念。依附觀念的外化便是，也許你已經兩鬢斑白，年過花甲，精神上卻未『斷奶』表現為一種兒童化傾向。社會組織的某種承認，是須臾離開不得的空氣；在生活的現有某一格局裏，日出而作，日入而息，死也只能弔死在一棵樹上；工具觀念的外化則是，愈來愈喪失人格力量和獨立的價值判斷，最後導致六億人扛著一個腦袋，在『天下無道』的時代，屈從、乃至認同了踐踏人類基本價值的價值判斷」。作者認為，「若知識分子有了空前的思想自由、學術自由，有了強烈的議政意識與參政意識」，「去大智大勇地牽動中國現代化和民主化的進程」，中國將會因之而產生「新的價值觀念」、「新哲學」、「新的人格與行為方式」，到那時，知識分子將不必依附於別人的施捨，而由自己掌握自己的命運。

胡平借職稱評聘對人才問題的思考無疑更具有啟發性。1949 年之後，極左思潮嚴重影響著我們的人才觀，輕視知識、輕視人才、輕視知識分子的現象愈演愈烈。人才的天平發生了嚴重傾斜。此時，大多數報告文學作家寄望於有一隻巨手來翻轉知識分子的命運，他們為此吶喊、呼號。然而，手握權力的人似乎並不著急，他們不願意給予知識分子太多的自由和太高的社會地位。因此，知識分子欲改變命運，唯有自己去爭取，他們需要以自己的智慧，為社會建立新秩序，然後完成自我拯救。當然，那只是一種美好的願景，在現實中國，為人才呼喚一點政策的傾斜還是十分必要的。

二、「世界大串聯」的反思

既然人才得不到社會的救贖，他們也只有自我救贖了。於是，從 1980 年

代初開始，中國的出國潮愈演愈烈，形成「世界大串聯」的恢宏之勢，洶湧澎湃，不可遏抑。胡平、張勝友的報告文學《世界大串聯——中國出國潮紀實》〔註36〕通過眾多的人物、事例和大量的數據，記述了這場出國大潮的前前後後。

　　首先寫到出國大潮的概況。作者調查，1980 年代，夢寐以求出國留學的中國人與日俱增。僅以北京為例，1981 年首次「託福」考試，考生是 285 人，1983 年是 2500 人，1985 年是 8000 人，1986 年達到 18000 人。據 1987 年前三次考試統計，人數更猛增到 26000 人。當時世界上每年有數十萬人參加「託福」考試，其中一半是中國人。而自 1978 年以來的九年中，中國出國留學人數已經超過五萬人。就出國人員的構成看，「絕大多數是大學畢業生或研究生」。就出國的流向看，「大抵是歐洲、北美——法國、英國、聯邦德國、意大利、比利時、加拿大、美國……以赴美者人數最多。今天已有三萬餘名來自大陸的中國人在美國一千多所大學學習」。每天早晨天不亮，在美利堅合眾國駐滬領事館門前，赴美留學簽證的隊伍就會排成長龍，一年 365 天風雨無阻；北京秀水東街美國駐華使館領事處情況更甚，有人早上三點四十分到卻只能排在第二號。「世界大串聯」的隊伍中，除了學生，還有國內各條戰線上的優秀人才，有的甚至已經卓有建樹。「以文藝界為例。在電影界，一顆顆『明星』變成了一顆顆『流星』，他們的消失幾乎與他們的成名一樣快，這已經是很多影迷們深深失望的事了，這裡不必贅述。在音樂界，朱明瑛、蘇小明這類流行歌手出國的不算，近年來我國在國際歌壇上獲獎的西洋唱法演員：胡曉平、詹曼華、張建一、高曼華、傅海靜、苗青、葉英、溫燕青、曹群……都走了，國內剩下的，只有迪里拜爾一個。現在中國第一流的歌唱家全在美國。管絃樂鍵盤樂方面也如此。國際小提琴和鋼琴比賽的優勝者，如胡坤、薛偉、王崢嶸、朱大明、王曉東、李堅、賈紅光等；我國優秀青年作曲家、指揮家，如黃安倫、譚盾、陳怡、羅京、水蘭、胡永言等，目前統統都在美國或歐洲。上海交響樂團幾年來走了六十多人。為中央文藝團體輸送了不少優秀人才的中央音樂學院管絃樂系七八級，一個班三十二人，現在除了一位改行當了導演，另一個做買賣發了大財，其餘三十人全去了國外……」在體育界，許多著名的運動員和權威的教練員也紛紛出國，體育「海外兵團」的雪球越滾越大。在學術科研領域，爭相離去的人才更是數不勝數。報告文學記述，某著名高等學府一位白髮蒼蒼的老教授在一次座談會上聲淚俱下地說，自己近年來

<hr>

〔註36〕《當代》1988 年第 1 期。

他卻連一臺六千元的鋼琴也買不起；他所從事的嚴肅音樂，在中國越來越貶值了。更讓他不能容忍的是，他為中央某藝術團所寫的用於參加全國音樂比賽的作品《三迭》不讓演，理由是「搞資產階級自由化」；他心裏明白，《三迭》成了領導爭權奪利的犧牲品，他窘悚：「中國，只要一有風吹草動，就總有人能把自己的私貨塞入一個個堂皇革命的口號之中。」終於，他覺悟了：「人的一生太短暫了，自己已經過了而立之年，與形形色色的官僚們耗下去，陪進去的是自己的時間與精力，受百般牽扯的是自己如日中升的事業。官僚們卻不會有什麼損失，能吃的，皮帶上決不會為此縮下去一個眼，會打鼾的，做夢時也不會因此而少打一串呼嚕……」他不願意走，他是被逼走的。歐陽采薇，女，77 歲，新華社對外部退休人員。先後就讀於燕京大學和清華大學，1947 年入洛杉磯南加州大學，後到哥倫比亞教育學院學習，並獲英語教學碩士學位。是她堅決支持 37 歲的女兒吳采采出國留學。女兒在北大荒做過農工，當過衛生員，回城後當了焦化廠的工人，因為媽媽留美的「特嫌」身份而被剝奪了成為工農兵學員的機會，1977 年恢復高考，努力考取北京化工學院，四年後考上北京工業大學環境化學專業研究生，畢業後分在北京市環境保護局所屬的北京環境保護監測中心工作。論說女兒有文憑、單位重視、工作順心，且有家庭和兩個孩子以及年邁的母親，不是非出國不可，然而母親有自己的道理。首先，作為過來人，她知道出國留學是怎麼回事，那不僅意味著學識，更意味著思想和心胸；其次，女兒專業的最新成果在國外，出國留學對於提高她的研究水準大有裨益；第三，從經濟上考慮，女兒這一代知識分子貢獻與報酬差距太大，出國或許能改善目前經濟拮据的狀況。總之，采采37 歲出國留學，雖然晚了點，但那並非個人原因造成的，該走的路還是要走。他，30 歲，北京某報社的體育部記者，寫過不少較有影響的報告文學和新聞通訊，報社亞運會和奧運會報導的主力，因成績突出而晉升為部副主任，並被評為全國先進新聞工作者。因一次偶然的出軌行為，他成了輿論的焦點。先是報社的部主任、保衛科長等登門審問，後是報社責令其停職檢查，他的艱辛努力，一夜之間被徹底否定了，甚至預備黨員的資格要被取消，職務也要被撤銷。在停職反省的幾個月裏，他深深體會到了在中國「組織」的強大：「組織是須臾都離不開的空氣。組織管你做什麼想什麼，乃至管你生、管你死，就是調個單位，還得有組織鑒定……離開了組織，自己還能做什麼呢？」如今，他被排除在了組織之外，除了出國留學，他只有像離開水的魚一樣等死。

以錢學森、錢三強、錢偉長、李四光、華羅庚為代表的第三代留學生「為新中國一座座巍峨的科學大廈的崛起奠定了堅如磐石的根基」；以葉選平、李鐵映為代表的五十年代前往蘇聯和東歐學習的第四代留學生「已成為共和國航船全速前進的動力源」；如今，時隔二十餘年，留學潮再起，這第五代留學生必將或者已經成為祖國現代化建設的中堅力量。作者調查，目前為止，已經有16000多名留學生學成歸國，其中，「據報載，在航天工業部的留學歸國人員中，科研上有突破、發明和創新的，占留學回國人員總數的百分之二十四，業務優良、受到好評的，占總數的百分之五十。清華大學的近二百位留學回國人員，參加了四百二十三項科研項目，有五十多項已經通過鑒定，其中近三十項獲得各種規格的科研成果獎。在北京醫科大學的留學回國人員中，有十七人取得了二十九項科研成果，受到醫學界人士廣泛的讚譽……」對於逾期未回國或打算長期定居異國的留學生，作者認為，也應充分理解。因為「風物長宜放眼量」，如今時代，「世界正走向中國」，「中國正走向世界」，中國人需要有「地球村」意識和融入世界的寬廣胸懷。第二，必須做體制和政策上的反思。我們存在著浪費人才、不重視人才的體制弊端，有知識分子政策卻不能不折不扣地落實。報告文學引用 1986 年 12 月 2 日《文匯報》的消息：「『上海專業技術人員使用現狀及其戰略對策研究』抽樣調查結果表明，三分之二人才積極性未充分發揮。上海五十五萬三千名專業人才中，專業不對口的占百分之十九點八，有四分之一的人沒有任務或任務不飽滿。在一些人才有餘的單位，問題更突出，有近三分之一的人才被積壓被浪費。」上海美國獨資的希爾頓賓館公開招聘管理人員，報名總人數達 300 多人，且全為大專及以上學歷，其中不少是研究生和大學講師，90%以上專業完全不對口。這些都是浪費人才的證據。在南方的海南島，建省之前，分配來的 1500 多名大中專畢業生走了 1200 多人；在北方的大興安嶺，陸續分來的 1000 多名大學生已流走 600 多人。究其原因，是待遇差，條件艱苦，得不到重視。「1982 年，四十三歲的蔣築英、四十七歲的羅健夫相繼謝世，報刊上一陣惋惜，上下間一片唏噓。然而，亡了羊，牢還沒補住。僅 1987 年，在中國科學院，過早謝世的中年高級專家已有九位：馬氏決策規劃專家董澤清，五十歲；數學家張廣厚，五十歲；數學家鍾家慶，五十歲；地質學家曾慶豐，五十四歲；聲學家施仲堅，五十歲……在北京航空學院，從 1986 年 7 月至 1987 年元月，五十歲到五十四歲之間的中年知識分子相繼死亡七人，其中副教授五人，高級

工程師一人，老講師一人。」知識分子的淒慘現狀是他們紛紛出國的主要原因。因此作者總結道：「與其說出國留學者們『崇洋』，不如說他們中的多數人希冀借留學途徑改變目前的處境較為妥當，或者說是打算自己為自己落實『知識分子政策』較為貼切。」總之，中國欲在國際人才競爭中扭轉劣勢，必須改革國內的教育制度、人事制度，繼續全面推進經濟和政治體制改革。

《世界大串聯》結構上採用宏觀、全景式的藝術架構，同時重點刻畫了幾個有典型意義的人物，將宏觀概括和典型刻畫及點睛式的議論抒情相結合，取得很好的藝術效果。作品的另一個特點是富有激情，語言優美有文采，具有很強的可讀性和感染力。作為報告文學，本文亦有略嫌不足之處，即有主題先行之嫌，只選取了出國潮中的一類人，對於出國潮中肯定存在的另類材料沒有涉及，不利於反映出國潮的複雜性。

其他報告文學作家也從不同側面對中國的人才問題進行了反映和討論。張建偉、蔣峰等六人的報告文學《命運備忘錄——38名工商管理碩士（MBA）的境遇剖析》〔註38〕所表現的我們社會浪費人才、壓制人才的現象更令人觸目驚心：

> 1984年4月，中美兩國政府達成協議：為中華人民共和國培養高級工商管理碩士（MBA）。7月，招生在全國鋪開。9月，440名精通外語、有三年實踐經驗的青年人才被選拔出來，獲准應試。10月，440人再次被嚴格的考試篩選，僅留下40人步入MBA學業的起跑線上。兩年後，1986年9月，39人完成學業，赴美實習，被譽為「中國經濟管理黃埔一期」學員。同年12月，榮膺MBA學位的38人歸國，投入中國的改革大潮……
>
> 然而，1987年9月，中國青年報社接收到MBA的呼救信號。
>
> 呼救者聲聲歎息：
>
> ——我們，38名高級工商管理碩士，雖年紀輕輕，卻無用武之地。報國無門，苦惱不堪。
>
> ——為培養我們，國家耗資百萬，我們歷盡艱辛。然而，培養與使用完全脫節。
>
> ——我們懷疑，國家耗費鉅資辦這種「國家級人才培訓項目」是為了什麼？

〔註38〕《中國青年報》1987年12月2日頭版。

——我們不明白，我們幹嘛要進行這種勞而無功的努力？

面對 MBA「痛苦的呼救」，《中國青年報》派出六名記者，行程萬里路，在全國十幾個省市追蹤事件的始末。在考察中，記者們發現，38 名 MBA 除兩人因為權力的幫忙而「流動」到合適的崗位外，其餘 36 人皆被困在原單位處於人才的浪費狀態。在採訪中，各單位各部門並不承認「浪費人才」，相反，他們都有著博大精深的「重視人才」的理論，作者概括這些理論為：「（一）種子論。人才好比種子，群眾才是土地。人才能不能發揮作用，得看群眾是不是滿意他。（二）臺階論。是人才也得一步一步地爬臺階，科員、工長、段長、主任、副手、助理、廠長……三五年一個臺階，50 來歲，委以重任，年齡正好。這時，各個臺階上的人對他才都有好印象，他工作起來才如魚得水。（三）儲備論。MBA 知識用不上怕什麼，先儲備起來嘛。知識不怕多，總會用得上。藝不壓身嘛！」中國人才環境的傳統之樹根深葉茂，遮天蔽日，「MBA，這個被移植到中國的現代之果，正掛在這種無比正確、合乎規範的傳統之樹上。大樹已經蒼老，但還活著。果實正在腐爛，只留給人們它鮮活時的記憶」。最終六名奔赴各地採訪的記者得出了一致的結論：「中國的人才浪費不是觀念性的浪費，而是結構性的浪費，不突破舊的人才結構機制的森嚴壁壘，任何新的觀念都難以發揮作用。MBA 在中國的命運提醒我們：全方位、立體化的人才流動市場不誕生，『讓拔尖人才脫穎而出的環境』就不會最終形成。」

霍達的報告文學《小巷匹夫》〔註39〕寫了另外一種人才遭遇壓制的實例。在國有照相館做攝影師的田大全，利用業餘時間發明了無線遙控電動快門，代替了過去的氣動快門，大大加快了抓拍的時間，降低了補照率，提高了工作效率，使我國的照相行業由機械時代跨入了電子時代。田大全還準備發明照相監視系統，以便顧客可以預先看到自己的影像並加以「審定」。然而，此時各種各樣的打擊接踵而至。先是同事們的議論：「出了一回名兒，見好就收吧，還踩著鼻子上臉？」「要是再搞成一個新招兒，尾巴就得翹到天上去了！」繼而是老師傅們的抵制，他們寧願繼續捏皮球，也堅決不用他的「妖蛾子」；然後是經理的勸導：「小田呀，不能光靠良好的主觀動機，還得考慮客觀效果。咱們這兒老師傅多，你剛來不久，還要搞好群眾關係……」就這樣，田大全在環境中折傷著自己的鋒芒，消磨著自己的棱角。作者啟示我們，中國文化傳統中有許多方面不利於人才的成長。比如，中國傳統文化強調「溫良恭儉讓」，

〔註39〕《人民文學》1987 年第 11 期。

教育人們要「敏於事而慎於言」，告誡人們「病從口入，禍從口出」。人們欣賞人才「低眉順眼」，不欣賞他們「趾高氣昂」；人們欣賞人才「內斂沉默」，不欣賞他們「自我表現」；人們欣賞人才「服從分配」，不欣賞他們「自作主張」。那些敢於直言、講真話、自我表現的人，往往被看做「不成熟」，而在人才的使用中被「一票否決」。中國民間流傳著「槍打出頭鳥」、「出頭的椽子先爛」等對人才的警告語，在此種文化氛圍之中，人才不得不瞻前顧後、謹言慎行，很多人只能落得「泯然眾人」的結局。

　　陳冠柏的報告文學《蔚藍色的呼吸——海南：「人才流」的激漲、退落及其他》〔註40〕，記述了 1987 年至 1988 年的十個月間海南出現的人才潮湧現象。全國各地各種各樣的人才之所以紛紛奔赴海南這塊「處女地」，他們看重的是這裡「自由競爭」的氛圍。這些人才呆在大陸不溫不火的溫吞水裏太久了，他們渴望競爭，渴望自我挑戰，就像一位北京來的求職者所說：「大陸最討厭的就是用人制度，部門所有，一上班就像賣給了他們。業餘兼職打兩份工甭想了，就是想挪挪窩都不成。……我有本事，有自我價值，壓根兒現不出來，……一狠心，下海南，是騾子是馬拉出來遛遛。」作家告訴我們，海南人才潮湧的意義在於，它表明了人才突破沉澱著歷史的淤土，呼吸「蔚藍色」文明之風的強勁姿態。同時作家將矛頭指向了我們的用人制度。人才渴望在競爭和挑戰中實現自我價值，然而我們的人才環境中缺乏激勵機制和競爭機制，所謂「能者不上、平者不讓、庸者不下」，庸才得到社會的庇佑，人才反而大都鬱鬱不得志。這是一種畸形的社會生態，它十分不利於人才積極性的發揮。

　　另外，我們的人才使用上還存在著嚴重的「官本位」傾向。在中國，長期的專制集權和行政控制形成人們對「官」的恐懼和崇拜，讀書人的終極目標是通過科舉做官，所謂「學而優則仕」，整個社會形成以官為核心的「官本位」文化，人們的思想意識、價值取向以官為本、以權為綱。時至今日，我們社會的「官本位」傾向仍然十分嚴重。單位如工廠、公司、企業、賓館飯店、學校、社會團體，各類事業機構等等；個人如經理、演員、導演、藝術家、作家、記者、教授、研究員、和尚等等，莫不套上與部、廳、處、科、股等「官」的相應級別，按照級別享受相應待遇。工資、住房、乘車、醫療，甚至開會時的座次，都由級別決定；即使不幸故去，則追悼會開什麼規模，報紙登不登訃告，登幾行字訃告，骨灰盒夠不夠格進革命公墓，如夠格進革命公墓，

〔註40〕《文匯月刊》1988 年第 9 期。

應放在正廳，還是側室，列左還是列右，皆不能越雷池一步。當代美學大師、北大著名教授宗白華先生病重期間，就是由於「級別」不夠，而住不進醫院的高幹病房，終至耽誤了病情，無救而亡。

「官本位」文化對人才的戕害是嚴重的。它首先表現在為了享受相應級別的待遇，人才不得不對行政級別著力追求，其結果是怠慢了專業，強化了權力。其次表現在政府以行政級別作為人才貢獻的獎勵。報告文學《國殤》記述，數學家張廣厚成名以後，「光榮地被選為共青團中央委員、新長征突擊手，並且擔任了北京市科協副主任、中國科學院京區直屬黨委委員、數學所黨委副書記、全國科協書記處書記和黨組成員……很少有人能贏得他這麼多光榮，但這些光榮卻是以犧牲科學家的時間——生命為代價的，成為『名人之累』！各種各樣的會議，沒完沒了的『政治思想工作』和行政事務諸如分房子、查衛生、提職調資……和他的函數理論有什麼關係？下了班還有人追到家裏來，他還必須耐心地傾聽這一切，處理這一切」。人才的光榮不是來自於他的專業而是來自於官職，人才的價值不是來自於貢獻的大小而是來自於級別的高低，這就是中國人才市場的現實。不知何時我們的「官本位」才能轉變為「人才本位」，唯有到那時，我們的人才才能心無旁騖地脫穎而出，我們的人才市場才能健康有序地發展。〔註41〕

綜上所述，報告文學作家告訴我們，此次洶湧澎湃的人才「大串聯」有著深刻的歷史的和現實的原因，簡單粗暴地指責出國者「崇洋媚外」是不負責任的，他們中的絕大多數人都有著自己的心酸和無奈。正如報告文學《世界大串聯》引用的《美洲華僑日報》的文章所指出的：「中國知識分子人潮相繼湧出國門，湧入美國，現在美國許多城市的華埠，中國的知識分子真是碰眼碰鼻都是啊！他們中有的是蒙受冤屈而傷了心；有的是遭盡歧視而冷了心；有的是希望落空而灰了心；有的是政見不同而鐵了心；有的是為了兒女而狠了心……境遇極壞者，奮然而別；境遇不好者，決然而離；境遇平常者，惶然而行；境遇稍好者，悵然而辭。」值得執政者反省的是，如果我們沒有嚴格的限制，人才還能剩下幾許？是否連百姓也會走光？孔子曰：「故遠人不服，

〔註41〕可喜的是，《國家中長期人才發展規劃綱要 2010～2020》對此有了初步認識，它明確指出：「克服人才管理中存在的行政化、『官本位』傾向，取消科研院所、學校、醫院等事業單位實際存在的行政級別和行政化管理模式。」（《國家中長期人才發展規劃綱要 2010～2020》，新華社 2010 年 6 月 6 日發布。）

則修文德以來之。」(《論語》之《季氏將伐顓臾》) 文德不修而反怪人離己而去，豈不怪也歟？此之謂百姓「以腳投票」。況且，人誰不求富足？人誰不圖安逸？人誰不想實現價值？在世界經濟全球化的今天，如果我們還不能給人才提供良好的生活、工作環境和自我實現的平臺，我們又有什麼理由苛責他們「崇洋媚外」呢？

遺憾的是，當年報告文學作家們所提出的問題至今並沒有過時。如今的中國人才現狀仍然不容樂觀。據測算，我國依靠科技進步帶來的經濟增長不到 40%，而發達國家已經達到 80%；中國高層次人才更是鳳毛麟角，《人民日報》2011 年 2 月 21 日發文稱：「從 1900 年到 2002 年，獲得諾貝爾獎、魯斯卡獎、伽德納獎、沃爾夫獎、菲爾茲獎、圖靈獎、日本國際獎、京都獎等八項國際科技大獎的 497 名科學家中，沒有一名中國國籍的科學家。中國科學技術信息研究所對科學引文索引（SCI）數據庫 1997 年到 2006 年收錄的論文，按 22 個學科領域分類分析，各學科排在前 250 名左右的頂尖科學家，全世界共約 6097 人。其中，美國排在第一位，有 4016 人；中國排在第十九位，只有 19 人，其中 15 人來自香港，4 人來自大陸。」〔註42〕人才流失現象嚴重，中國科協 2008 年統計，1985 年以來，清華大學和北京大學高科技專業畢業生去美國的比例分別為 80% 和 76%。1978 年至 2008 年，中國內地派出留學生超過 140 萬人，回國的卻僅有 39 萬人。中國社科院發布的《2007 年全球政治與安全》中提到：中國流失的頂尖人才數量在世界居於首位。在國內，科技工作成了「雞肋」，2011 年中科院做過一個職業意向的調查，在接受調查的 1180 名中小學生中，意向為公務員的排在第一位，科學家僅排在第五位。又據 2009 年第二次全國科技工作者狀況調查，科技工作者大都對自己所從事的職業現狀不滿意，其中有意向讓子女從事自己職業的僅 19%，不願意子女從事自己職業的達 51%。

當今時代，已經進入知識經濟的時代，人才資源成為第一資源，人才對社會的經濟、政治、文化等的推動作用首屈一指。1998 年世界銀行發布「國民財富新標準」：全世界人才資本、土地資本和貨幣資本構成比例約為 64：20：16。可見人才資源在全世界範圍內的重要價值和作用。中國要實現科教興國戰略、人才強國戰略、可持續發展戰略，其核心和關鍵也是人才。我們到了必須真正重視人才的時候了。

〔註42〕梅永紅：《「誰」在阻礙人才成長》，《人民日報》2011 年 2 月 21 日。

第三節　環境問題的省察

　　改革開放之初，中國人普遍缺乏生態環境保護意識，發展的幾乎每一點成績都是靠透支環境生態而實現的，財富積累的過程同時也就是破壞自然的過程，中國走的是一條「殺雞取卵式」的經濟發展道路。1980 年代中期以後，中國的環境生態問題越來越突出地暴露出來，報告文學作家們率先將思想的鋒芒刺向這一領域，形成生態報告文學〔註43〕的熱潮。

一、自然生態失衡的反映

　　1986 年，沙青發表全景式報告文學《北京失去平衡》，標誌著中國大陸生態報告文學的興起。繼之，岳非丘的《只有一條長江》，劉貴賢的《中國水污染》，徐剛的《江河並非萬古流》《伐木者，醒來》，韓作榮、王南寧的《大興安嶺森林火災》，雷收麥的《紅色的警告》，楊民青、王文傑的《大興安嶺大火災》，張雅文、吳茜的《吶喊，不僅僅是為一個人，一座山……》，徐剛的《沉淪的國土》，沙青的《依稀大地灣》，麥天樞的《西部在移民》，殷家璠的《孤獨的人類》，劉大偉、黃朝暉的《白天鵝之死》等，分別從水資源、森林資源、土地資源、動物資源等方面反映了中國生態環境惡化的現狀，較早提出了可持續發展的理念。

　　水資源方面。中國是一個淡水資源嚴重匱乏的國家，淡水資源總量為28000 億立方米，人均僅為世界平均水平的 1/4，是全球 13 個人均水資源最貧乏的國家之一。以北京市為例，北京的人均佔有水量僅為世界人均佔有量的 1/13，連一些乾旱的阿拉伯國家都不如。北京已成全球最缺水的特大城市。沙青的報告文學《北京失去平衡》〔註44〕以大量詳實可靠的材料，報告了北京由於缺水而面臨的艱難困境：北京歷史上作用非凡的泉水，銷聲匿跡；建國以來興修的官廳、密雲、十三陵、懷柔等八十多座水庫的蓄水量急劇下降；北京市聊以自慰的 30 多條河流，有的變成沒有活水的死河，有的變成臭氣薰天的「龍鬚溝」；1983 年夏季，北京出現有史以來最嚴重的一次用水危機，全城 90% 以上的地區水壓不足，353 家企業因限制用水而部分或全部停產，

〔註43〕所謂生態報告文學，是指「從現代生態學的理念出發，以揭示生態失衡和環境危機為主要內容，著重探討人與自然的關係，倡導生態與環境保護的報告文學作品」。（見羅宗宇《對生態危機的藝術報告——新時期以來的生態報告文學簡論》，《文學理論與批評》2002 年第 6 期。）

〔註44〕《報告文學》1986 年第 4 期。

醫院手術室、急診室不得不提水上樓做手術；到 1988 年，北京市自來水每天缺少 85 萬噸；截至 1986 年，北京已打水井四萬眼以上，地下水被過量開採，已累計虧損十七億噸，預計 2000 年，北京的地下水位將降到 70 米以下，到時絕大部分水井將會乾枯報廢。水資源的匱乏使北京這個全國的政治、經濟、文化中心失去了平衡，水成為了北京進一步發展的重要瓶頸。

作品指出，水資源的缺乏已經成為全國性的嚴峻現實，新時期以來，全國 600 多座城市中，已有 400 多座存在供水不足問題，其中比較嚴重的缺水城市達 144 個，因貧水而陷入困境的城市 40 個。另外，由於水資源分布不均，我國農村的部分地區尤其是西部、北部地區缺水現象嚴重，一個典型的例子是：「由於極度缺水，甘肅定西人從不洗澡，偶而洗臉。洗臉時無論家中有多少人都只用一碗雨水。每當洗臉時，孩子一溜站開（這裡一戶人家至少有四五個孩子），當娘的將那一碗水『吸溜溜』喝一口，順時針往幾個孩子的臉上挨個兒噴去，沾了水的孩子趕緊用小手在臉上抹抹，這臉就算是『美美』洗過了。這時碗中也只剩半口水的光景了，當娘的便沾濕毛巾一角，擦擦自己的臉，接著男人就可以獨自『享用』那塊還帶有濕氣的毛巾了。」〔註 45〕即使在水資源歷來豐富的地區，情況也不容樂觀。據徐剛的報告文學《江河並非萬古流》〔註 46〕報導，湖北省素有「千湖之省」的美名，1949 年時有大小湖泊 1066 個，80 年代初僅剩下 309 個，湖泊水面縮減 3/4 以上，「千湖之省」變成了「百湖之省」；青海湖從 1976 年至 1988 年水面退縮 3000 米，湖中著名的鳥島已經成為半島；我國最大的淡水湖鄱陽湖建國後已經被人們圍湖造田墾掉了一半；曾經煙波浩渺的八百里洞庭，30 年來地盤減少了 3/5，僅餘湖面 300 里。

缺水的現狀令人憂慮，然而節約和保護水資源的意識卻十分薄弱，水污染現象愈演愈烈。徐剛的《江河並非萬古流》、岳非丘的《只有一條長江——為長江母親代寫一分「萬言書」》〔註 47〕、劉貴賢的《中國水污染》〔註 48〕和麥天樞的《挽汾河》〔註 49〕等，都將批判的矛頭指向了水環境污染和水生態

〔註 45〕哲夫：《黃河生態報告》，石家莊：花山文藝出版社 2004 年版，第 81 頁。
〔註 46〕國家環境保護局宣傳教育司編：《江河並非萬古流——環境問題報告文學選粹》，北京：中國環境科學出版社 1989 年版。
〔註 47〕《報告文學》1988 年第 5 期。
〔註 48〕《中國環境報》1989 年 3 月 11 日。
〔註 49〕《山西文學》1989 年第 1 期。

危機。在母親河黃河已經成為民族負累的情況下，人們自然首先將目光投向另一條母親河長江。面對長江生態環境嚴重惡化的現狀，人們發出了「長江有可能成為第二條黃河」的警告。《江河並非萬古流》的作者徐剛在長江流域實地考察，得到了一系列令人觸目驚心的數據：「長江流域有各類工礦企業 10 萬多個，……每年排放污水 120 億噸，也就是說每天都有 3600 萬噸污水傾瀉到長江之中，而渡口、重慶、武漢、南京、上海五大沿江城市的排放污水量，占總數的 80% 以上，形成污水污染帶累計長 500 公里，已檢測出的污染物質達 40 餘種，其中 COD43 萬噸，酚和氰化物 1800 噸，砷及汞、鉻、鉛、鎘等有毒金屬 1630 噸，石油類近萬噸。長江的水污染還來自農藥、化肥，流域內使用農藥 60 萬噸上下，有機氯農藥占一半以上，農藥的有效利用率為 10～30%，其餘散失於土壤和水域，並滲透到農作物和水產品內——我們每天或常常食用的糧食、蔬菜及各種魚鮮。在長江流域污染嚴重的某地測試表明：大米中汞的檢出率高達 95%，蔬菜中鉻的檢出率是 100%！」這些工農業污染加上生活污水廢液，長江每年被迫接納 300 多億噸污水，按一噸污水糟蹋 20 至 30 噸江水計算，就有 70% 至 90% 的江水慘遭毒害。哺育著幾億人口的長江就這樣被幾億人口污染著，它成了「流動的垃圾場」。麥天樞的《挽汾河》報告了山西人民的「母親河」汾河嚴重的污染狀況。由於這一地區發展的是粗放型的資源開採和加工業，到 1980 年代中期，「小煤窯，小煉焦，小造紙，小化工之類」比比皆是。汾河兩岸向汾河排放廢水的企業有 956 家，其中造紙廠 77 家、焦化洗煤廠 402 家、選礦廠 243 家、化工企業 8 家、其他企業 226 家。這些企業每天毫無節制地將污水排泄到汾河中，再加生活污水，致使每年有 9100 萬噸污水灌入汾河，河水被嚴重污染，其化學耗氧量和氨氮、揮發酚含量等主要指標均超過地面水最低標準 3 倍至 40 倍，在部分河段，河水變得又黑又臭，順風幾裏外都可聞到臭味，其河水已基本失去灌溉作用。汾河已經成為即將被毀滅的河流。劉貴賢的《中國水污染》指出，「從南到北，從東到西，洋洋 960 萬平方公里，凡是有水源有人居住的地方，多多少少都有污染」。作品引用 1980 年的統計資料，全國主要河流日接納污水量，黑龍江 1.5 萬噸，松花江 24.9 萬噸，牡丹江 16.8 萬噸，嫩江 76.8 萬噸，遼河 73.7 萬噸，鴨綠江 30.5 萬噸，海河 144.1 萬噸，灤河 123.5 萬噸，北運河 214.3 萬噸，子牙河 225.5 萬噸，渭河 128 萬噸，淮河 71.68 萬噸，潁河 104.73 萬噸，金沙江 124.9 萬噸，嘉陵江 149.8 萬噸，閩江 177.8 萬噸，珠江 1009.4 萬噸……

地表水污染嚴重，地下水也不容樂觀，以瀋陽 1985 年監測資料為例，揮發酚、油、氨基物在 132 眼監測井中，超標率分別為 35.8%、52.8%、76%；全年監測井平均超標數：酚 4 倍，氨基物 4.4 倍；化學耗氧量、石油類、氨氮、亞硝酸鹽氮的超標率，分別為 7.6%、52.8%、43%、69.1%、53.6%。氨氮、亞硝酸鹽氮、硝酸鹽氮平均值超標數分別為 2.6 倍、12 倍、0.8 倍。

　　全國人幾無乾淨水可飲。水污染的嚴重後果尚不為大多數人所認識，《江河並非萬古流》例舉的兩種惡性公害病令人觸目驚心：一是水俁病，是指魚吃了污水中的汞，人吃魚後引起的怪病，開始病症是口齒不清，步態不穩，面部癡呆，耳聾眼瞎，神經失常，有時酣睡不醒，有時興奮萬分，最後身體佝僂、彎曲，厲聲高叫死亡；一種是鎘米病，指含鎘廢水大量湧入稻田，人吃了含鎘量極高的稻米而引起的疾病，主要表現症狀為腰、手、腳等關節部位疼痛，繼而發展到全身疼痛，呼吸困難，骨骼軟化、疏鬆、極易折斷，最終人在劇烈疼痛中淒慘死去。作品還報導，1988 年上海甲型肝炎流行，每天有 10000 人患病，病房人滿為患，連學校教室也改成了臨時病房，據監測是吃了被污染的毛蚶所致；滄州地下水中氟超標，氟中毒者幾十萬人，牙齒變成黃黃的氟斑牙，骨質疏鬆，易折易碎。人類正飲著自己勾兌的毒液，吃著自己生產的毒食，是他們自己親手殺死了親人朋友甚至是他們自己。

　　森林資源方面。「如果說河流和海洋是地球的血脈，那麼森林便是地球的肺葉。在一味追求經濟效益中，人類濫砍濫伐毀壞了森林，破壞了生態，導致了嚴重的林業危機。」〔註50〕徐剛的報告文學《伐木者，醒來》〔註51〕較早關注了我國森林資源匱乏的現狀和森林遭受亂砍濫伐的慘狀，激憤地指出「毀滅森林資源同時也是毀滅我們自己毀滅我們子孫」，成為當代中國林業生態危機的警示之作。該作品影響了林業部門的高層決策，使中國林業由採伐為主向建設為主轉型。當年的林業部長說：「我們應該感謝徐剛，他在我們的背上猛擊了一掌！讓我們從睡夢中醒來！」〔註52〕作品首先回顧了我們歷史上的兩次大的林木破壞運動，1958 年砍伐樹林大煉鋼鐵的大躍進運動和文化大革命中上山燒荒伐木的學大寨運動，無節制的毀林行為導致中國的森林資源

〔註50〕楊劍龍，周旭峰：《論中國當代生態文學創作》，《上海師範大學學報（哲學社會科學版）》2005 年第 2 期，第 39 頁。
〔註51〕《新觀察》1988 年第 2 期。
〔註52〕李青松：《我說徐剛》，《綠葉》2007 年第 21 期。

以驚人的速度減少,以海南為例,30 年代森林覆蓋率尚達到 50%,解放前為 35%,70 年代末卻急劇下降到 11.9%。到 80 年代,我國的森林覆蓋率不足 12%,比日益貧乏的世界森林更加貧乏。然而,面對如此令人憂慮的森林資源現狀,我們卻仍然沒有警醒,燒山不停,伐木不止。作者在武夷山考察發現,山上直徑 80 釐米以上的大樹已被砍光因而絕跡,大王峰的衣服被剝光了,玉女峰的裙子也正在一點點變小,武夷山快要變成「無衣山」了。與武夷山一樣,「無論在陽光下還是月光下,只要屏息靜聽,就會聽見從四面八方傳來的中國的濫伐之聲」:1984 年至 1987 年,廣西南丹縣國營林場不斷被哄搶,曾經面積為 19 萬畝的浩瀚森林一片蕭條;1987 年貴州黎平縣國營花坡林場 2 萬多畝森林被偷被搶;海南省僅瓊中縣每年就要燒掉山林數千畝以種植糧食作物;新疆阿瓦提縣每天在胡楊林拉柴的馬車驢車竟達 1200 多輛;1987 年 4 月 7 日一早晨,青海省烏蘭克縣什克鄉賽什克村委會就指使村民砍伐毀壞村北防護林帶 100 多米……作品指出,由於肆意破壞森林,中國人遭受的大自然的報復比世界各國更甚。在黃河流域,由於森林被毀滅,致使水土流失造成千溝萬壑和茫茫荒原,自然生態急劇惡化。黃河每年沖走氮、磷、鉀肥 4000 萬噸,相當於全國每一畝耕地被沖走肥料 50 斤,黃土高原上的農民們不得不在越來越貧瘠的土地上辛勤耕作而忍饑挨餓。在長江流域,由於毀林開荒和盲目採伐,使生態環境急劇惡化,三峽上游的萬縣竟出現土層被完全沖光的光板田 6000 多畝;此外,由於泥沙在河道淤積,長江每年的洪澇災害次數和烈度都在增加。最可怕的是由於森林的消失而導致的土地的沙漠化!1980 年代初,中央臺新聞聯播就發出了沙漠正在包圍南昌的警告;遼寧朝陽地區時常風沙遮天蔽日,人們深受風沙之苦,而這裡曾經是水草豐茂、氣候宜人的森林草原;我國的烏蘭布和沙漠也是因為毀壞森林而形成的;更令人傷感的例子是 3900 年前曾經繁榮昌盛的樓蘭古國,竟至被沙漠掩埋而永為陳跡。據統計,我國沙漠和沙漠化土地已由建國初期的 10 億畝擴展到了 1980 年代的 19.5 億畝,而且中國土地正以每年 1000 萬畝的速度繼續處於沙漠化之中。森林保護,刻不容緩!

　　土地資源方面。我國耕地面積僅占國土面積的 1/3,人均耕地僅有一畝左右,在人口超過 5000 萬的國家中,排名倒數第三位;我們被迫用占世界 1/13 的耕地,養活占世界 1/5 的人口。土地資源的嚴重匱乏,幾乎時刻威脅著中國人的吃飯問題。然而,絕大部分中國人對此並無危機意識,我們每分每秒都在毀壞著腳下的土地,土地的災難正愈演愈烈。徐剛的報告文學《沉

淪的國土》〔註53〕，沉痛地記述了導致國土沉淪的歷史和現實。首先是因為森林草原的破壞而導致的水土流失。建國初，我國的水土流失面積為116萬平方公里，1980年代已擴展到160萬平方公里，占國土面積的1/6。每年失去土地1500萬畝，流失土壤50億噸，流失氮磷鉀4000多萬噸，與當年全國化肥的年產量相近。建國40年來，我們曾以大無畏的精神向自然開戰，開荒造田3.77億畝，然而，耕地卻減少6.11億畝。黃河每年將16億噸泥沙裹挾進大海，那千溝萬壑的黃土高原成為我們民族永遠的痛。長江也日益變黃，它每年挾走的泥沙已達5.3億噸，相當於亞馬遜河、尼羅河、密西西比河的總和。除了黃河和長江，水土流失正在我們的每一寸土地上進行著。1980年代初，承德地區每年流失的耕地高達46000畝；江西贛江因紅土流失而變成「紅河」；革命年代清清的延河水變為了滔滔濁流；曾燃起我們豪情壯志的「北大荒」，水土流失面積已達1240萬畝，占開荒耕地面積的1/4；東北黑土帶，正以每年一公頃1000噸的速度在流失；新疆24億畝土地已經有10億畝變成大漠沙灘礫石戈壁；青海每年增加沙化土地、沙化草場100萬畝，風沙線正以每年5公里的速度向青海東部綠洲、草原進軍；橫貫我國三北地區——西北、華北、東北的風沙線正以每年1500平方公里的速度向前推進。關注中國土地危機的報告文學還有李顯福的《土地的呻吟》、關約翰的《土地悲歌》和王靜等的《呻吟的中國大地》等。

另外，殷家璠的報告文學《孤獨的人類》〔註54〕，劉大偉、黃朝暉的報告文學《白天鵝之死》〔註55〕等，記述了人類殘酷地捕殺珍稀動物，致使有些動物資源瀕臨滅絕的事實，沉痛地指出，人類正一天天失去動物的陪伴，成為地球上越來越孤獨的生存者。

報告文學作家懷著深沉的憂患意識注視著我們這方千瘡百孔的土地，他們急切地要告訴仍處於麻木狀態中的人們，我們每一個小的進步都是以犧牲自然而取得的，經濟發展、財富增長的過程，也是破壞自然生態的過程，因此，我們不必矜矜於人對自然的勝利，恰如恩格斯所說：「我們不要過分陶醉於我們人類對自然界的勝利。對於每一次這樣的勝利，自然界都對我們進行報復。」〔註56〕

〔註53〕《人民文學》1989年第6期。
〔註54〕《中國作家》1987年第6期。
〔註55〕《當代》1987年第5期。
〔註56〕恩格斯：《自然辯證法》，北京：人民出版社，1984年版，第304頁。

以沙青的報告文學《北京失去平衡》為標誌，1980 年代中後期文壇出現了生態報告和生態批評這一特殊的文學創作現象，它是「文學向社會公眾作出搶救環境的最初吶喊」〔註57〕，由此引發了持續數十年至今長盛不衰的生態報告文學的熱潮。此類報告文學的主要特徵是嚴謹的科學性和學術性的統一。首先表現在海量信息的採集和運用。為了論證生態問題惡化的嚴重程度和生態破壞的嚴重危害，作家往往「有意識地大量地引用了國內外生態學、環境學、森林學、水利學、地理學、統計學、未來學、環境法學等學科的知識材料和歷史文獻，甚至讓大量的數據、國務院的公報、領導人的批示、媒體報導走進了文本」〔註58〕，使報告文學的學術性大大增強。其次表現在嚴謹認真的科學態度和科學精神。為了獲得關於環境問題的可靠材料，作家往往需要不辭辛勞、跋山涉水親臨現場，做大量辛苦、瑣碎的採訪、搜集工作。如《伐木者，醒來！》的作者徐剛為了寫好這篇報告文學，先後前往福建武夷山、浙江天目山、海南、遼寧、四川、河北等地採訪，行程數萬公里，採集了大量的資料信息，而後本著科學的精神去粗取精、去偽存真，結構成這篇振聾發聵的警世佳作。由於嚴謹科學的態度和精神，雖然大量作品的學術性壓倒了文學性，但仍然很快得到了讀者的認可，其中的優秀作品頻頻獲獎。如《北京失去平衡》獲 1985～1986 年全國優秀報告文學獎，《西部在移民》《伐木者，醒來！》《依稀大地灣》獲由全國百家報刊聯合舉辦的「中國潮」報告文學徵文大賽一等獎，《只有一條長江》獲「中國潮」徵文二等獎，另外，《伐木者，醒來！》還獲得第一屆徐遲報告文學獎和新中國六十年優秀中短篇報告文學獎，《西部在移民》亦獲第一屆徐遲報告文學獎。獎項不僅是對作家作品的認可，也是對作家反映問題的關注，說明環境問題已經開始引起人們的思考。

二、人性生態失衡的揭批

自然生態的失衡源自於人性生態的失衡。「人類一面對地球對自然盡情勒索吃乾榨盡，一面又把垃圾廢物扔向大地河流海洋。不妨說，人的心態污染才是最大的污染源！沒有人心的污染，豈會有生態的污染？拯救人心，改造人性，才是當代人類走出生存困境的最根本出路。無數事實已經證明並繼續

〔註57〕張韌：《環境文學與思維的變革》，《天津文學》1994 年第 4 期。
〔註58〕雷鳴：《當代生態報告文學創作幾個問題的省思》，《文藝評論》2007 年第 6 期。

證明，人類最大的敵人，往往正是人類自己——正是人性的『惡』。」〔註59〕
報告文學新潮作家們沒有將眼光停留在對自然生態破壞的形而下的報告上，
而是力圖挖掘自然生態破壞的根源，他們大都將目光投向了人性某些陰暗的
角落。

　　劉大偉、黃朝暉的《白天鵝之死——關於人、社會、生物圈的思考》〔註
60〕記述了五位偷獵者獵殺國家二級保護動物白天鵝的整個過程。吳玉榮等五
位偷獵者發財心切，偷偷潛伏到黃河三角洲濕地，十天內打獵三次，共獵殺
白天鵝16隻，打傷2隻，另外獵殺國家三級保護動物灰鶴10隻。暴戾的槍
聲，致使棲息在黃河三角洲的白天鵝全部飛走，它們被人類的貪欲和殘暴傷
透了心，它們要尋找那沒有人類足跡的世外桃源。然而，這又談何容易。君
不見，北京玉淵潭公園的白天鵝居然被北京的「文明」人槍殺；在膠東八河
水庫，竟有14隻獵槍在獵殺在那裡過冬的二三百隻白天鵝；在鄱陽湖候鳥保
護區及其附近，兩年來有上千隻天鵝、白鶴等珍禽被人捕殺或毒死……作者
在偷獵者的家鄉調查發現，山東省梁山縣共有獵槍826支，均已辦理槍證，
汶上縣有證獵槍456支，東平縣的獵槍自然也不會少，他們是在政府的默許
下打獵的。這些獵戶打光了自己家鄉的飛禽走獸，以至於流竄到遙遠的黃河
入海口偷獵，狩獵一季，即可發一筆小財，寄望有千兒八百的收入。白天鵝
的慘叫喚不醒他們的良知，白天鵝的純潔喚不起他們的同情，對金錢的貪欲
迷住了他們的心。殷家璠的《孤獨的人類》〔註61〕寫到，1985年10月，唐古
拉山發生了三十年未見過的雪災，藏羚羊、野驢、野犛牛等野生動物大量凍
死餓死，人們本應救救這些人類忠實的夥伴，然而，令人觸目驚心的是，「在
唐古拉雪災中或雪災後的一個多月裏，人們在青藏公路唐古拉地段數百公里
的公路兩旁，看到許多『趁火打劫』者從槍膛裏退出的彈殼和刺人眼目的野
生動物的血跡。藏羚羊被鋸走角、馬鹿和野犛牛被割去腎和鞭。凡是值錢的
玩意兒，都蕩然無存了」。這種現象在這裡並非偶然，而是常態。作者讓我們看
到，1984年11月中旬，馬生才等四名農民一氣打殺12頭雄性野犛牛；1985年
二、三月份，海西州的都蘭、烏蘭兩縣共收購黃羊、石羊120.9噸，計5799隻，

〔註59〕王英琦：《願地球無恙》，高樺主編《「碧藍綠」文叢（第一輯）》，北京：中國
　　　　環境科學出版社，1996年版。
〔註60〕《當代》1987年第5期。
〔註61〕《中國作家》1987年第6期。

這是一種毀滅性的滅絕種群的行為；1985 年 2 月 26 日，西寧市工商管理局彭家寨檢查站破獲一起盜運野生動物案，盜運者雇傭臨時工僅從果洛州達日縣吉邁鄉即收購黃羊 544 隻，石羊 3 隻，其中，母、幼體占 70%，最小的一隻幼羊僅 5.5 公斤。更有甚者，政府部門為了收益而親自組織狩獵活動。1984 年，青海省有關部門在海西州的巴隆鄉草原上開闢國際狩獵活動，打一隻石羊需交一千元，結果引來了不少外國人，當年就收入二十多萬人民幣。有鄉民憤怒地說：「讓我們保護、禁獵幾年，不讓我們打，卻讓外國人打。對不起，這兒是我們的草場，洋人能打，我們也能打。」於是，他們也騎馬挎槍上山了，形成惡性循環。更加不能容忍的是，當地的駐軍和武裝部為了一點點蠅頭小利，居然將槍支和子彈租賃和出售給狩獵者。作者沉痛地反問，世界上正有 1000 多種動物瀕臨滅絕，人類的貪得無厭必將使它們逐漸減少，當地球上僅剩下一種孤獨的動物——人類的時候，除了自己的哭聲我們還能聽到什麼？除了啃食自己的骨肉我們還能吃到什麼？

　　為了發財，人們扛起斧頭進山了，無論何時，「只要屏息靜聽，就會聽見從四面八方傳來的中國的濫伐之聲」；〔註62〕為了發財，人們在江河邊上建起了一座座煉磺廠、造紙廠、化工廠，以土法生產，將大量的廢渣、污水排入江河，微小的利益換來的是巨大的污染。岳非丘的《只有一條長江》記述了這樣一個典型事例：赤水河邊的某縣建起一家玻璃廠，七彩煙霧彌漫著整個河谷，半年時間裏，附近有 39 戶人家 172 位農民的村莊，「兩百多畝土地發生急劇變化，小春作物枯萎、倒伏、腐爛，減產 70%；大春作物葉黃、根枯、梗朽，減產 91.6%」；「耕牛慘死 3 頭，雞死去 40 多隻，生豬死去 10 多頭……活下來的禽畜，都是四肢畸形，牙齒鬆動，行走怪誕，全像著了魔似的怪叫、怪喘、痙攣」。農民到工廠理論，竟有多人被打傷；告到縣裏，縣領導也痛斥農民的目光短淺，聲言「農業損失工業補」，並抓走了帶頭鬧事的兩位農民。為了區區幾十萬的利潤，一個縣級人民政府居然犧牲了農民，犧牲了山河，甚至犧牲了人性。這絕不是偶然現象，作品記述，據《光明日報》1987 年 4 月 8 日透露，江蘇有 5 個縣，8 萬家鄉鎮企業每年排出廢水 67 億噸，只有 10%經過初步處理，其餘均直接流向地面，40 萬畝農田受污染。

　　對金錢的貪欲激活了人們內心的魔鬼，人們像著了魔一樣聚斂財富，絲

〔註62〕徐剛：《伐木者，醒來！》，《新觀察》1988 年第 2 期。

毫不顧及自然、社會和他人。徐剛的報告文學《沉淪的國土》記述了中國人的淘金熱。全國有個體金農 40 多萬，他們不僅有刀子還有步槍衝鋒槍，為了金子他們都瘋狂到毫無理性，在 1989 年之前，他們形成了一股浩浩蕩蕩要錢不要命的採金狂流。哪裏有金礦就洶湧到哪裏，從北京郊區到山東招遠到青海到新疆再南下到廣東，真可謂無往不前，無金不搶。所到之處，山林被毀，草場被埋，數以千萬畝計的土地頓時荒蕪。

　　海南省的黃金海岸東方縣原是青山綠水風光綺麗之處，採金者從大陸 7 個省匯同廣東海南的金農一起，日夜挖掘鎬鍬飛舞，樹木被砍倒，山頭被炸平，灌木綠樹被沙石紛紛掩埋。不到三年時間，黃金海岸的土壤植被破壞，只要下雨，溪水裏便流黃湯，水土流失使東方縣面目全非，風光不再，當地老百姓痛哭失聲！

　　廣西賀縣南鄉 1000 畝林木繁茂的山場上，聚集了來自兩廣、湖南三個省的金農 6000 餘人，整個山場被毀林淘金者連砍帶挖成了光頭，連樟木也砍倒用來生火做飯，安營紮寨的金農們，一年燒掉木頭達 1 萬立方。毀掉山場土地 1000 畝！

　　內蒙烏蒙四子王旗王府附近有兩個金礦點，1987 年 8 月上旬，金農得到內線情報後 10 天左右湧進 9000 人，並裝備有 600 臺拖拉機，實行兩條腿走路的方針，手工、機械一齊上，亂採亂挖人頭攢動，頃刻間幾百畝草地淪為焦土！牧民們騎在馬上呼天搶地，怎奈 9000 人之眾，9000 雙眼睛血紅，誰敢動一動？

　　青海省 8 萬人湧到祁連山，山上山下，古木倒地草原被踐踏。趕到現場拍攝新聞照片的朋友告訴筆者，幾萬人像螞蟻，黑壓壓的一大片，所到之處一律實行「三光政策」──砍光、採光、燒光。祁連山在顫抖！祁連山，冰雪資源哺育著沙漠中已經不多的綠洲的名山，就這樣快要被掏空了！

　　新疆阿爾泰山，有路可走的地方已經擠滿了淘金者，這些全部來自內地的金農計有 1 萬多人，7 條採金溝的兩側，白樺樹林中被剝皮被砍倒的占 85%，推土機挖掘機使大片草場被毀壞成了沙石場，大量流沙被推進河裏迫使河水改道。淘金者甚至無法無天到了跑馬圈地的程度，各自佔據山頭，燒毀草場砍伐林木，計有 230 萬

株樹木被伐，1500 餘畝草場成為沙地！〔註63〕

比採金對環境的破壞更嚴重的是土法淘金，土法淘金採用的是劇毒的氰化鈉煮金的辦法，15 公斤氰化鈉能提取 1 兩黃金。煮金者先用氰化鈉溶解礦石中的金子，然後用鋅絲將金子吸附而出，再放到硫酸液裏煮，金子沉澱為金泥鍛燒後成為金塊。此後，金農將含有劇毒氰化鈉的廢液及礦渣隨意傾倒。人們發現，傾倒了廢渣毒液的草地上，草乾枯了，農田裏再也長不出莊稼了，河水裏的浮游生物等全都死光了！為了那一點點物慾的滿足，淘金者走的是斷子絕孫的不歸路，問題的關鍵在於他們並不是蒙昧無知而是明知故犯，恰如金農們自己所說：別人的生命安全環境保護，「那不是我們的事！」

丁曉原認為「報告文學不同於一般的新聞報導，起著單向性的或歌頌或批判的宣傳作用。它在向讀者提供信息的同時，還應該啟發他們對人事物象進行思考」。〔註64〕生態報告文學作家在揭示日益嚴重的環境生態問題同時，都在努力多側面多層次地探尋生態危機的原因，對人性問題的追問即是他們反思生態問題的收穫。在他們的筆下，中國人人性之中醜陋陰暗的一面泛濫成災，產生了令人驚悚的破壞力。然而，為什麼中國人的欲望泛濫到了毫無節制的地步，成為吞噬自然生態的無底黑洞？作家們大都思考得並不深入。即如徐剛這樣的優秀報告文學作家，也只是從人類的普遍性角度思考闡發，他說：「人類有多大的創造了，就有多大的破壞力。」「人類創造文明史的同時也留下了對大自然的破壞史，或者甚至可以這樣說：人類浩瀚的文明史中的有一些章節本身就是赤裸裸的志得意滿的對人的破壞力的宣揚及稱頌。」〔註65〕這種闡發看似深刻，實則輕易為中國人的生態破壞行為找到了藉口，從而取消了討論這一問題的現實意義。問題在於，1980 年代，中國的私有制經濟還很不發達，為什麼人們物慾的膨脹卻決堤而出，不可遏抑呢？究其原因，在很長的一段歷史時期，我們曾經信奉「越窮就越革命」、「越窮就越光榮」的道德律令，人對物質的欲望被壓抑到最低，欲望的壓抑越嚴重，其反彈的力量也必將越強大，當人對物質的追求被賦予合理性的時候，當「讓一部分人先富起來」成為我們的社會目標的時候，物慾的膨脹就成為必然。1980年代始，對金錢的貪欲燒灼著中國人的心，「萬元戶」幾乎成為每一個中國人

〔註63〕徐剛：《沉淪的國土》，《人民文學》1989 年第 6 期。

〔註64〕丁曉原：《文化生態與報告文學》，上海：上海三聯書店 2001 年版，第 119 頁。

〔註65〕徐剛：《伐木者，醒來！》，《新觀察》1988 年第 2 期。

的誘惑。可悲的是，我們的這種物慾潮流較之西方更缺乏規約，具有更大的隨意性和盲目性，它對人性的異化表現在社會的方方面面，貽害綿延不絕。積累財富的最簡便方式是直接向大自然索取。人性中天然地包括神性和獸性兩個方面，通常情況下，人的貪欲、仇恨、暴戾等獸性的一面是受到理性的控制而不會泛濫的，然而在特定的社會和文化氛圍之下，這一潘多拉魔盒可能被打開，人變成不受理性控制的魔鬼。新時期以來，我們人性的失範和獸性的發作有著深刻的社會歷史文化原因，我們忘不了「文革」期間親人之間、師生之間、朋友之間、同事之間的心存芥蒂甚至相互陷害；忘不了「文革」期間人變成了政治鬥爭的工具，整個社會充滿了仇恨和暴戾之氣，甚至連青少年也陷入到血腥的殺戮之中。北島說：「一切都是命運。」〔註66〕一切種子都會發芽，我們種下了罪惡的種子，長出來的絕不可能是善良寬厚仁愛，更不可能是平等民主人權，人性生態的失衡，歸根結蒂是社會文化生態失衡的表現形式。

三、文化生態失衡的反思

　　1980 年代報告文學關注環境問題，絕大多數是把環境作為社會問題的一部分，欲完成的是社會批評和文化批評的啟蒙目的，是為中國的現代化掃清障礙而非否定現代化本身，此一點至關重要。在中國，一切問題最終都是政治問題和文化問題。

　　首先，中國是一個十分尊重家庭倫理的國家，一切關係都以家庭親緣關係為基礎。緣於此，中國人在家庭之外普遍缺乏公共空間意識，為了自我或家庭的利益而侵害公共的利益就成為司空見慣的行為。我們看到過很多在家裏連一根頭髮都不能容忍的人一出家門就亂丟垃圾、隨地吐痰。因此，對於自然資源的掠奪和對自然環境的破壞，歸根結蒂是因為中國人的家本位觀念致使中國人缺乏公共空間意識所致。祖墳是中國家本位文化的重要標誌之一，賈魯生的報告文學《難以走出的墓穴》〔註67〕記述了中國人對墳墓的重視程度，令人吃驚。「在中華大地上，祖先留給我們最寶貴的財富是建築，建築中最多的是墳墓」。中國人對墳墓有著特殊的情結，彷彿墳墓越豪華，佔據的地理位置越優越，它便越能庇佑後人「物阜人豐」。黃帝陵、秦始皇陵、漢武帝茂陵、武則天乾陵、成吉思汗陵、明十三陵、清東陵等等，動輒佔地幾十平方

〔註66〕見北島的詩《一切》。
〔註67〕《中國作家》1988 年第 4 期。

公里，甚至上百平方公里。以秦始皇陵為例，據《史記》記載，位於陝西臨潼的秦始皇陵，冢高 76 米，周長 2 千米，佔地 218 萬平方米。這些陵墓，時至今日仍然作為中華民族的驕傲向世人炫耀。然而，作者認為，借炫耀死人才能獲得自豪感的文明到底出了什麼問題，這個問題值得深思。更為嚴重的是，它形成了中國人一種奇怪的墳墓情結，現實生活中，人們也爭先恐後地修建豪華墓穴，為此不惜花費大量的錢財，佔用土地和耗費資源，死人擠佔著活人有限的生存空間和可用資源。報告文學記述，改革開放後商品經濟最為活躍的溫州，人們將最大的熱情和最多的錢財花費在修建墳墓上，「溫州 9 縣 2 區究竟有多少座墳墓，誰也說不出。但人們知道每年青山綠水中要冒出 3 萬座新墳，也就是說活人每年要為死人建造一個挺大的城鎮！人們還知道，在只有 95 萬人口的樂清縣，做棺材每年就要耗費木材 1362 立方米」。在這眾多的墳墓當中，又分為「千元墳」、「莊園墳」、「別墅墳」等等，「莊園墳」佔地 100 平方米以上，有高牆圍起的庭院，有圓形拱門，門兩旁立著高大威猛的守門石獅；「別墅墳」佔地數百平方米，墓室精美，雕樑畫柱，飛簷斗拱，奇花異草，環境優雅；「千元墳」在這些豪華的墳墓面前，就如同貧寒的茅屋，自慚形穢。在處在「資本」萌芽狀態的溫州，每一棟農民的樓房都有一座相對應的墳墓，鬼魂每年要吞噬掉溫州 100 萬平方米的土地，而溫州僅有人均耕地 0.46 畝。就全國範圍來看，「1988 年，全國農村為死人辦喪事耗資 70 億元，造墳佔地 100 萬畝，做棺材用去的木頭為 230 萬立方！」〔註 68〕更匪夷所思的是，溫州人沿襲舊俗，家中死了人，活著的人每人必須從山中砍回一棵松樹或柏樹，豎在自己的家門口，說不清是為了送魂還是驅鬼還是別的什麼目的，總之，人們都照行不誤；據調查，溫州地區平均每年死亡 3 萬人，如果以每死一人砍兩棵樹計算，每年就要有 6 萬棵樹木慘遭砍伐，那將是一片不小的綠色森林啊！

作者認為，我們的文明就這樣和其他已經自殺了的古老文明一樣，走在自殺的路上，所有的文明不都是毀滅於自己所患的病害嗎？荒墳古墓的腐朽沒落就是我們的病害：「我們把埋葬黃帝、始皇帝和孔聖人的土堆視為宏偉的建築，把馬王堆裏的屍骨視為不朽的文化，然而正是埋葬著我們的驕傲的墓穴裏，也掩飾著我們的恥辱；正是體現了我們的智慧的地宮裏，腐朽的屍骨不斷向外釋放著瘟疫。」作者記述，據掘墓人的經驗，地面貧困與否是尋找古墓的重要標準，只要看看地面的貧困，就不難找到地下的古墓。地面的貧困

〔註 68〕徐剛：《沉淪的國土》，《人民文學》1989 年第 6 期。

與地下的富有成正比，「歷史越輝煌，現實越暗淡」。作者在這裡的文化反思是，歷史不是用來炫耀的，對於現實而言它證明不了任何東西，又或許炫耀歷史只能證明一個東西，那就是我們的無能，擁有輝煌的過去除了給我們增加沉重的負擔之外，毫無益處。

由祖墳而故土，中國人大都有著濃厚的「安土重遷」的故土情結。無論環境多麼惡劣、條件多麼艱苦，人們都願意守在埋葬祖先的土地上，而不願意背井離鄉，以致死後成為無家可歸的孤魂野鬼。麥天樞的報告文學《西部在移民》即報導了甘肅中部以「隴中苦，甲天下」為稱的定西地區和寧夏西南著名的西海固乾旱地區居民外遷的艱難。由於常年嚴重缺水，這些地方的自然條件十分惡劣，「沒有一棵樹，沒有一絲綠」，荒禿禿的山坡能看到的只有因缺水而矮瘦枯黃的小草，這也是當地居民唯有的燒柴。每家每戶的孩子，從剛剛學會走路起，就成為大自然的劊子手，他們每天「提了籃子、拿了鏟子，到山坡上去鏟草，連根兒連土成片地鏟過去，把鏟離地面的板塊弄碎了，抓住露頭的草身兒抖一抖，塞在他那並不沉重的籃子裏」。一家人作飯、燒水、煮豬食、燒冬天的火炕等唯有這一個來源，村頭鏟光了，就到十里八里外去鏟，終於，村莊十數里內的溝和坡都被他們鏟成了寸草不生的無生命地帶。就這樣越窮越鏟，越鏟越窮，人和自然同樣的悲劇。為了避免這種惡性循環，國務院於 1983 年春批准了一項西部移民計劃，計劃 1983 年到 1993 年的十年間，將這些地區 70 萬生計無著、衣食艱難的百姓，遷往河西走廊定居，或遷往新開墾的黃河河谷灌區落戶。然而，出乎意料，動員和搬遷工作異常艱難，再窮再苦，他們也不願意離開「自己的巴掌擺過的」這疙瘩土地和自己「抹泥抹過幾十遍」的幾孔破窯洞。有的是全村武裝起來，見到前來動員的幹部就打；有的是年輕人好不容易被動員搬走了，老年人卻守在自己的祖墳前默默流淚，堅決不動；有的是搬遷後不習慣當地的風土民情，或者為一點點雞毛蒜皮的不如意，就帶上全家回到一切諳熟的故鄉。恰如作者所說：「中國的土地上，『習慣』鑄成的觀念，貧困凝結的精神，或許是最堅強不過的社會堡壘。」「一個人，一批人，一群人，自我生存的天地越小，與之對立的世界便越大，自我生存的能力越弱，排斥外在的欲望就越強。對於只擁有自己熟悉的世界的人們，只把自己的精神領地和物質領地當作世界的人們，我們要理解他們，需要讀一部還未寫出來的社會玄學——中國式的。」這借移民而發出的文化的深沉思索比移民本身更值得重視，一種文化一旦執著於封閉落後

愚昧麻木，它還有多少的生存空間和時間呢？

其次，由家庭倫理觀念而等級觀念，由等級觀念而權力觀念，因此中國又有著濃重的官本位文化傳統，該種文化傳統滲透於我們政治、經濟、思想、文化等各個領域，就環境問題而言，其危害也是首屈一指的。

對自然資源的管轄權以及屬於官僚的特權，使官員成為自然資源的佔有者和支配者，此時，不是國家的利益、人民的利益高於一切，而是長官的利益高於一切。《伐木者，醒來！》將批判的矛頭直指任意行使的權力。武夷山亂砍濫伐到了十分嚴重的地步，皆是因為當地官員有法不依，有意包庇，甚至帶頭違法所致。武夷山公社黃柏大隊的負責幹部親自率領鄉民到風景區砍伐風景樹 18 棵，最小的直徑 30 釐米，最大的直徑 80 釐米，交 200 元罰款即安然無事；崇安縣貸款 20 萬元給紅星大隊黨支部書記葉廣昌，這位書記每天雇傭民工 150 人上山砍樹，伐木 5000 多立方米，後竟因伐木毀林有功而當上了縣勞動模範；鄉民們反映，砍樹都是護林員帶的頭，「護林員還是黨員，十有八九是鄉長支書的七姑八姨小舅子，一個月拿 40 元錢護林費，自己照樣砍樹，我們這些小百姓為什麼不能砍？」；官員中為數眾多的人都在以權謀私，崇安縣 100 多個科局級幹部中 84 個違章占田蓋房，大量消費武夷山的木材；官員永遠只對上級負責，而上級只聽彙報，關於武夷山風景區的彙報永遠是「成績是主要的」，砍樹只是個別現象，並已經進行了說服教育；上級下來視察總是大吃大喝，某次北京一領導來武夷山，宴會時陪吃的人居然整整九桌，群眾說這恰好與武夷山風光中的「三三之勝」呼應；1985 年美國一個旅遊團到武夷山，有關方面在大宴賓客之後捧出貴賓留言簿請美國人留言，一位美國朋友寫道：請你們在有錢時不要把它扔掉！

作品還揭批了官員批條子這一中國特色。在中國，一張官員批條的效力超過法律、通告、布告等等，幾乎無所不能。領導的條子為什麼具有如此大的威力？說白了是因為領導手中握有人民賦予他們的權力，而他們又毫無顧忌地支配手中的權力，給某些人帶來益處。正是因為權力可以輕而易舉地給人帶來好處，人們才會崇拜權力、崇拜官員，強化官本位文化。1983 年黑龍江德惠縣 45 萬斤痘豬肉被投放市場，致使當地患條蟲病的人數直線上升，皆因德惠縣一位副書記的一張便條，轉瞬間，縣委副書記的批條超過了國法的地位。國營林場被砍伐，實際絕大多數是各級領導批了條子的，據作者查證，僅 1986 年，貴州省黎平縣領導人批條即砍伐木材達 10 萬多立方米。作

品指出，與封建社會相比，當代中國這方面的情況更為嚴重，封建社會縣太爺只有一個，而如今縣裏的正副縣委書記、正副縣長不下 10 個，再加上其他一些管事的科局領導，真可謂條子滿天飛，怎能不使公權力「變性」，使國有資產大量流失，使正常的社會生活秩序受到干擾。

　　缺乏監督的權力還具有很好的自我實現功能。權力擁有者為了保住手中的權力或者為了擴大手中的權力，需要拿出一定的政績，而政績的最好體現方式是「面子工程」，至於「十年樹木」的植樹造林工程和「百年樹人」的教育工程，因為週期長、見效慢，是幾乎沒有官員願意勞心費力的。然而，植樹造林還是大有文章可作。徐剛的報告文學《森林——步履維艱的綠色之路》〔註69〕記述：「有關專家曾對我國近 10 年植樹的總量，以成活率六成進行測算，如果 10 年所植樹數據準確，我國現有的森林覆蓋率遠遠超過世界上任何一個國家。那麼，為什麼我國現在的森林覆蓋率仍處在『發展中國家』的水平呢？除統計數據有較大的水分外，那種只種不管的應景式植樹是其主要原因。」作者以一個山區縣為例，指出該縣每年都要舉行大規模的植樹造林活動，其一座荒山 10 年中花費 10 萬多元，植樹 10 萬株，十年過去了該荒山卻「仍是稀稀拉拉的三毛」。對此種現象，作者有一段精闢的議論：「這些人骨子裏原來就是『植數』而不是『植樹』，是『造零』而不是『造林』的。在他們看來，只要把上面的任務『完成』了，『超額完成』了，騙得個『植樹造林先進單位』，便大功告成。至於樹活不活，能不能成林，管他屁事，反正明年還有植樹節。」〔註70〕「植樹」只是為了「植數」，是一種權力升遷的遊戲，作者認為，原因在於中國的官員只服務於官位所代表的權力本身，而很少顧忌權力以外的因素。又如韓作榮、王南寧《大興安嶺森林火災》所記，1987 年大興安嶺森林大火之後，整個漠河縣城被燒為了一片廢墟，赫然屹立著完好無損的是漠河縣縣長的紅磚房，不是縣長的房子堅如磐石，而是該縣消防科科長的豐功偉績，他在抗火救災的危急關頭，居然調用三臺推土機，推倒了縣長住宅周圍的小學校和民房，然後又調用兩臺救火車不斷向房子周圍的易燃的樺子垛灑水，忙活了大半夜，才終於保住了當地領導的府邸。而據說，縣長正忙於指揮滅火救災，對此事完全不知情。無獨有偶，漠河縣委書記的家產幾乎毫髮無損，據說是縣委書記愛人單位的人自告奮勇給搶出來的，

〔註69〕徐剛：《森林——步履維艱的綠色之路》，《綠葉》1994 年第 4 期。
〔註70〕瞿雲峰：《警惕「植樹造零」》，《中國信息報》1994 年 4 月 1 日。

縣委書記及其愛人亦被蒙在鼓裏。〔註71〕如果果真如此,恰恰證明了權力「役物於無形」的巨大偉力。為了一點點好處都需要親力親為,那只是權力運作的初級階段;權力運作的高級階段是「化有形為無形」、「化有招為無招」、「無為而無不為」,這一點兒為官哲學在中國官場大概早就已經被用爛了。而對汲汲於官位的「芝麻小官」來說,為了能夠舔上大官的屁眼,就顧不上姿勢的優美,更談不上什麼「哲學」,因為「危難時刻顯身手」的機會實在千載難逢、稍縱即逝,哪有時間「百思量,千縈念」,所以有時不免「赤裸裸」了一點,但正所謂「不是我存心故意,只因無法防備自己」。我們應該感謝大興安嶺的那一場大火,它將一切的藤蔓和偽裝全部燒掉,將官本位文化赤裸裸地暴露在大家面前,使人們有了一次全面反思官本位文化的機會。然而,令人遺憾的是,幾個官員成了官本位文化的「替罪羊」,所有的一切輕輕地被一隻巨手撫平了,時至今日,我們又不得不在更嚴重的情況下反對官本位文化,與一個一個被該文化豢養的青蟲作鬥爭。

總之,環境問題是環境問題,又不是環境問題,像有的作家和評論家那樣就環境而論環境,雖然不見得錯誤,但卻有將箭射在別人靶子上的嫌疑,射得再準,自己的得分也只能是零。

在對生態報告文學的眾多評論文章中,有一種去人類中心主義而倡自然中心主義的傾向。如王暉的論述:「以理性為基本法則,以人的主體自由為核心建構的現代性,決不能因為人類的非理性的思維方式而改變其美好的初衷。毋庸諱言的是,諸多以生態為題材的報告文學並沒有超越以人類為中心,以自然生態為『他者』的立場,如果從全球的生態系統的整體視角來觀之,其侷限是非常明顯的。」〔註72〕又如雷鳴的論述:「生態報告文學應該從以下四個維度予以表達:一是書寫對所有生命的敬畏。……二是主張自然的復魅。即在文本中呼籲通過對人與自然關係的重新定位,校正人類在自然中的合適位置,擺脫人類中心主義宰制自然的狂妄,使人類意識到自己只不過是自然中普通一分子,以期彌合人類與自然的疏離,遏止對自然的瘋狂掠奪。三是建構生態人格。平等對待自然中每個生命……四是生態主義信仰的呼喚。」〔註73〕此種傾向

〔註71〕韓作榮、王南寧《大興安嶺森林火災》,《人民文學》1987 年第 7 期。
〔註72〕王暉:《百年報告文學文體流變與批評態勢》,長春:吉林人民出版社 2003 年版,第 118～119 頁。
〔註73〕雷鳴:《當代生態報告文學創作幾個問題的省思》,《文藝評論》2007 年第 6 期。

緣起於西方對現代性的反思。二戰以後，西方漸有對現代性和現代化反思的傾向出現，至 1980 年代達到一個高點，各種各樣的「現代性」批判形成所謂「後現代主義」思潮，批判者甚至提出了「現代終結」的口號。無疑，西方在走向現代化的探索過程中，走了很多彎路，確實有許多需要反思清檢的地方，其中對環境破壞的忽視就是重要清檢點。

　　跟在西方人後面，中國人在反思環境問題的時候，也往往將矛頭指向「現代」。這種現象在我們的文學作品中並不少見。阿城的《樹王》當中那個木訥樸拙的肖疙瘩成為作者歌頌的對象，他將自己與大自然渾然合一，將自己的生命完全融入樹的生命，樹王即是他，他即是樹王；當森林之中的樹木被一棵棵砍伐，他會像樹王那樣為自己的子民而焦慮憂愁，甚至當樹王被伐倒以後，他也幾乎在同時抑鬱而死。這種人樹合一、天人合一的境界，很顯然是作者的刻意追求，它用來對抗文革期間「人定勝天」的叫囂自然無可厚非；然而，拋開具體的時代背景，我們彷彿看到了另一種值得警惕的傾向，那就是否定文明進步的返璞歸真傾向，彷彿人類應該放棄改造自然的一切努力，像猴子一樣順應自然。問題在於，我們真的能變成猴子嗎？我們還能回到生產力水平極端低下的古代嗎？人類要生存，就難以避免地需要食物、能源和各種自然資源，而且我們也不可能為了順應自然而使江河橫流，荒野遍地，虎狼成群。因此，人類改造自然和干預自然是必然的，否則，人又怎樣成其為人呢？我們呼喚保護自然，是基於可持續發展的需要而合理地利用和改造自然，並非提倡對自然的毫無作為。那種為了自然的利益否定文明進步甚至否定人類本身的自然中心主義傾向是不可取的，它除了可以作為一種宗教信仰之外，也是根本不可能實現的。鑒於此，我們絕不能拿西方對現代性的反思來否定中國的現代化進程，從而否定現代文明，而為回歸傳統大開綠燈；整個 21 世紀乃至更長遠的一個時期，中國最大的事業是走向現代化，我們不能跟在吃慣了山珍海味的富翁後面大呼「棒子麵窩頭真香」。對於這一點，1980 年代中後期生態報告文學作家未必有清醒的認識，但卻大都是這樣實踐的。

第三章　叩問歷史真相

　　在當代中國，普通人能夠看到的歷史，都是被塗抹、粉飾、提純了的歷史，歷史的發展彷彿是在一隻大手的支配下按部就班地進行的，它的複雜性甚至是可逆性完全消失了，歷史總是朝著我們期望的方向前行，我們充滿自信地「從一個勝利走向另一個勝利」。然而，塗抹的歷史在風雨的剝蝕下難免不裸露出油漆下面腐爛的木料，好奇心重的人們禁不住要透過表象去深究一下歷史的真相。當然，這種歷史的探究是在十分艱難的情況下進行的，因為一塊腐爛木料的被拆除可能會引起整個架子的坍塌，因此，總是有人為維持現狀而處心積慮。1980 年代新潮報告文學作家在啟蒙精神的感召下，以高度的社會責任感和科學求實的精神，對歷史展開了嚴肅的審視和深刻的反思，為歷史晦暗的天空點燃了一隻火炬。從此，報告文學家族中又多了一個重要成員——史志性報告文學或史傳報告文學〔註1〕。

　　多年來人們認識報告文學的主要理論依據是茅盾的《關於「報告文學」》，他指出：「『報告』的主要性質是將生活中發生的某一事件立即報告給讀者大眾。

〔註 1〕「史志性報告文學」概念由李炳銀於 1996 年首提：「報告文學創作中第三種現象，是應當給予更多重視。這就是作者從對現實生活的關注而把視角有意識地擴展到歷史文化領域，由此報告方式產生出一種新的報告文學，我把這樣形態的報告文學稱之為：史志性報告文學。」（李炳銀《1995 年報告文學的收穫與態勢》，《中華文學選刊》1996 年第 2 期）。此後被廣泛應用。2006 年章羅生在他的著作《新世紀報告文學的審美新變》（華齡出版社 2006 年版）中提出用「史傳報告文學」的概念取代「史志性」報告文學。其主要理由是「史志性」僅能概括記錄歷史事件之意，「史傳」則有記錄歷史事件與記錄歷史人物的雙重含義。本文沿用已經被廣泛運用的「史志性報告文學」的概念。

題材既是發生的某一事件，所以『報告』有濃厚的新聞性；但它跟報章新聞不同，因為它必須充分的形象化。必須將『事件』發生的環境和人物活生生地描寫著，讀者便就同親身經驗，而且從這具體的生活圖畫中明白了作者所要表達的思想。『報告』作家的主要任務是將刻刻在變化、刻刻在發生的社會的和政治的問題立即有正確尖銳的批評和反映。」〔註2〕這一具有代表性的觀點強調的是報告文學對於現實及時準確地報告，據此，報告文學應該是拒絕歷史題材的。然而，新潮報告文學作家在對現實進行深沉憂思的同時，卻難以遏制對現實問題的深入拷問，從而將反思的觸角向歷史縱深探入，在那裡，他們找到了現實問題的宿根，發現了歷史干預現實的可能性。因此，他們打破了這一理論禁區，創作了大量膾炙人口的歷史題材報告文學，如錢鋼的《唐山大地震》《海葬》，董漢河的《西路軍女戰士蒙難記》，大鷹的《志願軍戰俘紀事》，胡平、張勝友的《歷史沉思錄》，胡平的《中國的眸子》，趙瑜的《但悲不見九州同》，蘇曉康等的《「烏托邦」祭》，李輝的《文壇悲歌——胡風集團冤案始末》，張正隆的《血紅雪白》，陶鎧、張義德、戴晴的《走出現代迷信》等。

第一節　民族苦難歷史的揭示

　　1980 年代史志性報告文學創作是報告文學作家對現實問題向歷史縱深開掘的結果。報告文學作家們發現，現實中暴露的許多社會問題並不是孤立地存在的，它往往有著深刻的歷史根源和文化原因，不到歷史的縱深處探究一番，就難以從根本上吸取教訓、變革現實、啟示未來，也就難以從根本上扭轉民族的命運和國家的前途。這種對歷史的嚴肅審視和深刻反思成波紋狀擴展，由當代到現代再到近代歷史，反思不斷深入，而其中的主要內容是對當代歷史的反思。

　　首先，反思極左政治的危害。報告文學對於 1949 年以後歷次重大的政治運動和政治事件幾乎都進行了重新審視，如「胡風反革命集團」案、「反右運動」、「大躍進運動」、「文化大革命」、「農業學大寨」、「知識青年上山下鄉」等，將批判的矛頭直指給民族和人民帶來深重災難的極左政治路線。

　　李輝的《文壇悲歌——胡風集團冤案始末》〔註3〕運用大量豐富而翔實的

〔註2〕《中流》第 11 期，1937 年 2 月 20 日。
〔註3〕《百花洲》1988 年第 4 期。

第一手材料和當年報刊中的文字，全面客觀地敘寫了1955年「胡風反革命集團」冤案從形成到平反的整個過程。從三四十年代胡風與周揚之間的恩恩怨怨，到五十年代初七月派成員阿壟的受挫，到胡風與何其芳之間重開筆戰，到舒蕪的反戈一擊；從胡風上書中央的三十萬言書，到胡風及其成員被打成「胡風反革命集團」繼而被捕；從胡風集團成員獄中的生活情況，到「受難的妻子們」的命運，再到「受株連的人們」的境遇，直至1980年代中共中央對胡風三次平反情況，以及1986年胡風病逝時所發生的火化問題、追悼會問題和悼詞修改問題等等；另外，作品還在胡風之外重點記述了該派骨幹成員綠原、阿壟、牛漢、路翎、曾卓、賈植芳、魯藜等人不同遭際和表現。作品在事件敘述之外重點將反思的視角鎖定在毛澤東的左傾錯誤。在胡風事件中，毛澤東深藏不露，運籌帷幄，「始終掌握著主動權，控制權」，「他輕鬆自如地駕馭局面，讓一切按照自己的設想發展」，「他部署批判《紅樓夢》研究以及胡適的思想，恰恰是在看到了胡風的『三十萬言書』之後。可是，他沒有公開表示自己對胡風意見的態度，卻首先將鬥爭的矛頭引向胡風正深惡痛絕的《文藝報》身上」。結合之前對「電影《武訓傳》的批判、文藝整風、知識分子思想改造，一次次文化思想領域的鬥爭，幾年來，都按照毛澤東的意願進行」，毛澤東「在文化思想領域已經樹立了佔據支配地位的權威」，作者認為，毛澤東或許早就計劃好了要引誘胡風公開出臺，然後對他所堅守的魯迅精神和啟蒙思想進行一次徹底清除。作者甚至將胡風事件與之後的「1957年」和「十年『文革』」聯繫起來認識，在歷史的整體反思中批判毛澤東所推行的極左政治路線。

沙青的《依稀大地灣》是反思「大躍進」的力作。作者在「隴中苦甲天下」的甘肅中部大地灣考察，在一片風沙和貧瘠之中，作者撿起一塊塊密布著紋飾的陶片，思索著「撿起來的該是幾千年的歷史，5000年，6000年或者7000年？」；又參觀到了一所建於5000年前的房屋，「那房屋遺址中，鋪墊得平平整整、光光潔潔的地面，不就好似現在的水泥地面？聽說經鑒定，古代使用的『原始水泥』已相當於現在標號『100』的現代水泥」。昔日的輝煌令人讚歎，然而現實卻無論如何也不能同這輝煌聯繫起來，「望望那些在祖先遺址的巨大房址周圍繼續壘土築屋的後人，他們怎麼記不起『原始水泥』的製作方法了呢？否則，祖先在五千年前便從半地穴的窩棚裏爬出來平地起建房屋，怎麼幾千年過去又回去住起了窰洞？」現實中「就有落魄得拿不出一隻飯碗

的人家。在那半領破席蓋住的土炕炕沿上，挖幾個碗大的坑，湯湯菜菜倒進這一個個小坑，一家人便一人就一個小坑吃起飯來。飯後伸長舌頭，把小坑一舔便完了事」。面對著歷史和現實的巨大反差，作者感到困惑：「歷史總是這樣開玩笑嗎？今天的貧困落後往往和人文初始的燦爛文明並存一處，從而對映成一種飽含著深奧哲理似的景觀。」作者對此進行了苦苦探索，他似乎找到了問題的癥結。那個省委書記親自定的貧困戶湯大，受到地、縣、鄉各級政府的層層照顧，使他在精神上產生了強烈的依賴性，「共產黨養了懶漢」，是不合理的政策改變了他的精神世界。作者進一步向歷史縱深追尋，他挖出了掩藏在歷史帷幕下的一起慘烈的悲劇。1958 年，在大躍進浮誇之風的影響下，引洮工程盲目上馬，「彷彿是騎著毛驢一指便開始的這轟轟烈烈、拼死拼活、前無古人的引洮工程，幾乎調集了周圍各縣的大多數精壯勞力。結果，從無知開始的引洮工程以無知告終。但在這個過程中，無數人成為這無知的代價」，「在一道斷裂開的黃土坡上，豁然暴露出一排雪白的頭骨，數數整整二十個」，「不遠處的大坑中，掩埋著幾千具餓死、累死、砸死、病死的遺骸」。伴隨著盲目和浮誇而來的是飢餓，作者引述《通渭縣志》說明了大躍進與飢餓之間的因果關聯：

《通渭縣志》：1958 年

5 月 5 日至 23 日，縣委書記席道隆以「先進縣代表」的身份在北京列席了中共中央八屆二次代表會議。

6 月，全縣抽調農村勞動力 2.3 萬人（占總勞力 17.8%），由副縣長白尚文帶隊，赴會川參加引洮工程（從岷縣古城溝攔截洮河水上山，蜿蜒向東，經牛營大山、華家嶺、至慶陽縣董志原，1961 年停止，計劃未能實現）。

8 月，按照中共中央主席毛澤東關於「還是辦人民公社好」的指示，僅 10 天時間，全縣實現了人民公社化……

9 月上旬，為迎接中共水土保持檢查團，全縣調集 5 萬農村勞動力（占勞動力 38.7%）從華家嶺、馬營、城關、碧玉、雞川 160 華里的公路沿線上大搞形式主義的水土保持工程，嚴重影響了秋收、秋種、秋犁。

同月，在「越大越公」的指導思想下，全縣 20 個人民公社擴建為 14 個人民公社，還提出「千斤（糧食單產）元帥升帳，萬斤（洋

芋單產）衛星上天」的口號，致使脫離實際的瞎指揮、盲目蠻幹、浮誇風開始盛行。

10月，再抽調2.5萬多農村勞力，大戰華家嶺、史家山，繼續搞形式主義的水土保持工程。又抽調1.3萬多勞動力，赴皋蘭、靖遠大煉鋼鐵，這時，全縣「三秋」生產主要靠老弱婦幼，致使許多地方洋芋沒人挖，凍死在地裏；秋田沒運上場，黴爛在田裏；冬麥沒種夠，秋犁地沒犁完。

同月，全縣又組織6萬多人，用「野戰兵團作戰法」大搞深翻地「放衛星」，多為虛報浮誇。

8～12月，全縣實現人民公社食堂化，共辦2759個，隊均2個。

是年，在「大躍進」思想指導下，全縣農業生產大計劃、高指標、高估產、高徵購，上面逼，下面吹，弄虛作假十分驚人，糧食實產11500多萬斤，上報26000萬斤，徵購4154萬斤（占總產36%），人均口糧不足30斤，致使人民群眾以草根、禾衣、樹皮充饑，開始出現人體浮腫現象……

《通渭縣志》：1959年

3月，根據中共中央鄭州會議精神，縣政府草擬了挽救通渭嚴重局面的三張布告，很受群眾歡迎。但在後半年八屆八中全會以後，被視為「右」傾思想的產物，未能貫徹執行。

4月，人口開始外流、死亡。

是年底，全縣糧食實產8300多萬斤，虛報18000萬斤，徵購3800多萬斤（占實產45.6%）；人均口糧20來斤，致使人口大量死亡。但當時的省、地、縣委不承認通渭的實際問題，反而一律認為是「富裕中農和『五類分子』在糧食問題上搞鬼」。組織「千人整社團」，在農村普遍召開「千人鬥爭大會」、「萬人鬥爭大會」，錯整了一批幹部和群眾，並翻箱倒櫃，遍搜糧食，拷打群眾，致使人口持續浮腫、外流、死亡，許多地方出現人相食。

……

一切都到了狂熱、錯亂甚至是「喪心病狂」的地步：「他們到老百姓家何止翻箱倒櫃、掘地挖牆地搜刮糧食，他們完全變成了一群野獸，把拿不出糧食的婦女，剝光衣服，用繩子繫起陰毛拉出去遊街示眾！」先是大躍進，

後是反右傾，那是怎樣一段滴血的歷史啊：「要麼整死，要麼餓死，只能在這兩者之間選擇。有的人被活活捆死、弔死、打死了。更多的人有糧不敢吃，有野菜不敢剜，有路不敢逃，只能老老實實地餓死。」一幕幕歷史圖景的展示似乎使作者找到了開頭困惑的答案：「幾百年幾千年的進化，在那民大饑、人相食的災難中不轉眼就回到太古中去了？進化如此艱苦卓絕，路途漫漫，而退化又如此輕易短促！」歷史依稀可見，反思者卻受到警告，掩蓋歷史者意欲何為？難道我們真要在這物質和精神貧困的歧途上繼續狂奔下去？

　　蘇曉康的《「烏托邦」祭》〔註4〕和彭程、王芳的《廬山・1959》〔註5〕，都記述了發生在1959年廬山會議上的所謂「彭德懷反黨集團」案。兩文都客觀記述了這一冤案發生的具體經過：彭德懷經過實地調查研究，認為大躍進和人民公社是盲動冒進，犯了「小資產階級的狂熱性」的毛病，在欲會見毛澤東而不得的情況下給其寫信反映情況，並在會議上公開表達批判意見，因此而觸怒毛澤東，終致廬山會議演變成清算「彭德懷反黨集團」的批判大會。然而，蘇文在記述人物、事件和場景的具體詳細和對事件的反思深度上都超過後者，因此影響力也更大。蘇文借對毛澤東性格、行為和心理的分析，深刻反思了專制思想在毛澤東心中的潛滋暗長和因此所造成的民族災難。作者指出，1949年之後的十年間，國內的個人崇拜日益加劇，毛澤東也越來越失去清醒的自我判斷而走向迷狂，自信膨脹使他聽不進任何反對意見，甚至將不同意見當成階級鬥爭的反映。針對廬山上來自黨內的反對意見，「毛澤東已經深深地被怨憤和泄怒的可怕情緒攫取了，他已經失去了自制力。他將重新墜入迷狂。一種毛澤東不能自覺的心理缺陷在東方領袖那種尤為嚴重的被崇拜被神化的巨大孤獨之中，已經壓倒了他那曾經異常清醒的理智。完了！不能主宰自己命運的中國人只有任他擺佈了。唯一的指望，是等他自己什麼時候調整過來，重新獲得理智，而這種理智，在極為複雜的政治風雲的變幻之中，又是常常倏忽就會消失的……」而毛澤東在黨內鬥爭當中戴帽子、翻舊賬、定性質、拉一派打一派的辦法又一次發揮了威力。慣用的「資產階級性質」這頂帽子又一次從天而降，毫無憑據的「軍事俱樂部」的帽子輕易祭出；「三分合作，七分不合作」、「舊病復發」等歷史舊賬被翻出；「右傾機會主義」、

〔註4〕蘇曉康《「烏托邦」祭——1959年廬山之夏》，《自由備忘錄——蘇曉康全景報告文學集》，北京：中國社會科學出版社，1988年版。
〔註5〕彭程、王芳：《廬山・1959》，北京：解放軍出版社，1988年版。

「反黨集團」等則彰顯著鬥爭的嚴重性質；而在廬山上大多數只服膺權力而不服膺真理的中央委員和省委員們，則又一次站到了權力的一邊，「痛打落水狗」。致使無可奈何的朱德不得不暗地裏對自己的秘書說：「誰還相信我們曾經在一個飯碗裏吃過飯呵？」據說毛澤東自己也覺察了「大躍進」的錯誤，準備在廬山會議上糾正左傾的，但受到批評之後卻又一次轉頭批右傾。蘇曉康說：「廬山的悲劇，『文革』的悲劇，中國的悲劇，在很大程度上同我們政治舞臺上始終有一個『護短家族』密切相關。失誤套失誤，糾偏愈加偏，左傾再左傾，折騰復折騰，就像連環套一樣，因果相聯，解了這一環，怕動了上一環，於是『護短家族』便也代代相傳。」沒有民主的思想和現代的觀念，對於一個大國的領導人而言，委實為害重重。

　　《歷史沉思錄》〔註6〕的作者胡平和張勝友，以當年紅衛兵的身份回顧了那一場轟轟烈烈的紅衛兵大串聯運動，客觀真實地再現了紅衛兵運動興起、發展和被迫偃旗息鼓的全過程，反思了那一場歷史大悲劇的方方面面。就政治勢力而言，為了達成自己的政治目的，有意識地鼓動青年學生參與政治鬥爭，使他們在懵懂之中成為了政治鬥爭的犧牲品。就青年學生而言，由於他們的盲從和迷信，輕易陷入了一場本不該由他們擔負歷史責任的大混亂；隨著時光的流逝和歷史真相的漸顯，作者對於那一代人為歷史所背負的沉重壓力充滿了同情：「不管歲月風煙還會織出多少歷史的大奧秘，當代人越來越清醒的生活將會漸漸破譯這些奧秘，其中有一條會是──曾經震撼了整個中國與世界的紅衛兵，不是英雄，也不是惡魔，只是在特定歷史環境和思潮推動下，一躍而過早登上政治舞臺的普通人。」就歷史的進程而言，雖然權力和專制時常要取代民主和科學，但歷史現代化的車輪卻永遠是滾滾向前的，作者慨歎：「權力可以一度蹂躪歷史，意志可以一度狂想歷史，偏見可以一度解釋歷史，但終究只有生活具有塑造歷史的力量。當代正在活生生發展變化著的生活，是對歷史最集中的評判，是對歷史最有力的揚棄。」這是作者二十年後的反思和歷史性總結，它是對極左政治蹂躪歷史的批判，也是對現代政治的熱切期盼。劉丹的《大寨：在歷史的座標上》〔註7〕，對農業學大寨運動進行了歷史的反思。作者給予大寨和大寨人歷史寬容的態度，認為大寨是特定時代被政治化的產物，而大寨人的政治形象也是由媒體、輿論和政治共同

〔註6〕《中國作家》1987年第1期。
〔註7〕《紅岩》1988年第5期。

促成的：「中國大地上每發生一次政治事件，都脫不了要由新聞媒介傳播大寨人的態度。似乎哪一件事沒有大寨人說話，載入史冊時就不輝煌不踏實」，「那些在廣播裏白紙上出現的大寨人的話，大寨人都感到陌生，感到吃驚」，「那年月，學大寨學得好與否，對大寨的態度如何，主宰著人的沉沉升降，成了人的價值的鑒定標準」。大寨是一個荒誕的歷史存在，但它是荒唐年代的歷史產物，大寨人不應為此承擔責任，因為「大寨」不是大寨人的大寨。而對於像陳永貴、郭鳳蓮、宋立英這些熠熠生輝的「大寨之星」們，作者認為，他們本身是一個個的普通人，是極左政治將他們扶上了高高的神壇，他們終將回歸自身。作者說：「抹掉那個特殊年代在大寨人身上的投影，他們只不過是中國這塊土地上的普通農民。他們曾將幾千年忠於皇權的古風演變為對黨對領袖的樸素的階級感情，每當那些不懷好意的人揚起那條幡，他們只會屬從、盲從、順從。今天，人們盡可以譏諷當年他們的那種愚昧，那是頭紮白頭巾身著對襟衫式的粗獷的愚昧。但是，對人對事的絕對肯定或絕對否定，這種鐘擺似的極其簡單、低級的思維方式，又何嘗不是另一種形式的愚昧呢？那是西裝革履式的精緻的愚昧。粗獷的愚昧也好，精緻的愚昧也好，曾經在中國十年動亂中共同釀就了多少人間悲劇！」作者反思政治、反思傳統、反思文化的意圖十分明顯。

在重大的政治運動和政治事件之外，作家們還展開了對著名歷史人物的反思。趙瑜的《但悲不見九州同——李順達在文化大革命中》〔註8〕，記述了著名全國勞動模範李順達在文革中的浮沉遭際。李順達是山西平順縣西溝農民，他早於陳永貴二十五年就成了全國頭等勞模，被稱為「全國農民的方向」。可是在文革中，他的風頭卻完全被陳永貴奪走，甚至被陳永貴打成「反大寨」的總後臺，慘遭批判，苦不堪言，文革結束之後，還被省裏的「陳派」從地委領導的位置上拉下來，直到十一屆三中全會之後才得以平反。李順達作為質樸勤勞的農民，他的發跡源於質樸勤勞，他的被批判也源於質樸勤勞，在政治掛帥的年代，他不善於揣摩政治方向，甚至懵懵懂懂地成了派系鬥爭的犧牲品。他的命運，是中國當代政治和歷史的縮影，體現了歷史的曲折與失誤、政治的隨意與荒謬，具有發人深省的反思效果。秦懷錄、文紅斌的《陳永貴沉浮錄》〔註9〕講述了全國著名勞動模範、著名的農民政治人物陳

〔註8〕《黃河》1986 年第 5 期。
〔註9〕《黃河》1989 年第 5 期。

永貴一生的命運沉浮。陳永貴憑藉自己敢惹事也敢擔事的闖勁，創造了自力更生、奮發圖強的「大寨經驗」，在農業經濟困難的歷史大背景下，被樹為農業先進典型，毛澤東、周恩來向全國發出了「農業學大寨」的號召。後在文化大革命中，他也能夠虛與委蛇、左右逢源，憑藉自己的精明和果敢化解很多複雜問題，終於進入高級決策層；而「農業學大寨」運動的升級將他推向了「神」的位置，歷任兩屆政治局委員和兩屆副總理，是時勢造就的「英雄」。十一屆三中全會以後，陳永貴逐漸掉隊，在歷史的洪流中終成過去時態。透過陳永貴一生的是非功過，我們可以清晰地看見當代中國歷史和政治的波譎雲詭，它展現的是極左政治的翻雲覆雨、風雲變幻，致使人的升沉榮辱的命運完全被一種無形的力量所操縱，不能自己。

其次，對被遮蔽與竄改歷史的披露與思考。我們的歷史之中有大量秘而不宣或鮮為人知的部分，史志性報告文學作家在思想解放和當代意識的燭照下，重新披露和審視這些歷史事件，取得了很好的社會效果。

大鷹的《志願軍戰俘紀事》和董漢河的《西路軍女戰士蒙難記》寫的都是被遮蔽掉的歷史，即志願軍和紅軍曾經的失敗和屈辱。董漢河的《西路軍女戰士蒙難記》〔註10〕敘寫了中共歷史上一次慘痛的失敗。1937 年 3 月，以四方面軍為主體的中國工農紅軍西路軍在河西走廊潰敗，兩萬一千餘人幾近全軍覆滅，其中一千三百餘名女紅軍戰士或戰死或被俘或潰散。由於張國燾的關係，又由於那種習慣於好大喜功、文過飾非的心態，這段歷史成為黨史、軍史中的一段空白。然而，對於每一個西路軍女戰士而言，那是一段慘痛的經歷，死者長已矣，被俘或逃散的女戰士卻嘗盡了人間的辛酸，她們承受酷刑、遭受蹂躪，有的被迫給敵人做小老婆，有的在敵人家裏做傭人，有的被賣來賣去居無定所，有的被迫嫁給當地的賴漢做老婆……不多的人終於熬到了新中國成立，然而，籠罩在她們頭上的烏雲仍未散去，歷次政治運動，尤其是文革期間，她們都被當作「變節分子」、「叛徒」慘遭迫害。作者說：「沒有失敗就不會有成功；沒有失敗的歷史是不完全的歷史。不瞭解失敗的歷史就是患營養缺乏症。不是嗎？西路軍幸存的英雄將士，沒有死在敵人的屠刀下，有的卻最後死在了自己人手裏。這個教訓比西路軍的失敗還要慘痛！」這是文章意欲反思的關鍵所在。這種對被遮蔽歷史的反思，對於習慣了粉飾歷史、習慣了「形勢一片大好」的中國人而言，無疑具有巨大的衝擊力和震

〔註10〕《西北軍事文學》1988 年第 2 期。

撼力。大鷹的《志願軍戰俘紀事》〔註11〕，第一次向我們披露了朝鮮戰爭中志願軍戰士鮮為人知的另一面，記述了在戰爭中兩萬多名被俘的志願軍戰士在戰俘營中的鬥爭經歷和種種遭遇。經過千難萬險終有六千多名戰俘回到祖國，然而，他們回國後卻被當作共和國的恥辱，不斷受到審查和迫害，甚至他們的家人也拒絕接受他們歸來，有人只能像麻風病人那樣在荒郊野外的簡陋草房裏離群索居，有人被發落到偏僻的地方艱難地生活，歷次政治運動他們都成為在劫難逃的一群人。戰俘，這一被革命歷史無情屏蔽掉的群體，因其生命的被輕視和踐踏，而與 1980 年代「人的覺醒」思潮相契合，從而獲得了反思的意義。

馮驥才《一百個人的十年》〔註12〕是以人物自述的方式記述文革的力作。文章分為「一個老紅衛兵的自白」、「我到底有沒有罪？」及「復仇主義者」三部分，記述了主人公在文革中的不同遭際。讓作者感到悲哀的是，文革剛剛過去十年，已經很少有人提及，它甚至成為了一個敏感詞彙。作者希望通過對親歷者感受、痛苦和省思的記錄，為歷史留下確實存在的證據，讓人們牢記那段歷史，不斷反思那段歷史，為的是永遠不再重複那段歷史。正如作者在「前記」中所說：「在這十年中，雄厚的古老文明奇蹟般地消失，人間演出原始蒙昧時代的互相殘殺；善與美轉入地下，醜與惡肆意宣洩；千千萬萬家庭被轟毀，千千萬萬生命被吞噬。無論壓在這狂浪下邊的還是掀動這狂浪的，都是它的犧牲品。哪怕最成熟的性格也要接受它強制性的重新塑造。堅強的化為怯弱，誠實的化為詭詐，恬靜的化為瘋狂，豁朗的化為陰沉。人性、人道、人權、人的尊嚴、人的價值，所有含有人的最高貴的成分，都是它公開踐踏的內容。雖然這不是大動干戈的戰爭，再慘烈的戰爭也難以達到如此殘酷──靈魂的虐殺。如果說法西斯暴行留下的是難以數計的血淋淋的屍體，『文革』浩劫留下的是難以數計的看不見的創傷累累的靈魂。」「無論活人還是死者，對他們最好的償還方式，莫過於深究這場災難的根由，剷除培植災難的土壤。一代人付出如此慘重的代價，理應換取不再重蹈覆轍的真正保證。這保證首先來自透徹的認識。不管時代曾經陷入怎樣地荒唐狂亂，一旦清醒就是向前跨了一大步。每一代人都為下一代活著，也為下一代死。如果後世之人因此警醒，永遠再不重複我們這一代人的苦難，我們雖然大不幸也是活得最有價值的一代。」「推動『文革』悲

〔註11〕《崑崙》1987 年第 1 期。
〔註12〕《十月》1986 年第 6 期。

劇的，不僅是遙遠的歷史文化和直接的社會政治的原因。人性的弱點，妒嫉、
怯弱、自我、虛榮，乃至人性的優點，勇敢、忠實、虔誠，全部被調動出來，
成為可怕的動力。它使我更加確認，政治一旦離開人道精神，社會悲劇的重演
則不可避免。」歷史不容被遮蔽，尤其是那些很有可能捲土重來的歷史，更應
該作為長鳴的警鐘，時時敲擊人的心靈。

　　另外，後文將重點提到的錢鋼的《唐山大地震》和《海葬——大清帝國
北洋海軍成軍一百週年祭》等，也是對被遮蔽和篡改歷史的真實再現，都曾
在社會上產生了「轟動效應」。

　　總之，史志性報告文學體現了作家們尊重歷史和反思歷史的科學態度和
社會責任感，它啟示我們：面對給我們民族帶來苦難的歷史，我們首先要銘
記不忘，繼之要從中汲取營養並且反饋於當下現實。

第二節　歷史反思中的現實指向

　　1980 年代中後期史志性報告文學的幾乎每一個篇什，都會引起讀者的爭
相傳閱，評論家也紛紛撰文鼓呼或評說，出版社隨即出版單行本，從而引起相
當一段時間的轟動效應。這種轟動效應固然有被遮蔽、竄改的歷史事件首次以
真面目示人所帶來的新鮮感，更重要的是寫作中所包含的歷史與現實的契合。
與現實契合度不高的歷史事件，不可能引起讀者如此巨大的關注興趣。恰如研
究者丁曉原所說：「我們之所以將其視為歷史報告文學，是因為其間的歷史只
是作為一種背景而存在，或者是作為一種手段運用著。作者以歷史的敘寫作為
出發點，表言歷史，內視現實，力求使作品作用於現實。」〔註13〕此段論述恰
恰道出了歷史題材報告文學的本質——現實性。作家創作的出發點和落腳點也
應該是現實而不是歷史，「在其內在思想和觀念等不少方面，恰恰是受到了現
實的強烈啟迪之後，對於歷史的新發現；是在歷史生活的表現中對於現實生活
的思考與探索，核心的問題還是在於對現實的關注和拷問」。〔註14〕就創作
主體而言，歷史題材報告文學作家固然應該有歷史學家的學術素養和學術視
野，但他絕不能停滯在對歷史問題的學術研究，亦不能陶醉在對歷史故事的

〔註13〕丁曉原：《歷史與現實的對話——論新時期歷史報告文學》，《當代文壇》1993
　　　　年第 6 期。
〔註14〕李炳銀：《中國當代文化書系‧歷史痕跡‧序言》，北京：大眾文藝出版社，
　　　　2000 年版。

敘述之中，他應該對現實有著廣泛的認知和深入的研究，然後借歷史之鑰解現實之鎖。

錢鋼的《海葬》，其創作的動機即由當下的改革引起，作者及其朋友都認為，二十世紀末和十九世紀末一樣，中國都面臨著一次開放革新的機會，十九世紀末的那次機會，中國人錯失了；二十世紀末改革開放又一次成為中國的歷史性機遇，然而，一百年前改革者李鴻章所遭遇的新舊的衝突依然尖銳：「新舊體制交替之際，我們正在腳踏兩隻船！而這兩隻船是向相反的方向航行的！我們的社會角色是這樣矛盾：既是舊體制的反對者，又是改革的反對者，我們只知道自己的利益──舊體制有奶給我們喝，新體制有錢給我們花，喝奶時打倒改革，花錢時打倒僵化。」〔註15〕我們的改革正徘徊在勝敗的十字路口，儘管自我感覺改革已經邁出了不小的步伐，但舊體制的三大支柱（價格、就業、產權）還無人敢碰，政治體制改革更是遙遙無期，這些都不能不使人擔心，這種不願傷筋動骨、不願觸及靈魂、不願傷及體制的改革，會不會又像一百年前一樣半途而廢，終釀悲劇。恰如 1895 年一個名叫赫德的英國人所說：「恐怕中國今日離真正的政治改革還很遠。這個碩大無朋的巨人，有時忽然跳起，哈欠伸腰，我們以為他醒了，準備看他作一番偉大的事業，但是過了一陣，卻看見他又坐了下來，喝一口茶，燃起煙袋，打個哈欠，又朦朧地睡著了！……」〔註16〕因此，錢鋼選擇百年前清政府腐爛肌體的一星蠕動，實乃意在現實。讓我們洞悉作者意圖的是，作者於作品之中並列兩章「八八年」，前一章敘 1888 年的歷史，後一章寫 1988 年的現實。歷史與現實形成鮮明比照，借歷史觀照現實的意旨彰顯無遺。回顧 1888 年，那是中國近代史上變革的關鍵里程碑：中國第一盞電燈在紫禁城點亮，光緒皇帝「親政」，康有為呈「上清帝第一書」……更為重要的是北洋海軍成軍，這支海軍總噸位居世界第四，位列美國之前，又加洋務工業的發達，大清帝國的中興似乎指日可待。然而，希望很快隨著北洋水師的全軍覆沒而破滅，大清的數百年基業也很快就要毀於一旦，這到底是為什麼？錢鋼在《海葬》中有著嚴肅細緻的考察：洋務方出，百業待舉，守舊貴族，拆牆詆毀，牽掣百般；國庫日蹙，列強覬覦，歌舞升平，土木大興；又加李鴻章「植黨營私，濫用皖人」，「工廠活像衙門，門前冠蓋如市」，「洋務大員，任意開銷，私囊

〔註15〕錢鋼：《海葬》，北京：解放軍文藝出版社，1989 年版，第 69 頁。
〔註16〕錢鋼：《海葬》卷首語。

日充」，「管事一年，終身享用不盡」等等。這一些歷史長河中的荒唐鏡頭，似乎全都投影到了現實社會，當今改革開放中的種種亂象竟然與歷史有著驚人的相似，所以《海葬》借歷史以刺現實，言在彼而意在此，可謂用心良苦，發人深思。

另外，作者將李鴻章塑造成了一個頗具現實意義的人物形象。作為改革派的李鴻章，在清末嘔心瀝血、苦撐危局。為了改革圖強，他需要力排眾議，克服重重阻力；為了將北洋艦隊建成一支世界領先的海軍，他苦心經營、百般籌措。然而，這些都沒法挽回清政府走向沒落的命運，李鴻章也因此招致罵名滾滾來。文章認為，甲午中日戰爭實際是現代與傳統的一場決戰，雖然戰爭中有許多決定勝負的偶然因素，但失敗卻是沒落文明的必然命運，李鴻章也只不過是這一歷史洪流中的悲情角色而已，恰如作者的概括：李鴻章「非新非舊，亦新亦舊，一隻腳已踏進新時代，而另一隻腳還牢固地留在舊時代」。個人悲劇是時代悲劇的映像。這種對李鴻章的認識無疑是客觀公正的，大廈的傾頹，文明的沒落，非一人之力所能支拄，更何況其人又身在其中。結合百年後中國艱難推進改革，大批改革者紛紛落馬的現實，李鴻章這一改革者的悲情形象就具有了現實的警示意義。

總之，「『變革』是錢鋼尋求歷史和現實相融交合的焦點和契機，以史為鏡，以史為鑒，認清當前的改革形勢，吸取教訓，不讓百年前的噩夢重演才是作者的真正用意。」〔註17〕「《海葬》以其史家風格，冷峻而深邃的文化哲學眼光，縱覽歷史風雲與捕捉意味深長的歷史細節相結合的嫻熟技巧，再加上一種濃烈的憂患情緒和現代軍人意識，為1980年代末處於改革陣痛之中的中國人，訴了一幕並非久遠的改革悲歌。」〔註18〕《海葬》對當代中國改革進程的警示作用有目共睹。

胡平、張勝友的《歷史沉思錄》〔註19〕是對井岡山紅衛兵大串連運動二十週年的祭文。二十年過去了，那段歷史已經變得「朦朧而又神秘」：「『紅衛兵』這三個字，一度對一些人來說，是驕傲、是使命感與責任感的象徵；與此同時，它又是另一些人恐懼的源泉。一度，它是舉國仰慕歡呼的對象，

〔註17〕王吉鵬、何蕊編著：《中國新時期報告文學史稿》，長春：吉林人民出版社，2002年版，第152頁。

〔註18〕蘇曉康：《百年惡夢——讀錢鋼報告文學新作〈海葬〉》，《人民日報》1989年2月23日。

〔註19〕《中國作家》1987年第1期。

是遠征歸來的凱撒、拿破崙；曾幾何時，它又成了魔鬼、動亂、打砸搶的代名詞。它是一些人的夢：英雄夢，惡夢；卻又是另一些人的謎。當今世界上，目光關注著東方這塊廣袤、古老大地的社會學家們、歷史學家們，幾乎都在疑惑，都在探究：到底這些天兵天將們是從哪塊石頭裏蹦出來的？」作者即是要將那段歷史的來龍去脈如實地展現出來。首先，作者告訴我們，紅衛兵運動是領導人為了搗毀「資產階級司令部」而親手發動的青少年學生運動。在「千萬不要忘記階級鬥爭」、警惕「資本主義復辟」的強勢宣傳之下，為了保衛紅色政權、保衛毛主席，紅衛兵以「我們是保衛紅色政權的衛兵，黨中央、毛主席是我們的靠山，解放全人類是我們義不容辭的責任，毛澤東思想是我們一切行動的最高指示。我們宣誓：為保衛黨中央，為保衛偉大的領袖毛主席，我們堅決灑盡最後一滴血！」為誓言，在全國揭竿而起，並由初期的以革命幹部、革命軍人子弟為主體發展到成份廣泛、成員複雜的波瀾壯闊的紅衛兵運動。其次，作者真實再現了紅衛兵運動所帶來的「歷史的大悲哀」。他們雜亂無序地「大串聯」，給社會帶來大混亂；他們武力揪鬥、批判領導幹部，粗暴蹂躪人權、人格；他們在全國範圍內「破四舊」，製造著「紅色恐怖」；他們為了「突出毛澤東思想，突出毛主席，突出林副統帥」而任意篡改歷史和歷史遺跡；他們衝擊黨政機關，甚至衝擊人民大會堂，打砸搶燒，橫掃一切「牛鬼蛇神」。井岡山在高峰期每天聚集紅衛兵數十萬人，狂熱地等待毛主席的接見，給井岡山地區的人民生活和社會安定帶來極大危害；由於食品、衛生等原因，紅衛兵有多人埋骨荒山。再次，作者奉獻了自己對於紅衛兵運動的「歷史的大思考」。當幾千萬紅衛兵被驅趕去了祖國的窮鄉僻壤，當中國共產黨第九次代表大會「各路新貴紛紛受封、八方好漢彈冠相慶」的時候，「紅衛兵」一詞被剔除出了中國的政治生活，彷彿歷史只發生了一次不應有的「誤會」，甚至紅衛兵自己也感覺到「愴然」和「無可奈何」：「你當過看客，我也當過看客。你曾是角色，我也曾是角色。你可悲，我也可悲。你可笑，我也可笑。有了膿潰之後新生的肉芽，有了痛定思痛的靈魂的大不安……」靈魂的創痛帶來自我的懺悔和對社會的反思：一代青少年的理想主義和現代迷信，不但緣起於革命導師的號召和發動，也與自己心裏的專制思想和傳統觀念密不可分，「虔誠、盲從，好比『TNT』炸藥，幼稚和狂熱，好比超級雷管，一經煽風點火，就炸啦！」；它還是 1960 年代中國社會諸種矛盾激化的產物。這是一場鬧劇，也是一場悲劇，然而悲劇的責任卻不應該由十幾歲的青少年

學生來承擔，他們實際上才是真正的受害者：「從小到大。人們用公式塑造了他們，他們從來都是依據某些公式去作出判斷與抉擇的。等到他們終於意識到自己脖子上扛著的不應該是個留聲機、複印機，一切活生生的結論都應該由自己去生活之樹上採摘的時候，歷史的那一場已經降下了帷幕……」「他們幾乎什麼都失去了，卻無論如何也不會有退回的房子、票子、位子、車子等著他們，他們找不到一條政策可以落實。」紅衛兵的悲哀在延續，然而，悲哀並不只屬於紅衛兵，它還屬於我們這個多災多難的祖國。改革開放的年代，當年困擾紅衛兵們的專制迷信思想和傳統文化觀念仍然嚴重地束縛著中國前進的腳步；更為嚴重的是，有人似乎並不急於清理掉這些束縛，反而有可能極力地維護它的生命，因為清理它需要一個最基本的武器——民主，專制與民主的較量還在如火如荼地進行之中。於此，我們不難理解兩位作者在作品中所表達的微言大義和現實指向。

　　在此，應該特別指出的是，史志性報告文學以現實為旨歸的寫作原則並不是可以不顧歷史事實地牽強附會，用歪曲歷史的辦法來迎合現實，相反，作者必須堅持尊重歷史真實的態度，以真實的歷史而不是以虛假的歷史來影射現實，否則，連報告文學自身都會受到質疑，又何談服務現實。於此，我們看到了報告文學作家們「忠信歷史」的史識。錢鋼為了在《海葬》中真實地還原歷史人物和歷史事件，用兩年的時間閱讀了大量的晚晴至民國初年的歷史著作、筆記、野史以及李鴻章的書信、電報稿等等，還虛心向歷史專家請教，並實地考察了相關的歷史遺跡，表現了科學的態度和求實的精神。著名紀實文學作家李輝在其報告文學《胡風集團冤案始末》的「作者後記」中說：「寫這本書，我越來越覺到與其說自己是一個作者，不如說是一個『記者』——名副其實的記者。從全書來看所盡到的責任和完成的任務，無非是在記，記當事人的談話，記從報章上抄下來的文字，記僥倖從不同角度獲得的第一手資料。」〔註20〕「作者」變成了「記者」，足見作者有意識放棄主觀臆斷而尊重歷史真實的創作原則。

　　當然，必須承認，面對同樣歷史材料的堆積，不同世界觀和價值觀的人會得出不同的甚至截然相反的認識，因此，一個好的史志性報告文學作家還必須具有現代意識和現代觀念，是擁有批判精神和社會責任感的現代知識分子。

〔註20〕李輝：《胡風集團冤案始末》，北京：人民日報出版社，1989年版，第444頁。

第三節　歷史反思中的現代意識

　　1980 年代是一個上承「五四」啟蒙精神的狂飆突進的時代，人們從專制的慢慢長夜中醒來，看到黎明的第一束光亮，一面痛苦地擦拭傷口的膿血，一面熱情地擁抱陽光。文學作品中，面對至高無上的權力，人們不再是頂禮膜拜，而是無情地剖析它的秘密；面對談虎色變的愛情，人們不再是噤若寒蟬，而是大膽地袒露內心的渴望；面對被閹割羸弱的個體，人們不再是逆來順受，而是勇敢地呼喚生命的強力……1980 年代報告文學作家的可貴之處在於，他們幾乎都擁有干預生活的激情，他們重估歷史，思索現實，拷問人性，省察道德，那種負載社會歷史使命的高度責任感和引領時代的思想魄力，令人欽佩。

　　史志性報告文學正是在現代思想和現代觀念的感召之下，順應時代而產生的報告文學新樣式。作家們更多地將目光聚焦於重大歷史事件中生命個體的悲劇，體現的是對個體人的尊重和人本主義精神，貫穿著「人的解放」的主題；即使是對「胡風反革命集團」、「反右」、「文革」、「農業學大寨」、「知識青年上山下鄉」等重大政治運動和政治事件的總體反思，也大都能夠站在現代人的立場，秉承「民主」和「科學」的原則，反思極左路線和專制政治的災難，顯性或者隱性地呼喚民主法治的現代政治理想，體現了創作主體很強的現代意識。

　　首先是現代生命意識和人權觀念的體現。《西路軍女戰士蒙難記》中，那些為革命嘗盡人間苦痛的紅軍女戰士，解放後不但不能享受勝利果實，反而在歷次政治運動中深受身心的雙重折磨，原紅四方面軍組織部長張琴秋就是這樣的典型。張琴秋於祁連山被俘，後被押解到南京，羈押在南京反省院，周恩來曾親赴南京施救；然而，解放後，她卻屢遭迫害，致使「文革」中含冤跳樓而死，終年六十四歲。對於人物的命運，作品給我們提供了時空穿越並置思考的契機，反動軍閥和新政權對西路軍女戰士的迫害並置，其政治批判的尖銳性和批判力陡然深化，一個在反動軍閥統治之下尚能苟延殘喘的紅軍女戰士，為什麼竟不能苟活於新社會？令人深思。個人的悲劇正是民族悲劇的縮影。《志願軍戰俘紀事》更是站在「人」的立場，為志願軍戰俘們鼓呼。戰俘不同於變節投降分子，有戰爭就有戰俘，他們不是恥辱的象徵，而是像戰爭中的英雄一樣的戰爭參與者，他們最起碼應該得到正常人的待遇。然而，中國的志願軍戰俘歸國後卻遭受了長達二十多年的不公正對待，絕大部分人

被開除軍籍、黨籍，長期受審查、壓制，在整風、反右派、反右傾、「四清」和「文革」等歷次政治運動中，都不能幸免於難；至於因此而株連到子女參軍、就業，甚至是親朋好友的生活，更是比比皆是。當年，我們處理戰俘的指導思想是：「第一、不管在什麼情況下，被俘本身就是右傾怕死，就是可恥，為什麼不和敵人拼死或自盡；第二、一個怕死被俘的人，怎能和敵人堅決鬥爭呢？即使有些鬥爭，也是迫不得已的反抗，因此只能交代過錯不准談有功，功過更不能相抵。第三、只能在主觀上深挖錯誤原因，不能從客觀上找理由。」〔註21〕我們對軍人的要求是「殺身成仁」、「捨生取義」、「寧為玉碎，不為瓦全」；我們軍人的榜樣是「八女投江」的英雄和「狼牙山五壯士」；長期以來，我們的主流認識是，被俘虜就是變節，做了俘虜活著回來就是人民的罪人。這一切針對戰俘的傳統觀念和極左思想，與現代人權觀念和現代生命意識深相悖逆。我們知道，朝鮮戰爭中，美軍的上衣口袋裏都裝著印有13種文字的「求救書」，上書：「我是美國人，請不要殺我，並設法把我送回去。我會通過美國政府交涉，給你們以報答。」美軍規定：喪失戰鬥力、敵眾我寡戰而必亡、繼續戰鬥只會造成無謂傷亡的情況下，可向敵方投降；被俘期間，軍餉照發，軍銜照授，戰俘回國同樣享受英雄般的待遇。我們知道，時至今日，美國仍然在尋找於朝鮮戰爭中失蹤的美國士兵的遺骸，並為提供線索者懸賞25萬美元。我們還知道，法國總統弗朗索瓦‧密特朗即是二戰時期的德國納粹戰俘，法國人民並沒有因為他的戰俘經歷而歧視他，相反，人們像對待每一個法國公民那樣尊重他的權利，包括他的被選舉權。我們還知道，以色列寧願用1027名囚犯換回一名被巴勒斯坦人綁架的士兵沙利特，在他們看來，國民的生命是至高無上的。作家王安憶說：「每每看到美國政府為了一個戰死在異國的士兵遺骸斤斤計較寸步不讓時，一種莫名的感動自心底湧起。每每看到我們自己的生命如草芥和數字時，一種無以言狀的悲涼直達心底。在我們幾千年歷史裏，你檢測不出絲毫的關於人的概念，人的權利，人的尊嚴。沒有人在意我們的生死，包括我們自己。」〔註22〕

　　人的權利，最主要的是人的生存權；人的尊嚴，最主要的是要把人當作人來看。那種不把人當人、無視人的生命的行為，歸根結蒂是反現代的，是開

〔註21〕張澤石：《美軍集中營親歷記》，北京：中國文史出版社，1996年版，第42～43頁。
〔註22〕見王安憶微博.http://lj13916061717.blog.sohu.com/193803262.html。

歷史倒車的。曾經在相當長的一段歷史時期內，我們以「反革命」的罪名濫殺無辜，文革中我們又發明了「歷史反革命」和「現行反革命」的罪名，數以萬計的無辜者慘死在這些罪名之下，〔註 23〕張志新、遇羅克、林昭、王申酉等名字昭示著那一段歷史天空的晦暗和人權的喪失。胡平的報告文學《中國的眸子》〔註 24〕記述了兩位年輕女子李九蓮和鍾海源「文革」期間被冤殺的經過。兩人因為善於獨立思考，懷疑「文革」，懷疑林彪，批評毛澤東「文革」中的某些錯誤，因而被打成「現行反革命」，自 1969 年 5 月起長期被羈押和遭受迫害。令人不解的是，兩人都是在「文革」結束一兩年之後被槍殺（1977年 12 月 14 日和 1978 年 4 月 30 日），其中李九蓮臨刑前被用竹簽穿起舌和下顎以阻止其亂說亂動，鍾海源則被槍擊右胸然後「活體取腎」，為一權貴子弟提供移植的腎源。文章呈現給我們的是生命個體在強大的專制政治機器面前的孱弱無助，讀來令人毛骨悚然。作者告訴我們，那種借助於政治干預甚至是司法力量鉗制人的思想的行徑是不折不扣的犯罪；沒有制度的保障，思想自由和民主法治只能是鏡花水月；中國亟需現代的眸子審視我們自己的過去、現在和未來。張正隆的長篇報告文學《雪白血紅——遼瀋戰役卷》對遼瀋戰役的記述，完全站在人的立場，否定任何形式的戰爭，作者認為：「所有的戰爭都是內戰，因為所有的人類都是兄弟。」〔註 25〕戰爭最無辜的受害者是平民百姓，典型的事例是長春圍困戰。為了使戰爭「兵不血刃」，中國人民解放軍對長春城只圍不打達五個月之久，城內斷水斷電斷糧，城中百姓嚴禁出城，致使長春變成了餓殍之城、白骨之城，50 萬百姓戰後唯餘 17 萬。就這樣，百姓成了決定戰爭勝負的砝碼，他們在城中與國民黨兵搶空投大米，發動糧食戰，以人的強烈的求生欲望在城中製造內亂；百姓無助的號呼啼哭，死者相互枕藉的屍骨，瓦解著國民黨士兵的鬥志；因飢餓而失去人格、尊嚴的男男女女，被隨意拋棄的嬰兒、幼童，令國民黨兵寢食難安、噩夢連連……就這樣，「戰爭把一個個血肉之軀化成白骨，也讓一個個好端端的靈魂長出一截

〔註 23〕 中共中央黨史研究室等合編的報告《建國以來歷史政治運動事實》披露了這樣的數字：「1984 年 5 月，中共中央又經過兩年零七個月的全面調查、核實，重新統計的文革有關數字是：420 萬餘人被關押審查；172 萬 8 千餘人非正常死亡；13 萬 5 千餘人被以現行反革命罪被判處死刑；武鬥中死亡 23 萬 7千餘人，703 萬餘人致殘或不同程度受傷；7 萬 1 千 2 百餘個家庭整個被毀。」

〔註 24〕 《當代》1989 年第 3 期。

〔註 25〕 張正隆：《雪白血紅——遼瀋戰役卷》，北京：解放軍出版社 1989 年版，第 4頁。

毛茸茸的尾巴」。〔註 26〕作者悲憤地發出了這樣的議論:「這就是:『兵不血刃』! 孫子說:『是故百戰百勝,非善之善也;不戰而屈人之兵,善之善者也。』不戰而屈 10 萬守軍,實為『善之善者也』。可對於草民百姓的遍地餓殍和白骨呢?瞬間的屠殺與慢慢地餓斃,其間有殘忍與人道之分嗎?血肉橫飛也好,兵不血刃也好,任何形式的死對於生命本身都是相同的,而同是生命的消亡,唐山大地震,南京大屠殺,長春圍困戰,自然界的災難與人類的殺戮,侵略者的屠刀與骨肉同胞的相殘,是一樣的嗎?」「流血的政治演化成這種不流血的政治,那就是最殘酷、最野蠻的戰爭了!為了這種互古未有的慘絕人寰的悲劇,不再在我們的黑土地、黃土地和紅土地上重演。為了中國普通老百姓的權利、人格、尊嚴和價值,不再被漠視、踐踏。為了今天和明天的『小太陽』,能夠永遠在和平的陽光下生活。一句話,為了像今天唱的那樣,『讓世界充滿愛』,我們是不是應該在這片黑土地的白骨之上,建一座碑?」〔註 27〕

　　張正隆試圖用建碑的方式讓人們永遠記住戰爭的殘酷,尊重每一個普通的生命,然而,他的書遭到批判,成為書店難以買到的禁書;他的戰爭觀也遭到批判,被認為是「否定戰爭的階級性」、「否定戰爭的正義性」的錯誤戰爭觀;張正隆本人也被認為是「這些年來自由化泛濫的一個典型表現」。〔註 28〕批判和爭鳴本身恰恰說明這篇報告文學作品存在的價值,什麼時候我們考慮一切問題的出發點是個體的人的利益,而不是國家、民族、集體、政黨的利益,我們才算真正打開了「現代」的大門。

　　錢鋼的《唐山大地震》,以其「宏觀全景」式的報告風格,災難報告文學的精神意蘊,引起社會強烈反響,而其令人印象最為深刻的是貫穿始終的個體生命意識。面對著唐山大地震這一生命的大劫難,翻開《人民日報》,我們看到的不是對於生命的同情和心痛,而是一曲曲抗震救災的「凱歌」,是戰天鬥地的宣傳和鼓動,是政治信仰的強化和昇華,「人」成了政治的背景,甚至是政治的工具。十年後,重新回顧那一場自己親身經歷的人類歷史上最嚴重的

〔註 26〕 張正隆:《雪白血紅——遼瀋戰役卷》,北京:解放軍出版社 1989 年版,第324 頁。

〔註 27〕 張正隆:《雪白血紅——遼瀋戰役卷》,北京:解放軍出版社 1989 年版,第509、513 頁。

〔註 28〕 從 1990 年第 4 期開始,《中流》雜誌開闢「怎樣看待《雪白血紅》」專欄,共用六期展開論爭。《作品與爭鳴》也在 1991 年第 2、4 期以「《雪白血紅》是怎樣的書」為題做了「爭鳴綜述」。

自然劫難，錢鋼說「我要給整個地球上的人們，留下一部大毀滅的真實記錄，留下一部關於天災中的人的真實記錄，留下尚未有定評的歷史事實，也留下我的思考和疑問」。基於此，他不願諱飾那血淋淋的事實：如四百個廣島原子彈驟然爆炸，百萬人口的唐山城瞬間成為一片瓦礫，24 萬 2 千 7 百 69 人葬身廢墟，16 萬 4 千 8 百 51 人身受重傷，健全者也留下了永久的心理創傷；那已經斷氣下身卻還在流血的孕婦，那被水泥樑柱戳穿了胸膛的女兵，那頭顱被擠成平板舌頭外伸的死難者，那只有上半身的遇難者，那一具具掛在危樓上飄蕩的屍體，那死亡的一瞬還拼命保護孩子的母親；那脊椎折斷了的銀行女職員，那被砸壞了內臟滿口大吐血的十二三歲的男孩，那抱著已經咽氣的孩子死不撒手的中年婦女，那用手一寸一寸爬行的中年男子；那填滿屍體的水溝，那橫七豎八躺滿了活人和死人的球場，那從預製板的縫隙淌出的紅色的血流，那從瓦礫縫隙伸出的求救之手，那伏在屍體上哭泣的男孩，那撕心裂肺的呼救聲……讀著這些催人淚下的文字，構想著令人發怵的場景，切實感到生命的脆弱和寶貴。作者要告訴人們，生命，唯有生命是這個世界上最值得珍惜的東西，活著就是一切。然而，政治扭曲了人性，淡化了生命的價值。作者以對歷史高度負責的精神，客觀記述了「政治的 1976」——「政治的氣候，政治的人，政治的思維方式和行為方式，被政治滲透了的一切」，所產生的荒謬和喧囂。唐山大地震爆發後，美國、英國、法國、日本、聯合國等國家和世界組織紛紛表示願意提供力所能及的援助，急切等待著中國政府的答覆，然而出乎意料的是，「中國拒絕外援」，領導人聲稱：「我們堂堂中華人民共和國，用不著別人插手，用不著別人支持我們！」《人民日報》的社論說：「自力更生的救災努力說明用馬克思主義、列寧主義、毛澤東思想武裝起來的，經過無產階級文化大革命考驗的人民是不可戰勝的，說明我國無產階級專政的社會主義制度具有極大的優越性。」世界為之震驚，這本來是一種超越政治的人道主義的國際合作，中國政府卻置千百萬國人的生命於不顧，固執地堅持戰爭思維、對抗模式。然而，我們毫無抗震救災的經驗，且物質是如此匱乏。最初的十天裏，從各地趕來的救災戰士居然沒有帶任何工具，只能靠雙手在瓦礫中扒挖；醫療救護隊沒有手術設備，沒有必備藥品，「什麼也沒有」，「對尿閉的傷員，沒有導尿管；對骨折的人，沒有夾板；對需要清創的人，甚至連麻藥都沒有」；傷員流血過多休克了，只能靠掐「人中」，斷胳膊斷腿的，只能用繩子捆紮來止血，看著一個個活生生的生命逝去，醫生們除了

流眼淚，居然束手無策。作者指出：「唐山大地震的死亡人數，是舉世震驚的東京大地震的二點四倍，智利大地震的三十五倍，阿拉斯加大地震的一千三百多倍」，而這些地震的烈級都遠遠超過唐山大地震。人們不禁要問，與人的生命相比，那些政治上的爭端價值幾何？更有甚者，我們鼓吹「一次地震就是一次共產主義教育」。且看當年作者的報刊文摘筆記：幹部們的語言通常是「我們以大批判開路，狠抓『階級鬥爭熄滅論』，『唯生產力論』，『物質基礎論』，促進了抗震救災……」；「×××從廢墟中鑽出，不救家人，首先搶救生產隊的牲口」；「×××老大娘被救出時，捧出了她保護著的毛主席石膏像，她問旁人：『毛主席在北京被砸著沒有？』聽說沒有，激動得欲跪下磕頭」；「某村在廢墟上召開學習小靳莊賽詩會」；「某村在震後三天，政治夜校就恢復開課了……」。荒唐令人難以置信，甚至連中國人民解放軍副總參謀長遲浩田事後也對唐山人民深感「內疚」。《唐山大地震》保留了人類關於傷痛的記憶，從根本上喚醒了人們對於生命的尊重和珍視，體現了很強的生命意識。

另如徐志耕和溫書林的同題報告文學《南京大屠殺》，都遵循著人道主義的精神，記述了個體人在戰爭災難面前的悲劇，既警示人們要防止國際軍國主義的復活，捍衛來之不易的世界和平，又充滿著對人的生命的尊重。

其次是反對思想專制和蒙昧主義。封建式的思想專制和宗教式的蒙昧主義是全人類的大敵，是民主、自由、平等、人權等現代觀念的大敵，人類欲走向現代，必須與之進行頑強而不懈的鬥爭。1980年代中後期，面對著思想領域和政治領域頑固保守勢力的甚囂塵上，歷史題材報告文學作家毅然肩負起了揭露和批判的任務。

李輝的《文壇悲歌——胡風集團冤案始末》〔註29〕，是胡風徹底平反後最早推出的研究「胡風集團」的長篇報告文學，1989年由人民日報出版社出版單行本《胡風集團冤案始末》。「胡風反革命集團」案先後涉及2100多人，逮捕93人，隔離62人，停職反省73人，後於1956年底正式認定的「胡風反革命集團」分子78人，其中骨幹分子23人，是「幾十年來一直牽動著中國知識分子的心靈」〔註30〕的重大事件。作者以大量的當事人採訪材料和翔實的第一手材料結合報章中的文字，全景式地記述了胡風集團成員及其家屬

〔註29〕《百花洲》1988年第4期。
〔註30〕劉再復：《序：歷史悲歌歌一曲》，《胡風集團冤案始末》，北京：人民日報出版社，1989年版，第1頁。

以及眾多受株連者幾十年的淒慘遭遇；同時再現了與胡風有著複雜關係的周揚、何其芳、阿壟、舒蕪、路翎、曾卓、吳祖光、馮雪峰、潘漢年、聶紺弩、周穎、杜高、汪明、蘇金傘、流沙河、陳湧、黃藥眠、艾青、丁聰等文學藝術界人士的不同遭際，進而為一代知識分子的悲劇命運而深深歎息。作者指出，歷史就像一個又一個怪圈，人們身不由己地被捲入到各種怪圈之中，不能自拔，昨天還是批判者轉瞬間就淪為被批判者，今天還在慶幸自己安然無事明天就可能身陷囹圄，而且罪名、措施、手段都如出一轍，舒蕪、艾青、丁玲、丁聰、蕭幹、聶紺弩等數十位參與批判「胡風集團」的作家文人，很快就迎來了自己人生的噩夢。而「胡風集團」骨幹分子在遭難之後獄中的種種表現也彰顯了知識分子本身的品性和弱點，吟詩絕食的胡風、吟譯古詩的徐放、給國民黨戰犯講馬列理論的謝韜、自學德語的綠原、精神失常的路翎、徹底瘋掉的盧甸、獄中相互慰藉的冀汸和方然、「調皮搗蛋」的耿庸、幹勤雜工的賈植芳……作者在一個一個如實記錄，看似不動聲色，實則滿含悲憤。文藝觀點上的不同，為什麼會導致如此眾多的人身陷囹圄失去人身自由？考察胡風集團的命運，人們不能不感歎思想上的專制之深！胡風「反革命」罪名之所以成立，幾乎皆由他繼承「魯迅精神」所致。恰如研究者指出的：「所謂『胡風集團』，基礎是《七月》。考察它的主要成員，無論是創刊時的蕭軍、蕭紅、邱東平、吳奚如，還是後來的路翎、阿壟、彭燕郊等，都對魯迅懷有無限崇敬之情，把魯迅作為精神上的父親。所以完全可以說，『七月派』的產生與成長，除了胡風的努力之外，魯迅精神的感召是重要的。儘管他們與魯迅已經有不小的差距，但在魯迅去世之後的中國文壇上，他們卻無疑是魯迅遺產的主要繼承者。」〔註31〕魯迅已經出於革命的需要而被祭上了高高的神壇，可以說，批判胡風正是為了肅清真正的「魯迅精神」。從歷史上看，毛澤東親自上陣領導，聽報告，作指示，修改批判文章，連胡風集團材料的序言和按語也是由他自己親自撰寫的。這些都充分證明，他當時已經充分認識到了任務的艱巨性和意義的重要性。通過這一場批判，魯迅反傳統的思想、改造國民性的思想和「立人」的啟蒙思想，等等，都成了「胡風反革命集團」的罪證被掃進歷史的垃圾堆，毛澤東思想的大一統地位進一步鞏固。〔註32〕

〔註31〕李新宇：《魯迅的遺產與胡風的悲劇》，《齊魯學刊》2008 年第 3 期。

〔註32〕不少評論者認為這是政治權力的越界行為，是政治對文學界內正常爭論的一種過度干預，那是沒有認清這一場批判的實質。

　　思想的專制之後必然是權力的獨裁。思想的專制是權力獨裁的必要準備；權力的獨裁是思想專制的必然結果。蘇曉康的報告文學《「烏托邦」祭——1959 年廬山之夏》，即記述了當代中國歷史上黨內民主與個人獨裁的一次集中較量。事件起因於大躍進、人民公社的狂熱和大煉鋼鐵運動，它違背了經濟規律，破壞了正常的生產秩序，致使人民生活面臨前所未有的困難。彭德懷、張聞天、周小舟、黃克誠等黨的高級領導人，出於對人民生活的關切和對黨的民主集中制的信賴，向會議陳述了自己的所見所想，以期糾正極左路線的偏差。然而，令他們意想不到的是，毛澤東卻震怒了，將他們打成「彭黃張周反黨集團」，彭德懷還被誣陷為「裏通外國」的叛徒。蘇曉康說：「真理也許在你手裏，但真理有時就像一個婢女，她要依附權威才行。你不擁有這樣的權威。你反而是在向權威宣戰。力量又是何等懸殊！太多的人並不崇拜真理而只崇拜權威。你絲毫不懂得，真理由你來宣布，立即會招來非難和指責，你將孤軍陷入重圍；但倘若換了權威來宣布，人們便立即心悅誠服。」〔註33〕獨裁是每一個缺乏現代意識的權力擁有者的願望，在手中的權力不受限制的情況下，沒有人不願意發號施令。可悲的是，人們給與了獨裁者權力，然後還要匍匐在權力的腳下，將權力捧上高高的雲端。或許更應該反思的是，為什麼我們會心甘情願地崇拜權威而不是崇拜真理？1959 年廬山之夏，需要祭奠的不是彭德懷們的悲慘命運，而是民主空氣的蕩然無存。

　　個人崇拜的結果是造神，神一旦被締造成功，他就成為控制人的絕對力量，也成為人的絕對信仰，人即會自覺地變成神的奴僕且不能自拔，於是蒙昧主義產生了。當然，蒙昧主義一開始是需要強制手段的，所謂「理解的要執行，不理解的也要執行」（林彪語），「相信領袖要相信到迷信的程度，服從領袖要服從到盲從的程度」（柯慶施語），就是要求全體社會成員做思想上的「馴服工具」，成為任人支配的革命的「螺絲釘」、共產主義的「一塊磚」。蒙昧主義的施行者為了強調自己的「唯我獨尊」的地位，勢必要貶低人類其他的文明成果，從而形成反文化、反文明甚至是反智傾向。文革期間我們的蒙昧主義達到頂點，知識和知識者都成了罪惡，恰如一首佚名詩《吟「臭老九」》所言：「九儒十丐古已有，而今又名臭老九。古之老九猶如人，今之老九不如狗。專政全憑知識無，反動皆因文化有。假若馬列生今日，也要

〔註33〕蘇曉康：《「烏托邦」祭——1959 年廬山之夏》，《自由備忘錄——蘇曉康全景報告文學集》，北京：中國社會科學出版社，1988 年版，第 285 頁。

揪出滿街走。」〔註34〕真正成功的蒙昧主義是法力無邊的，其最高境界是眾人皆以一人的思想為思想而虔誠地認為那就是自己的思想。陶鎧、張義德、戴晴的報告文學《走出現代迷信》〔註35〕記述了「文革」後破除迷信，樹立「實踐是檢驗真理的唯一標準」的艱難歷程。文中提到，當時具有代表性的觀點認為：「這半個多世紀的歷史反覆證明，什麼時候，我們執行毛主席的革命路線，遵循毛主席的指示，革命就勝利，什麼時候離開了毛主席的革命路線，違背了毛主席的指示，革命就失敗，就受挫折。毛主席的旗幟，就是勝利的旗幟。毛主席在世的時候，我們團結戰鬥在毛主席的偉大旗幟下。現在，毛主席逝世了，我們更要高高舉起和堅決捍衛毛主席的偉大旗幟。這是我們8億人民、3000多萬黨員的神聖職責，是我們繼續團結戰鬥的政治基礎，是我們進一步取得勝利的根本保證。」為此，人們提出了「兩個凡是」的口號：「凡是毛主席作出的決策，我們都堅決維護，凡是毛主席的指示我們都始終不諭地遵循。」這嚴重阻礙著中國的撥亂反正、思想解放和改革開放。於是，有人提出「實踐是檢驗真理的標準」、「實踐是檢驗一切真理的標準」，到最後修正為「實踐是檢驗真理的唯一標準」。從這一過程，我們可以清楚地感覺到時人小心翼翼、謹小慎微的狀態，開始他們只想將「實踐」引入到真理檢驗標準的行列，藉以打破真理檢驗標準的被壟斷狀態，並無意或不敢取消後者在真理標準問題上的地位。然而，此說一出，即引起軒然大波，因而在全國興起了一場關於真理標準問題的大討論。討論的激烈程度證明著蒙昧主義的在中國社會的巨大功效，雖然最後在政治層面上「實踐標準論」取得了勝利，但是要想在每一個人的心中徹底消除蒙昧主義的影響，恐怕還是一個長期而艱巨的任務。

總之，報告文學作家選擇歷史題材作為寫作對象，將現代啟蒙意識貫穿於寫作的全過程，彰顯著作家們的現代觀念和理性精神，正如麥天樞所說：「我們的報告文學作家正自覺地回到一種啟蒙的歷史狀態中來，著眼於幾十年的對民族精神的啟蒙。」〔註36〕

綜上所述，史志性報告文學在1980年代的繁榮亦是為了解決現實問題的需要。作家們正是從現實的需要出發審視歷史，選擇具有現實意義的題材

〔註34〕閻長貴、王廣宇：《問史求信集》，北京：紅旗出版社，2009年版，第403頁。
〔註35〕《鍾山》1988年第3期。
〔註36〕《1988‧關於報告文學的對話》，《解放軍文藝》1989年第1期。

下筆，並將嶄新的現代意識灌注其中，才使得它具有了現實指導性和未來啟迪性。不可否認，史志性報告文學也存在不盡如人意之處。這首先表現在作家對於歷史資料的把握和駕馭。歷史事件紛繁複雜，歷史資料浩如煙海，而史志性報告文學作家又往往抱負遠大，希望寫出鴻篇巨製式的作品，然而作家的年齡、學識、閱歷常常成為他們的羈絆，致使史料的運用時有失誤，對歷史人物和歷史事件的研判也經常出現脫離具體歷史環境和語境的隨意行為。其次，史料的遺漏和殘缺。這當然很大程度上源自於社會的種種限制，也不能排除寫作者沒有盡力之失。

　　史志性報告文學一度引起評論界的熱議，其中不少論者認為它是對報告文學現實性和新聞性甚至是對報告文學自身的傷害。這方面，傅溪鵬的論述較有代表性：「應該說，這又是一種新的探索。然而，在這個新發展與開拓的同時，也在人們面前提出一個報告文學與傳記文學的『概念界限』問題來了。當然，從廣義上說，特寫、通訊、及至傳記文學，也都可以包括在報告文學範疇裏；但是，今天所指的『報告文學』更準確的概念，應該是具有新聞性與文學性的報導，而不是把新聞體裁與歷史體裁的作品都包羅萬象地概括了進來。如果不加以區別的話，那麼就只能是把報告文學稱做是一個『雜種』文學了。那種被『冰凍』了的『新聞事件』──歷史題材的作品，當然同樣也會有它的巨大的震撼力；不過，它完全可以名正言順地以它自己的『傳記文學』或者『紀實文學』這個文體出現，大可不必都一股腦兒全都納入到『報告文學』的範疇之中。」〔註37〕該段論述試圖將史志性報告文學歸入到「傳記文學」或「紀實文學」的行列，是有自己的考慮的，論者是在懷疑史志性報告文學能否保持報告文學的「新聞性」和「非虛構性」。然而論者卻忽視了：一、歷史題材報告文學明顯不同於歷史傳記文學，後者重在記史，前者著眼現實；二、紀實文學通常被稱為報告文學化的小說，它雖然以真人真事為基礎，卻允許存在一定程度的虛構。讀者對此二者的閱讀目的與對史志性報告文學的閱讀目的也截然不同，後者具有現實指向，前者重在文學鑒賞。史志性報告文學的命名無疑提高了寫作者寫作的難度，他們必須在選材上更多考量，在真實性和學術性上更加嚴謹，在打通歷史和現實的關節上更加用力。

〔註37〕傅溪鵬：《報告文學創作現狀的透視與思考》，《報告文學》1988 年第 12 期。

第四章　直面傳統積弊

　　1980 年代中後期報告文學十分注意考察阻礙改革開放和中國邁向現代社會的傳統觀念，以期在對傳統觀念的批判中為現代觀念的樹立開闢道路，因為作家們知道，沒有思想觀念的現代化就沒有人的現代化，沒有人的現代化就沒有社會的現代化。

　　就報告文學創作主體而言，與 1980 年代前期思想觀念的良莠不齊相比，該時期作家接受了更多的現代觀念，他們已經具有了比較完備的民主法治觀念、商品經濟觀念、現代婚戀情愛觀念等，具備了以現代意識考察紛繁複雜的社會觀念的基礎條件。而縱觀該時期的報告文學創作，敢於對傳統觀念提出挑戰且完成較好的作家，如蘇曉康、賈魯生、麥天樞等，都是思想觀念走在時代前列甚至是報告文學作家群體前列的作家。

第一節　民主法治問題的焦慮

　　新時期以來，報告文學中形成了一股政治批判和政治思考的力量，其代表作家是劉賓雁，他的《人妖之間》《第二種忠誠》《千秋功罪》《未完成的埋葬》等將批判的矛頭直指專制特權、以權代法等黨組織中存在的腐敗現象，呼籲民主法治和政治體制改革，在社會上產生了廣泛影響。1980 年代中期以後，隨著改革開放的不斷向前推進，中國社會中官僚主義和特權、腐敗問題越來越突出，專制與民主、人治與法治的衝突越來越凸顯，有一些報告文學作家毅然接過劉賓雁的政治批判的旗幟，批判官僚主義，揭批和反思特權、腐敗現象，呼喚民主法治春天的早日到來。許多報告文學產生了強大的社會轟動效應，起到了在讀者中宣傳和普及民主法治思想的作用。

此類報告文學主要有：蘇曉康的《洪荒啟示錄》與《自由備忘錄》，麥天樞、張瑜的《土地與土皇帝》，麥天樞的《問蒼茫大地》與《活祭》，蘇廷海的《蒼天在上》與《通天狀》，戴煌、宋禾的《權柄魔術師》，肖復興的《血疑》，安峰的《裹著陽光的罪惡》與《「死角」》，肖思科的《尋找公僕》，范家安的《中國當代民謠沉思錄》，謝德輝的《錢，權力的魔方》，簡妮的《一九八八年春：民主在中國》，楊民青的《中國大選舉》，鳳章的《法兮歸來》，田天的《律師沒有沉默》，陳安先的《辯護律師》等。

一、揭批官僚主義

官僚主義是一個長期徘徊於中國社會的幽靈，新中國成立後，雖然黨的歷代領導集體都曾認識到它的危害，並與之做了不懈的鬥爭，收效似乎並不明顯，官僚主義仍然是中國社會政治生活中最令人深惡痛絕的現象。

官僚主義的表現形式複雜多樣，《辭海》中的解釋是：「指脫離實際、脫離群眾、做官當老爺的領導作風。如不深入基層和群眾，不瞭解實際情況，不關心群眾疾苦，飽食終日，無所作為，遇事不負責任；獨斷專行，不按客觀規律辦事，主觀主義地瞎指揮等。有命令主義、文牘主義、事務主義等表現形式。」1980 年 8 月，鄧小平在《黨和國家領導制度的改革》的講話中，概括官僚主義的主要表現和危害是：「高高在上，濫用權力，脫離群眾，好擺門面，好說空話，思想僵化，墨守陳規，機構臃腫，人浮於事，辦事拖拉，不講效率，不負責任，不守信用，公文旅行，互相推諉，以致官氣十足，動輒訓人，打擊報復，壓制民主，欺上瞞下，專橫跋扈，徇私行賄，貪贓枉法，等等。」他進一步指出，官僚主義「無論在我們的內部事務中，或是在國際交往中，都已達到令人無法容忍的地步」。〔註 1〕

1980 年代中後期，隨著經濟體制改革的逐步深入，政治體制改革的滯後性越來越突出，官僚主義的危害愈加凸顯出來。人們發出了「共產黨什麼都管，唯獨不管共產黨」的憤激之辭，得出了「在貧困和落後的土壤上，權力之花似乎開放得分外香豔誘人」的悲觀論斷。此時，報告文學作家以深沉的責任感和憂患意識，把筆觸伸向了官僚主義的肌理深處。

官僚主義者從本質上講都是狹隘的利己主義者，他們斤斤於自己的尊嚴、

〔註 1〕鄧小平：《鄧小平文選（1975～1982）》，北京：人民出版社，1983 年版，第 287 頁。

名利和地位，將群眾利益、社會利益、國家利益置之度外。報告文學作家們觀察到，官僚主義幾乎充斥了社會政治生活的方方面面。肖復興的報告文學《僅僅因為漂亮》〔註2〕中寫到，徐州市第一醫院漂亮的女護士李桂芝，工作踏實認真，對病人關懷備至，深得病人的愛戴和同事們的好評。每年年終民主評選優秀工作者，她總是榜上有名，可奇怪的是，到領導那兒「集中」的時候，她又總是被拿下，原因是「莫須有」的漂亮就可能作風不正。實際恰恰是因為她作風正派，使那些作風糜爛的領導「饞涎欲滴」而又不能得手所致。權力擁有者在手中的權力得不到限制的時候，其無所顧忌的程度由此可見一斑。蘇廷海的報告文學《誰主沉浮》〔註3〕寫到鄭州發電設備廠廠長雷振科被免職的原因更是可笑。這位勵精圖治將一個連年虧損的企業扭虧為盈，並四年上繳利潤一百多萬的改革者，僅僅因為頂撞了某些領導，就被視為「有傲氣」而被市委某副書記為首的官僚主義者停職檢查。致使工廠出現三個全國倒數第一，連出七起重大事故。官僚主義者成了「老虎的屁股」，他們把自己的不管「屁用」的「尊嚴」凌駕於了全體企業職工的利益之上。

　　作家們甚至注意到，有的官僚主義者居然為了一己私利置人民的生死於度外，不惜用鮮血染紅自己的頂戴花翎。肖復興的《血疑》〔註4〕即寫了這樣一個視生命為兒戲的瀆職行為。佳木斯醫學院附屬醫院輸血科主任傅長江，使用次血、壞血、污染血、過期血和不做菌檢的胎盤血，頂替全血給患者注射，自1980年至1985年，致死人命數起。他從中貪污3萬多元。傅作案手段拙劣，明眼人一看便知，但卻能明目張膽，橫行5年之久，其原因就在於附屬醫院的院長、黨委書記瀆職、包庇。1985年底，市檢察院收審傅長江並移交法院，1986年6月，包括附屬醫院黨委書記Z在內的另外四名與此案牽連的人也先後被捕歸案。但到1987年底，傅長江依然未判刑，其他4人也先後出獄。原來問題較為複雜，主要是原醫學院院長L奔走告狀，省委宣傳部批評報社發表披露此案的文章，新班子上任後壓力大，只好和稀泥。因而作者尖銳指出：「辛辛苦苦的官僚主義者，在我國委實不算少數。」

〔註2〕肖復興：《僅僅因為漂亮》，成都：四川文藝出版社，1986年版。
〔註3〕見蘇廷海報告文學集《被匿名信告紅……》，北京：中國文聯出版公司，1988年版，第1頁。
〔註4〕《報告文學》1988年第3期。

在揭露官僚主義方面，蘇曉康無疑是具有代表性的作家。他的《洪荒啟示錄》〔註5〕寫到，1980 年代以來，河南省駐馬店地區洪汝河兩岸連年水災，受災面積兩百多萬畝，受災人口一百多萬。1984 年麥秋兩季，更是連遭澇災，河流決口，大水漫灌，莊稼絕收，致使三十萬人缺糧，無數村民離鄉討飯。作者在考察了這一地區的災情後指出，造成貧困的原因不僅僅是「天災」，更主要的是長期存在於這一地區的「人禍」，即封建主義、官僚主義和極左路線的流毒。這首先表現在，某些領導面對民生疾苦閉上了眼睛，昧起了良心，只要「政績」不要「經濟」，只要「名聲」不要「民生」，因此，報喜不報憂、不准揭露陰暗面。災情嚴重，但人們在宣傳媒體上看到的是「紅薯換蒸饃，光棍娶老婆」、「兜裏揣著大團結，兩眼盯著百貨樓」的大好形勢；在新蔡正有兩萬七千多人外出逃荒之際，省報還在頭版報導「新蔡、上蔡、平輿搞掉了三靠帽子」。1984 年10 月，當新華社記者如實將駐馬店地區的災情寫成內參報告中央後，省委負責人非常惱火，認為是給河南的大好形勢抹了黑，因而逼地委書記與他一道去中南海勤政殿撒謊做「說明」。作者由此聯想到五十年代，駐馬店地區說假話、搞浮誇是最凶的，西平縣小麥畝產 7320 斤成為全國頭一號的「巨型衛星」；遂平縣嵖岈山是全國第一個「人民公社」……幹部的好大喜功、官僚主義，致使 1960 年大饑荒餓殍遍野，僥倖沒餓死的，「連哭都不會哭了」。歷史還在滴著鮮血，為什麼現實又要重複歷史呢？官僚主義者何時才能放棄私利直面現實呢？

官僚主義作風在中國的嚴重存在已經引起了民眾的強烈不滿，他們利用各種形式表現著自己的憤慨。范家安的《中國當代民謠沉思錄》〔註6〕搜集了大量當時的民謠，而民謠的主要內容，是對官僚主義的無情揭露和諷刺。如「酒喝一瓶不醉，牌玩一宿不睡，幹點工作喊累，頂頭上司說的都對」；「包公在舞臺，真理在講臺。發財靠胡來，當官要後臺」；「盯的是票子，謀的是房子，保的是位子，為的是孩子」。尤以新《陋室銘》諷刺更為辛辣：「才不在高，有官則名；學不在深，有權則靈。斯是衙門，唯我獨尊。前有吹鼓手，後有馬屁精。談笑有心腹，往來無小兵。可以搞特權，結幫親。無批評之刺耳，唯頌揚之諧音。青雲能直上，隨風顯精神。群眾云：臭哉斯人！」作者認為，古有采詩「以觀民風」的統治策略，當今揭露官僚主義的民謠廣為流傳，是不是也應該從中體察出一些民意呢？

〔註 5〕《中國作家》1986 年第 2 期。
〔註 6〕《清明》1989 年第 4 期。

　　當然，有的時候，官僚主義並不僅僅是某一個個體，而是盤根錯節錯綜複雜的關係網。蘇廷海的報告文學《蒼天在上》〔註7〕讓我們領略了這個「網」的強大威力。故事發生在安徽省渦陽縣龍山集，解放前的不法地主韓會生借助女婿是縣財政局局長的威勢，欲在自己解放前的土地上——李申強家門口，擋門新建五間大瓦房。動工後，李申強告到區委，區法庭、鄉政府、行政村聯合裁決加以制止。韓會生並不善罷甘休，其乘龍快婿縣財政局長胡金付出面了，他們不相信「大腿擰不過胳膊」。先是局長的兒子胡明帶領一幫人，將在售貨亭賣貨的李申強的兒子李建華打得生命垂危；繼而韓會生「駕崩」，局長夫人帶領韓家將靈柩用鋼筋水泥厝在李家門口，並強行在落柩的地上打牆蓋屋，完成父親的遺願，且房屋蓋得霸道至極，「給李家留的出路，是拐彎抹角一尺寬的小胡同」。案情一目了然，胡明構成故意傷害罪，按刑事訴訟法規定，理當由公安機關立案偵查；韓會生作為三隊社員，在四隊的地上蓋房本就不合法，更何況如此欺人太甚，不論從天理、地理、人理，都是講不通的。然而，他們這麼做了，而且理直氣壯。面對這樣橫行鄉里的霸道行為，法律的尊嚴何在？政府的職能何在？作者讓我們看到了法律的蒼白和政府的不作為。當天李建華被打得生命垂危，當龍山派出所電話呼請縣公安局來人時，答覆是「無人」，當區政府請求縣公安局派法醫來鑒定時，答覆仍是「無人」……我們的執法機關在人民的生命財產受到威脅時，選擇了「隔岸觀火」。李申強到縣委書記、副書記、政法委員會書記、縣委紀檢委書記處懇請查處，均遭遇「冷冰冰」的對待。李申強只得告到阜陽地委政法委員會，地委政法委責令渦陽縣政法委成立專案組查處，但幾個月過去了，卻不見任何動靜，後雖經多次信件和電話催促，渦陽縣仍然按兵不動。而對於上級部門的責辦信函，作者讓我們看到了一份典型的中國特色——公文旅遊圖：地區政法委批轉縣政法委——縣政法委批轉縣法院——縣法院認為須公安局偵破退縣政法委——縣政法委批轉龍山派出所——龍山研究：胡是縣管幹部，不便處理，退縣政法委——縣政法委副書記親自再送龍山——龍山用郵件再退縣政法委——縣政法委再轉，縣法院勉強收下，塞進抽屜……這樣轉來轉去，責任轉沒了，時間拖延了，事情不了了之了，真是中國式的官場智慧。緊接著，信心滿滿的省紀委在渦陽縣也碰了同樣的軟釘子。都說中國官員「唯上」，那要看

〔註7〕蘇廷海：《蒼天在上》，見《被匿名信告紅……》，北京：中國文聯出版公司，
　　　1988年版。

什麼事情，觸犯自己網絡的事情，有時候是可以魚死網破的。好不容易在各方的壓力之下渦陽縣決定處理此案了，那處理結果和方式又令人「齒寒」。為了制止韓家繼續建房，縣裏在路西為其新圍宅基地，縣委常委親自丈量、公安局長給拉皮尺、法院院長給撒白灰，韓家實實在在又風光了一把。案件啟動了，法官卻時時處處刁難被告李申強，連辦案人員的出差車船費、住宿費、補助費、汽油費都要由被告出，公然打擊報復。更出人意料的是，就在開庭的頭一天，由縣紀檢委和縣政法委聯合調查組調查的證明胡明故意傷害罪的卷宗，在法院內被監守自盜了。還有更令人髮指的事情，胡明一夥將李建華打成重傷，一天半後仍出現休克，醫院鑒定為腦震盪綜綜合症，據刑法規定，應為重傷害，屬刑事犯罪，渦陽縣法院卻按民事糾紛交由民事審判庭審理，公然開法律的玩笑，致使李申強的辯護律師在宣讀完抗辯詞後，憤然退庭。案件在地區中院的干預下，終於轉到刑庭，但刑庭認為胡明不構成犯罪，將案卷退院長處。院長於是將卷宗鎖在辦公櫃裏，不再過問。李申強實實在在撞在了一個官僚主義的強大關係網中，他如一個無頭蒼蠅般不知從哪裏覓得生機。這種強大的能量，豈是一個小小的縣財政局長可以獨自釋放的？難怪作者要向蒼天求助：「我用顫抖的筆，傾訴顫抖的心；我用滿腔的愛，傾訴滿腔的恨。從莽莽千里大別山到浩浩淮海昔戰場——霸道莫過於此！冤深莫過於此！官場痼疾莫過於此！告狀之難莫過於此！古有明鏡朗朗，今有天網恢恢，我不信——蒼天永遠不睜眼？」〔註8〕這「蒼天睜眼」的呼號是如此的耳熟，千百年來，面對沉沉的冤情，人們往往寄望於清官的「鐵面無私」、「明鏡高懸」，然而時至今日，我們還要將自己的命運交給虛無縹緲的「蒼天」嗎？

對官僚主義關係網的揭示，使作家們認識到了中國官僚主義的嚴重程度。於是，有的作家開始反思，為什麼我們天天喊著反對官僚主義，而官僚主義卻愈演愈烈呢？終於，他們發現，官僚主義的產生並不是個別孤立的現象，它有著深刻的體制和文化根源。蘇廷海的《他到底得罪了誰？》〔註9〕寫了淮北棉織廠廠長李良美的遭遇，矛頭指向了官僚主義的體制。李良美在改革中「毛遂自薦」當了廠長，幹出了一番成績，此時，國務院、安徽省、淮北市卻連續九次向棉織廠派出調查組，搞得李良美焦頭爛額，甚至面臨坐牢的危險，

〔註8〕語出《蒼天在上》採訪歸途手記。

〔註9〕蘇廷海：《他到底得罪了誰？》，見《被匿名信告紅……》，北京：中國文聯出版公司，1988年版，第108～156頁。

棉織廠也被迫停產。李良美沒有任何違法犯罪的行為，棉織廠也是規規矩矩的企業，「他到底得罪了誰？」是的，「就個人情感和個人思想而論，李良美既沒有得罪市委負責同志，也沒有得罪省裏來的 A 組長，更沒有得罪銀行和稅務局的領導同志；李良美與一切前來『檢查』他的人們概無前仇舊怨」，而且他們對李良美的發難，「或遵循某項傳統規定，或依據某個文件精神，或按照某個領導同志的某次指示……」，總之，是「合法的限制了合理的——這正是問題的發人深思之處」。「更令人深省的是：李良美這個『毛遂自薦』上來的廠長，在工業改革的路途上，只不過比別人早走了一步，多邁了一點，而對他以及棉織廠的『圍困』，卻一哄而起，既沒有經過大會號召、小會鼓動，更沒有經過某領導同志的批示，某部門的著意組織，就自發地形成了一股勢力。」李良美這樣的實幹家處處受阻，大搞不正之風的幹部卻暢行無阻，不正暴露了我們政治體制上的某種不健全嗎？

　　安峰的《裹著陽光的罪惡》〔註10〕揭露了「蘭溪一霸」浙江省蘭溪版紙廠廠長胡崇康的罪惡，他公開為自己分六套住房，他公開半公開地長期佔有多名有夫之婦，他公然在一年之內讓兒子連升五級，他公然打擊報復與自己作對的幹部職工……胡崇康的肆無忌憚全賴於他的「關係學」，那是一種建立在家長專制、小農意識和現代物質利誘之上的關係哲學，它形成了盤根錯節、錯綜複雜的關係網，這一關係網在蘭溪幾乎無所不至，以至作者作為記者在蘭溪採訪的一言一行都在胡崇康的掌握之中。胡崇康問題嚴重理應受到法律制裁，處理決定卻是：「撤銷廠長職務，留黨察看兩年」，「調離版紙廠到別的單位任一般幹部」。人們知道，憑藉胡崇康的關係網，他一定會「東山再起」。作者讓我們看到，一個完整的官僚主義關係網是如何結成的。處於關係網中心的不一定是最高權力的擁有者，但他必須有著豐富的官場經驗，精通人情世故，處理事情沉穩老練、足智多謀且不失風度，他往往具有著某一方面的人格魅力。就是這樣一個封建家長式的人物，長期經營，使身在高位者也心甘情願充當他的一個「網結」。作者告訴我們，官僚主義關係網是帶有深深的專制主義色彩的文化遺留。

　　報告文學作家們對官僚主義的揭批是深刻的，他們超越了對官僚主義一般表現的反映階段，注目於官僚主義產生的體制和文化因素。就體制而言，

〔註10〕安峰：《裹著陽光的罪惡》，見《死角》，北京：北京廣播學院出版社，1989年版，第 63～79 頁。

由於缺乏民主的幹部選拔制度，常常使那些阿諛奉承、溜鬚拍馬、自私自利之輩佔據領導崗位；由於缺乏良好的幹部管理和監督制度，使那些以權謀私、大行不正之風的幹部可以暢行無阻、肆無忌憚。就文化而言，中國是一個十分注重親緣倫理關係的國度，血緣關係、老鄉關係、同窗關係、朋友關係等等，無不決定著人的社會行為，再加上官場上特殊的恩遇關係，使人最終成為了關係動物。人們在日常生活中小心謹慎地打理著這各種各樣的關係，為的就是「養兵千日，用兵一時」。而在官場上，這些關係網常常「役物於無形」，恰如一個個無底的黑洞，又如魯迅先生所說的「無物之陣」。報告文學這種以事實為依託的對官僚主義的反思，具有深刻的現實意義。

二、反思特權和腐敗

官僚主義的核心是「官」，「官」的核心是權力。權力帶來特權，特權帶來利益，「絕對的權力導致絕對的腐敗」，當缺乏監督的權力可以任意行使時，人內心的各種欲望就會無節制地泛濫，於是，腐敗產生了。

1980 年代中後期報告文學對特權思想的揭批用力頗多。這首先表現在對特權者超乎常人的優越感的揭示上。蘇曉康的報告文學《洪荒啟示錄》〔註 11〕中講了兩個這樣的故事：河南省上蔡縣邵店公社黨委韓書記心愛的小狗被車軋死後，被三里莊村民孫金龍撿回家去剝皮吃了肉，韓書記勃然大怒，責令大隊黨支部和隊委會兩個班子召開聯席會議，專門研究書記的狗的問題，最後根據公社指示精神，決定對孫金龍罰款三十元，並由治保主任和副大隊長押著到各村遊街示眾，示眾時先由治保主任訓話言明孫金龍是因為吃了韓書記的狗而被遊街示眾的，並要強調指出「以後誰敢欺負韓書記，孫金龍就是他的榜樣」，然後由孫金龍當眾檢討。就這樣，「狗權」壓倒了「人權」，在某些特權者的心目中，不僅是他們自己，哪怕是他們豢養的一條狗，也要比百姓金貴得多。另一則故事發生在上蔡縣城關鎮，冰棍廠個體戶邵栓柱因四根冰棍的短差，與前來提貨的少年孫富德發生口角並廝打起來，後經縣醫院診斷，孫富德「神志清醒，檢查配合」，未發現嚴重後果，派出所責令邵栓柱賠償伍百元結案。孫富德的姑姑鄭玉榮乃縣勞動局人事股長，認為自己的權威受到了挑戰，自己的尊嚴受到了蔑視，居然串通醫生將診斷書改為「神志不清醒，檢查不配合」，並以「故意傷人」罪先後將邵家十一人逮捕入獄。

〔註 11〕《中國作家》1986 年第 2 期。

楊民青、王文傑的報告文學《大興安嶺大火災》寫到，1987 年 5 月持續 25 天的大興安嶺森林大火造成 193 人葬身火海，85 萬立方米木材被焚毀，五萬同胞流離失所，可謂損失慘重。可是，在被燒為一片廢墟的漠河縣城裏，卻赫然矗立著一趟完好無損的紅磚房，那是縣長高寶興的住宅。它並非防火材料製成的，而是在森林救火的危急關頭，縣消防科長秦寶山的傑作。他調來了三輛消防車向縣長房子的周圍撒水，兩輛推土機推倒縣長住宅周圍的學校、商店和民宅，從而保護了縣長的財產不受「天火」的侵犯。〔註 12〕在這裡，我們看到的是特權者那超乎尋常的優越感，他們的生命、財產和尊嚴是絕對神聖不可侵犯的，至於百姓，草芥而已。

　　這種特權思想甚至在最最基層的村子裏也體現的淋漓盡致。1987 年，麥天樞、張瑜的報告文學《土地和土皇帝》〔註 13〕即寫了這樣一個村支書的典型。1986 年 5 月 2 日，山西省定襄縣「橫山村黨支部書記、縣勞模、地區勞模、省勞模、縣人大代表、省人大代表、全國人大代表」李計銀被依法逮捕，「橫山的街頭巷腦，突然爆發出激烈的鞭炮聲……鞭炮聲從晚上響起，直到次日早晨，才平息下來」。橫山人的欣喜若狂，所來有自。李計銀就是村裏的「土皇帝」，為了達到個人目的，他無所不用其極。為了每年上交一千萬斤商品糧，奪取華北的交糧冠軍，「種子還沒下地，交糧數兒就挨戶派下來了」，完不成任務的家庭，只能自己出錢到其他村子購糧；為了樹立自己的典型，他一手炮製了橫山 160 多個「萬元戶」，虛報全村人均收入 1009 元。李計銀在省勞模會上發了言，北京、太原的參觀者、視察者爭先恐後。為了村裏的「小城鎮」建設和「商業街」建設，他強拆了 107 戶村民的住房；有人蒸饅頭的籠還沒下鍋，推土機就強行將房子推倒，人都被埋在了裏頭。他要在橫山修築十幾華里的圍牆將整個村子圍起來，並建東西南北四個大門樓，門樓下各立一塊李計銀的「功德碑」，他將之譽為「橫山十年建成共產主義計劃」；為此全村每個勞力分派兩千土坯的任務。他在村裏設有自己的「東宮」「西宮」和「南宮」，青年女子在結婚之前，只要被他看中，都要供他玩弄。他私立武裝「治保會」，私設公堂、牢獄，竟因自己自行車的鈴蓋丟失而非法拘禁七十二人達八天之久，受拘者要被剃光頭，要遭受嚴刑拷打，有數人被打得屎尿

〔註 12〕楊民青、王文傑報告文學《大興安嶺大火災》，見《一九八七年報告文學選》，
　　　　北京：人民文學出版社，1989 年版，第 33 頁。
〔註 13〕《中國作家》1987 年第 1 期。

拉了一褲襠，更有甚者，受害者被釋放以後，其家長還要被逼給李書記送歌功頌德的金匾和錦旗，被迫設酒席招待治保會成員，另外被課以罰款。治保會不僅打群眾，還打教師、打解放軍、打公安幹部……打之外就是罰，李計銀規定，罰款的 30%歸罰款者個人所有，致使濫罰盛行，「近幾年，全橫山有案可查的各種罰款加起來超過十五萬元！四千二百口橫山老少人均能攤三十五元多」。幾年之間，李計銀一家六口由原來的只有幾間普通住房，發展到「擁有宅院兩處、房屋三十九間、彩電兩臺、吉普車一部、國庫券和存款十餘萬元的家當。不僅如此，橫山唯一的飯店是他的，橫山唯一的食品專店是他的」。一個村支部書記何以有如此特權？特權者又何以如此囂張？作者探求了其中的原因。首先，省、地、縣的領導為了「面子」和前程，為炮製李計銀這個典型大開綠燈，致使對他的違法犯罪行為也「睜一隻眼閉一隻眼」。其次，新聞媒體喪盡職業道德，為李計銀大唱讚歌。《山西日報》《山西農民報》《改革報》，山西人民廣播電臺、山西電視臺等新聞單位，幾年間發表關於李計銀的報導和圖片上百件，「指鹿為馬、說黑為白的宣傳，都可謂登峰造極，形匿影隨」。究其原因，一是收了李計銀的好處，二是為了迎合領導的意圖。再次，法律機器轉動不靈，它成為權力手中的玩物。定襄縣公檢法的一把手都承認，他們必須「聽縣委的」；李計銀的犯罪事實雖然證據確鑿，卻還必須由省委書記發話才能逮捕。作者痛心地指出，橫山這樣的「封建小王國」，竟被某些人「順理成章地塗抹上共產主義的色彩」，而「在中國，橫山絕不止是一個橫山，李計銀也絕非單純是一個李計銀」。

李計銀作為勞模典型是虛假的，而作為特權專制的典型卻是真實的，他告訴人們，權力擁有者都不拒絕享受物質特權、治人特權、性特權等等。問題是，以徹底消滅特權為己任的無產階級革命所建立的政權，為什麼成了培育特權思想的溫床呢？多年前看過的一個戲總是縈繞於腦際：沙葉新等人的《假如我是真的》。無權無勢的下鄉知識青年李小璋因為一個偶然的際遇，冒充了北京某首長的兒子「張小理」，從此開始享受特權帶來的種種好處，他被處長、局長、書記待為上賓，甚至長期不能解決的回城手續也輕而易舉地辦妥了。在特權利益的誘惑之下，李小璋欲罷不能，越陷越深，終至事情敗露，以詐騙罪而被捕。在法庭上，李小璋提出了一個尖銳的問題：假如我是真的，這一切就是合法的嗎？這一聲質問對於專制和特權不啻於晴天霹靂，他讓特權者有當眾被剝光了衣服的尷尬，那些「公僕」、「為人民服務」的幌子再也

打不下去了，怎能不令他們感到惶恐甚至震怒。這種現象在我們社會中並不是孤立地存在。《飛天》中的謝政委，《人的中年》中的秦波，《高山下的花環》中的吳爽，他們都有著「上等人」的優越感，而現實中的李計銀更可謂專制特權的「集大成者」。由戲劇到小說再到報告文學，反對特權思想成為文學不斷深化的主題，同時也說明現實社會中特權思想已經形成愈演愈烈之勢。

特權必然帶來腐敗。邁克爾·約翰斯頓把腐敗界定為「追求私人利益而濫用公共角色和資源」〔註14〕，即運用公共權力來實現私人目標。江澤民指出：腐敗的主要表現是「貪贓枉法、行賄受賄、敲詐勒索、權錢交易、揮霍人民財富、腐化墮落等」，而「權錢交易」則是當前腐敗中權力尋租的一種普遍的腐敗現象。〔註15〕可以說，沒有權力也就無所謂腐敗。

報告文學對於腐敗的揭示是令人觸目驚心的，1980年代的腐敗程度之深、範圍之廣、手段之狠、人數之多，都大大出乎我們的想像。戴煌、宋禾的《權柄魔術師》〔註16〕寫了四川涼山州在經濟困難的情況下，違法動用公款三十一萬九千多元購置六臺進口小汽車，比當時的國家牌價還多花十三萬九千五百元。然而，州各級領導怡然自得，認為不論花多少錢弄來進口車就是勝利。畢竟錢是別人的，享樂是自己的。文章指出，據新華社報導，1987年全國各地無帳可查的，白吃、白拿和胡亂購買豪華進口小車等揮霍掉的人民幣，約530多億元，竟與國家統計局掌握的「按章辦事」的社會集團高消費的款項一樣多，兩者相加1060多億元，約等於當年GDP的十分之一，是當年國家三農總投資（130多億）的八倍。安峰的《死角》〔註17〕寫到安徽六安水運公司由於只靠淠河航運，一年只有半年通航，且貨源嚴重不足，致使經濟狀況十分困難，船民只能靠賣淫、賣血、偷盜維持生計。與此形成鮮明對照的是，該公司大大小小的幹部家裏卻肥得流油，他們在船民們陰暗、低矮、潮濕、簡陋的茅棚群對面蓋起了水泥磚質結構的玲瓏小樓或高牆深院。公司黨總支書記因為死了兒子而懷疑住宅的風水不好，輕而易舉地在淠河邊重建一幢高大寬敞的私人別墅，喬遷新居。幹部們靠什麼營生發了財呢？原來船民們22個月

〔註14〕〔美〕邁克爾·約翰斯頓著、袁建華譯《腐敗徵候群：財富、權力和民主》，上海：上海人民出版社，2008年版，第12頁。

〔註15〕江澤民：《加強反腐敗鬥爭，推進黨風廉政建設》，《江澤民文選》（第一卷），北京：人民出版社，2006年版，第322～323頁。

〔註16〕《當代》1988年第6期。

〔註17〕安峰：《死角》，北京：北京廣播學院出版社，1989年版。

扣發的工資分別被他們強行私借，國家的救濟物資被他們轉手倒賣以飽私囊，國家貸款不知去向……他們甚至猖狂到篡改帳目和燒毀帳目，以抗拒執法部門的檢查。

蘇曉康的《洪荒啟示錄》把筆觸深入到了腐敗行為的細節，他寫到在河南省駐馬店地區連年洪災的艱難歲月裏，百姓們連填飽肚子都成了一種奢望，而大小官吏卻憑藉自己手中的權力在「天災」之外製造著「人禍」。國家的救災款、扶貧款、農業稅減免款、計劃生育罰款被大隊幹部私分了，使災民雖然發到了統銷糧本卻無錢購買，只得餓肚子；從赤貧的農民手裏提來用於修建鄉村小學的提留款，竟然被挪用建造了寬敞明亮的大隊部或被村幹部挪用私人建房。上蔡縣齊海鄉黨委書記劉某，「責成鄉供銷社以安排『雙節』供應為名，向縣農業銀行申請貸款五拾萬元，又吩咐信用社把國家返還給災區的農業稅減免款兩萬元、無息支農專用款六萬五千、計劃生育專用款四萬統統提出來，湊起這一大筆款子，自個兒全攫在手裏，以九釐七的高利息，獨自做起放債的營生來了」，被百姓稱作「放債書記」。更匪夷所思的是，當地居然發生了「糧所發財」的醜劇。按國家規定，農戶在完成政府徵購的糧食基數後，再出售給國家的糧食即可享受加價的好處，一般每斤加價一兩分錢，這筆錢由國家財政予以補貼，糧所工作人員卻利用職務之便大賺這筆加價款。以上蔡縣西洪鄉糧管所為例。職工將糧庫裏的糧食裝到車上，到大街轉一圈再拉回來，加價款就到手了，僅幾天該糧管所就搞了這種「轉圈糧」41 萬多斤。有職工嫌這樣裝卸麻煩，乾脆來個「院內轉」，將糧食由糧垛南頭扛到北頭，大筆加價款就落入腰包。開票員張鳳英更是「聰明」，她開一張購貨證，再開一張銷貨證，一點苦力不出，一粒糧食不動，一袋煙工夫，就倒賣玉米 23 萬多斤，到手 3800 元。「接著，驗質員、保管員、司磅員都下手了。又接著，鄉政府的幹部、派出所的民警、各大隊的頭頭們，也像聞到腥味一樣，接踵而來。風聲隨之走漏出去，一傳十、十傳百，熟人相遇都咬著耳朵悄悄說一句：趕緊去糧所發財呀！」據統計，不到一個月時間內，駐馬店全區共虛購虛銷、倒買倒賣國庫糧食三千多萬斤。正當全國救災糧食源源不斷地調往洪荒蔓延的洪汝河兩岸時，誰能想到，「糧耗子」們正幹著喪盡天良的勾當。

謝德輝《錢，權力的魔方》是一部全面揭示從改革開放到 1990 年間腐敗現象的長篇報告文學。作品以大量的數據和翔實的案例材料，從宏觀和微觀

兩個角度揭示了當時中國腐敗現象之嚴重，全面系統地分析了貪污受賄分子的猖獗程度、分布範圍、人員結構，深入剖析了官場腐敗帶來的政治危害、經濟危害和其對道德風尚、行為規範、價值觀念、文化心理等的負面影響，深挖了貪污受賄賴以產生的土壤、氣候和根源，從而完成了一次關於腐敗問題的深入理論探討。

首先，從宏觀角度，一系列統計數字足以說明全國腐敗形勢之嚴峻：

> 1982 年至 1988 年，全國紀檢系統共立案查處黨內各種違紀案件 114.7 萬多件，同期處分黨員 88 萬人，平均每年 11 萬人。按處分黨員所犯錯誤劃分，第一位是經濟問題，共 25 萬人，其中貪污 11 萬餘人，行賄、受賄、索賄 3.2 萬人，以權謀私 4.1 萬人，三者合計，占在經濟方面上違紀黨員總數的 72% 左右。

> 「國家審計署披露，全國被倒爺們（官倒、私倒）竊走的社會財富，1987 年為 2000 億元人民幣。」而「1979～1988 年的 10 年中，全國教育經費累計還不到 2000 億元，其中最高的 1988 年，是 253.9 億元。」

> 1989 年全年，全國檢察機關共受理貪污、賄賂案件 116763 件，比 1988 年增加 1.6 倍；在立案偵查的案件中，萬元以上的貪污、賄賂大案 13057 件，比 1988 年增加 3.4 倍；縣處級以上幹部 875 人，比 1988 年增加 3.5 倍，內有司局級以上幹部 72 名（1988 年全年共 8 名）。全年檢察機關共追繳貪污、賄賂贓款贓物合人民幣 48286 萬元。〔註 18〕

腐敗現象在全國已成蔓延之勢，人們有理由為腐敗行為的愈演愈烈而憂心忡忡。

其次，作者考察了大量的腐敗案例，發現了權力運作的規律。貪污大多發生在管錢管物的單位和個人，賄賂多發生在掌握計劃、審批和檢查等權力的單位和個人，投機倒把多發生在擁有計劃物資、緊俏商品的部門和行業，敲詐勒索、貪贓枉法多發生在監督執法部門。民間還有「兩個爺爺八個爹」的說法，指的是行使社會公共事務管理權力的基層執法部門，最容易利用職權侵犯群眾利益，腐敗變質。「兩個爺爺」是指工商、稅務，「八個爹」是指

〔註 18〕謝德輝：《錢，權力的魔方》，長沙：湖南文藝出版社，1991 年版，第 45、73、168 頁。

城管、交通、計量、物價、治安、環衛、街道、衛生。瀋陽市更是詳細分析出最容易滋生腐敗現象的 17 個部門,而其中又有需要重點防範的 81 個具體部類:房產系統的動遷、住房分配、處理房產糾紛,金融系統的貸款、立項、貸款審批、提取現金,司法系統的收審、覆議、辦案、減刑、減期、保外就醫……當然,實際的腐敗範圍是像癌細胞一樣無情蔓延的,恰如一位省級市人民檢察院的檢察長所概括的:「可以這麼說,目前已經沒有哪一個系統、哪一個行業、哪一個大一點的單位是一塵不染的,沒有貪污受賄的人的。」

關於腐敗的嚴重情況,還表現在一些相關人員的貪婪無度上。作品為我們展示了從鄭州鐵路局副局長潘克明家搜出的贓物(擇要介紹):

現金(包括存摺)12 萬元。銀元 200 塊。

皇冠豪華轎車一輛。進口摩托車兩輛。

進口鋼琴一架。

松下 G30 錄像機一臺。松下、日立彩電各一臺。

日立 RA-3080B 空調機一部。

美能達 300 和雅西卡照相機各一架。

進口收錄機四臺。進口冰箱、國產冰櫃各一臺。

梅花、英納格、鐵米克斯金表共五塊。

黃金戒指、白金戒指、金項鍊、金領帶夾共十四件。

五四式手槍一把,子彈 81 發。電警棍兩根。

各種酒約 2000 瓶,其中:出口茅臺 72 瓶,瀘州二曲 78 瓶,劍南春 55 瓶,安酒 56 瓶,郎酒 12 瓶,宋河糧液 285 瓶,汾酒 40 瓶,五糧液 64 瓶,洋河大麯 21 瓶……

麻油 470 斤。

雀巢咖啡、麥乳精等 108 瓶。

各種人參口服液 126 盒。

各種軟罐飲料 859 聽。

夜光杯 2 對。餐具、茶具、酒具 23 套。

石英掛鐘 15 座。電火鍋、電飯煲 9 個。

各種水果罐頭 401 聽。茶葉 50 包。

……〔註 19〕

〔註 19〕謝德輝:《錢,權力的魔方》,長沙:湖南文藝出版社,1991 年版,第 217 頁。

　　報告文學中大量的事例都說明，在中國，權力腐敗早已不是一時一地的偶然新聞，權力擁有者只要想為自己謀取利益，幾乎沒有可能不成功。這便形成了比任何剝削都更野蠻更惡劣的權力剝削。之所以說它野蠻惡劣，是因為它對社會的危害更大、更持久，更容易敗壞一個社會的道德風尚和文化心理，從而腐蝕整個社會肌體，直到不可救藥。

　　關於腐敗的嚴重危害，謝德輝有著精闢的分析。他分三個方面概括腐敗現象的危害。首先，從政治影響看，在權力機制的運行中，有人憑藉弄權劫取社會財富，歸根結蒂損害的是全體幹部的威信，是執政黨和政府的威信，使之逐漸喪失凝聚力吸引力號召力，這樣，腐敗就如國家內部的惡性腫瘤，蠶食著人民與統治者之間的相互信任，致使國家無力實施自己的法律和法規，最終，使國家這個社會利益的調節器運轉失靈，執政黨的執政合法性被質疑甚至取消。其次，從經濟影響看，腐敗「使全社會經濟投資量減少，使國家資金流失，國家收入減少，使消費基金膨脹」；「使部分企業嚴重虧損，使部分事業單位行政費用浪費，使國家蒙受損失」；「使劣質產品充斥市場」；「增加了流通環節，使物價層層上漲」；「使我國經濟管理失衡、經濟政策走樣，使本已混亂的經濟秩序更加混亂」。第三，更嚴重的是，腐敗對道德風尚、行為規範、價值觀念、文化心理等的負面影響更為深廣。這首先表現在官員的示範作用上，俗話說「村看村，戶看戶，群眾看幹部」，一旦幹部隊伍中冒出一定數量的腐敗分子，即會衝擊到整個社會的方方面面。這種示範作用主要表現為兩點，一是表明我們的社會中存在著不勞而獲的餘地，一是表明公共權力是可以用來謀取私利的。這種示範作用使腐敗像瘟疫一樣在握有權力的人中擴散，從而發生「多米諾骨牌效應」。對於無權無勢的群眾，則極易形成權力崇拜和拜金主義，所謂「權是爺，錢是爸，人情是孫子」，人心中自私、冷漠、無情猙獰的一面暴露無遺。其次表現在對知識的認知上，權力和金錢的交換關係強化了人們的「讀書做官論」和「讀書無用論」，從而大大加速了知識貶值的速度，使整個社會因「貧血」而顯得蒼白無力。再有，腐敗的不勞而獲本質極易誘發和助長其他形式的犯罪，如走私販私、詐騙、盜竊、敲詐勒索等，更為嚴重的是，腐敗者從鬆散的犯罪到有組織的犯罪再到集團犯罪，便極有可能最終發展成「黑社會」，從而嚴重影響國家機器的正常運轉。

　　報告文學作家對特權、腐敗的反思，目光敏銳且適逢其時。1980年代，改革開放政策使中國的經濟獲得長足發展，然而，我們在鼓勵「一部分人先

富起來」的情況下，卻忽視了權力腐敗的可能性，沒有從制度上遏制腐敗的產生，致使握有公權力的國家工作人員中的腐敗現象愈演愈烈，大有「星星之火」發展為「燎原」之勢。腐敗現象甚至導致社會動盪，加深了人們對執政黨的信任危機。以致 1989 年，85 歲高齡的鄧小平在同中央負責同志的談話時不得不發出警告：「對我們來說，要整好我們的黨，實現我們的戰略目標，不懲治腐敗，特別是黨內的高層的腐敗現象，確實有失敗的危險。」〔註 20〕然而，問題是，懲治腐敗是抓幾個貪官就能解決的嗎？

　　邁克爾‧約翰斯頓在《腐敗徵候群：財富、權力和民主》一書中總結了世界範圍內的四種類型的腐敗，中國屬於「官僚權貴」（official moguls）腐敗。這種腐敗通常發生的國家是「制度是非常軟弱的，政治是非民主的或正在極緩慢地開放，但是經濟自由化至少達到了一定程度。公民社會較弱或不存在。致富的機遇及富人所面臨的新風險都大量存在——但是政治權力則屬於個人，常常被利用而不受懲罰」；這類國家「制度和官職僅僅是追求財富的可利用的工具……在最嚴重的案例中，一個人、一個家族或一個軍人小集團擁有不受制約的統治權。……由於精英的個人追隨者切斷或取代『橫向』自行組合，公民社會的發展受到抑制，其結果是在政府官員濫用職權案例中，人們求助無門」〔註 21〕。這是一種「完全非制度化的腐敗」，是「公開利用權力以及強者公開剝削弱者」，在這裡，「腐敗不是例外而是準則（the norm）」。作者繼而詳細分析道：「在中國、肯尼亞、印度尼西亞等國家，腐敗常常表現為強取豪奪，並且涉及單方面濫用政治權力而不是進行公共利益和私人利益之間的對等交換。腐敗官員侵佔公共土地和資源、擁有個人的企業，或者與受惠的商賈們組織走私和策劃逃稅」；「因此『官僚權貴』具有雙重意思：政府官員和政客們或多或少通過腐敗肆意斂財，有時通過把國家機構轉變為追求利潤的企業；那些受到官員保護的野心勃勃的商人們和合夥人在建立其龐大的企業時具有準官方的地位。不管哪種方式，權力都不在國家手裏，而是在那些利用政治強勢獲得財富的官員手裏」。〔註 22〕不管邁克爾‧約翰斯頓的分析

〔註 20〕中共中央文獻編輯委員會編：《鄧小平文選》（第三卷），北京：人民出版社，1993 年版，第 313 頁。
〔註 21〕邁克爾‧約翰斯頓著、袁建華譯《腐敗徵候群：財富、權力和民主》，上海：上海人民出版社，2008 年版，第 47 頁。
〔註 22〕邁克爾‧約翰斯頓著、袁建華譯《腐敗徵候群：財富、權力和民主》，上海：上海人民出版社，2008 年版，第 163〜164 頁。

是否完全符合 1980 年代中國的實際，起碼有一點是準確的，那就是政治上的「非民主」導致了公共權力的濫用且很少為此受到懲罰，中國的腐敗是結構性腐敗，它與我們的政治經濟體制的不健全直接相關。

三、呼籲民主與法治

　　報告文學作家們認識到，官僚主義和特權、腐敗是專制社會遺留的糟粕，欲消滅之顯然不能寄希望於權力擁有者自身的蛻變，亦不能寄希望於權力對權力的監督，最根本的是限制權力甚至取消權力，那就是要實行民主和法治。為此，他們在作品中為民主的萌芽而歡欣鼓舞，大聲呼喚「法兮歸來」。

　　簡妮的《一九八八年春：民主在中國》和楊民青的《中國大選舉》，皆以 1988 年春全國第七屆人民代表大會第一次會議為記述對象，記述了中國在民主政治方面的可喜變化。《一九八八年春：民主在中國》〔註23〕總結了大會的十二個「第一次」：人代會 2900 名代表都是經過省一級的立法機構和軍隊第一次使用差額無記名投票方式選舉產生的，被提名人一般比實際代表多 20%～50%；人代會的代表第一次獲准可以在全體會議上陳述反對意見；人大七個委員會的委員名單沒有一個是一致通過的，這在人大歷史上是第一次；代表們第一次能夠對政府和人大領導人的認命發表不同意見；第一次允許外國觀察員參加大會；第一次允許外國記者旁聽代表團小組討論發言；大會第一次設立秘密寫票點；選舉人大常委會委員，第一次採取從 144 名候選人中選出 135 人的「差額選舉」；選舉國家領導人，第一次出現了反對票、棄權票；第一次有人對政府工作報告提出異議；小組討論會和新聞發布會的次數空前的多，也是第一次；中國農民要求結束四十年的「二等公民」地位，這是一種政治性很強的主張，也是中國歷史上的第一次。作者指出，這些「第一次」雖然說明我們的民主還十分可憐，但同時我們又不能不為之高興，它說明中國的民主意識已經開始覺醒，中國正慢慢注入民主素質。《中國大選舉》〔註24〕通過大量的實地採訪，具體細緻地記述了中國在民主政治方面的實際狀況。有些人大代表終於一改唯唯諾諾、逆來順受的性格，在發言中發出了不同的聲音，令外國人也頗感驚詫。如吉林代表關山復說：「大力壓縮社會集團購買力，我堅決贊成。但還不夠，我補充一條：嚴厲查禁用公款給領導幹部個人大肆

〔註23〕《解放軍文藝》1988 年第 8 期。
〔註24〕楊民青：《中國大選舉》，長沙：湖南文藝出版社，1989 年版。

修建住房。不久前，有位原中央政治局委員用幾百萬元改建住房，如此揮霍無度，如何得了？」浙江代表匡衍說：「當前存在的問題，要比（政府工作）報告中講的嚴重得多，比如物價問題，現在競相漲價，實際上漲指數要比國家公布的數字大；大吃大喝，奢侈之風愈禁愈烈；索取回扣、行賄受賄，假冒詐騙盛行。政府某些部門不負責任，辦事拖沓，官僚主義嚴重。如果滿足發幾條『禁令』發幾個紅頭文件，而不採取有力措施，是解決不了問題的！」湖南一位代表質問：「上面口口聲聲財政困難，資金奇缺，可為什麼無錢辦教育，卻有錢買轎車？不說別處，人大這潮水般的汽車中，有幾輛是國產小轎車？黨和國家領導人為何不能帶頭坐簡陋的國產車，為何非坐豪華的外國車不可？有些農村小學連一支粉筆都買不起，試問，一臺奔馳車能買多少支粉筆？全國各地中小學危房倒塌消息四處傳來，為什麼領導幹部住房沒一處倒塌的？」這種質問和懷疑之聲不時從各代表團發出，有人質問，我們可以遠渡重洋給人家免費修鐵路，為什麼西藏鐵路醞釀多年卻總是因為財政困難而擱置？有人想知道，為什麼由人民代表選出的政府官員不能到會上聽聽代表們的發言？有人質詢，為什麼中央軍事委員會不向大會作工作報告？它是一個什麼樣的組織？實際有著什麼樣的作用？有代表呼籲，中國應從人治走向法治，許多領導為了地方利益而包庇縱容假冒偽劣，公開與法律作對。作者指出，這些代表們的可貴之處，不在於他們提出了什麼議題，而在於他們體現出的立場和觀念，他們再也不願意人云亦云、盲目奉迎，他們成了「有自己的腦袋」的人民代表。我們還看到，在國家主席、國家副主席、國家軍委主席、人大委員長、人大副委員長等等的選舉中，都史無前例地出現了反對票和棄權票；有人甚至對政府工作報告提出了異議，認為它不是報告工作，而是在向代表進行教育和自圓其說的解釋，文不對題；有代表指出，我們不應把人大看成「橡皮圖章」，人大對政府工作的審議只是走走形式，而應真正把它當成權力機關、決策機關；有代表指出，人民代表都是平等的，沒有大小之分，沒有高低貴賤之別，因此在上級和領導面前不必怕這怕那噤若寒蟬，而要敢於代表人民反映意見。這些問題和行為，都牽涉到民主的實質，在民主的「破冰」之旅中作用不容忽視。總之，代表們對此次大會的民主進步是興奮和激動的，但更高的期望也隨處可見，比如：國家領導人是否可以採取差額形式選舉，能否改變在眾目睽睽之下舉手的投票形式而改用電子投票，能否改變國家領導人年齡偏大的問題，在對代表的議案、批評、意見和建議的

答覆時能否不走過場，為什麼政府工作報告沒有按照代表的意見進行修改就強行通過，等等。所有這些，使我們體察到我國民主進程步履的堅定，同時也深感民主道路的修遠，我們只有站在更高的歷史時空上俯視現實，才能不矜矜於眼前的成績，篳路藍縷、勵精圖治，在中國最終建成一個真正的人民當家作主的民主共和國。

當然，民主的道路絕不是一帆風順的，它需要我們不斷解放思想、健全法制，沒有法制保障的民主是虛假的。而法治觀念的淡薄也是我們歷史的一大痼疾。鳳章的報告文學《法兮歸來》〔註25〕以沉痛的筆調呼籲著中國法制的健全和完善。徐州市銅山縣在「嚴打」中一門心思多出成績，出現許多冤假錯案。案件一：銅山紫莊徐臺村五位男青年因輪姦女青年單某分別被判刑，其中張夫合、李文煥被判處死刑，剝奪政治權利終身；龐喜死刑，緩期兩年執行，剝奪政治權利終身；李彪無期徒刑，剝奪政治權利終身；楊桂銀有期徒刑十五年。全部犯罪事實的認定是案犯的供述，而這些供述又是刑訊逼供所得，以此定罪顯然是不合法的。然而，銅山縣公檢法三家卻據此從捕到判一氣呵成，可謂配合默契，完全拋棄了公、檢、法之間相互制約、相互監督的關係，而中共銅山縣政法委員會，原為協調公檢法之間的關係，監督司法機關執行國家法令的情況而設立的，卻「越俎代庖」，成了公檢法聯合辦案的總指揮。如此人命關天的大事，徐州市中級人民法院、江蘇省高級人民法院在審查時居然也隨意處置，草率簽發了死刑執行命令。銅山縣人民檢察院檢察長張禹廷、江蘇省高級人民法院刑庭審判員孫自魁、銅山縣人民法院刑庭庭長孟昭培，通過反覆查閱案卷，提審被告，詢問證人、被害人，實地勘察「作案現場」，認定案中的輪姦情節純屬子虛烏有，終至案件真相大白。然而令人不解的是，在查案中認真負責的刑庭庭長孟昭培卻被「借調」到「社會治安綜合治理辦公室」，不再讓他問案了；剛正不阿的張禹廷也由檢察長變成了調研員；徐州市檢察院要求給張禹廷記功授獎，卻無論如何貫徹不下去。對此，作者沉痛地指出，「執法者不懂法，不依法，以官代法，以權代法，以言代法」的現象在我們社會廣泛存在，致使冤假錯案層出不窮。銅山縣大泉鄉鄧玉海等七人的錯案與上述案例如出一轍，七男兩女在一起吃飯喝酒，即被定為「輪姦」，也是由縣政法委定案，判刑也相似：三人死刑，三人死緩，一人無期。兩個「被害人」跑到檢察院申訴，結果到醫院一查，其中一個還是處女。

〔註25〕《啄木鳥》1986 年第 2 期。

又是一個屈打成招的典型案例。銅山縣還有明知錯案還要硬判的案例，中共銅山縣委統戰部副部長李克文，以強姦兒子的戀愛對象罪被逮捕，原告「被害人」先後提供了兩個作案時間，被告都有不在場的證據。縣法院院長不願承認捕錯、關錯：「強姦罪不能判，就判他暴力干涉婚姻罪。」李克文是以「強姦罪」逮捕的，原罪既不存在，無罪就是無罪，怎麼能隨意安上一個罪名呢？而隨意編造的罪名也查無實據，只得在關押半年後放人。面對被告「為何抓我，又為何放我」的質詢，法院院長的回答仍在推卸責任：「情節顯著輕微，經研究釋放。」意思十分明確，抓人是因為有犯罪「情節」，放人是因為犯罪情節「顯著輕微」，總之「抓你是對的，放你也是對的」。真正讓人見識了玩弄法律者的高超技藝。面對如此多褻瀆法律的行為，作者大聲疾呼：「人民需要法！」「法兮歸來！法兮歸來！」

實際我們並不是無法可依，而是缺乏嚴格執法的精神。曾幾何時，憲法大還是縣委大，曾引起社會爭議，看似滑稽可笑，但在我們中國的大地上，這確實仍然是一個懸而未決的命題。且看蘇曉康的報告文學《自由備忘錄》〔註26〕所記。1983 年 8 月的一個夜晚，中原某地 C 縣城關鎮做冷飲的個體戶鐵柱扔下一家老小猝然出逃了，原來他與一個前來批發冰棍的小孩發生爭執而致廝打，而小孩恰恰是縣勞動局人事股陳股長的親侄子，陳股長暗通縣公安局製造偽證，謊稱小孩被打致殘，以傷害罪先後拘捕了鐵柱家十一人，其霸道大有封建時代「株連九族」之勢。在這一案件中，縣公安局直接參與了偽證和獄難的製造，C 縣縣委不僅聽任了陳股長對鐵柱一家的可怕報復，而且當《法制報》刊文披露真相後，更覺縣委的尊嚴受到了觸犯，便公然越過憲法干涉此案，指使公安局在全國通緝潛逃的鐵柱，轉瞬間縣委大於憲法了。此案移交縣檢察院後，兩位檢察長老耿和小劉輕易便戳穿了小孩裝病的把戲，並很快將矛頭指向了那張經過篡改的假診斷書，眼看就要揭出一樁當局包庇的偽證醜聞。縣委勃然大怒，嚴令檢察院不准追查偽證，並將此案卷宗調出 C 縣，等待時機，拍板定案。憲法明文規定，人民法院和人民檢察院「依照法律規定行使審判權（檢察權），不受行政機關、社會團體和個人的干涉」，在此完全被長官意志所取代。果然，地區政法委站在了縣委一邊，下令繼續追捕鐵柱，並限令公檢法三家一個月內結案。最終在輿論監督下，此案以免於起訴而草率收場，善惡打了個平手，受害者傾家蕩產，枉法者逍遙法外，

〔註26〕《天津文學》1987 第 9 期。

而兩位檢察官卻終因「不聽話」而被縣委罷免。老耿拒絕接受縣委決定，因為縣委無權罷免一個檢察長。且看 C 縣管政法的魯副書記在公檢法全體會議上宣布罷免決定時表示的決心：「我就不信，堂堂縣委撤不了一個檢察長！這壓根兒不存在什麼不合法的問題。黨決定的事，他人大就得照數通過！」這是公然以權力挑戰法律。與此相類，Z 縣縣委公然違背憲法和人民法院組織法，將由人代會選舉的法院院長當眾免職，理由是縣委認為他「不合適這崗位」。面對省人大、省高級法院的質問，縣委書記堅持罷免是正確的：「黨管幹部，歷來如此，不存在違法問題。」

　　憲法，這個國家的根本大法，在執行的過程中，真是千瘡百孔。膽子大的，可以直接撇開它，恣意妄為；膽子小的，照樣「違憲」，只不過事後補一個合法的手續而已。為什麼我們對憲法和法律如此不當一回事呢？這大概與我們對法律的認識不無關係。如果說人類社會的法律發展分為刑法時代、民法時代和憲政時代，我國直到 1980 年代中後期仍處於刑法時代〔註27〕，我們認為法律的主要任務是維護統治秩序，法律的主要內容是刑事懲罰。解放後的相當長一段時期內，我們將法律定義為階級鬥爭的工具，法律也主要是用來鎮壓敵人的刑法，至於民法的對於人的獨立人格、自由權利的保護，被嚴重忽視了，更談不上憲政時代對各項公民權的司法保護〔註28〕。進入 1980 年代以來，法律界反思「文革」的慘痛教訓，大大提高了對法律的認識，在法治的教育宣傳中，人們已經開始強調它本應具有的限制、規範國家權力，保障公民權利的作用；但是，傳統法律觀念仍十分強大，政府及其各部門仍難以扭轉法律是加強行政管理的工具的觀念，甚至還有為數不少的國家行政人員認為法律主要是用來管理老百姓的。這主要體現在該時期制定的大量的行政法和經濟法上，食品衛生法、礦產資源法、森林法、鐵路法等等，無不體現著國家行政管理的職能和意志。基於此種法律認識的侷限，執法者不能很好地貫徹憲法和法律中維護正義、平等、自由和人權的內容就不足為奇了。如此，人們的生命、財產等權利就要常常處於危險的境地。且看《自由備忘錄》中的實例。

　　1981 年 5 月 30 日深夜，黑蛋率領的農民施工隊突然大禍臨頭，T 市工商管理部門查封了施工隊駐地，連夜拷走十一人，並於 6 月 9 日在異地將黑蛋

〔註27〕1987 年，中國才有了第一部十分簡陋的《民法通則》。
〔註28〕2004 年，我們的第四部憲法始有「尊重和保障人權」的條款。

抓獲。接下來是非人的折磨，這些人被折磨得骨瘦如柴、奄奄一息，有的腰腿落殘，有的精神失常。一夥老老實實幹活的農民，卻莫名其妙地招致羈押，連他們自己也不知道這場災禍因何而來。黑蛋拼死逃出牢獄，從此成為公安部通緝的全國通緝犯，只有隱姓埋名，再也做不成自己了。這一切都是為了什麼？為什麼一夥公民的權利丟失得如此不明不白？T 市當初大動干戈，抓了人，抄了款，滿以為總有罪名可定，可誰知查來查去竟抓不住「尾巴」，只得定一個「黑包工隊」的「莫須有」罪名。而黑蛋雖然冤深似海，卻投告無門，戴罪偷生。生活在如此缺乏權利保障的社會裏，平民百姓又怎麼會有安全可言呢？

告狀難歷來是中國社會的積弊，私告公、民告官就更是難上加難。蘇曉康的《自由備忘錄》和蘇廷海的《通天狀》〔註 29〕都記述了河南省寶豐縣大營鎮宋坪村農民李占軍牽牛告狀的盛事。宋坪村 1979 年與舞陽縣化肥廠建立購銷業務，1980 年化肥廠欠宋坪村 43 萬多元焦炭款，業務員李占軍和村行政連續催款 5 年不還。李占軍到舞陽縣人民政府說理，縣長撂下一句「不還咋啦？你還能把錢廠長弔起來剝了？！」便揚長而去，賴帳也賴得心安理得、理直氣壯。狀告於舞陽法院，法院不敢因秉公執法而得罪省裏樹立的企業改革的典型化肥廠錢廠長，只得請示縣政府，結果可想而知；再告地委和省委，也未解決。被逼無奈，李占軍傾家蕩產，買 20 頭黃牛，雇人送往省各大機關 5 頭後，趕 15 頭上京給總書記和國家主席等告御狀，成為古今中外告狀奇觀，轟動京城，驚動中央領導，終至解決。問題解決了，但蒼涼卻留給了讀者，在號稱法治的國度裏，人們為什麼不能通過法律的正常渠道解決問題，致使全國各地出現了大量的像李占軍一樣的告狀難的事件。李占軍要債五年、告狀一年多的經歷，向我們全面展示了中國社會法治的貧弱，如法官不能獨立辦案，縣長等長官們只「唯權」「唯上」不「唯實」「唯法」，信訪部門總是不負責任地將案件批轉原單位，等等。李占軍的勝利不是法律的勝利、公民的勝利，而是權力的勝利，使讀者體會到的是更加徹骨的悲涼。

法治觀念的淡薄還表現在我們對待律師的態度上。陳安先的《辯護律師》〔註 30〕寫到律師在中國的地位不高，即使在一些執法者的眼裏，律師也是

〔註 29〕蘇廷海：《通天狀》，見《被匿名信告紅……》，北京：中國文聯出版公司，1988
年版，第 204～246 頁。
〔註 30〕《花城》1987 年第 1 期。

可有可無的，廣東省潮陽縣法庭審判長在庭審過程中公然驅逐律師便是實例。作品藉此呼籲健全律師制度，完善民主法治，堅決杜絕以人治代替法治；同時肯定了律師在中國的民主法治建設中無可替代的重要作用。田天的《律師沒有沉默——一個眾所周知的困境》〔註31〕，以紮實的材料，通過全面記述和分析律師在我國的歷史、作用和不被重視的現實處境，更具體、深刻地探討了律師歷史地位與法治建設等問題。律師們反映，在當下中國當律師，好比負重登山，腰壓彎了，人累垮了，汗珠摔八瓣，山卻登不上去。一方面，律師懷著一顆護法濟世之心，不畏權勢、強勢、野蠻和愚昧，捍衛委託人的合法權益；另一方面，他們又不得不常常從眾多的案卷堆裏抬起疲憊的身軀，為自己的工作權利、人身安全而奔走呼號。在一些領導者眼裏，法律不過是嚇唬老百姓的，他們的心目中有權勢、上級、政策，但沒有法律；他們相信「文件治國」而不相信「法律治國」——歸根到底，還是一個「人治」，而律師則正是「人治」的障礙，故出現律師被打、被趕出法庭之事。此外，作品還揭示，在實際中，律師地位不明確，不能和公檢法一樣，有偵查權、覆議權、抗訴權等，律師其實一無所有，故有「先判後審」現象，即律師和法庭均為裝飾品。針對以上問題，作者嚴肅指出：律師是一個國家民主與法治的標誌，要想真正發揮律師在社會主義法治建設中的作用，必須首先以法律形式確定律師的政治地位，保障其工作權利和人生權利。總之，作品立足現實，從歷史與文化的角度全面探討了律師與法治的問題，具有較強的理論性和較普遍的現實意義。

總之，面對政治領域里長期形成的專制和人治傳統，該時期報告文學作家們大都自覺選擇了民主法治的現代觀念，某種程度上顯示了政治主體意識的自覺，他們以獨立的意識和嶄新的觀念觀察社會，直面現實中的體制弊端和文化缺陷，尋找到寫作的切入點，為執政黨的政治體制改革和整個社會的觀念進步而激情吶喊。

第二節　婚戀情愛傳統的透視

在中國，婚姻中滲透著大量的傳統思想和觀念。中國自古以來，婚姻就不是男女雙方的事情，它體現著更強烈的家庭倫理和更廣泛的社會內容，它是

〔註31〕《芳草》1989 年第 5 期。

中國傳統社會的核心關係——親緣關係的重要紐帶，甚至封建的皇帝也要用犧牲女人的辦法來維護皇家的統治，普通的臣民就更不在話下。婚姻被安裝在利益的鏈條上，唯如此，整個中國社會才得以順暢地運轉。至於婚姻的合法基礎——愛情，則常常是這個社會不道德的雜音，它常常以傷風敗俗的面目出現，幾乎沒有人敢於公開地將個人的愛情置於家族的和社會的利益之上，文學中即使偶有對愛情的歌頌，也常常是堅貞不渝、始終如一這些道德式說教，缺乏鮮活的人性內容。再至於性愛，就更是「洪水猛獸」，「存天理，滅人慾」不就是中國傳統文化的重要內容嗎？這種抹殺人的自然欲求的禁慾主義思潮在中國傳統社會一以貫之，中華人民共和國建立後不但沒有退出歷史舞臺，反而在「文革」中發展到極致。在「文革」文學中，男人和女人之間變成了純粹的同志關係，甚至要荒唐到取消他們正常的家庭生活，《沙家浜》中讓阿慶嫂的丈夫去「跑單幫」，《龍江頌》中用「光榮人家」的牌子來避免江水英和丈夫生活在一起，人成了只講奉獻沒有欲求的革命「機器」。曾幾何時，性愛成了反動階級腐化享樂的象徵，正面人物只能是被閹割了性慾的「高大全」形象，人的這種生命原力被徹底妖魔化了。

新時期以來，文學作品在艱難地開墾著婚戀情愛的荒漠，終於產生了像張賢亮的《男人的一半是女人》和王安憶的《小城之戀》《荒山之戀》《錦繡谷之戀》那樣的驚世駭俗的作品，其中所蘊含的女性解放、性愛自由和人的現代化觀念，強烈衝擊著我們的現實生活，拷問著我們婚戀情愛的傳統觀念。1980 年代新潮報告文學以對現實關注的深切，反映了性愛婚戀領域中文明與愚昧的衝突，揭露和批判了封建殘餘思想的強大與頑固，甚或從民族文化心理的更深層面，反思了當代中國的政治運動和文化選擇。

一、婚戀傳統的凝重思考

與商業文明更重視個體意識不同，中國作為農耕文明更重視群體意識，而這一群體意識的核心是「家」的觀念，依傍「家」所建立的親緣關係，是中國人處理人際關係和進行社會交往的主要依據，中國人沿著父母—兄弟姐妹—親戚—老鄉—朋友的思路延展著交往的網絡，非血緣關係也要千方百計轉化為血緣關係，於是聯姻、結拜等方法在中國傳統社會中大行其道。至於素不相識的陌生人的生死禍福，則根本不在一般中國人的思維範疇之內。

鑒於家庭觀念的根深蒂固和「孝悌」觀念的深入人心，中國人意欲建立

人人平等的現代觀念和尊重個體人權的現代意識就格外困難。進入新時期，尤其是 1980 年代中後期，隨著中國現代化進程的不斷深入，人們不得不將目光投向阻礙中國現代化的重要羈絆——陳舊的婚姻家庭觀念。人們發現，我們的婚姻家庭觀念中存在著太多的自以為是優秀文化傳統的封建糟粕，它幾乎束縛著我們每一個人的前進腳步。對此，1980 年代中後期新潮報告文學用力頗多，它從歷史、文化的高度和社會、倫理、道德、心理等視角，再現了當代中國婚姻家庭中文明與愚昧的衝突，對封建落後思想和傳統陋習進行了無情地批判，對現代文明和人的現代化寄予厚望。

報告文學中首先暴露的是中國現實生活中的封建式畸形婚姻。蘇曉康的《不結漿果的黃土地》〔註32〕分析了種種不正常的婚姻事實，如換妻、典妻、賣身等，指出這一方面源於中國社會的貧窮愚昧，另一方面歸因於封建主義傳統勢力的頑固，古老的婚約習俗，竟然可以超越於社會的進化之上而頑強地陳陳相因；更令人遺憾的是，社會主義的法律、輿論、幹部居然也出自本能地維護死亡的婚姻而排斥愛情與人性，致使法律與道德、人性相衝突。於此類似，麥天樞的《愛河橫流》〔註33〕將安徽定遠縣農村作為考察對象，詳細記述了大量私奔、換親、轉親、買親、童養媳等畸形的婚姻現象，揭示了當今農村中存在的保守、愚昧、落後、貧窮等問題，反映了傳統與現代的對立。安徽省定遠縣成了遠近聞名的男女「私奔」縣，記者採訪發現，全縣私奔對數是全部新婚總數的 10%以上，私奔讓定遠，讓安徽，讓每一個聞訊者咋舌瞠目。為什麼到了二十世紀八十年代，青年人相愛了卻不能正大光明地結合而必須「私奔」呢？自然源於父母尤其是女方父母的干預，干預的原因各不相同，但主要原因還是采禮，在女方父母看來，閨女是自己辛辛苦苦養大的，拱手給了別人當然於心不甘，索要一些采禮實屬再正常不過，於是采禮水漲船高，終於成為農民娶親時不堪承受的重負。作家使用了定遠縣一個調查組完成的一份《百個農民家庭請客送禮，鋪張浪費情況的調查》，關於采禮，其中寫道：

1. 禮儀次數增多。原來男女雙方見面、登記、結婚；現在有：
看門頭（相親）、會親、過采禮、結婚。

2. 禮費高。采禮項目增多。1980 年以前，男女雙方見面至親

〔註32〕《鴨綠江》1987 年第 7 期。
〔註33〕《中國作家》1987 年第 5 期。

相陪，婚姻訂妥，辦理登記至結婚，花費 400～500 元，購置衣服招待至親即可。如今看門頭費 600～800 元，會親費 400～500 元，過采禮 1500～2000 元。結婚請客招待、家具、被物等費用 2000～2500 元，四間瓦房（三間正房一間伙房），成了起碼的條件。一般人要娶媳婦得花萬元以上。

調查中，有的農民感歎地說：「兒子要媳婦，老子要命」，「媳婦進了門，父母丟了魂。新娘入洞房，父母想懸樑。」

為了結婚，「蔣集的謝長軍上弔了，爐橋的新郎喝『殺蟲劑』了，藕塘的新婚丈夫吃了安眠藥了……」在連溫飽尚沒有解決的中國農村，承擔如此高昂的婚姻費用，無異於謀財害命。

面對越來越難以承受的婚姻花費，人們表現出了超人的智慧，於是換親、轉親、買親、童養媳等畸形婚姻悄然興起。我們沒有理由去責備那些為了兒女的婚事操心費力的父老鄉親，中華人民共和國建立三十多年了，國家給他們帶來的仍然是貧窮和愚昧，讓他們活得仍然毫無尊嚴，能怪誰呢？

青年男女無法通過正常的渠道締結良緣，於是紛紛選擇既經濟又實用的「私奔」。王本霞與殷保龍私奔了，曹秀琴與於華鋒私奔了，汪金蘭與喬如意私奔了……作家指出，首先私奔是人性覺醒的必然結果。「不論是具體的男性、女性還是抽象的『人性』，造物主既然賦予了它們這讓人麻煩的『性』，那麼，無論埋沒、遺忘了多久，生活也終於會重新將它們啟動噴發。」私奔幾乎都是始於女性對愛情的大膽追求，它標誌著「田野崛起新女性」：「女性多麼熱情，愛情就多麼熱情；女性多麼冷靜，愛情便多麼冷靜；女性多麼堅定，愛情便多麼堅定。……在歷史將婚姻歸屬為男性單方面的事情或以男性為主的事情之後，女性的主動、自覺程度或許便包含了愛情的高尚程度以至社會的進步程度。」其次，私奔是現代文明與落後習俗、傳統道德相對抗的產物。「在自有的精神、性質的世界裏固守陣地」的人們，無法容忍青年男女對舊有習俗和道德的突破。有人認為女兒跟人家跑了，就是妓女，「丟人敗姓」，一家人的「清白」都被毀了；有人堅持祖宗代代相傳的「同姓不婚」的習俗，認為它是高於法的「法律」；有人堅守「輩份」不能亂的古訓，認為亂了輩份就「亂了套」，亂了村裡人們的生活秩序。祖宗留下的古訓五花八門，讓「懂得愛和珍惜愛」的青年男女的愛情失去了空間，於是，私奔產生了。然而，與舊有習俗和傳統道德相對抗，往往要付出血淚的代價。作者採訪中發現：「私奔之浪漫，

私奔之幸福，幾乎全部是用血和淚鑄造的。在定遠的土地上，青年人以私奔成就了多少家庭，相應地社會便醞釀了多少悲劇。」其中充滿了毀容、毀房、毀物、械鬥、自殺、斷交等等慘劇，形成嚴重的社會問題。更讓作者感到驚訝的是，面對如此嚴重的壓抑人性的社會習俗，有些黨員幹部卻認為不是「正事」，是芝麻綠豆的「小事」，不屑於勞神過問；有的領導幹部甚至發出了這樣的議論：「買賣也罷，私奔也罷，都是無組織無紀律，都是缺理想，沒拿出個好的典型來。前幾天電視上放那個解放軍的報告——他叫個什麼來著？那個斷了一條腿的，春節也在電視裏唱過歌！對對對，就是徐良——人家講得多好呀！那天我看電視，喝了四兩白酒，吃了四個豬蹄，一直就沒動過窩兒，真叫感人哪！如果我們的青年人都有這個覺悟，還搞私奔？你們團委、婦聯，應該好好抓幾個典型，咱們沒有電視臺，咱們可有喇叭、有廣播、有牆報呀……」這是一群怎樣的社會管理者！他們吸吮著傳統的奶汁卻以先進自居，他們做著舊道德的「精神堡壘」卻不自知，他們天然地蔑視人性、戒備愛情卻振振有詞。社會上充斥著這樣的領導幹部，青年人私奔的悲劇又深一層。

報告文學探討婚姻問題的另一個視角是離婚。李宏林的《八十年代離婚案》，蔣巍的《人生環形道》，謝致紅、黃江的《荒灘桑小做蠶難——一椿拖了二十八年的離婚糾紛》，曲蘭的《穿行在愛與不愛的小道上》，荒原的《婚變奇觀——當代中國家庭裂變初探》等，分別從不同的側面探討了中國家庭婚變中所蘊含的新與舊、文明與野蠻、情感與責任、自由與壓迫等的衝突，尤其從生理學、醫學、心理學、社會學等角度探討了當代中國女性的愛情和婚姻，頗多新思考和新認識。

這方面的傑作應算蘇曉康的《陰陽大裂變》〔註34〕。文章以典型且豐富的事例，全面深刻的分析和全方位的立體觀照，從宏觀和微觀相結合的視角剖析了現代婚姻，引起社會的廣泛關注和強烈反響。作者認為，改革開放使中國人的婚姻家庭觀念發生了巨大變革，人們開始從「無愛」的婚姻重負中抬起頭來，以符合人性的方式做出自己艱難的愛情選擇，婚姻的裂變現象不斷升級。作者說：「一種騷動、離異、衝撞乃至破碎的人生痛苦大概無可挽回地要伴隨著我們已經習慣於安寧、恬靜、恒定、平靜生活的中國人了。」

作者首先讓我們認識了這種「陰陽大裂變」是在怎樣的歷史背景上展開

〔註34〕《中國作家》1986年第5期。

的，長期封建家庭倫理秩序的頑固存留，使這場「裂變」本身就帶有了悲壯的色彩。作者調查了 100 例離婚案，其中 41 例涉及丈夫毒打妻子的嚴重情節，男方根本無視妻子的平等人權，他們認為丈夫管教妻子理所當然；28 例體現了典型的夫權思想，丈夫將女人視為自己的佔有物，例如，一對本來恩愛的夫妻，妻子不幸在值夜班時被人猥褻，丈夫竟以自身權力受到侵害為由，向法院起訴離婚；15 例因為男人發現妻子婚前失貞，即歧視虐待而終致離婚；還有的是丈夫在沒有真憑實據的情況下，即無端懷疑妻子不貞。面對著如此可憐的落後婚姻家庭觀念，作者沉痛地指出：中國婦女，「從根本上說不僅還沒有成為現代人，甚至還沒有獲得起碼的天賦人權，她們同丈夫的人身依附關係和在家庭裏的低下地位，客觀上決定了我國當代婚姻關係的穩定系數只能是很低的」。而作者認為，這種落後的婚姻家庭觀念的形成，與儒學在中國幾千年的倫理教化密不可分，它從根本上忽視了個人價值和個人主體意識，建立了一套義務大於權利的上下尊卑觀念。作者在這方面闡釋道：「中國傳統儒學把人看成是整體系統的微小一粒，人一降生就有數不清的義務：對君、對國、對父、對兄、對妻兒子女，卻從來不講他應該有些什麼權利。這同西方天賦人權的觀念正好倒個兒。人是有一些與生俱來的某種權利的，比如生命、財產、婚配、不容任何強力剝奪的關乎到人格尊嚴的權利。」針對有些人提出的中國離婚率的上升，是由於改革開放後受西方利己主義和性解放的腐朽觀念的影響的觀點，作者做了進一步考察。在天津市河西區抽樣調閱的一百例離婚案例中，當事人是工人職業的占 75%，初中文化程度以下的占 97%。北京西城區的抽樣情況於此類似，一百個破裂的家庭中，當事人為工人職業的占 73%，文化程度初中以下的占 60%。調查的結果表明，即使是在經濟文化都很發達的現代化大都市，離婚的高發層次，也是一些文化水平不高，婚姻觀念陳舊的人群，他們何嘗懂得「性解放」是怎麼一回事。因此，蘇曉康認為，我們再也不能習慣性地將社會問題的責任推給西方了，否則，我們將永無休止地在傳統的漩渦裏打轉，讓無數的男男女女繼續痛苦地做傳統道德的犧牲品。

「一池春水」被「吹皺」了，它還能復歸平靜嗎？蘇曉康告訴我們，一旦人們的自我意識覺醒了，傳統觀念便再也不能束縛住他們的心靈，他們開始對舊的婚姻標準、對已存的婚姻狀況做出新的評價和認識，他們開始注重個人情感的合乎人性的渲泄。一個女人以沒有愛情為由，要同她那個品行端正、

忠厚老實的丈夫離婚，甚至在社會各界引起一場大辯論。〔註35〕女工李玲的丈夫是大學生、工程師，且「聰明、勤快、好脾氣」，是典型的模範丈夫，但這一切對李玲來說並不是最重要的，最重要的是她與丈夫在思想感情上無法產生共鳴，當她陶醉在《藍色的多瑙河》的美妙旋律中時，丈夫卻發出「大嚼甘蔗的聲音」。矛盾似乎微不足道，裂縫卻無法彌補，她選擇了離異。「她」，擁有一個令人羨慕的「五好家庭」，擁有一個號稱「優秀黨員和先進工作者」的丈夫，但她卻不願意在這樣的光環下虛假地生活，她要過實實在在的女人的生活，她毫不猶豫地撲向了舊時的情人、一個蹲了九年大牢的刑滿釋放犯的懷中。在新的觀念的檢驗下，平衡被打破了，「這個表面上平平靜靜的五好家庭眨眼之間就崩潰了」。這些裂變現象，不再是傳統意義上的對舊有的婚姻關係的否定，女主人公由長期以來追求表面上的家庭「和諧」，轉變為追求心靈的和諧與默契，衡量婚姻家庭的標尺發生了根本的變化，有婚姻而無愛情的傳統家庭模式受到了「感情說」的強大挑戰。

　　《陰陽大裂變》還告訴人們，雖然法律已經賦予了婚姻以「感情」的內核，但人們的觀念並不適應。雖然有的女人為了愛情而勇敢地走向了反叛之路，但更多的女人卻無法擺脫在經濟上、觀念上對男人的依附關係，她們囿於家庭的小天地，很難成為社會女性，她們怎肯輕易離婚？再加上中國幾千年小農自然經濟所派生出來的觀念本能地譴責婚姻離異，本能地為維繫家庭而排斥感情，離婚也就天然地受到中國人尤其是中國女人的反對。只要看一看那些離婚案引發的悲劇，我們的心情就會無比沉重。王永貞在法庭上當眾服毒自殺，以生命捍衛自己名存實亡的婚姻；「他」進城後，在與「越來越不想」的鄉下妻子離婚遇阻後，兩次服毒自殺，終於在第二次喝下四百毫升「強酸」水後，再沒有醒來。更令人痛苦的是，男人和女人無論誰充當叛逆的角色，都會被帶到「道德法庭」接受審判，「陳世美」就是他們的道德罪名。數百年來，陳世美像一個死而不僵的幽靈，成為維護婚姻穩定者隨意張貼的咒符，人們尤其是男人們總是惴惴不安，生怕沾上這個罵名，一旦被這個咒符貼在身上，輕則丟官罷職，重則身敗名裂，家破人亡。毋庸置疑，現實生活中把女人當做玩物者有之，朝三暮四、朝秦暮楚者有之，我們自然不該一概而論。然而，生活環境的變化，文化素質的消長，官職地位的升遷等等，確乎

〔註35〕作者隱去了當事人姓名，當時的讀者們幾乎都知道，這個案子就是曾經廣受矚目的「遇羅錦離婚案」。

可以導致夫妻感情的變化，更何況，即使是兩個地位絕對平等的人，也難以保證他們的感情就始終如一。某縣醫院的丁大夫，五十年代末鬧饑荒的時候，父親白撿便宜給他領了一個黃皮寡瘦的小妮子做老婆，後來他考上了醫學專科，嫌乎她了，卻因懼怕各種壓力放棄了離婚的念頭。多年之後，他無奈地說：「人嘛，只能圖一頭。俺班上也有一位同學，饑荒時老婆要飯供他上學，可他後來把他扔了，從縣城調到省裏大醫院來，人家雖然背了個『陳世美』的罵名，可現在又有技術、又有識文斷字的年輕老婆，也算圖了一頭唄。俺班一共八十個學生，現在掐指數數，只剩下兩個沒離婚，我算一個。同他們比起來，我現在也最沒出息，家裏有拖累，離不開那個又窮又破的小縣城，麥秋兩季還得回家種地，大學裏喝的那點墨水快倒光了。我就是落了個好名聲，沒讓人家戳後脊樑。」言語中間，那種失落和無奈是顯而易見的，如果時光倒流，不知丁大夫會做何選擇？李勇極，研究生學歷，某警官學校教師兼做律師，他本身就是父母包辦婚姻的受害者，痛苦地忍受著無愛婚姻的折磨，同時又為別人辦理離婚案件，他說：「感情這東西，說不清也道不明，很細膩又很微妙，由於它只能是發自人類內心的精神現象，一般來說，也只有每個人對自己的感情擁有發言權，別的人既無法強求它，也無權妄加評論。一個人說他同妻子感情破裂了，我們就得讓他拿出證據來，而許多人其實是說不清楚的。有人認為感情是雙方的，你單方面說沒感情那不能成立，說實在，這是很荒謬的。我們不少搞法的人總把感情看作一種很具體、很簡單、可以在法院的桌子上捧捧打打、捏捏攘攘的對象，你要對他們說，我和我的妻子沒有共同語言，那等於白說。他們會說：什麼叫共同語言？兩條叫驢吼出聲來還不一樣呢，兩張嘴巴還能說出一樣的話來！……但我知道，文化層次上的隔閡，的確是一個讓人要命的隔閡，它像一片沙漠似的把人心隔開，有時又像絕緣體一樣難以穿越。」這些當事者的現身說法是令人深思的，地位、環境、閱歷等的變化，幾乎必然導致情感的變化，文學中歌頌的那種持久永恆的愛情在現實生活中幾乎是不存在的，它只是一個虛妄的幻影；在此情景下，是繼續維持無愛的婚姻，還是應該遵照內心的欲求追逐新的愛情，真是生活中的一個難題。

維持無愛的婚姻，從本質上說是不人道的，恰如恩格斯所說：「沒有愛情的婚姻是不道德的。」既然已經不愛了，又為什麼非要戴著僵死的婚姻枷鎖呢？人們常說年輕人犯錯誤上帝都會原諒，為什麼在婚戀方面的錯誤卻不能

原諒呢？在現實的中國，人們一旦放棄舊愛而追逐新歡，常常會引來千夫所指，終至身敗名裂。尤其令人不可思議的是，婚姻本來是兩個人之間的私事，政治力量卻總是要攙和其中，千方百計地阻撓人們離婚，將離婚與道德、職業、職稱、學歷、地位拴在一根繩上，失去婚姻也就意味著失去了做人的資格，愛情、婚姻的意義完全被扭曲了。公安部一對夫妻，結婚十幾年後男方提出離婚，女方以男方搞第三者為由拒絕離婚。法院第一次審理，認為女方指控男方搞第三者證據不足，且女方承認感情確已破裂，應該判離，然而單位領導出面阻撓，聲稱誰支持離婚，誰就別要黨籍，法院只好判駁；第二次審理，女方堅持既不和好，也不離婚，單位此時居然責令男方長期出差，致使男方不得不撤訴；第三次審理，長達七個月之久，法院調解無效，準備判離，區婦聯卻以保護婦女兒童權益為名阻撓；第四次審理，法院經過反覆查證，認為第三者問題無法認定，雙方亦無和好希望，決定在財產上充分考慮女方利益而調解離婚，此時單位領導又出面干涉，並聲稱「判離女方出事我們不管！」，法院考慮再三，只得勸男方撤訴，男方表示，一萬年也要離。在中國，稍為棘手一些的離婚案大都要「二進宮」、「三進宮」，許多當事人感歎離婚若不脫層皮別想過關，難怪人們唱歎「離婚之難，難於上青天！」。令我們不解的是，為什麼我們的各級組織、各個單位視離婚如寇讎，千方百計要將政治的魔爪伸到這一私人生活的領域。某雜誌社副主編李均的妻子王秀華心胸狹隘，無端猜忌丈夫，不准他同別的女人來往，跟蹤、偵察、監視，夫妻同床異夢，感情終至破裂。王秀華到雜誌社「一哭二鬧三喝藥」，雜誌社居然不分青紅皂白，撤銷了李均的副主編職務，並最終迫使李均下崗；法院和婦聯也未經調查，毅然站在了婦女一邊；新聞媒體更是推波助瀾，無原則地發表了王秀華的文章《請看當代陳世美的嘴臉》。李均被完全孤立了，他不得不將工作、事業、生活全都扔在一邊，以離婚為業，五年過去了，他還走在離婚的漫漫征程中。北京鋼鐵學院研究生余崇禮更是政治運動的犧牲品，其妻楊秀蘭無端懷疑丈夫與自己的好友張嘉光「長期通姦」，致使爭吵打鬧。楊秀蘭竟以余崇禮與「第三者」「長期通姦」，自己「遭受虐待」為由，向海淀區法院提起訴訟。張嘉光三次婦科檢查皆證明其尚為處女，本來法院因證據不足準備駁回，恰逢北京市開展「保護婦女兒童權益」活動需要典型，余崇禮反被海淀區法院公審，判刑一年零六個月。余崇禮上訴，海淀區法院舉行更審，面對律師和余崇禮本人強有力的無罪辯護，法院放棄了「虐待罪」的指控，

居然另判為「故意傷害罪」，量刑增至三年。致使《瞭望》週刊和《人民日報》也參與到為余崇禮洗刷罪名的行動當中。從上列婚姻糾紛中，我們看到了權力的霸道，表面上看，它似乎總是站在弱者一方以顯示自己的公平正義，但實質上，這是權力對人性的掩埋，權力擁有者在行政的時候，考慮的不是人的尊嚴和權利，而是社會的穩定，是國家的長治久安，是表面上的歌舞升平。不承認人的感情，也就是不承認人本身；不承認人，恰恰是因為我們把人當成革命的、政治的工具的必然結果。人是手段，而不是目的，是客體，而不是主體，自然不必也不配擁有主體意識強烈的愛情。在一個「全能政府」看來，人們的吃喝拉撒，事無鉅細，都應該納入政府的管轄範圍，它尤其注重愛情婚姻之中所蘊含著的教化功能和對個性的「閹割」效果。《陰陽大裂變》最後強調：「婚姻觀念的變革，是人的自我意識的一種發現，是整個思想解放主潮流的一部分，是沒法遏制的必然趨勢。」

《陰陽大裂變》是蘇曉康的社會憂思向另一個層面的開拓。在政治的維度之外，他開始從倫理學、社會學、文化學、人類學、心理學等多個視角探討那些社會變革中遇到的問題。這篇報告文學寫 1981 年新婚姻法頒布之後社會上所出現的離婚潮問題，但其立意並不在對離婚當事人的褒與貶。面對毅然拋棄沒有任何過錯丈夫的女人，面對感情破裂卻離婚不成而當庭自殺的男人，面對寧願兩敗俱傷也要糾纏下去的男女，作者不願意用政治的手段、法律的手段或道德的手段給他們簡單的褒貶。其目的十分明確，他要超越褒貶，將同情既施與被損害者也施與損害者，因為從本質上說，他們都是受害者。是中國傳統的婚姻觀、倫理觀、道德觀，給人們的心理戴上了沉重的枷鎖，不擺脫傳統觀念的陳陳相因，新的苦難還會不斷地上演。

蘇曉康借婚姻裂變而進行的倫理道德與價值觀念的反思，無疑是深刻的。然而，需要思考的問題是，婚姻的裂變僅僅與倫理和價值的選擇相關嗎？我們該如何理解那個甘願捨棄黨員幹部的丈夫而毅然撲向一個勞改犯的女人呢？感情能夠圓滿地解釋婚姻中的一切現象嗎？那麼，對於一個人感情的變動不拘又該如何看待呢？人的感情世界是一個浩瀚的宇宙，不從現代生理學、性科學的角度去分析，恐怕很難把握那隱秘世界背後更深層的原因。

婚姻家庭觀念的變革還引起了人們對「第三者」的重新認識。我們社會對「第三者」是深惡痛絕的，人們把她們當成是性愛淫亂、喜新厭舊甚或道德敗壞的代名詞，她們是破壞別人家庭的元兇，是影響社會穩定的不安定分子，

理應受到道德的譴責、法律的嚴懲。然而報告文學作家們卻從「感情論」出發，給予了「第三者」以應有的同情。蓮子的《南國風流》，劉丹的《第三者：玫瑰色的幽靈》，趙曉文的《「婚外戀」的衝擊波》，徐海觀、車澤湘的《「第三者」面面觀──經歷離婚、訴訟的婚外戀》，戴晴的《女重婚犯》等，分別從倫理學、社會學、心理學、法學等角度對「第三者」問題進行了深入地思考。他們首先肯定了這是一種對於感情的正常追求，不應橫加指責，更不應扼殺；其次認為在本質上它是對於已經死亡或行將死亡的婚姻關係的叛逆，也是對封建傳統婚姻觀念的挑戰。然而，這些作品的極限也僅僅在於承認了「第三者」的情感合法性，即他們為無愛的婚姻鳴不平，肯定了「第三者」對愛情的大膽追求。我們看到，這種肯定是有限度的，它僅僅指向那些專一地愛著對方態度十分嚴肅的「第三者」，因為她們不是在遊戲感情，而是以成為「第二者」為最終目的。這顯然有意或無意地迴避了「第三者」的本質。真正的「第三者」恰恰不以結婚為目的，她們根本無意於打破情人的家庭，她們甚至要求情人在妻子和自己之間搞好平衡，她們對婚姻、愛情和性有一種完全開放的嶄新認識，體現了 1980 年代人性解放的新高度。敢於做這方面嘗試的作家並不多，僅有戴晴、向婭、洛恪等幾位，但思考頗為難能可貴。向婭的《二十四人的性愛世界》〔註36〕以對十二對男女採訪實錄的形式，讓我們感受到了人性的豐富、複雜，其中所蘊涵的驚世駭俗的婚姻、愛情、性愛觀念，對傳統情愛觀念是一次重大衝擊。作者寫到這樣一個女人：她和丈夫都是「老三屆」，返城後被分在一個醫院裏，後又雙雙考入中國醫科大學，他們的愛情是如此甜蜜，甚至在短短的幾年時間出現了兩個蜜月期，兩性之愛的和諧與美滿讓他們終生難忘。然而，恰在此時，丈夫有了外遇，一個漂亮姑娘作為「第三者」介入了他們的生活。這個女人不但沒有受侮辱、受損害的感覺，她自信丈夫是仍然深愛著自己的，至於丈夫的出軌，她認為那是人性再正常不過的情感，完全不必大驚小怪，她對此絲毫沒有「醋意」。讓我們看一看這個女人的自述：

　　「很多人問過我，你們既然生活美滿和諧，怎麼會發生那件事情？既然兩性之間相互滿足，節外生枝又怎麼解釋？」

　　「其實，這並不矛盾。一個男人在愛著一個女人的同時又接受了另一個女人的愛，這在我看來毫不足怪。特別是我丈夫那種含蓄

〔註36〕向婭：《二十四人的性愛世界》，北京：作家出版社，1989年版。

而有內容的男人，標準的男子漢，本來就引姑娘矚目。而且，既然我能愛上他，別的姑娘愛他也就非常正常了。愛是一種美好的情感，儘管它有時會產生使人難堪的局面，但愛本身遠比恨珍貴得多。」

……

「我絕對不恨她。真正的愛，應該體現出博大。事實上，我當時吃得下，睡得著，非常超脫。人都可能在特定的情況下產生特定的感情，我理解他們的感情，也尊重他們的感情。他們的感情是真的，為什麼不該受到理解和尊重？她不是賣淫，他也沒有脅迫。只是他們太不超脫，太痛苦了，在我面前總有一種負罪感。他回來就拼命幹家務，而她與我碰面時總是低頭迴避。」

「其實，這大可不必。愛不是佔有。愛沒有罪。愛，就該給被愛者自由，人哪，如果常能設身處地將心比心，就能減去不少煩惱。」

「我知道，他們是不願意傷害我的，他們的關係決不以傷害我為前提。所以每逢周末，我都主動叫他請她來家裏玩，我們一起燒菜，做拔絲蘋果，情緒很高，一個喊：『行了行了，再熬糖就糊了！』一個喊：『不行不行，還沒出絲呢！』大家熱熱鬧鬧，愉快歡樂。我覺得我們都從中得到了某種滿足，我們都在盡力給對方理解，盡力給對方愉快，在這樣做的同時，完善自己內心的善和美。」

……

「後來，他忽然說，她要結婚了。我很意外，不對頭啊，哪能這麼快？我仔細琢磨她的心情，她可能又感激我，又怕這種關係不能長期平衡下去，想退出這個『三角』。」

「我去找她，這是我第一次去找她，過去從來沒找過。我們倆同歲，便開門見山。我說，『咱們都受過高等教育，告訴我，你是不是真愛那個人？如果愛，我祝福你；但如果你只是以此擺脫目前的處境，那你是蠢人。你要知道，這種現狀不僅不能毀了我，甚至不能傷害我。但草草嫁人，你會毀了你自己！』」

……

「後來麼，大約三年之後，她結婚了。是熱戀之後的婚姻，我替她高興。諾，這是我們兩家的合影。」〔註37〕

〔註37〕向婭：《二十四人的性愛世界》，北京：作家出版社，1989 年版，第 8～12 頁。

通常，一個女人會把丈夫的婚外情理解為「背叛」，這實際隱含著一種觀念——丈夫是屬於自己的，至少丈夫的性愛是屬於自己的，即這裡隱含著「只能愛一個人」的觀念。由此，一個女人往往會把丈夫的婚外情假定為「丈夫不愛我了」，再聯想到丈夫過去對自己的愛都是欺騙，那麼婚姻的天空就塌了。如果我們能認識到每個人的生命屬於自己，性愛也屬於自己，婚姻只是獲得分享的權力而非獨有的權力，那麼，對待婚外情的態度也許會完全不同。心理學上講，整個生命是通過體驗來完成的。只愛過一次和愛過三次的人，對愛的體驗是有差異的，體驗多的人會更懂得怎樣去愛，這與我們「從一而終」的婚姻道德觀念相衝突。西方一些國家，婚前是比較自由和開放的，青年男女對愛的體驗很多，到結婚的時候，他們對男女之事已經十分瞭解，他們清楚地知道自己到底想要什麼，此時再締結的婚姻就避免了很多盲目性，更能夠滿足雙方對事業、對社會關係、對自我發展的心理需求。況且，人性追求獨立和自由，「從一而終」的道德觀念意在取消這種獨立和自由，使人重新成為了婚姻的奴隸，「自我」得而復失。

這種嶄新的觀念，並不是僅僅用來苛責女人的，男人同樣需要。《二十四人的性愛世界》中即記述了這樣一個男人，他是一名頗受領導重視的前途遠大的軍人，在母親治病的醫院裏他認識了一個姑娘，她善良、漂亮、活潑開朗，但在性生活上卻很不「檢點」，被人們戲稱為「公共汽車」。但他很快墜入了愛河，他完全不在乎人們對她的指指點點，他與自己交往了三年的空姐女友分了手，甚至為了她放棄部隊的前途復員回家，他們結婚了。婚後，她仍然常有一宿的情人，他卻坦然處之。我們看記者對他的採訪：

「如果你不介意的話，請問你真的感到幸福嗎？哪怕在你妻子背叛你的時候？」

「請不要用背叛這個詞兒，」他的眉頭似乎微微皺了一下，「從我愛上她，不，從我迷戀上她的最初一刻起，就從來沒有像其他男人一樣要女方一遍一遍地賭咒發誓，保證心如古井，保證從一而終。這些信誓旦旦的保證有什麼意義？我不信獨佔一個沒味的女人能有多少幸福和愉快可言！我要求的是幸福的實質，而不是形式！所以，儘管她婚後常有一宿的情人，我也從來沒有產生她背叛我的感覺，更不會指責她。我清楚地知道，她是個善良、熱情、色彩豐富、感情飽滿的女人，她給我的幸福使我有權力傲視許多完完整整地

佔有妻子的靈魂和肉體、卻從沒有嘗到過真正的性愛的酣暢和痛快淋漓滋味兒的男人。」

「我想冒昧地問一句，你認為妻子能給你最大的快樂和滿足，但她又時常和別的男人在一起，這，不影響你們做愛時的情緒嗎？」

「當然不。我妻子給我帶來的只有快樂。我相信，如果當初我和那位空姐或者其他類似那位空姐的姑娘結了婚，性生活絕不會這麼快樂。我相信那一定十分彆扭，十分平淡，索然無味，我想我也許會變成性冷淡。」

「而現在，我愛我的妻子，無以復加，你大概早聽別人說過許多關於她的閒話，但實際上，在我們兩顆心之間並沒有別人，我們的家庭關係是穩固的，這一點我十分相信。」

「縱然她多次和別的男人有過那些事，但她畢竟是我的妻子，和我一起生活，關心我，體貼我，她從來沒有想要故意傷害我，她是把我當做一家人的。她給我的幸福、愉快遠比其他妻子給丈夫的多得多！而我的著眼點恰恰在這裡。」

「我注重的是我需要什麼樣的妻子，我應該怎樣生活，而不是別人有什麼樣的妻子，別人怎麼生活。」

「對待妻子的風流韻事我從來不吃醋，更不施以強暴，我太瞭解她了，這種瞭解達到比一般理解更深一步的程度，以至我當面遇見，也不會產生羞恥感或其他什麼讓人難堪的感覺。」

「有一次，我因為臨時有事回家一趟，發現門上了鎖，我連想都沒想就掏出鑰匙把門打開。結果，除了妻子，房裏還有一個男人。他非常慌亂，手顫抖著連皮帶也繫不上。妻也有些尷尬，她雖然不約束自己，但這些事畢竟不願讓我碰上。我笑了，想沖淡這種緊張氣氛。本來嘛，我又不是來捉姦的，是我打擾了別人，於是我友好地問那男人：『想喝點什麼嗎？』他胡亂地應了一聲『茶』。我想了想，建議道：『來杯咖啡吧，加點兒熱奶，外邊兒下雪呢，天挺冷。』他放鬆了，坐下來喝咖啡。離開時，他對我說：『你真是個男子漢！我懂得了什麼是了不起的男人。男人就該這麼叫人佩服！』」

「至於別人叫她『公共汽車』，說是誰都可以乘坐，這是不公平的。不尊重她的人，她連邊兒都不讓他挨！」

　　「我對我妻子是瞭解加理解，熱愛加迷戀，我一直對她說，她
不必改變她的生活方式，這絲毫傷害不了我。我們生活得很愉快。
　　有句名言道得好：誰幸福，誰知道。」〔註38〕

　　作者意在告訴我們，情愛是真誠的，純粹的，它做不得假，當你為了其
他目的假裝愛一個人的時候，你是很難煥發出愛的激情的；它同時又是熱烈
的，甚至是不顧一切的，它拒絕按部就班，也拒絕輕車熟路，它需要不斷有
源頭活水流入，這就如人的肌體需要血液循環，需要新陳代謝一樣。從感情
的角度講，人的感情並不是一池死水，分給的人多了剩給配偶的就必然會少，
相反，它恰似一泓清泉，取之不盡用之不竭，長期無人取用反而會腐臭變質。
鑒於此，對於第三者和婚外情，應該給予充分的理解和同情。作家認為，在
性愛問題上，人們無法擺脫的是道德上的束縛。然而，道德並不就是真理，
它往往打上了統治階級的深深的烙印，道德如果和正常的人性發生了衝突，
我們應該毫不猶豫地站在人性的一邊。

　　這是1980年代最具前衛性的婚戀觀，它要打破的恰恰是傳統觀念中的愛
情專一、婚姻穩定的道德說教，在他們看來，不道德的不是那些介入別人家
庭的第三者，而是沒有愛情卻千方百計維持現有婚姻穩定的人。

　　改革是一項系統工程，它的最終完成有賴於人的素養的全面提高和自我
意識的全面覺醒，1980年代的新潮報告文學作家們正是站在改革的立場上，
以婚姻愛情為突破口，呼喚著人的觀念的變革，真正實現中國社會和人的全
面現代化。

二、性愛問題的嚴肅探討

　　1988年12月22日，北京中國美術館舉行《油畫人體藝術大展》，轟動
了整個北京城，甚至震動波及全國。儘管門票漲了十倍，參觀的隊伍還是排
成望不見首尾的長龍。人們簇擁著、觀賞著，或滿面泛紅，或搖頭哂笑，或罵
罵咧咧。與此同時，外國人卻十分不解，一位外國藝術家說：「不可理解，這
個展覽為什麼在中國引起轟動？中國人只不過在炫耀技法，大眾也不過在欣
賞畫的像不像。而在西方，人體藝術已經有五百年的歷史，藝術家們已在注
意表現感受和思考——中國不可理解。」〔註39〕

〔註38〕向婭：《二十四人的性愛世界》，北京：作家出版社，1989年版，第93～102頁。
〔註39〕《中國青年報》1988年12月28日。

　　一個人體藝術畫展引起如此轟動，連參展的畫家也完全沒有想到。是不是人們一下子對藝術爆發了濃厚的興趣？畫家孟祿丁一語道破了天機，它「觸及到中國文化最敏感的神經」──「中國的性問題」。看一看一位社會學家在展覽會上的調查：青少年參觀者中，許多男孩生殖器勃起，甚至射精；有些女孩也感到性衝動並有所反應；成年人呢？從忸怩作態到故作鎮靜的種種神態中，都多少顯示出一種壓抑和不安；甚至畫家本人也在有意無意地抑制──油畫上那些冷漠的，彷彿大理石像般的人體身上，很難閃耀出鮮活的生命之火。無論如何，這躁動和不安的背後，表現的是中國人的「性饑渴」和「性待業」的現狀。人們不禁要問，在中國的「飲食文化」闊步走向世界的時候，為什麼「男女文化」卻付之闕如？難怪一位美國的當代文化學家對此大惑不解：中國文化結構中一直就缺少一個最基本最重要的方面──性文化，一個十一億人口，五千年歷史的古國，難道會沒有性及相應的文化形態，不可思議！〔註40〕

　　在中國文明演進的漫漫征程中，性愛幾乎沒有獲得過片刻的肯定，反而被異化為一種文化和道德的禁忌。時至今日，不少中國人仍對性愛深感困惑，或仍處於嚴重的性壓抑之中。

　　中國傳統的性愛觀是極為獨特的，它人為地把性與愛割裂開來，從根本上漠視性的愛欲功能和快樂原則，僅僅把性看成是傳宗接代、滿足社會需要的途徑，由此導致了中國的男女婚姻中性愛以生兒育女為旨歸，兩性之間的性愛愉悅和情感交流遭到了野蠻地蔑視和否定。《說文解字》是這樣解釋「昏」字的，「昏者，婚也，上以祭祖廟，下以延子嗣」，兩性婚姻只有面對家族和社會的需求時，才有它存在的合理性，至於其中男性和女性的個體感受，根本不值一提。所以，即使是古聖先賢在與配偶進行性行為時，也要公然聲明「為後也，非為色也」，因為為生育而性交是合理合法的，而為「色」性交則是卑劣下流的。

　　因此，長期以來，中國人視性愛為「萬惡之源」，性愛就是淫亂、下流、無恥、卑賤的同義詞，人們對性愛問題總是諱莫如深。同時，中國文化將人的社會性發揮到極致，而無限壓縮人的自然屬性，「存天理，滅人慾」的社會觀念被深植到每一個人的靈魂深處，甚至變成了每一個人的潛意識。於是，中國人千百年來遭受了沉重的性壓抑，不少人喪失了青春期的愛欲衝動，泯滅了人之為人的浪漫激情，甚至過早地呈現出一種早衰與老化的性愛心理。

〔註40〕《中國青年報》1989 年 1 月 4 日。

　　中華人民共和國建立以後，甚至到了 1980 年代，這種傳統的性愛觀念並沒有多少改觀，中國人大都生活在「被愛情遺忘的角落」，在性愛的黑暗巷道裏蝸行摸索，對此，1980 年代中後期報告文學有著深刻的反映。羅達成的《少男少女的隱秘世界》《青春的騷動》，麥天樞的《白夜——性問題採訪手記》《天荒——一個正常人與一個異常的世界》《性王國的隱秘世界——當代中國性文化探微》，季宇的《性醫學備忘錄》，向婭的《二十四人的性愛世界》，李顯福的《未婚同居者詠歎調》，尋堅的《夕陽下的騷動——老年人性問題採訪散記》，唐敏的《人工流產》，瘦馬的《人工大流產》等等，都從不同側面、不同層次上反映了中國性教育、性科學、性道德、性觀念的現狀，對性問題的人為禁錮而造成的種種社會問題進行了大膽揭示，呼籲人們關注和理解性科學。其中麥天樞的長篇報告文學《性王國的隱秘世界——當代中國性文化探微》〔註41〕堪稱集大成之作。

　　麥天樞在作品中記述了大量發生在 1980 年代的性愛悲劇。一個 24 歲的女人，結婚三年了居然不知道什麼是性生活，直到有一天在高粱地裏被人強姦後她才知道什麼叫女人，強姦竟然成了她人生的啟蒙課，一個月後，她鄭重其事地向法院提出訴訟，不是狀告強姦者，而是提起離婚申訴。虎林與菊英結婚五年了，就是要不上孩子，全家人急得到處尋醫問藥，可到大醫院一查，媳婦菊英竟然還是個處女，夫妻二人在尿道過了五年的性生活。玉成和秀英做了新郎新娘，可是半個月過去了，做婆婆的探聽到兩個人居然相安無事，純粹一對「傻娃」，婆婆只得指使幾個嫂子，當眾扒光了弟弟和弟媳的衣服，指導著他們「明房」。他一切發育正常，結婚兩年了，他深愛著自己美麗的妻子，卻不能做一個正常的丈夫，因為他只有看著妻子那個隱秘的部位才能興奮，一旦離開，就會失去一個男人的衝動和力量，這一切都是他少年時候的性壓抑造成的。她是一名 16 歲的北京某縣城中學的初二學生，她對自己的生長發育充滿了困惑，給某醫學科普雜誌來信說：「前年我就發現自己的小腹下頭、兩腿中間長了一些細毛毛，兩年了，沒有退掉，還越長越密，越長越長。我不知道這是不是病，如果是病別人有得的沒有？有沒有法子治？有沒有在藥房裏現成能買上的藥？」又一個她，13 歲的時候被自己的親生父親強姦，如此多年，她居然認為父親和女兒就是這樣的，天經地義，女兒是屬於父親的；直到進了大學，在閱讀、交談、觀察中，她才發現：別人的父親和

女兒並不是這樣一種關係。她與一個外地男人通姦,被民警赤條條地抓獲,成了一個千人所指的「壞女人」;人們搞不明白,她為什麼背棄了自己長相和人品都極佳的丈夫,卻與一個黑瘦矮醜的男人相好,而她本人卻並無悔意,聽聽她對警察說了些什麼:「你們哪裏知道女人是怎麼回事?他(指案中的她的相好)是個男人,我男人算不得男人!」「女人的事情,大概誰也說不清楚。」小馮和玲玲結婚了,在性知識方面幾乎為零;小馮考入了省城師範大學中文系,他想用自己獲得的性愛知識改造妻子,沒成想玲玲高聲哭叫,大罵他「流氓」、「壞東西」,蹬上衣褲奪門而出,並於第二天的早上搬來丈母娘對他的老父親破口大罵:「我家閨女是嫁給你家作媳婦的,可不是賣給你家當婊子的⋯⋯」

　　一椿椿、一件件,雖不可思議卻真實存在。性無知,是中國社會的一種普遍現象。它固然應該歸罪於長期愚昧落後思想的毒害,但中華人民共和國建立後的新政權亦有不可推卸的責任。1949 年後,從法律層面保障了婦女的平等權利,婦女開始走出家門,參與到廣泛的社會活動中;但同時新政權又害怕男女的自由接觸會導致淫亂,加緊了社會對性的控制。為數眾多的各種政治運動,在規範人們思想的同時,也將禁慾觀念進行了強化。從此,性與政治即有了不可分割的關係,任何逾越政治要求的性愛行為都成了「政治錯誤」,「男女關係」也具有了它特定的政治含義,人們避之唯恐不及,於是在男女之間有一道無形的壁壘森然而立。六十年代中期,中國公然宣布性病和蒼蠅一起被徹底消滅了,於是,有關性病的教學被逐出了醫學院的課程,「性」這一概念幾乎完全在我們這一片國土消失了,與「性」有關的性科學、性教育也完全絕跡。文學中的性描寫被掃除一空,即使稍有影射,都在劫難逃。文革中,隨著「橫掃一切牛鬼蛇神」運動的開展,古今中外的幾乎所有文明成果,都被作為「封、資、修」的東西而禁燬,涉及「性」的「黃色書刊」更是不在話下,甚至「愛」也成為禁區,「愛情」一詞也從社會生活中消失了。不僅如此,連「漂亮」和「美」也成了禁忌,電影《上甘嶺》的插曲《我的祖國》中因有一句「姑娘好像花兒一樣」,即被斥為「資產階級黃色歌曲」而遭禁,甚至連累電影《上甘嶺》被禁映。整個國家,清一色的服裝,清一色的語言,清一色的動作,清一色的表情,大儒朱熹數百年來沒有實現的「革盡人慾」的美好理想,終於在社會主義的中國實現了。

　　這種禁慾主義的後果是形成了幾代人的性蒙昧,他們的性觀念史無前例地變態、可怕,幾乎每一個人都成為外在的強大道德體系的助手,扼殺著有血

有肉的生命體的愛欲本能。甚至直到1980年代，整個社會仍然在這種陰雲的籠罩之中。

首先，是關於禁慾主義的嚴肅探討。麥天樞的《性王國的隱秘世界——當代中國性文化探微》頗有成就。

第一，禁慾的社會和家庭環境。1987年初，《科學之友》雜誌首期印成，雜誌社負責人在自審時發現，刊物的封二印了幾幅意在表明人體科學的裸體圖畫，他們認為犯了嚴重的政治錯誤。為了以最經濟的辦法改正錯誤，他們請來一批中學生，拿紅筆、藍筆、黑筆、鉛筆、毛筆、鋼筆、圓珠筆，晝夜加班為那些簡單的圖畫描褲衩……同樣是1987年，24歲的農村姑娘楊某某考入一家美術學院做人體模特，她為了藝術而裸露了自己青春美麗的身體，也因此犯下了不可饒恕的罪過。家人、親戚、同學甚至衣著鮮亮滿口新名詞的大學生，合起來以無所不及的凌辱唾棄了她，她終於承受不住折磨，精神崩潰了。《中國青年報》刊登了這位姑娘的照片：表情麻木，兩眼呆直，嘴角不能自控地流著涎水。1988年夏天，北京自然博物館籌備了一個名為《人之由來》的展覽，意在向人們直觀地提供關於生命，關於人的知識和啟示。展覽開幕當天，博物館的主管領導卻武斷地取消了展覽，原因是其中有幾幅法國國立博物館提供的男女抱在一起的照片，並配有這樣的解說詞：「男女結合後的性行為導致男女生殖細胞的結合，為新生命的誕生奠定了基礎。」他們的理由是，光屁股的東西，會引起小青年的好奇心……

這種性的禁忌也幾乎籠罩著我們每一個家庭。她15歲上高中那年，青春期的感情萌動使她喜歡上了一個男生，他們一起上學，一起放學，一起上溜冰場，甚至一起看了一次電影。班主任就此以嚴肅的態度進行了一次「家訪」，父母像塌了天一樣將她關在家裏，打耳光，抽鞋底，訓罵了整整一天。從此，她變得孤僻了，尤其不願與男生交往，久而久之，到了談戀愛的年齡，她突然發現，她打心眼裏厭惡男性，厭惡作為婚姻將要發生的一切。另一個她，從小也接受了與此相類的家庭教育。小學放學路上，母親會說：「看那×家丫頭，花裏胡哨的，長大了準沒個好！」她開始自覺認同「樸素」；電視機前，母親說：「看這姑娘那眼神，都把那小夥子吃了，活像個妓女！」於是，她下意識地認為自己對異性的衝動是恥辱的。後來她結婚了，還有了孩子，可是她對男女之事卻感覺不到一點點快樂。她對自己的姐姐說：「……咋辦呢？我實在煩透了，有時都覺得噁心，怕傷他心，強忍著……」

社會和家庭在對待性的問題上是如此和諧一致，人被剝奪了瞭解人體的權利，也被剝奪了瞭解性的權利。作者認為，這是一種性問題上的神秘主義，它歸根結蒂是要壓制人的解放。作者說：「『文明』！這是一種什麼『文明』？一旦連人本身徹底地神秘化，一旦使古以陰陽今以陰陽生存著的生物種類弄得不知何為性、何為愛、何為婚姻，這『文明』是為人呢，還是為大多數人之外別的什麼東西的呢？」

第二，對「越軌」者的懲罰。性無知、性壓抑、性變態，在我們這個社會，是從來沒有人以為異常的，相反，那些欲在性愛方面違背常規的人，則要引來社會的加倍懲罰。玉兒的父母為了填飽肚子，將 16 歲的如鮮花一樣的玉兒嫁給了 32 歲的患有小兒麻痺症的二瘸，艱難封閉的生活使他們多年相安無事。改革開放後，玉兒出去跑生意，與別的男人相好，才第一次知道了做女人是啥滋味，她找到鎮民政幹事要求離婚。民政幹事聽了她的離婚理由，斬釘截鐵地說：為了什麼離婚都可以考慮，為了這個離婚可是不行，這感情那感情，還不是城裏的公狗會耍女人？咱可不能鼓勵流氓行為！村裏鎮裏也一邊倒同情二瘸，鎮治保會的幹部認為「這樣的女人不能不治」，最好的辦法是「臊她臉面讓她見不得人」，於是，玉兒被掛了「破鞋」遊街。在中國這塊土地上，性的狀態不能成為一個女人選擇配偶的理由，相反，性的覺醒是要付出代價的。有人將玉兒的故事寫成報告文學，尖銳地指出：「人們只知道憎惡一個女人不知道羞恥地追求性刺激的罪惡，為什麼不去同情更多的女人死人一樣地活著？……」該報告文學卻連投數家未能發表，一位編輯在退稿信中說：「以如此的筆調寫一個畢竟是墮落了的女人，社會不容易接受。」

她，從朋友處借來了《查泰萊人的情人》一書，準備晚上在被窩裏與丈夫一起看，沒成想丈夫卻奪過書狠狠地摔在地板上，朝著她使勁地「呸」了一口，罵道：「哪個正經的女人看這些東西，你總不是準備了去做誰個的情人，去當妓女！」從此，丈夫開始對她明察暗訪，處處懷疑，終於導致離婚。事情傳到廠領導的耳朵裏，這位對工廠連年虧損束手無策的黨委書記在職工大會上對著麥克風講：「……自由化可是隨時隨地、無孔不入的。比如說吧，我們廠裏的一個女工，就偷著看一本上面正在查禁的黃書，結果把一個很不錯的小家庭也看得分開過了……」

男人是個村幹部，低矮粗黑，滿口被煙捲薰黑的大板牙，女人白淨鮮亮，小男人十歲。男人時刻提防著女人，女人哪怕是和村上的男人說句話，也要

引來一頓毒打。他終於想出一個好主意，在女人的陰唇上燙上「鎖眼」，上了一把將軍牌的鐵鎖，只有自己發洩肉慾的時候，才把鎖打開。女人的下身從此出血、發炎、滴濃、流液，被折磨得死去活來。她忍受著，以至於鏽壞了三把鎖。

　　作者認識到，幾乎社會上的每一個普通人，都在竭力維護著這種性的禁忌，時刻給予「越軌者」以無形的壓力。一個人，尤其是一個女人，在中國社會看來，好與壞的標準是對待性的專一和無知程度。一個性無知的女人，可以老老實實地依附於一個哪怕是再平庸的男人，給男人更多的安全感和穩定感，使他們不必考慮因缺乏創造性和生活的激情而面臨的威脅；相反，「一個對性生活有理解有追求的女性，會用心靈揮舞一根無形的鞭子，驅使她的性對象不斷提供新的精神內容」，這樣，男人將不能再舒舒服服地飽食終日。那麼，男人就不需要男女身心交合的性歡愉嗎？他們自然也心嚮往之，但與喚起女人性愛的激情相比，他們大概寧願選擇前者。作者總結道：「女人的覺醒程序是性觀念革命的重要前提。要使女人成為有生命激情、有能力平等地追求個性解放和生命實現的女人，第一個目標是使女人成為女人。」

　　第三，禁慾主義與政治。社會的選擇有時往往就是政治的選擇或源於政治的引導。作者讓我們看到了禁慾與政治密不可分的關係。

　　她從 19 歲剛跨出校門，便決定實踐毛澤東主席「女人能頂半邊天」的教導，報名參加了電子局勞動科野外架線班，從此，她成為局領導重點扶持的「社會主義新生事物」，「鐵姑娘」、「模範工人」、「先進幹部」、「三八紅旗手」的榮譽紛至沓來。榮譽強化了她的政治生命，為了「向國慶獻禮」，她新婚僅七天便奔赴支農架線；孩子剛滿月，她便去「帶電作業」，因勞累當場暈倒而倒掛在電線杆上；省裏開人民代表大會，她散會後沒有回家，徑直上了工地，「要把開會耽誤的時間奪回來」……政治已經從每一個細胞塑造了她，塑造得如此嚴密，如此成熟，如此精細，以至於作為一個女人的細胞在她的身體內難以成活，以至於丈夫在和她做愛時總是恨恨地責罵：「一截子臭木頭！」

　　她，擁有一個「五好家庭」，擁有一個「捨己為人」、「身殘志不殘」的英雄丈夫，自己也擁有「三八紅旗手」、「新長征突擊手」、「五講四美三熱愛標兵」的榮譽。但她並不幸福，她想離開自己的丈夫，去做一回真正的女人。她原是一名中學教師，感動於報紙上他捨己救人的英雄事蹟，自願照顧殘廢的

他一輩子。他們很快結婚了，她發現他完全失去了性生活的能力，她以強大的意志力忍耐了五年，終於有一天她再也克制不住欲念的衝撞，試探著向丈夫提出了離婚。此時，人們流水般地來家「做工作」，語重心長地勸導她、告誡她，要她明白這樁婚事已經成為社會的精神財富，教育激勵了千萬的人們，現在突然又離婚，怎麼向社會交待？更有人向她推薦了一批關於思想修養的書，勸她加強學習，不斷地超越自我，擺脫狹隘的個人主義，如此等等。面對輿論和社會的重重壓力，她退卻了，她決心以徹底的犧牲來提供這個社會需要的供品。

某化工廠氣化班「轟轟烈烈」地鬧了一次「性手冊風波」，原因是該氣化班的七名員工有六人看了由人民衛生出版社出版的《性知識手冊》一書。車間支部副書記認為這是一本「淫穢書籍」，看這種書標誌著這些同志思想不健康，一定要藉此機會加強「政治思想」教育。他因此開展了一場馬拉松式的談話運動，全班組人員下班後一一被留下談話，有的談了三次，有的談了四次，最少的也談了兩次，談完話之後還要寫「思想彙報」，真個是搞的「滿廠風雨」。除此之外，領導們還會採用上下論定、先進評比、榮譽賜予等方式獎勵老實巴交、清心寡欲，甚至是愚昧無知的人，以此引導一種非正常的做人趨向。

在中國，政治似乎格外喜歡那種在性的問題上一無所知的年輕人。作者說：「在我們的實際生活中，不論男性還是女性，往往你越沒有自身的表現力（包括青春、美的表現），在與性有關的一切方面，你越是表現得愚昧無知，清心寡欲，像個世外的天人，你便越是受到社會的好評，得到『政治』的鼓勵。如果說這是一種道德的力量，倒不如說是一種價值觀的力量——由好壞區分、上下論定、先進評比、榮譽賜予等方式和因素形成的社會價值體系，由此頑強地規定和引導著一種非正常的做人趨向。」因此，政治要強化性禁忌，製造性禁區，「中國是個禁區王國，性是禁區中的禁區。中國有很多原則，性是原則中的原則」。作者禁不住要問的是：「為什麼我們的同胞，在與性有關的問題上，怎麼總習慣於用政治和倫理的眼光去審視？是我們的道德老早就發生了內涵上的偏狹，只有性問題才是道德問題？還是我們把性的問題弄錯了，把它全部弄進了道德的糞池？是我們的政治太強硬了，一古腦兒把人的生產消費起居飲食婚姻嫁娶當然包括性全部收攏走了？還是性也是一種財物，只有在無限的禁錮中才能無限地佔有？」

　　麥天樞在這裡觸及到了一個敏感的話題，雖然他是點到即止，我們卻能夠心領神會：禁慾主義與專制統治密不可分。專制統治的核心是製造順民，製造順民的手段是愚民，其關鍵是使人不具有獨立意識和獨立人格，表現在性愛方面即是性蒙昧和性無知。性的解放必然以人的自身解放為前提，壓抑人的性慾，最終目的是壓抑人的自我意識，從而達到奴役人的目的。

　　這種禁慾與政治的關係在其他作家的筆下也有體現。趙瑜的報告文學《強國夢》〔註42〕是對中國體育界種種弊端揭批的力作。其中披露，中國體育界性壓抑現象相當普遍，運動隊的領導和教練像預防瘟疫那樣防範著愛情，如果運動員像正常人一樣對異性產生了愛戀之情，運動隊是決不姑息的，他們在批評、勸阻之外，不惜開除出隊。而受到處分的運動員不但沒有人據理力爭，相反還常常有低人一等的羞恥感，甚至有人人性受到極大的扭曲。作者尖銳地質問：「中國的運動員為什麼不可以像正常人那樣戀愛結婚？」他將此與國外的情況對比發現，世界上許多創造了驚人紀錄的體育明星都是結了婚的人，或是領著對象滿世界跑的人。我們強調什麼理由呢？愛國！我們將政治高高地凌駕於了人性之上，為了「高尚」的愛國的情感，拋棄「卑下」的性慾衝動是多麼合情合理！

　　綜上所述，政治就是這樣，為了製造自己的神話，哪怕僅僅是為了維持現有的秩序，它不惜壓抑人的自然欲求，最大限度地提升人的社會性，直至在人們的心靈深處根植下一種重精神、諱肉體的道德的「爬牆虎」。久而久之，我們羞於談性、恥於談性，甚至從內心深處產生一種對性的骯髒感和罪惡感。於是我們認為，來自政治的和社會的性壓抑是合理的，甚至是必要的，我們克制不住自己理應受到懲罰。令我們疑惑不解的是，政治為什麼總是與快樂為敵，它看不得人們臉上洋溢的青春的滿足的笑容，它看不得人性的舒展和張揚，它甚至看不得孩子們無憂無慮的嬉戲打鬧。人們一批一批地從政治的龐大機器裏穿過，走出來時便都變成了死氣沉沉、無棱無角的「成品」。

　　然而，除非我們總是躺在傳統的溫床上呼呼睡去，否則，我們就必須像其他人類一樣向現代化進軍，而社會的現代化必然以人的現代化為前提，沒有人的覺醒和解放，現代化勢必成為無源之水、無本之木。人的解放首要的是人的情感從各種各樣的束縛中解放出來，還原人的天性，用馬克思的話說就是「人本身是人的最高本質」，因此，就必須承認和滿足人的自然屬性中的

〔註42〕《當代》1988 年第 2 期。

各種欲求，從而完成人的自我實現。反過來，人的自我實現需要人自我確證自身的價值，即「我選擇，我負責」；如果人的自身價值需要神來確證，那麼人就會成為神的奴僕，完全被異化為沒有自尊、自信和自我思想的非人，歐洲中世紀就是實例，所以歐洲中世紀又被稱為「黑暗的世紀」；如果人的價值需要皇帝和權力來確證，那麼人就會成為皇帝和權力的奴隸，中國幾千年的專制帝制，個人又何曾有過尊嚴？因此，人的自我實現排斥一切形式的專制，在一個充分尊重個體自由的社會裏，或者說一個現代社會裏，社會應該充分尊重人的自由意志，人的自我實現就是人的社會實現，此時，人才真正地獲得了自由。那種以種種理由限制人的自由的制度，不管打著怎樣的旗幟招搖過市，其本質還是專制鏈條上的一環，是人類通向「自由之路」的死敵。

其次，報告文學探討的另一個重點是性教育。麥天樞的《天荒──一個正常的人與一個異常的世界》〔註43〕引用的陳仲舜教授的病例案卷：「中學生在生命的衝動中驚恐地顫慄；大學生在失卻昇華又不得排泄的壓抑中自輕自賤；瘋狂的女人沒明沒夜地撕扯著男人的肉體和靈魂；生命和社會的陽痿者被妻子和社會推來搡去；未得人世情歡的男兒在朽污的無情物上寄託情愛；人性或非人性的變態者在追逐死亡般的迷亂中痛苦地呼號；壓在生身之父沉重的軀體下的女兒掙扎著期盼救援；沉遊於夢幻中的自娛者哀歎天下沒有一滴清醒劑……」這些案卷堆積出一個病態的性的世界，它的病根是性無知和性壓抑。因此，性教育，尤其是青春期性教育就變得至關重要。然而，報告文學顯示，我們的性教育開展卻遇到了重重阻力。

麥天樞的《白夜──性問題採訪手記》〔註44〕記述，某縣一中年輕的心理課老師王文青，在課堂上開墾性知識教育的處女地，很快引來學生家長們的質疑，他們擔心孩子「學壞」，一方面準備給孩子轉學，一方面進行集體上訪；縣教育局、縣長、縣委書記紛紛責令學校：中學教育要把握好方向，不能讓不健康的思想把學生引向邪路。王文青在第三個星期的課還沒有上完的時候，就被迫停課檢查，他在社會上和學生眼中，像犯了什麼錯誤似的抬不起頭來。他向記者歎息道：「性問題是個地雷，踩不得。」同時他又百思不得其解：「一個健康文明的社會，為什麼從上到下懼怕一個很自然的問題呢？」

〔註43〕《文匯月刊》1988 年第 10 期。
〔註44〕《人世間》1989 年第 1 期。

另據《性王國的隱秘世界──當代中國性文化探微》，兩個年輕人辦了個刊物叫《康樂》，每天收到許多關於性、關於夫妻生活的來信，於是他們在刊物上開辦了「夫妻生活」、「人體科學」、「女子世界」等欄目，刊登一些有關性知識方面的內容，開展初級的性知識普及教育。雜誌很快成為全國同類雜誌中「口碑最盛」、「效率最高」的刊物。省衛生廳的頭頭很快注意到了這個「危險品」，於是，那些關於「性」的文章被羅列出來，大會批小會講，這個說「黃色」，那個罵「下流」；在隨後的反自由化運動中，省委常委、宣傳部長在講話中斷定該雜誌「內容低級下流」，「編輯思想不端正」，「受資產階級自由化影響明顯」。因此而被政治家宣判了死刑。

《天荒──一個正常的人與一個異常的世界》還講述了一個性學教授的故事。陳仲舜，原天津醫學院教授，著名性心理專家。弗洛伊德的再傳弟子，中國第一個臨床精神分析的實驗者，卻也因弗洛伊德而終生負罪：50年代因此當「右派」，60年代因此拉板車，70年代因此扯大鋸，80年代還因此受批判。他回校工作後，以滿腔的熱情投入到教育和科研中去。他在教室裏開性心理課程，他在教研室裏主持性科學研究課題，他走向社會作多方面的關於性狀態的社會調查，他開設性心理諮詢門診……他要將自己的餘生貢獻給中國的性科學事業。但是，他卻總是遇到來自各方面的干擾：報社請他開設性知識教育專欄，校黨委一口回絕：「陳老師盡胡鬧，我們怎麼能幹這個！」他建議青年組織為有心理障礙的男女搞診療聯誼會，有關領導出來干預，認為他是「不務正業」；一個研究生班向他頒發了主講精神分析課的聘書，學校卻派人阻止終至取消；有個系準備請他主辦講座，沒人說聲為什麼就有人派員去把海報撕了。最終，他開設的心理課程被取消了，他作常務編委的一份大眾醫學刊物被停刊了，除了在醫院的一個心理診所之外，他被中斷了幾乎所有的社會學術活動；學校還責令他就自己的教育和科研寫「檢查」，進而要他「徹底地批判弗洛伊德」；最後是學校領導婉言勸其離休，他終於被一所社會主義的學府驅逐了。正如他向記者感歎時所說：「幹什麼行業都沒有研究性科學的社會負擔重。社會各方面因素合起來，像堵大牆，把你擋在生命痛苦的另一面，好像那邊失了火，你想去救，卻有千百隻手把你攔住，拽住，死不撒手。」

中國性教育的落後現狀甚至引發了青年女大學生的極度的社會責任感，1987年春，誕生了一封校園中廣為傳誦的女大學生致法官的公開信：

尊敬的法官同志：

為什麼對性的認識和評價，總以為是「低級下流」、「越軌」、「玩弄」，而不是生命的表現，創造的力量，情感的昇華？

為什麼對待性的方式，總是神秘的以至無知，總是嫖客式的粗俗，士大夫式的猥瑣，而不是坦然、明朗的態度，莊重而充滿歡欣的奉獻？

為什麼處理性的問題的手段，更多只是清除、壓制、管束，而不是人道主義的理解和寬容，更為文明的引導和教育，更加適應現代化社會的變通？

為什麼對性問題的首要考慮，總是社會的「安定和穩固」而不是社會進步的需要，變革現狀的需要？

為什麼判斷性問題的唯一標準，就只是「是否符合傳統道德」？我們難道就不能去建立一種新的道德觀念和社會輿論，據以衡量和評價現代社會的性問題？

為什麼人們對性問題的關注，總是停留在「是否出格越軌」上，而對和縱慾放蕩同樣嚴重影響人們身心健康的壓抑，性困擾則漠然置之或一味壓抑？

為什麼人們的性過錯，會被那麼必然，那麼頑強地和人的整個品質和價值聯繫在一起？「失足」則失一生，這公正嗎？為什麼？

……

憑心想一想，五四以來，我們的社會在突破封建性道德，建立新的性觀念上，究竟走了多遠？除了「包辦婚姻」聲名狼藉但遠未絕跡以外，就連法律認可的無可非議的「自由戀愛」也侷限於陌生的青年男女由人引見認識，若是中年老年，非議就來，若是一再戀愛，責難更是在所難免，依照今天有些人的觀念，就連秋瑾、郭沫若、魯迅、丁玲甚至孫中山，也在劫難逃，至少是「傑出」、「優秀」不起來。

我們除了分享無數仁人志士熱血青年數千年前就爭取的那些成果之外，是不是也該為自己，為後代做些什麼？

謹上

敗筆之處請多鑒諒×××〔註45〕

〔註45〕麥天樞：《性王國的隱秘世界──當代中國性文化探微》，《人世間》1989 年第 1 期。

信件表現了當代大學生對中國變態的性道德觀念和落後的性教育的嚴重不滿，意在喚起人們對性教育的重視。香港性教育促進會呼籲：沒有性教育的教育是殘缺的教育。世界衛生組織提出：性教育的目的在於促進人類的性健康。但是，在中國，二十世紀八十年代將盡，性教育仍舊進退兩難，性罪惡的觀點依然嚴重阻礙著性教育的開展。由於性教育觀念的封閉落後，醫學專家估計，中國的成年人中至少有 5000 萬人患性生理和性心理疾病，性愚昧已經成為中國人最大的隱痛。1988 年 7 月 1 日《中國青年報》也忍不住發文質問：在 1980 年代中國大地上，公開、適時、科學的性教育究竟還要多久，才能不用「語錄」開道，登上人生的大殿？

總之，報告文學以科學和理性的精神對 1980 年代中國的性愛問題進行了嚴肅地探討。首先展示了中國現實社會中性蒙昧、性愚昧、性污穢、性恐懼、性神秘、性犯罪等的嚴酷現狀，以及因此而給予個人、家庭和社會造成的不幸和悲劇，讓潛藏在平靜安穩的地表之下的性問題浮出地表；繼而討論了社會中廣泛存在的性封閉、性禁錮等禁慾主義傾向，不僅將矛頭指向保守落後的傳統道德文化，更將矛頭指向現實政治，深刻反思了將人的性愛問題政治化的社會心理，批駁了把性教育和性科學與色情、性混亂混為一談的錯誤觀點。

這種嚴肅的探討對於更新人們的性愛觀念，並繼而借性愛問題反思我們的政治和文化，具有很好的啟示作用。一個人，性愛觀念是陳腐的、落後的，甚至是變態的，他又怎麼可能是一個現代人。一個談「性」色變的國家，又怎麼可以自稱是一個現代國家。性愛觀念是衡量一個人、一個國家現代化的重要尺度。這些 1980 年代報告文學作家們思考的問題，今天仍然值得我們真誠地面對。

第三節　經濟意識嬗變的思考

中國的改革首先必須實現的是經濟意識的覺醒，人們必須從長期的計劃經濟的束縛中解放出來，接受商品經濟觀念的洗禮。然而，實踐證明，這一過程是十分艱難的。1980 年代中後期報告文學中有大量的作品考察了商品經濟觀念在中國社會艱難萌芽的過程。這些作品主要有：王立新的《毛澤東以後的歲月——1978～1980：安徽農村紀實》，謝德輝的《錢，瘋狂的困獸》，

李延國、臨青的《虎年通緝令》，李樹喜的《陣痛》，喬邁的《防爆廠的「爆炸性」試驗》，賈魯生、丁鋼的《未能走出「磨坊」的廠長》，賈魯生的《亞細亞怪圈》和《莊園驚夢——發生在中國黃金第一村的故事》，周嘉俊的《步鑫生現象的反思》，盧躍剛的《創世紀荒誕：「傻子瓜子」興衰記》，張嵩山的《傻子瓜子衰微錄》，凌世學的《「傻子瓜子」落難記》，楊守松的《小財主，還是資本家》，王志綱、江佐中的《百萬「移民」下江南》，馬立誠的《「蛇口風波」始末》等。

一、傳統經濟意識的再現

　　新時期以來，雖然中國的經濟體制改革進行得如火如荼，但觀念領域的變革卻嚴重滯後，人們的經濟意識難以從長期的政治束縛中解放出來，傳統經濟觀念對改革造成嚴重阻礙。1980 年代報告文學對傳統經濟意識的暴露是全方位的。

　　報告文學首先表現了人們對私營經濟和商品經濟的恐懼。王立新的報告文學《毛澤東以後的歲月——1978～1980：安徽農村紀實》〔註46〕詳實地記述了傳統社會對經濟意識變革的恐懼。作品首先回顧了「一大二公」、「大躍進」、「以階級鬥爭為綱」、「農業學大寨」等一系列的「大呼隆」給安徽農民帶來的深重災難，使人們開始認識到，本來農民靠自己的自發勞動就可以填飽肚子，甚至發家致富，一次又一次的政治運動卻總是讓他們夢想成空，甚至食不能果腹，衣不能蔽體。我們的經濟試驗在農民身上已經徹底失敗了，為什麼還要固守教條、頑固不化呢？1978 年，安徽再一次遭受百年不遇的大旱災，數以十萬計的災民悲愴地告別繁衍生息的故土，踏上了遙遠的乞討之路，留在家裏的也是度日如年。安徽省委第一書記萬里在視察中的見聞令人心酸，他熱情地向蹲在鍋灶口的一位老人和兩個姑娘打招呼，他們卻無論如何也不願站起來，原來他們三人都沒有穿褲子。省委書記淚水奪眶而出，他慨歎：「我們革命這麼多年，老百姓還窮得連褲子都穿不上……」中央政治局的老同志們看著從安徽實地實景拍攝的內參影片，喉頭哽咽，掩面而泣：「解放29 年，想不到竟有如此窮困的農村，竟有如此忍辱負重的百姓……」面對此種困難局面，唯有充分調動農民的積極性，方有希望渡過這百年一遇的大饑荒，而調動農民積極性的最好辦法，就是給予他們土地的自主權。然而此時，

〔註46〕《崑崙》1988 年第 6 期。

「兩個凡是」的思想仍然籠罩著中國大地，「以階級鬥爭為綱」仍然是我們的政治口號，那仍然是一個政治高於一切的時代，人們害怕的不是沒有飯吃，而是犯政治錯誤；人們重視的不是實踐，而是馬克思主義的理論教條。

作者接著寫到，為了緩解災情，渡過難關，以萬里為首的安徽省委不得不謹慎地調整農業政策，他們起草了《關於目前農村經濟政策幾個問題的規定》，即「省委六條」，其主要精神是尊重生產隊的自主權，允許農民搞正當的家庭副業，其收穫完成國家任務外可以到集市上出售，生產隊可以實行定任務、定質量、定工分的責任制，只需個別人完成的農活可以責任到人。面對大量拋荒的土地，省委繼而決定「借地給農民」：借給每個農民三分地種菜。這一系列舉措堪稱冒天下之大不韙，因而引來了一場嚴重的思想鬥爭：「這不是社會主義方向」，「給農民的自主權太多了」……持懷疑的人不在少數，極左的那一套已經深入人心，人們難以自拔，他們不能接受私人經濟成分在社會主義的大地上復活，認為那是「復辟」、「倒退」，甚至高度評價「實踐是檢驗真理的唯一標準」的十一屆三中全會公報還明確規定：「不准分田單幹，不准包產到戶。」壓力來自四面八方，幾乎使安徽「四面楚歌」。然而恰在此時，安徽鳳陽縣梨園公社小崗生產隊的 18 戶農民，卻悄悄聚集在一間茅舍裏，召開了一個秘密會議，為了能夠活下去，他們決定偷偷實行「包產到戶」。為此，生產隊幹部有可能被打成「現行反革命」，甚至有掉頭的危險。於是，我們看到了那份摁有 18 個農民沉重指紋的可歌可泣的「保證書」：

保證書

一、「包產到戶」要嚴守秘密，任何人不准對外說。

二、收了糧食，該完成國家的就完成國家的，該完成集體的就完成集體的，糧食多了，要向國家多做貢獻，誰也不要裝孬。

三、如果因「包產到戶」倒楣，我們甘願把村幹部的孩子撫養到 18 歲。

簽字人

嚴宏昌（手印）　　嚴家齊（手印）

嚴俊昌（手印）　　嚴美昌（手印）

嚴立學（手印）　　嚴國平（手印）

嚴立富（手印）　　嚴家芝（手印）

嚴立華（手印）　　關友申（手印）

嚴立坤（手印）　　關友江（手印）

嚴金昌（手印）　　吳庭珠（手印）

嚴學昌（手印）　　關友章（手印）

嚴富昌（手印）　　韓國雲（手印）

1978 年 11 月 24 日〔註47〕

　　這份如今已經陳列在中國革命博物館裏的「絕密文件」似乎成了一個隱喻，一個孱弱的生命個體與頑固而強大的政治之間的隱喻，我們想不明白，為什麼政治要逆「人道」而取「邪道」，為什麼老實巴交的農民為了活命卻要冒坐牢、殺頭的危險，是「主義」重要還是人本身更重要。然而，歷史畢竟是人民創造的，一切束縛經濟發展的制度終將為人民所突破，從偷偷摸摸地「包產到戶」到 1984 年「包產到戶」在全國鋪開，農民自發選擇了在農村走商品經濟的道路，農民由被束縛在土地上的勞動者逐步成為了獨立的商品生產者，也培育了傳統農業的對立物——現代化和商品經濟，土地的解放正孕育著人的解放，而人的解放才是這一場改革的終極意義。

　　其次是反映了人們對金錢與財富的恐懼。新時期以來，經濟建設成為我們工作的中心任務，個體經濟、私營經濟和外資經濟等經濟形式成為我們經濟領域裏的重要組成要素，「讓一部分人先富起來」成為我們重要的指導思想。然而面對富裕起來的個體戶和私營業主，我們的社會觀念並沒有完全適應，致使產生了一系列的社會矛盾。謝德輝的長篇報告文學《錢，瘋狂的困獸》〔註48〕以個體戶為考查對象，典型地反映了我們社會對金錢和財富的傳統觀念。這首先表現在社會對個體戶的嫉妒心理。鍾潮擺攤賣魚發了財，卻招致里弄鄰居們的非難，尤其是一里弄幹部不僅時時想占他點兒便宜，還經常暗地裏給他使一些牽絆，終致二人發生公開的爭吵。且看作者對里弄幹部的採訪：「……講來講去是現在政策，照過去，他就是投機倒把，新生資產階級分子壞分子，打死沒有救！那魚送給我我都不要！還講什麼小命捏在我手裏。執行政策就是要他命？黨的政策就是要人家命的政策？聽聽！要在過去，反動透頂，打死沒有救！當然，我不是說現在的政策不對。現在的政策

〔註47〕王立新：《毛澤東以後的歲月——1978～1980：安徽農村紀實》，《崑崙》1988年第 6 期。

〔註48〕謝德輝：《錢，瘋狂的困獸》，長沙：湖南文藝出版社，1988 年版。

是對的，過去的也是對的。你說對嗎？再講，哪一條政策規定有了幾張鈔票就可以翹尾巴可以頭上出角目中無人無法無天就老虎屁股摸不得就沒有人可以管啦？早幾年他敢這樣，打死沒有救！……」〔註49〕那頤指氣使、高高在上的語氣如在眼前，面對里弄里長期對自己俯首帖耳的「癟三」突然富起來，她顯然感到無法忍受，又加她已經習慣了用道德標準評價一切的思維定勢，怎能不對鍾潮們充滿仇視。

　　曾經高高在上的里弄幹部仇視個體戶似乎還在「情理」之中，普通百姓又如何呢？一輛個體戶的出租車和一部公家的無軌電車相撞，誰心裏都清楚責任在電車司機，然而，當交警趕來處理事故時，無論是電車乘客還是路上行人，事先並沒有商量，卻幾乎眾口一詞地作證說是出租車司機的責任。事後有人對出租車司機說，你比電車司機掙得多得多，請你不要提「公正」二字。這種推理的背後，隱藏著的嫉妒心理十分明顯，而且它不是指向某個個人，而是指向整整一個階層的。

　　謝德輝告訴人們，除了社會的仇富心理，個體戶本人也產生了深深的巨財恐懼症，面對著比周圍人多出幾倍、十幾倍甚至幾十倍、上百倍的金錢，他們內心的不安與日俱增。一個個體戶說，我「像被人扒光了衣服似的渾身不自在，總覺得所有人的目光都在盯著自己，連馬路上跟我面對面走過的陌生人，那目光裏也總有一絲叫我心慌的東西，教我不由自主回過頭去，看看他們有沒有指著我的脊背在咒我」〔註50〕應該說，面對全社會的貧窮現狀和社會上對金錢的特殊心態，尤其是極左政治給人帶來的心有餘悸的恐懼，個體戶們失卻承受巨大錢財的心理能力是十分正常的。他們首先擔心的是政策會變，而歷史已經證明，我們的政策變來變去似乎是常態，正如一個體戶所言：「你怎麼知道政策不會變？現在當然一下子還不會。不過，現在不變就等於以後不變、一直不變？人生事，三十年河東，三十年河西，誰講得定？到辰光政策一變，人家記好的帳一筆一筆給你翻出來，我們這批人就一個跟著一個倒楣，不信你就看著吧！」〔註51〕個體戶中具有這種懼變心態的十分普遍，因此，他們大都選擇了「今朝有酒今朝醉」的消費觀念，「賺了就用，好用多少用多少，好怎麼用就怎麼用，最好用得一分不剩……以後揪住我了，

〔註49〕謝德輝：《錢，瘋狂的困獸》，長沙：湖南文藝出版社，1988年版，第40頁。
〔註50〕謝德輝：《錢，瘋狂的困獸》，長沙：湖南文藝出版社，1988年版，第110頁。
〔註51〕謝德輝：《錢，瘋狂的困獸》，長沙：湖南文藝出版社，1988年版，第113頁。

我用也用了，福也享了，要怎麼斬就怎麼斬吧」。〔註52〕在具體消費上，我們看到了像蔣平鑫那樣的具有「募捐癖」、「行善癖」和「購買國庫券癖」的個體戶，他拼命募捐做好事的目的無非是「儘量博得大家的好感，萬一斗我的時候，想想我當日的好處手下多少會留情些，對我兒子也該區別對待」；〔註53〕我們看到了像「小賭龍」易戈那樣的個體戶，他們賺到錢後把它大把大把地花在賭場上，為的就是在賭場上擺脫那種現實的壓抑，體會一種快意人生；我們還看到大量的個體戶將辛辛苦苦賺來的錢花在糜爛的男女關係上、花在燒香拜佛上……不論如何，他們很少有人願意將錢投入到擴大再生產。這種奇怪的現象並非偶然，我們作為社會主義國家，公有制必然是主體，雖然迫於經濟狀況而不得不暫時允許其他經濟形式作為補充，但一旦公有制力量足夠強大時，誰又能保證不再次取消個體經濟的存在呢？個體戶們的擔心正在於此，他們說：「只要我們國家的社會主義性質不改變，個體戶就永遠是秋後的螞蚱，蹦躂不了幾天，也蹦躂不了多遠。」〔註54〕而實際社會生活中的際遇也不能給這些個體戶們以安全感。他們的財富雖然增多了，但社會對他們的尊重並沒有增加，據共青團上海市委關於上海青年職業價值觀的調查，個體戶排在倒數第二的十八位（教授第一，法官第二，記者第五，作家第六，第十九位即最後一位是護士），社會上流傳著「不三不四發大財」的偏見；一位成功的個體戶到一瀕臨破產的國營企業應聘經理職位，得到的待遇是「把他送到公安局去，好好查一查他的企圖目的！不三不四發大財還不算，現在還想鑽進國營企業內部來，居心叵測！」〔註55〕這也就難怪有些個體戶發財之後，有著強烈的向社會復仇的心理。

所有這一切，使個體戶在金錢的累積中沒有獲得成就感，反而深刻體會到自尊的喪失，從而使他們對進一步增加財富缺乏了動力。這一些不能不說是傳統文化心理和極左政治路線造成的影響，它嚴重地阻礙著中國改革開放的順利進行。

為了真實、全面地反映個體經濟的生存現狀和心理狀態，探討「個體戶」這一當代中國特定的文化現象，謝德輝共採訪了 174 位個體勞動者和

〔註52〕謝德輝：《錢，瘋狂的困獸》，長沙：湖南文藝出版社，1988 年版，第 114 頁。
〔註53〕謝德輝：《錢，瘋狂的困獸》，長沙：湖南文藝出版社，1988 年版，第 109 頁。
〔註54〕謝德輝：《錢，瘋狂的困獸》，長沙：湖南文藝出版社，1988 年版，第 118 頁。
〔註55〕謝德輝：《錢，瘋狂的困獸》，長沙：湖南文藝出版社，1988 年版，第 262 頁。

316 位與個體勞動者有各種各樣關係的人士，掌握了大量罕見的原始材料。作品考察的主要問題是積聚於個體戶手中的大宗金錢，為什麼沒有用於擴大再生產而是滯留在了消費領域，以至出現了消費領域的種種「怪」事。首先，作者承認，先富起來的個體戶手中的錢是對於兩千多年來中國傳統文化心理結構的第一次最全面最有力的衝擊，是經濟槓杆對傳統的一次揚棄，它具有歷史合理性。其次，作者對個體戶的盲目消費觀和巨財恐懼症進行了思考，指出那是社會上仇富心理和政治意識形態束縛的必然結果，即使作者本人也常常用「消極性因素」、「很討厭的東西」、「改革中的副產品」等詞彙表達對於個體戶及其消費觀的不滿，表面上看是站在個體戶與普通民眾衝突的中立立場的評價，實際上暴露了作者在特定歷史時期的思想侷限。畢竟，長達數千年的中國傳統農業社會，形成了我們將金錢財富與人的良好品德對立起來的觀念，而 1949 年之後的新政權，又以階級鬥爭哲學強化著這種對立，致使對金錢和財富的仇恨成為一種影響深遠的社會觀念，成為一種集體無意識。沒有能夠從歷史文化的角度深入分析中國民眾的仇富心理給予個體戶帶來的巨大心理壓力，是本文的一大遺憾。對這一點，作者自己也有充分的認識。

二、面對市場經濟的艱難萌芽

極左政治從意識形態領域將計劃經濟和市場經濟對立起來，認為市場經濟是資本主義的產物，社會主義只能搞計劃經濟。然而，計劃經濟的致命弱點是忽視人性，從而缺乏激勵機制，群眾的積極性和主動性得不到有效地調動，而決策者和領導者也幾乎不受任何問責機制的約束。此種生產關係嚴重束縛了生產力的發展，致使社會陷入極度的經濟危機，「大躍進」致使數以千萬計的農民被餓死，「文化大革命」的十年更使中國經濟走到了崩潰的邊緣；中國人曾經堅信的社會主義和共產主義藍圖如海市蜃樓般愈來愈縹緲，整個社會的生機從內部枯萎了。直到「文革」結束後若干年，物質仍然極為匱乏，人們的生活仍然十分艱難。一切經濟活動都在計劃指標的控制之下，人們的一切生活必需品都只能憑票供應，甚至連肥皂、火柴等也有嚴格的限額。在此種情形下，群眾自發的個體經濟活動被定義為「投機倒把」而遭到嚴厲打擊，商品的貿易關係和市場化行為成了需要堅決取締的犯罪行為，市場經濟更是被妖魔化為資本主義腐朽的符碼。

　　幾十年的極左思想嚴重禁錮了人們的頭腦，意識形態的鬥爭在人們的觀念中根深蒂固，我們甚至將一切生產行為都定義為「鬧革命」，〔註56〕這種套在自己脖子上的意識形態枷鎖沉重地阻礙著中國經濟的發展。十一屆三中全會，執政者開始破除以階級鬥爭為綱的指導思想，決心將工作的重心轉移到現代化建設上來。我們習慣上將這次會議作為中國市場化改革的起點，然而此時的中國政府對市場或市場經濟一無所知或知之甚少〔註57〕，因此，全會公報並沒有提到「市場」一詞。以後相當長的一個實踐階段，群眾自發的市場經濟行為雖被允許小範圍地存在，但市場經濟觀念卻仍然是意識形態領域的禁忌，直到十二屆三中全會，我們終於看到了一個重大突破，全會公報指出：「商品經濟的充分發展，是社會主義經濟發展的不可逾越的階段，是實現我國經濟現代化的必要條件。」這一理論認識的提出具有劃時代的歷史意義，他標誌著我們在走了很多彎路、受了很多損失以後，重新認識到商品生產、市場機制和價值規律的作用，開始了商品經濟的補課。然而，這不是一場普通意義上的補課，它是一場富有改革甚或革命意義的補課，改革越深入，越發碰到舊體制、舊觀念、舊習慣勢力的頑強抵抗，越發激發起新舊矛盾的火花，越發顯示出這是一場十分深刻的觀念變革。鄧小平說「改革是中國的第二次革命」，也即指出了我們這一場改革的艱巨性和重要性。

　　1980 年代中後期，商品經濟的大潮已經以不可遏制之勢沖刷著華夏大地，「經商」、「下海」、「幹個體」成為社會時髦的選擇，這是計劃經濟的舊體制和自然經濟的舊觀念被衝開缺口之後必然產生的現象。商人的增多和商品交換行為的增加，甚至是市場的培育，對於我們這一塊經濟意識被板結的土壤，無疑具有深遠的拓荒意義，商品經濟意識和市場經濟觀念的種子既然已經從板結層中鑽出，我們就有理由期待它長成參天大樹。然而，現實生活的複雜性總是超乎人們的想像，現代意識和傳統觀念的衝突也恰在此時變得異常尖銳、激烈。

〔註56〕茹志鵑的短篇小說《剪輯錯了的故事》中黨的幹部老甘就是這樣的典型，他有一句在當時最有說服力的說辭：「我們現在不是鬧生產，這是鬧革命！……這是政治！」

〔註57〕1980 年米爾頓‧弗里德曼訪問中國時，給中國的政府高官們上了一周的價格理論課程。在那一周某節課後的午餐時間裏，中國赴美考察團的成員、物資分配部門的部長和第一副部長，想詢問弗里德曼去美國到底應該去見誰，去考察什麼。他們問的第一個問題是「請告訴我們，在美國，到底由誰負責物資分配？」（見〔英〕科斯、王寧著，徐堯、李哲民譯《變革中國：市場經濟的中國之路》，北京：中信出版社，2013 年版，第 49 頁）

1980 年代中後期報告文學作家把握住了這一時代脈搏，客觀真實地記錄了這一歷史進程中的時代陣痛，體現了清醒的理性精神和深刻的現實主義精神。

　　首先是舊體制的羈絆。直到 1980 年代末期，市場經濟在中國仍然沒有取得合法的地位，人們糾纏於市場經濟姓「資」姓「社」的爭論之中，保守勢力可以隨時以意識形態的理由向改革的先行者發難，改革者如履薄冰、動輒得咎。報告文學中有大量的篇什反映了這種矛盾衝突。李延國、臨青的《虎年通緝令》〔註58〕以陝西省《法制週報》和「秦法公司」的內部改革為對象，充分展示了新舊體制的激烈衝突。《法制週報》是建國三十多年後第一個實行經濟承包、人事招聘的報社。總編輯王全興發出《人才價值論》的聲音，認為「人才是生產力中最活躍、最核心、最優秀的部分」，並為報社招聘了一批優秀人才，致使報紙的發行量不斷攀升；以此為契機，王全興和張連生、趙西等人一道，萌生了「新聞經濟學」的思想，他們要依靠人的才能開發財源，建築起陝西法制宣傳服務中心。為了籌集一千萬的建設資金，他們成立了西部實業開發公司和東方實業開發公司，同時成立法制報刊發行公司、法制圖書編輯部，籌辦《法制文學報》和印刷廠，形成了一個經濟聯合體。在此聯合體下，張連生負責辦起了陝西報業史上的第一張《廣告報》，併兼搞商品住宅開發，截至八五年底，《廣告報》總收入六十七萬八千餘元，繳稅金十萬餘元，盈利十五萬六千餘元，而商品住宅開發項目預計八六年可獲利潤三百至四百萬元；趙西負責籌辦「西部出租汽車公司」，預計年純利潤一百八十一萬元。可是，當「當代中國新體制的嬰兒不可遏制地在母腹中長大，在整個中國引起胎動」的時候，「舊體制的骨盆僵硬、老化了，於是，發生了難產」〔註59〕。自八五年二月起，以調查王全興等人打著改革的幌子大搞不正之風為名，省紀委和省政府系統派出的大大小小的調查組從未間斷，終致張連生被抓，王全興逃亡，後成立所謂「5.24」專案組，專門處理秦法公司所謂「詐騙犯罪」，在全國通緝王全興、趙西等人。面對市場化改革，某些握有權力者本能地產生了不舒服的感覺，其原因何在？作者分析道：「計劃經濟在用行政手段實行控制中，往往參與了個人意志、個人情感、個人關係、個人素質和膨脹的權力欲，而且沒有其他力量的妥善制約。它使商品生產者在經濟領域喪失自主和自由。而市場是自由王國，通行的符號是貨幣，

〔註58〕《人民文學》1987 年第 1、2 合刊。
〔註59〕《人民文學》1987 年第 1、2 合刊，第 120 頁。

不是權勢和官階。商品生產者在這裡獲得了勞動生產的自由，競爭的自由，這種自由孕育著新的生產關係。因而，商品經濟是開山斧，是衝擊舊的經濟、政治體制的物質力量！」〔註60〕新的市場經濟體制〔註61〕呼之欲出，它將充分尊重價值規律的作用，在人與人相互平等的基礎上開展自由競爭，然而計劃經濟舊體制的既得利益者並不甘心失去陣地，他們總是千方百計地阻撓改革的順利進行，其實他們針對的並不是個人，而是改革本身，誰要做改革者，誰就會成為他們的敵人。恰如《廣告報》召開的陝西省、市部分六好企業廠長、經理座談會的會議紀要指出的：「與會的實行改革的廠長，幾乎都受到不同程度的打擊、誣告和困擾。一半以上的企業派駐了工作組。西安飲食機械廠自去年以來進駐了四類工作組。廠長中被免職、辭職、挨整、削弱權力、掛起來的現象相當普遍。與會廠長感歎正常工作秩序無法保證。」〔註62〕報告文學沒有給我們交代這場新舊衝突的結局，或許在相當長的一段時期內，它不會有結局，但衝突的本身已經昭示著歷史的進步，衝突的範圍越廣泛，歷史進步的範圍就會越廣泛，相應地，舊體制的崩潰範圍就會越廣泛。

李樹喜的報告文學《陣痛》〔註63〕亦展現了這種社會變革期的劇烈陣痛。作品通過幾位成績卓著的改革家被撤職、調離甚或被誣陷的命運，反映了在當時的中國，舊體制和舊傳統就像一張無處不在的大網，改革者走到哪裏，它就會罩到哪裏。如北京白孔雀藝術世界總經理李維勤就遭受了「三起三落」的命運。先是擔任北京方便食品廠的廠長，使一個瀕臨倒閉的廠子一躍而成為「全國食品戰線上的一顆新星」，然而，他卻莫名其妙地被書記宣布停職，致使工人們發生保留廠長的請願事件；繼而他擔任王府井工藝品服務部主管業務的第一副經理，十個月時間使其銷售總額增長一倍，他也又一次被「安於現狀」的單位保守勢力逼走；隨後他擔任了北京白孔雀藝術世界總經理，這個在舊體制下每月虧損三四萬元的商場，在李維勤的銳意改革下，當年就扭虧為盈，一九八五年第一季度更是盈利超過一千二百萬元，然而，總公司卻趁李維勤出差之機召開秘密會議，將其調離總經理崗位，到公司擔任××組

〔註60〕《人民文學》1987 年第 1、2 合刊，第 122 頁。
〔註61〕整個 1980 年代，我們公開使用的是「商品經濟」的概念，「市場經濟」仍然是一個具有意識形態色彩的禁忌語。
〔註62〕李延國、臨青：《虎年通緝令》，《人民文學》1987 年第 1、2 合刊。
〔註63〕《報告文學》1986 年第 11 期。

副組長，致使白孔雀再一次陷入虧損的泥潭。與李維勤同命運的還有青島市副市長王宏烈，海洋水下工程研究院院長、打撈專家張智魁，魯東南實業開發公司總經理徐玉忠，教育改革家溫元凱等。他們的命運歸根結蒂源於我們矛盾的現實，我們既鼓勵解放思想、大膽改革，又設立樊籠限制改革者的羽翼，改革者稍有觸犯超越便有折翅之虞，究其實質，是我們還沒有從舊體制和傳統思維中解放出來，捨不得拋棄既有的東西，又不能不呼喊改革，恰如作者總結的：「改革，許多時候是被高喊改革的人阻抑的。我們的人常常表現出這樣的雙重性格：情真意切地呼籲改革而又實實在在地阻抑改革，以我們古老的傳統思維，以我們龐大的長城般的難於動轉的體制和風氣，以我們遠遠超出文獻規定的難於限制的權力……這，是我們悲劇相續上演的重要原因啊。」〔註64〕在中國，意向相背、相互爭鬥的人都喊「改革」，對於某些人來說，改革只不過是他們頭上的飾環。

喬邁的《防爆廠的「爆炸性」試驗》〔註65〕則從另一側面反映了舊體制的影響之深和中國企業走向市場的艱難。面對全民所有制和集體所有制企業大面積虧損的現實，瀋陽市市長李長春決定首先在集體所有制企業中實行「破產」的改革試驗，最終選中連年虧損無力整改的瀋陽防爆器械廠。對此，長期生活在舊體制下的人們是無論如何也接受不了的。過去，我們一向只把企業破產倒閉當作「腐朽」「沒落」的資本主義的社會病，社會主義企業能倒閉嗎？過去，國家鍾愛所有的企業，你即使連年入不敷出，也沒有關係，國家會給你補貼，不但工資照付，獎金也照發，甚至也不妨礙企業領導人從上級機關那裡捧回金閃閃的「六好企業」的獎盃或獎牌。人們捧著「鐵飯碗」、吃著「大鍋飯」，賺也安然，賠也坦然，那是何等的優哉游哉！如今，要讓企業接受「競爭規律就是淘汰規律」的觀念，讓企業在市場競爭中優勝劣汰，何其艱難！有人放聲大哭，有人高聲罵娘，有人聚眾鬧事，有人萎靡不振。舊體制分明已經日薄西山，新體制卻仍然弱不禁風。企業破產絕不是單一的經濟現象，它是對我國長期運行、已成慣性運動的舊經濟體制弊病的一次大暴露，它要求我們對我國現存的經濟體制作全面的相應配套改革，涉及經濟所有制結構、勞動制度、就業制度、幹部制度和價格體系等等，而其中舊的觀念變革是一切變革的首要任務。

〔註64〕李樹喜：《陣痛》，《報告文學》1986 年第 11 期。
〔註65〕《人民文學》1987 年第 5 期。

其次，人的因素的障礙。平心而論，中國市場化改革的最大障礙不是來自於落後的體制，而是來自於中國人市場意識的「先天不足」，歸根究底源於中國傳統文化的長期薰染。商業文明要求人與人之間建立一種契約關係，契約關係的核心是契約雙方相互平等、互相尊重，沒有人人平等的觀念就沒有商業文明。而中國作為農耕文明，天然地形成了以儒家文化為核心的家庭倫理觀念，「忠」和「孝」是我們的立國之本，「三綱五常」、「上下尊卑」的等級觀念成為我們的日常規範，以「家」為核心的親緣關係是我們主要的社會關係，它決定了我們考慮事情的出發點和歸宿點。這些觀念，長期以來深植在我們每一個人的靈魂深處，成為我們發展市場經濟的重要障礙。為此，新潮報告文學深刻反思了改革與人的現代化的深層關係。

賈魯生、丁鋼的報告文學《未能走出「磨坊」的廠長》〔註66〕首先對此展開了反思。一度被視為改革弄潮兒的趙敬，是山東塑料試驗廠民主選舉的廠長，他曾經在上任之初，大膽運用現代企業管理手段，打破鐵飯碗，調動了職工的勞動積極性，創造了不俗的改革業績。然而，隨著趙敬頭上光環的增大，他身上一個專制主義的痼疾又發作了，那就是對於權力的崇拜與迷戀：他不屑於職工的意見而剛愎自用；他緊握財權湯水不漏；他偏愛、重用溜鬚逢迎之輩，敵視、打擊真正的人才；他為了自己地位穩固親手製造自己手下幹部的不團結；他甚至為體現權勢可以置國家與人民的利益於不顧——他終於重新回到了宗法式家長統治的老路。趙敬式的改革，兜了一個大圈子，最終又回到了原點，沒能走出傳統的「磨道」，而這種改革者，也成了封建主義思想借屍還魂的皮囊。究其原因，我們不能不深深地思索我們的改革所遇到的深層障礙：即使是支持擁護改革、積極投身改革的人，他們頭腦中的封建主義思想、小農意識等非現代觀念，也足以導致改革走向邪路；這種潛在於改革者身上的毀滅改革的力量，較之反對改革的力量更為可怕；人的靈魂是陳舊的，他從事的事業不可能是嶄新的。而這些「封建主義的思想、小農生產意識，非現代化的觀念」，「在中國是如此根深蒂固，以致我們可以認為它已經滲透到我們民族的文化性格、政治傳統、經濟生活、倫理思想等所有的方面，積澱為我們腳下的土壤、溶化於周圍的空氣之中了」〔註67〕所以，在報告文學中我們看到，趙敬在閱讀關於現代企業管理的著作時，最順眼的是

〔註66〕《報告文學》1986 年第 7 期。
〔註67〕吳國光：《中國的夢魘》，《報告文學》1986 年第 7 期。

能夠直接體現權力對於人的凌辱的東西——處罰；趙敬在拉開檔次、打破鐵飯碗的幌子下，實施的是為自己高額增加工資和獎金的「改革」方案；在工廠的利益和自己的榮譽之間，他選擇的是犧牲工廠的利益，保護自己的榮譽。我們的社會和文學曾經呼喚「喬廠長」那樣的具有「強力」的「青天」型的改革者，卻沒有人願意去考察一下他們的觀念形態是否現代，彷彿只要高舉改革的大旗就是先進生產力的代表，賈魯生們告訴我們，改革首要的是人的觀念的變革，沒有人的現代化，就沒有經濟的現代化，人的觀念變革，才是我們改革的重中之重。此後，賈魯生又先後發表報告文學《亞細亞怪圈》〔註68〕和《莊園驚夢——發生在中國黃金第一村的故事》〔註69〕，繼續思考著人的現代化問題。《亞細亞怪圈》講述的是黃海邊上（山東省榮成縣邱家漁業生產大隊）一群「走得快了撞上了窮，走得慢了讓窮撞上」的「魚花子」，「把自己的偉大鑲嵌在皇冠上心甘情願地奉獻給帝王以換回被奴役的地位」的故事。為了富裕起來，他們將自己的自由意志和做人的權利出賣給一個叫唐厚運的「獨裁者」，借他的強力和專制擺脫了貧困；人們擺脫了物質上的「不自由」狀態，卻深深地陷入了精神上的「不自由」狀態。作者不禁發出這樣的疑問，難道只能用退讓和停頓來換取進步？難道只有容忍「具體的獨裁」才能帶來富裕？作者多麼希望誰來解一解這「亞細亞生產方式」的怪圈。《莊園驚夢》寫的是中國黃金第一村——山東省招遠縣蠶莊鎮前孫家村集體致富的故事。全村就是一個以宗族為主體結構的莊園，採用的是宗法制的管理模式，村民們遵守的是以約束個體自由為核心內容的「鄉規民約」。這裡的人們富了，正由「溫飽型」向「小康型」轉變，然而，他們必須把自己的軀體像機器人一樣交給集體支配，把「自我」剔出去，只保留肌肉和筋骨。為了黃金，他們將鄰村視為仇敵，直至發生村與村之間的激烈「戰鬥」；為了財富，他們近乎殘酷地對待來自外地的雇傭工人，最大限度地壓榨「剩餘價值」，致使工人們像罪犯一樣「越獄」逃跑。在這裡，財富積累了，「資本」萌芽了，市場孕育了，但是一個不容忽視的事實是，這裡仍然是處於自然經濟狀態的鄉土社會，統治者孫良林正做著自己的「莊園夢」，甚至為自己的兒子能繼承「莊園主」的位置而煞費苦心。我們看到，舊觀念、舊意識以生產方式和生活方式的形式鎔鑄在人們思想和靈魂中，人們在心理上和道德上完成向現代人的轉變勢必是一個痛苦而漫長的過程。

〔註68〕《報告文學》1988 年第 2 期。
〔註69〕《報告文學》1988 年第 10 期。

　　1980 年代末期，人們關注的另一現象是全國著名改革家的紛紛「落馬」或走向衰微，如記述步鑫生的有周嘉俊的《步鑫生現象的反思》〔註70〕等，記述年廣九的有盧躍剛的《創世紀荒誕：「傻子瓜子」興衰記》〔註71〕、張嵩山的《傻子瓜子衰微錄》〔註72〕和凌世學的《「傻子瓜子」落難記》〔註73〕等，記述傅明正的有楊守松的《小財主，還是資本家》〔註74〕等。這些改革家的「落馬」或衰敗，固然有社會的和制度的原因，但報告文學作家們在考察時卻不約而同地將觸角伸向他們的個人素質和傳統觀念。步鑫生是十一屆三中全會後改革的風雲人物，1980 年出任浙江省海鹽襯衫總廠廠長，打破「大鍋飯」，進行全面改革，一年時間使這一縣級小廠一躍成為全省行業領頭羊，創造了「步鑫生神話」，新華社的報導和胡耀邦的批示使他享受了最高規格的宣傳，其事蹟轟動全國。然而，1988 年步鑫生卻因企業資不抵債被免職，襯衫廠也因負債過多停止向社會招標。周嘉俊的報告文學《步鑫生現象的反思》深刻反思了步鑫生由勝利走向失敗的原因，指出步鑫生缺乏現代企業家的應有素質是癥結所在。首先，他缺乏民主作風，剛愎自用，獨斷專行。在沒有經過認真市場調研的情況下，不顧工廠幹部職工的反對，他武斷地投鉅資興建西服大樓進行自己並不擅長的西服生產，並盲目地制定了年產 30 萬套西服的生產計劃；究其原因，是他好大喜功，希望實現西服、襯衫、領帶生產的一條龍；投資又缺乏審計規劃，致使資金投入不斷追加，大大超出企業本身的承受能力，終至資金鏈條斷裂，企業資不抵債。其次，在企業的生產、經營、銷售過程中缺乏市場經濟觀念和法律意識，大打人情牌，致使在與其他經濟實體的糾紛官司中付出慘重代價。第三，他對於市場信息和科技信息表現麻木，使這些能夠給他帶來經濟效益的有價值的信息白白地從身邊溜走，表現的是一個鄉村小裁縫的思維慣性。第四，他做事講排場、擺闊氣，將大量的資金花在了迎來送往和人情世故之中，而媒體和社會的吹捧也使他忘乎所以，失去了一個企業經營者理智的經濟頭腦。步鑫生的失敗具有典型意義，只有在失敗中不斷反思，舊的自我才能在反思中淘汰，新的自我才能在反思中誕生。

〔註70〕《文匯月刊》1988 年第 2 期。
〔註71〕《開拓》1988 年第 2 期。
〔註72〕《雨花》1988 年第 7 期。
〔註73〕《青春》1988 年第 6 期。
〔註74〕《報告文學》1988 年第 12 期。

　　當年另一位改革的風雲人物是「傻子瓜子」年廣九，他憑藉炒瓜子的手藝和靈活的頭腦，由一個個體戶發展為擁有 100 多名雇傭工人的私營業主，並為「傻子瓜子」註冊了商標，以至鄧小平也常常在談話中作為典型提到他，他幾乎成了家喻戶曉的「中國第一商販」。然而，好景不長，1989 年年廣九因經濟問題和男女關係問題而鋃鐺入獄，「傻子瓜子」從此走向衰微。對年廣九現象進行反思的報告文學作品頗多，其中以盧躍剛的《創世紀荒誕：「傻子瓜子」興衰記》的反思最為全面、深入。作品首先對所謂「『傻子』文化」進行了全方位的掃描，於是我們看到了這樣一個年廣九：他愚昧迷信，迷戀於自己的幸運數字「4」；事業不順利時，他會到寺廟燒香拜佛，求籤問卜；他還迷信地認為，自己養的兩頭豬與自己的命運息息相關，豬壯則事業順，反之就會有黴運。他在公司「嚴於律人，寬以待己」，員工遲到一分鐘罰款一元，而他自己則是「八點上班十點到，九點還在床上睡大覺，一到辦公室就胡鬧。下午一點上班四點到，三點還在澡堂靠一覺」，他甚至養成了上班時間泡澡的習慣，即使正在接受外國記者的採訪，也要離席去澡堂。他粗鄙無禮，居然會當著記者的面寬衣解帶向著痰盂撒尿。他以純傳統的方式經營現代企業，公司中的雇工主要是來自他安徽懷遠縣老家的農民，勞資關係主要是宗法關係，他以「老頭子」的身份可以對員工隨意打罵，甚至當員工出現打架鬥毆現象時，他會讓他們跪在自己的面前互扇嘴巴；他採用著奇特的賞罰制度，管考勤者如果放任不報，將會被罰款十元，所罰款項，告發者得五元，公司得三元，遲到者得兩元，對偷盜公物發現不報者罰款二十到三十元，小偷得五成，告發者得三成，公司得兩成，他對自己的「賞罰」智慧頗為得意，因為他既懲罰了監督者的懈怠，又羞辱了犯事者的自尊，堪稱是對中國五千年奴化人的「文明」史的光輝繼承。他的「傻子經濟學」的要訣是唯利是圖，有獎銷售期間，面對全國供不應求的搶貨現象，他購進大量不是自己加工生產的熟瓜子裝進印有「傻子」的塑料包裝袋，以假充真、以次充好；有獎銷售失敗後，他又將大量積壓而黴爛的瓜子重新加工後賣給消費者，將自己的名牌商標棄之如敝屣。這就是「傻子瓜子」年廣九，他出身農民，卻沒有農民的樸實和真誠；他極度愚昧無知，卻沒有起碼的氣度和謙遜；他想一夜之間金錢像河水一樣嘩嘩地流，卻又缺乏那種含辛茹苦、勵精圖治、紮紮實實的企業家品格；民間對他的概括是「文盲、法盲、流氓」，他使我們想起了在土谷祠裏自稱革命黨的阿 Q，作者指出，他們身上的那股子「痞」勁，對中國社會變革的力量頗有概括力，他們所形成的「痞子運動」，對於衝擊

瓦解舊的體系與結構，或許能有功效，但它畢竟是一種「社會無組織力量」，形成不了新型的生產關係，終將為社會所淘汰。

像年廣九這樣的小農意識濃厚的改革家，注定不能成為先進生產力的代表，即使他們成功了，也只能是「小財主」，而不可能成為「資本家」。楊守松的報告文學《小財主，還是資本家》〔註75〕揭示的正是這樣的道理。蘇州瓜子個體專業戶傅明正正是在與年廣九的競爭和反思中成長起來的企業家，他將年廣九作為前車之鑒，有意識地避免重蹈年廣九的覆轍。他有著更為遠大的理想抱負，不願意只做一個小財主，而是要成為一個資本家。他將傻子瓜子趕出姑蘇城，迅速發展實業，一隻腳很快跨進了百萬富翁的門檻。但在中國，「農民要成為地主是容易的」，「要成為資本家卻非常艱難」。他苦心經營戰勝了年廣九，沒有想到不到三四年的時間，年廣九身上的某些農民意識卻長驅直入佔領了自己的工廠，他的工廠機構臃腫，出現了嚴重的「衙門」作風，他不得不著手進行「政治體制改革」；更為棘手的問題來自於他那個小農意識強烈的家庭，他管理不了沒有任何文化卻具備各種傳統觀念的妻子在工廠內指手畫腳，他更沒法制止她懷疑自己與一切女人正常的生意交往而大吵大鬧；他還必須把工廠會計的職位交給自己只有初中文化程度的女兒，而她為了自己花錢方便，可以隨便從工廠的賬上支付現款；他初中文化程度的兒子儼然是工廠的二把手，只要老子不在家，他就可以發號施令為所欲為，他甚至大白天在工廠裏打麻將。「一方面，他很自覺地同年廣九身上顯示出來的農民意識作鬥爭，另一方面，他又不自覺地沿襲了農民意識中的某些傳統習慣來支配自己的行動。」〔註76〕傅明正的悲劇在於，他有著清醒的頭腦和革除舊傳統的強烈願望，卻最終難以擺脫傳統的浸染，小農經濟的幽靈無時、無處不在，遽然戰而勝之幾乎等於妄想。作者最後指出：「中國的個體戶全都面臨著一種選擇——或者超越，向『資本』進軍，做一個完全意義上的企業家或大老闆；或者『自足』，向莊園過渡，做一個『新型的』小財主或是小地主。」〔註77〕然而，這僅僅是「選擇」那麼簡單嗎？

面對 1980 年代中後期中國市場化改革遭遇瓶頸，市場經濟舉步維艱的局面，我們看到了那一代作家們的苦苦追索，他們不得不將目光重新鎖定在中國

〔註75〕《報告文學》1988 年第 12 期。
〔註76〕楊守松：《小財主，還是資本家》，《報告文學》1988 年第 12 期，第 43 頁。
〔註77〕楊守松：《小財主，還是資本家》，《報告文學》1988 年第 12 期，第 43 頁。

傳統文化上。他們要追問的是，不借鑒西方的民主、自由、平等、人權等現代觀念，僅憑中國的傳統文化，能否自然生長出一個現代社會？他們的答案顯然是否定的。中國傳統文化無論曾經創造了多麼輝煌的文明，面對全世界市場經濟一體化的滔滔洪流，它都已經力不從心，與之相適應的「農業文明」或「黃河文明」也已經走到了歷史的盡頭，必須代之以與市場經濟相適應的「海洋文明」或「藍色文明」。這裡不存在是非判斷和優劣劃分，它是歷史發展不同階段的不同選擇，如果有人仍然迷戀於我們的傳統文化曾經創造的輝煌文明，那就應該讓他回到自給自足的農業社會，過刀耕火種的前現代生活。

三、新觀念的突圍

改革的道路充滿泥濘，然而這不是我們停下腳步的理由，而且，一代人畢竟向前邁進了。王志綱、江佐中在報告文學《百萬「移民」下珠江》[註78]記述，隨著工業化浪潮在珠江三角洲古老大地上的奔湧，數以百萬計的全國各地的「移民」加入到這一經濟建設的洪流。其間雖有辛酸苦辣，其意義卻更為重大、深遠：「百萬『移民』經受了商品經濟的薰陶和工業化文明的洗禮」。「沒有溫情脈脈的『大鍋飯』，也沒有高枕無憂的鐵飯碗。只有商品經濟嚴酷的規律和工業文化鐵的紀律。過去一年幹活半年閒，擺龍門陣，蹲牆跟曬太陽，自由散漫慣了的人們，如今連吃飯、走路都得象衝鋒，在嚴格的廠紀廠規約束下，不知不覺中發生了變化。走進車間工場，只見人人埋頭操作，一派緊張忙碌、紀律嚴明景象。」就連當初受不了苦跑回去的畢節姑娘，也向家鄉父老兄弟這樣報告他們的印象：「人家那邊，一上班就是緊緊張張的、街頭上見不到閒人，哪像這裡鬆鬆垮垮的，成天有人壓馬路！」作者指出，「在珠江三角洲這個大課堂裏，百萬『移民』已經或多或少地接受了現代工業文明，程度不一地形成了商品經濟意識，開闊了眼界增長了才幹，若干年後，他們回家鄉時，將帶回一筆可觀的『財富』，成為一支強勁的生力軍。事實上，最早輸出勞力到珠江三角洲的粵東、粵北、粵西山區，已經嘗到了這一實踐的『宏觀』果實，他們正是通過與寶安、東莞、佛山等地的勞動力流動，積累資金，培訓人才而逐步發展『三來一補』企業的。珠江三角洲蓬勃發展的『三來一補』企業和鄉鎮企業，不僅促進了本地的經濟繁榮，為外地人創造了眾多的就業機會，同時也在不知不覺中扮演了中國歷史上一座規模空前的培訓

〔註78〕《南風窗》1988 年第 5 期。

工業化人才的『商品經濟學院』的角色。」作者在結尾指出:「歡欣與苦惱並存,光明與黑暗相伴,這充滿矛盾的現實昭示人們:發展商品經濟的原始積累過程——資金和知識、理論與實踐的積累,並非一條鋪滿鮮花的坦途,而是一條坎坷不平的山路。儘管這是一條艱難曲折的路,卻是我們不容迴避的歷史選擇。」這種「別無選擇」本身就昭示著歷史的進步,它要求我們必須以嶄新的觀念看待改革進程中出現的一切現象,包括因為貧富差距的拉大而導致的新的不平等,包括由於對財富的追求而導致的知識貶值,包括傳統生活方式和生存模式的土崩瓦解,包括什麼是愛國和如何愛國的問題等等。站在傳統的觀念上和站在現代的觀念上看待這些問題,會得出截然相反的結論。1980 年代中後期報告文學對這種新舊觀念的正面衝突和新觀念的艱難突圍也有著生動而深刻地反映。

最值得關注的是 1988 年在全國掀起軒然大波的「蛇口風波」。「風波」起因於 1988 年 1 月 13 日中國青年思想教育研究中心的三位教育專家與蛇口青年的座談會。三位專家是 80 年代初以來相繼以有關青年教育的演說成名的。第一位是北京師範學院德育教授李燕傑,號稱「啟迪青年心靈的靈魂工程師」;第二位是中共中央宣傳部調研員曲嘯,號稱「現實生活中的『牧馬人』」;第三位是中央歌舞團前舞蹈演員彭清一,自稱為「跟在後邊的老兵」。這場「風波」顯示了居身於市場經濟有了相當發展的特區青年與社會「正統」思想之間的觀念衝突,堪稱改革開放以來新舊觀念衝突的總爆發。馬立誠的報告文學《「蛇口風波」始末》〔註79〕對此做了全面深入的報導。衝突主要集中在幾個典型的思想領域,現將作品中介紹的雙方的觀點客觀摘錄如下。

首先是對於「淘金者」的看法。曲嘯在座談中說,內地青年有很多人嚮往特區,想到這裡來。但是這些想來的人中間有兩種人:有創業者,也有淘金者。「在個別人的思想裏,想到這裡來幹什麼呢?淘金,掙錢,玩。真想到這裡來創業的,有。……凡在人群之中,必定有先進的、落後的、中間的。有差異是正常的……就是在座的當中有沒有淘金者呢?……到這裡創業,這是大多數,有沒有淘金者?有。……」他進一步解釋「淘金者」:「我說的淘金者不是為深圳特區的發展來創業,不是為了創業獻出自己的全部力量,而是看上了這樣一個經濟非常活躍、利也很厚的地方,為了個人利益到這裡來,圖這裡生活好、工資收入高。如果錢少了,生活又艱苦,就不肯來。

〔註79〕《文匯月刊》1989 年第 2 期。

我把這類人當作淘金者，特區不歡迎這樣的淘金者。」顯然，在曲嘯看來，做事的動機決定事情的性質，他將「淘金」與「創業」對立起來加以否定，原因即在於「淘金」動機不夠純正高尚，摻雜了個人打算。對此，蛇口青年不能同意，他們反駁道：「我們來深圳、蛇口為什麼不能賺錢呢？淘金者賺錢，但沒有觸犯法律，無所謂對錯。淘金者來蛇口的直接動機是賺錢，客觀上也為蛇口建設出了力。比如一個個體戶開餐館，他的目的是謀生賺錢，但他給國家上交稅金，也方便了群眾，這樣的淘金者有什麼不好？除了投機倒把、經濟犯罪等等之外，凡是正常的經濟活動，都是用自己的汗水和生命創造財富、活躍經濟，對社會發展起著推動作用。」是的，淘金不同於偷金、搶金，它是通過付出艱辛的勞動而獲益，有什麼可以非議呢？曲嘯仍然堅持自己的觀點，他說：目前有一部分青年特別強調個人的價值，我認為，「天生我才必有用」，每個人都有價值這是肯定的。但是個人的價值如果不在群體的價值中去體現，個人的價值是很難得到充分體現的。青年人應該考慮到祖國的命運，而且應把這個放在第一位。到深圳、蛇口來，到底是為了享受還是為了創業來了？為了創業而來，我認為是真正好樣的，如果為了享樂而來的話，那是很危險的。蛇口青年進一步反駁道：情況往往是，創業和淘金，為自己打算和為社會考慮，這些東西在人身上是交織在一起的，不大容易分得清楚。誰也說不清楚。這些東西從理論上沒有解決。在一個人身上，為自己、為別人、為社會各占多少比例，在什麼情況下怎樣調整等等，說不清楚。有的人他自己也弄不清楚自己，但他還要說，他覺得自己好像挺清楚似的……蛇口青年認為，淘金者在為自己創造物質財富的同時，也客觀上促進了經濟的發展，就像美國西部就是靠淘金者、投機者的活動發展起來的。彭清一對青年發言中舉出美國西部開發的例子很不以為然。他認為：美國是美國，怎能和我們特區相比？美國姓資，搞的是資本主義，我們是建設社會主義的特區，兩者沒有共同之處，我們不能用資本主義開發西部的辦法來建設特區。蛇口青年則認為，這樣僵化地劃分姓「資」還是姓「社」，不利於改革的深入發展，不利於吸取全人類共同創造的文明成果，不利於我國生產力的解放和提高。

其次是關於愛國問題。雙方對此問題的爭議來源於一位蛇口青年的發言，他說：「三位老師的思想在蛇口是沒有市場的。三位老師的演講在內地有反響，在蛇口這地方就不一樣。蛇口很多青年在獨資公司，他們的利益不一樣。

我對你們說這些話不怕，香港老闆不會炒我的魷魚，在內地就不敢了，不敢暢所欲言，這其實是很簡單的一個道理。」曲嘯發問：你說我們的思想在深圳沒有市場，你說我們是什麼思想？青年回答：我想你們是希望蛇口青年帶著對國家的愛、對蛇口創業的思想來幹，並為這個感到驕傲，這不符合這裡的人的實際。我想，如果蛇口獨資、合資企業都撤走，我不知道蛇口還有什麼東西，這是在坐的都知道的。曲嘯問：我們希望青年對祖國有深厚的愛，你能申明你對祖國沒有愛嗎？青年回答：我認為要看這個愛怎麼表達，應當實事求是，而不應當講虛的、假的、空頭的。老實說，蛇口青年都知道，你們是空頭的，虛無飄渺的。我們講實際，我們用自己的勞動表達對祖國的愛。我們自己勞動了，勞動成果自己享受……蛇口青年掙了錢，他也創造價值……他大可不必想著我現在是為了國家，為了什麼什麼……

第三是關於青年人的自主意識問題。話題是從彭清一發言介紹自己的女兒引起的。彭清一說：因為我到處跑，我的孩子畢業以後考大學，我沒有找過門路。她沒考上，目前幹什麼呢？在××招待所當服務員。每天涮痰盂疊被子，一天就幹這個活兒，這是藝術家的女兒。我對她說什麼呢？孩子，不要小看，這個工作總需要人呐，總得有人幹。當爸爸到你們那兒住的時候，朋友去了，你們微笑、服務很好，人家高興。我對孩子就是這樣，我從來沒有為了讓她擺脫招待所去走後門。人家評價我說，彭清一這個人是正的。我的孩子涮痰盂繼續涮下去，我不受社會上任何事情的影響。我要保持下去。如果每個人都這樣做，從自己做起，國家就有希望了。而蛇口青年的看法正相反。一位青年發言說：這是使女兒選擇職業的權力受到了父親的限制，父親把思想灌輸給她，告訴她應該怎樣做。如果沒有你這個父親，我看你這個女兒就很危險了。應當讓青年發揮主動性，讓他們根據自己的意願進行選擇，包括選擇自己的職業，應當為青年有這樣的主動精神感到驕傲才對。

第四是關於體制改革的話題。先是曲嘯在發言中曾提到：我看到我們國土上跑著那麼多的外國車，我看著難受。開人大會的時候，在人民大會堂前面的車只有一輛是上海牌小汽車，這不能不說是個不正常的現象。蛇口青年問道：你氣憤的是什麼呢？曲嘯回答：我們落後。青年說：有外國車並不奇怪，因為我們的汽車製造業起點低，再說落後是次要的。二次世界大戰以後，日本比我們更落後。日本算什麼？日本那個時候衰敗到了什麼程度？為什麼不多幾年就起來了？光看到落後算什麼？關鍵是制度問題，是體制問題。

甚至大量進口汽車也是某些人擁有過分的不適當的權力所致，這也是個體制問題。體制要有利於發展。離開了這個談什麼落後，只是個現象。

　　作者繼續寫道，座談會結束了，風波並沒有停息。先是三位專家感覺到自己的權威受到了挑戰，不願善罷甘休。於是，曲嘯第二天在深圳市做電視演講，專門用一段話來貶損蛇口青年；第三天，即1月15日，一份以北京師範學院青年教育研究所（李燕傑任所長）的名義起草的題為《「蛇口座談會」始末》的材料就寫了出來，從深圳分送給中央和有關單位的領導。材料全文如下：

《「蛇口座談會」始末》

　　1月13日晚上，在蛇口招商大廈9層會議室，舉行了一次「青年教育專家與蛇口青年座談會」，出席這次座談會的有近日來深講學的中國青年思想教育研究中心報告員曲嘯、李燕傑、彭清一同志。這次座談會事前沒有通知本人，陪同來蛇口的深圳團市委書記謝建文同志也不知此事。參加座談會的蛇口青年約有五六十人，蛇口區團委書記謝鴻主持會議。開會之後，三位專家首先發言，對深圳市、蛇口區青年建設者的成就給予了高度評價和充分肯定，並暢談了自己幾天來的觀感。曲嘯同志在發言中說到，內地不少人嚮往深圳，其中不乏有識有志之士，但也有少數想到這裡撈一把的「淘金者」。在他發言之後，坐在門口一個戴眼鏡、穿西裝的青年突然發難，把「懇談會」引向邪路。他說：「希望三位老師能和我們一起探討一些實質性的問題，不要在這裡做那些不著邊際的宣傳。你們說來深圳的人有建設者、創業者也有淘金者，請你們解釋清楚什麼叫淘金者！」當曲嘯同志作解釋時，兩位男青年相繼舉手發言。坐在後面的一個長頭髮的男青年首先站起來挑釁：「我們久聞曲嘯、李燕傑的大名，今天才算看到了你們的真面目。原來我以為曲嘯受了那麼多苦，一定很瘦，沒想到你這麼胖！（哄笑）你們幾位闖蕩江湖，四處游說，很會來點幽默，弄個噱頭，你們的演講技巧已經相當純熟。但是我告訴你們，在蛇口這個地方，你們的那一套沒有市場！」（哄笑、掌聲）這時，另一位舉手的男青年（經瞭解，他是招商進出口貿易公司李雲忠）站起來發表了長時間的即興演講，大意如下：「你們到這裡來宣傳，肯定沒有市場！獨資、合資企業裏的工人沒有人

會聽你們的。我們就是為了自己賺錢,什麼理想、信念、為祖國作貢獻,沒有那回事。報紙上的宣傳有幾句真話?只有我們才瞭解深圳的真面目!你們要想瞭解深圳,你們就應該到四海、後海去看看那裡的工棚,看看住在沒有水、沒有電的工棚裏的合同工,看看他們在幹些什麼,想些什麼!這裡是文化的沙漠,青年人十分空虛。你們說深圳的犯罪率在全國是最低的,可是我敢斷言,用不了多久,只要條件一具備,深圳的犯罪率肯定是全國最高的。曲嘯老師說看見滿街跑的都是日本汽車心裏很難過,你難過什麼嘛?自己沒有本事造不出汽車,買日本的有什麼不好?你們說蛇口只有七八年的歷史就建設得這麼好,和人家日本比比這算什麼嘛!你們要想真瞭解特區,希望你們到這兒來住上一年半載,當個部門經理。我們判斷你們幾位,不是聽你們的宣言,而是看你們的行動。我再奉勸你們一句,那一套政治宣傳不要搬到蛇口來,在這裡沒有市場!」這時坐在靠窗戶那邊的一個青年站起來說:「報上的那些宣傳我們非常反感。說什麼深圳走的是具有中國特色的社會主義道路,其實有什麼中國特色?深圳的特色就是外國的特色!它的建築,它的街道,它的城市構造,它的企業經營方式,完全和外國的一樣。有中國特色就說有中國特色,沒有中國特色,就不要編造出一個中國特色來。中國特色的社會主義到底是什麼東西,你們誰能說得出來?」這時一個穿藍上衣敞著懷的青年站起來說:「我們這個地方說話還比較自由,顧慮還比較少,山高皇帝遠嘛!我罵你們幾句,也沒有人會來管我,我的香港老闆更不會炒我的魷魚。你們說想到深圳賺錢的人是淘金者。我們就是想賺錢。你們說要為祖國做貢獻,我自己流血流汗賺的錢就該我自己享受,為什麼要給別人!你們說深圳青年愛學習,有幾個真愛學習的?圖書館有幾個人能進去?有幾個人能辦圖書證?圖書館裏都是些什麼書?計算機技術……都是過時的,有幾本有用的書?我們今天來的都是層次比較高的,你們要想瞭解蛇口,就去找低層次的青年瞭解瞭解他們的想法吧!你們那些時髦的宣傳在這兒一點用也沒有!」那位發表長篇演講的李雲忠又站起來說:「淘金者有什麼不好!美國西部就是靠淘金者、投機者的活動發展起來的,可是由於政治的原因,中國從來不宣傳。剛才有人說

深圳沒有丟單車的現象，這只是太表面的現象，根本問題是制度問題，我為此感到憤懣。」那個敞著懷的青年接著說：「你們應該說自己由衷的話，不要說那些出於某種政治目的的話。」會場上，曲嘯、彭清一、李燕傑同志力圖對上述較為明顯的錯誤言論進行說服、誘導和批評、幫助，但是他們的發言經常被打斷，整個氣氛是不讓他們說話的，是嘲弄的甚至是敵對的。散會之後，幾位一直沒有發言的青年主動走上來對三位專家說：「他們不能代表我們蛇口青年。你們的報告我們都聽過，講得太好了！我們完全同意你們的觀點。」這幾位青年還主動要求和老師們合影留念。

北京師範學院青年教育研究所

1988 年 1 月 15 日

　　作者馬立誠針對這份材料評論道：「蛇口青年在座談會上的發言，固然未必盡妥，但在這份材料裏，青年發言的背景和上下文以及所針對的具體問題、特定對象全被割去了。作者截取了一些沒頭沒尾的片言隻語，經過排列組合，聯綴成文，這就給人形成了整個座談會從頭至尾充滿了『明顯的錯誤言論』、已經走上『邪路』的印象。經歷過十年浩劫的人們，對於這種陷人以罪的文風和筆法是並不陌生的。起碼，這份材料無助於創造一個平等對話的社會環境。聯想起類似用語兇險的材料在過去的政治運動中曾經起過的作用，蛇口的同志覺得心頭罩上了一層陰雲就一點也不奇怪了。」

　　作者接著寫道，以往，蛇口人或許會感到心虛氣短，然而，這一次，蛇口的媒體和社會各界卻站在了青年們一邊。3 月 28 日至 4 月 25 日，《蛇口通訊報》連續發表三篇文章，把「風波」的真相擺在人們的面前，從理論上深入剖析這場觀念撞擊。3 月 28 日發表魏海田的文章《蛇口：陳腐說教與現代意識的一次激烈交鋒》，明確地指出：「蛇口青年並不認為創業者和淘金者是兩個截然分開的概念，更不是對立的。相反，蛇口青年認為二者是密不可分的，蛇口青年寧願以『淘金者』自居。」4 月 11 日，魏海田又發表長文《蛇口青年與曲嘯等同志還有哪些分歧？》，更加旗幟鮮明地站在了蛇口青年一邊，他說：「不客氣地說，蛇口這個開放之窗今天所有的一切成就都是從這些被某位青年教育專家稱為『沒有希望的人』手中建設出來的，都是這些自謙為『淘金者』的人們用汗水甚至鮮血澆鑄的。」對於青年教育專家提倡的個體戶應該多為國家做貢獻、多辦公益事業，作者指出：「這個例證在蛇口青年看來，

不但不能證明改革的成果，還可能製造成人們對改革信心的動搖。」「應當承認，一些個體戶要辦公益事業的動機是高尚的，但在目前情況下，人們也應當看到，一部分個體戶的這種舉動並不是完全出於自願，而是對左傾思想心有餘悸的表現，尤其是對那些看到個體戶發財就不自在的人的恐懼表現。個體戶是受到法律保護的，但卻被近 40 年的傳統觀念視為異己。因此，我們認為個體戶政策如真正落實，就應當承認個體戶在賺錢的同時，已經為國家作出了貢獻，而且要承認個體戶對國家的貢獻和其他人是一樣的。個體戶不應當永遠置於受審地位，不應當認為他們只有拿出更多的錢來辦公益事業，才是沒有受剝削階級意識影響的行為。個體戶只有在理直氣壯地將勞動所得揣入腰包，才能使更多的人相信我們的政策的連續性和穩定性。如果把那些左傾陰影徘徊下的人們的顫慄，也作為正常甚至高尚行為來讚揚，那麼，人們就會對政策本身產生疑問。如果真要證明改革的成功，就應當從這個角度上闡述黨的十一屆三中全會以來政策的穩定性和連續性，而抨擊那種無端佔用他人勞動所得的行為。」4 月 25 日，發表曹長青的文章《「神的文化」是對人的全面窒息》。文章尖銳地批評了用一種至善盡美的、無法企及的道德模式規範千百萬人的陳舊的思想工作，實際上是在宣揚「神的文化」；指出這種以「榜樣──神──超現實價值標準」來要求所有的人的文化模式，和中國傳統文化中的「道」以及貞女牌坊、二十四孝同樣，都是禁錮人的個性，消滅獨創精神的手段。

馬立誠在報告文學中調查指出，「蛇口風波」的影響迅速由南方向北方擴展。《天津青年報》首先對這場爭論做出反應，6 月 4 日，該報發表記者唐競的綜述《李燕傑、曲嘯在蛇口遇到青年挑戰》，對這次「風波」的前前後後進行全面介紹。6 月 11 日，再度刊登唐競的報導《「挑戰」給青年留下思考》，文章說：「李燕傑、曲嘯所宣傳的缺乏新鮮感，改革已進入關鍵時刻，青年們迫切要知道改革向何處發展，它能給青年帶來什麼，青年應以怎樣的精神境界投身改革，改革應更新哪些思想觀念，不管李燕傑、曲嘯還是我們的新聞界，在這方面給我們提供的太少了，遇到挑戰理所當然。」該報導作者通過採訪記述的天津經濟技術開發區青年的觀點頗具代表性：「表面上這是一場爭論，實際上反映了傳統觀念的沒落與現代意識的崛起……幾千年來，中國人按照傳統意識塑造自己，與世無爭、超脫飄逸、重義輕利，不講經濟角逐、發達進取、自強奮鬥，搞得窮了就講人窮志不窮，搞得亡國就講盡忠殉節，

褒而言之，給人一個悲壯的美感；貶而言之，則給人以一種悲慘的感覺。難道我們就得束縛自己，再去鼓吹人們自殺嗎？商品經濟代替了自然經濟、產品經濟，本身就要求經濟關係的價值化。在改革開放比較徹底的地區，想賺錢能賺錢被認為是有才能的表現，這是歷史的進步。它瓦解了血緣關係、人身依附關係和官本位，使人的社會聯繫廣泛化、平等化和普遍化，使人富裕、企業發展、地區發達……」

隨後，《新觀察》、《現代人報》、《黃金時代》、《南京日報》、《中國青年報》、《文摘週報》等紛紛發表「蛇口風波」的消息或轉載文章，大都站在改革的立場上，肯定了這是一場新舊觀念之間的衝突，對中國的改革開放事業關係重大。最引人矚目的是 8 月 6 日《人民日報》及其海外版同時發表曾憲斌的長篇報導《「蛇口風波」答問錄》，在海內外引起強烈反響，從而在國內各行各業和海外留學生中展開了一場商品經濟意識與小農經濟意識、開放意識和封閉意識的交鋒。自 8 月中旬到 11 月中旬，全國幾百家報刊紛紛就此發表文章加入討論。

作者最後指出，雖然討論的結果仍然莫衷一是，但討論本身即具有深遠的意義：「這場風波所爭論的問題，實際上已經超出了加強與改造思想政治工作的範圍，它所反映的，是我們這個民族從傳統向現代的演進中，道德觀念、人倫準則、行為規範和價值體系所發生的激烈變遷；它所呼籲的是：深化改革絕不能僅僅偏重經濟，中國的改革是一場整體的改革，只有同步推進實質性的政治體制改革和意識形態改革，才能找到振興的出路。」

馬立誠的報告文學給我們全面展示了 1980 年代末意識形態領域裏的一場激烈衝突，使我們真切體驗到了中國從自然經濟走向商品經濟、從農業文明走向工業文明過程中所經歷的文化觀念的震盪。在整個敘述過程中，作者始終站在以蛇口青年為代表的商品經濟觀念一邊。他為教育專家、道德模範、權威話語的傳統觀念受到挑戰而興奮，也為商品經濟的發展給特區帶來物質文明的同時又不自覺地培養了一批具有自主意識和獨立思考精神的青年而欣喜。作品看似平鋪直敘，實則處處體現了作者的價值取向和觀念選擇。

第五章　鮮明的現代品格

　　1949 年以後，我們的報告文學長期受特定政治意識形態的牽制，不可避免地表現出政治化的樣態，自主空間越來越逼仄，以至完全變成了政治的傳聲筒和權力的應聲蟲，或成了歌功頌德的「喇叭花」，真實性和批判性幾乎完全荒蕪，報告文學作家的主體性和理性精神近乎完全喪失或被迫隱藏，報告文學園地荒漠化嚴重。甚至直到 1980 年代前期仍然延續著「歌德」式的慣性思維，以至大搞「暴露」的劉賓雁顯得如此格格不入。幾乎沒有論者不同意，1980 年代中後期報告文學是中國報告文學的一個高峰，因為只有這時的報告文學才回歸到了報告文學的本原意義，強化了報告文學的參與意識和批判功能，體現了強烈的理性精神和現代視野，從而使報告文學獲得了鮮明的現代品格。

第一節　自覺的批判意識

　　報告文學作為一種文體，誕生於批判生長於批判，沒有對假惡醜的批判就沒有報告文學。捷克作家基希作為報告文學奠基人，他規定報告文學是「藝術地揭發罪惡的文告」，[註1] 在基希看來，批判是報告文學的天性。茅盾在談到報告文學的性質時說：「『報告』作家的主要任務是將刻刻在變化、刻刻在發生的社會的和政治的問題立即有正確尖銳的批評和反映。」[註2] 應該說，

〔註 1〕基希著，賈植芳譯：《一種危險的文學樣式》，上海：泥土社 1953 年版，第 7 頁。
〔註 2〕茅盾：《關於報告文學》，《中流》第 11 期，1937 年 2 月 20 日。

報告文學誕生的元初意義十分明確，它是專為人類社會中的苦難、罪惡、醜陋而生的，它無意於粉飾這個世界，也無意於為「上帝」吟唱讚美詩。它「並不是因為需要低眉淺吟、吟風弄月才出現的輕浮文體，負重彷彿是它的重要的文體使命」。〔註3〕「報告文學與小說家不同的是，它必須直接面對社會寫作。對此，他沒有任何躲閃和迴旋的餘地。他必須剖開胸膛直面現實。否則，就別幹這種行當。」〔註4〕「在全部文學創作的門類中，可能只有報告文學的理性色彩最重，並以獨特的理性審視直接駕馭材料，訴諸文字而見長。也正是在這個意義上，社會向報告文學提出了不同於小說和詩歌的審美要求。這些審美要求的第一條便是逼近社會，用它的方式揭示和透析社會，而且必須毫不躲閃，刀刀見血。」〔註5〕「某種意義上說，它是一座煉獄，它和一切醜惡的東西為仇，是有鋒芒的文體，閒適與它無緣，拳頭枕頭與它無緣，風花雪月與它無緣。它是帶有悲劇性的文體」。〔註6〕如果將中國被稱為報告文學的東西與這些對報告文學的規定性相對照，人們會輕易發現，符合上述規定性的報告文學鳳毛麟角，絕大部分情況下，報告文學都在或多或少地仰鼻息、看臉色、抬轎子、拍馬屁、打廣告、做買賣……這一點，只要看一看絕大部分時間裏報告文學在讀者當中無足輕重的地位即可知曉。1980 年代中後期，無疑是報告文學史上值得驕傲的時期，新潮報告文學的諸多作品每每引起社會「轟動效應」，恰是報告文學回歸元初意義的體現，新潮報告文學的幾乎每一篇優秀作品，都是一面批判的旗幟。

報告文學新潮作家中的相當一部分人，堪稱主體意識自覺的知識分子，他們選擇報告文學作為自己的言說方式，是歷史的必然。然而，在任何時代和社會，揭露和批判畢竟都是危險的，尤其是在當代中國「暴露」被嚴格界定的情況下。人們不會忘記五十年代中期那些干預生活、暴露官僚主義等不良現象的作家的悲慘下場，人們也不可能漠視整個 1980 年代知識分子與權力話語之間的歷次衝突。「講真話」在中國社會是充滿了各種各樣的風險的，即使是在當下，我們仍然存在著各種各樣大大小小的「禁區」和「雷區」。因此，1980 年代中期以後，絕大部分知識分子選擇了明哲保身，作家或者沉迷於

〔註3〕丁曉原：《論九十年代報告文學的堅守與退化》，《文藝評論》2000 年第 6 期。
〔註4〕盧躍剛：《轉型期報告文學的迷思》，《光明日報》1995 年 1 月 3 日。
〔註5〕盧躍剛：《報告文學面臨新的問題》，轉引自梁多亮《中國新時期報告文學論稿》，海口：海南出版社 1998 年版，第 139 頁。
〔註6〕范培松：《論九十年代報告文學的批判退位》，《當代作家評論》2002 年第 2 期。

傳統文化的「尋根」，或者專注於文學形式的「實驗」，或者陶醉於不帶任何感情的「寫實」，看似忙忙碌碌，實則鴕鳥戰術。然而此時，新潮報告文學作家卻勇敢地接過批判的大旗，接續著 1980 年代啟蒙的重任。

1980 年代作為接續五四啟蒙的重要時期，今天已經有了頗多非議，正像人們對五四啟蒙運動的非議一樣，知識分子作為啟蒙的主角亦頗受微詞。其實歷史上，知識分子的啟蒙活動本來就充滿艱辛，社會給他們提供多大的舞臺，多少人願意為他們擔當助演，有沒有人願意捧場，更重要的是握有權力的「主人」允許他們在多大範圍內發揮表演的自主權，都是未知數；畢竟，絕大部分時間裏，中國的社會都是權力的附屬物，權力駕馭著「沉默的大多數」，知識分子處在「權力」和「民間」的夾縫之中，經常會有「彷徨於無地」的絕望感。正因為如此，我們對那些甘做鴕鳥的知識分子無可厚非，然而，我們卻又不能不對為數不多的堅持戰鬥的知識分子心懷由衷的敬意，在「絕望」情緒蔓延的時候，他們能毅然地「反抗絕望」，其精神更加難能可貴。一些報告文學新潮作家正是這樣一批知識分子，他們將個人的得失和安危置之度外，毅然站在了醜惡和落後的對立面；面對醜惡和落後，他們總是有「遏制不住的憤怒的激情」，他們的憤怒不是緣於「恨」，而是緣於「愛」，正是因為滿懷著對人民對真理的熾烈的愛，他們才會對醜惡現象不共戴天。即如論者的概括：「八十年代的報告文學作家崇尚批判，是把報告文學當作精神聖戰的武器，他們要報告文學正本清源，實現自己的理想。雖則有點不自量力，但他們是自覺的精神流浪者，敢於面對焦點、熱點，置身於是非的漩渦之中，把它放到中國的大環境中，以執拗的自覺的批判精神來思考，使得報告文學有一種形而上的批判的精神和理念在熠熠閃光。他們在新的啟蒙中充當了先行者。」〔註 7〕熾烈的愛、社會擔當和啟蒙的信念，使新潮報告文學作家自覺拿起批判的武器，因為他們知道，只要中國社會還存在著封建、專制、愚昧、落後，就不能放棄批判，正如麥天樞所認識到的那樣：「只要社會有問題存在，有陰暗面揭露，報告文學就應該去反映。它就是為社會進步存在的。如果社會問題在那放著糾纏於我們的時候，我們卻拋棄了問題，去歌頌那些沒有必要歌頌的東西，這是真正的報告文學作家的良心所不允許的」〔註 8〕；他們更知道，中國唯有現代化一條出路，而阻礙現代化的主要力量是落後的傳統，

〔註 7〕范培松：《論九十年代報告文學的批判退位》，《當代作家評論》2002 年第 2 期。
〔註 8〕見《1988‧關於報告文學的對話》，《花城》1988 年第 6 期。

因此「對中國傳統的反對和批判，在今天應該遠比五四時代深刻、具體、細緻和富有分析的科學性。而不應還停留在五四時期的激情吶喊或五四以後革命時期的抽象否定上」，「將集優劣於一身合強弱為一體的傳統進行多方面的解剖，取得一種『清醒的自我意識』，這才是擺在我們思想界面前的無可迴避的任務」。〔註9〕總之，新潮報告文學作家是一幫站在時代前沿，主動承擔歷史責任，又對我們的民族和人民充滿大愛的知識分子，他們是現實主義者又是理想主義者，他們立足於現在，著眼於未來，借報告文學的形式探討重鑄民族心理與建設現代新文明的重大問題。

簡略考察 1980 年代報告文學新潮的批判視域，我們可以清晰地感覺到創作主體「重估一切價值」的胸襟和氣魄。

首先是反專制和反腐敗。蘇曉康的《洪荒啟示錄》《自由備忘錄》，麥天樞的《土地和土皇帝》《問蒼茫大地》《活祭》，鳳章的《法兮歸來》，蘇廷海的《蒼天在上》《通天狀》，安峰的《裏著陽光的罪惡》《「死角」》，謝德輝的《錢，權力的魔方》等，在這些作品裏，作者將筆觸伸向權力運作的私密空間，大膽地暴露權力運作的機密和因此而產生的觸目驚心的腐敗現象，其終極目的在於批判造成這些現象的封建專制，呼喚對人和人權的尊重。蘇曉康的《洪荒啟示錄》記述的「人禍」令人觸目驚心。一個村子吃「公家飯」的有十四人，「支書的三親六故占去了十三個」；當「全村裏家家戶戶還住茅庵，一到春荒就斷糧的時候」，某些村支書卻「開始悄悄發家了」，他們公然私分救災糧款，挪用村民的教育集資；村民狀告惡支書，竟被毆打、迫害；某公社書記為了一條小狗，竟對農民採取下跪、罰款和遊街的處罰；縣人事局某股長竟將與自己的侄子發生輕微肢體衝突的村民一家十一口抓捕入獄。我們看到的是一個個基層幹部以權謀私、魚肉百姓的醜惡行徑，深入體會到的是「人治」社會的濃黑悲涼，說白了，大大小小的官僚才是民眾苦難的根源，不從根本上改變「人治」的制度，百姓的災荒將永遠沒有盡頭。至於如何改變「人治」，這正是作者要給我們的「啟示」：民主和法治才是人民擺脫苦難命運的光明大道。所有這些，顯示著作家的膽識和氣魄，彰顯著作家的人道情懷和理性批判的精神。

其次是反愚昧。報告文學作家緊緊抓住愚昧的兩個來源——文化和政治，集中火力進行批判。賈魯生的報告文學《千古荒墳》《難以走出的墓穴》

〔註 9〕李澤厚：《思想啟蒙與反傳統》，《學術研究》1989 年第 2 期。

《被審判的金錢和金錢的審判》《性別悲劇》等，揭批了長期的文化積澱而形成的民眾的愚昧。《千古荒墳》寫溫州有人虔誠地為祖先守墓，同時也固守著祖先的生活方式，固執地拒絕商業文明，36 代人守護的墳墓成為現代文明難以逾越的愚昧高山。《難以走出的墓穴》寫了溫州人有錢之後，大辦喪事，大建墳墓，「莊園墳」、「別墅墳」隨處可見，作者認為，「有一個像暴君一樣的習慣勢力統治著他們的肉體和靈魂」，那就是愚昧。《被審判的金錢和金錢的審判》則寫了溫州地區盛行的「抬會」這種愚昧落後的民間資金借貸方式，對金錢的貪婪使很多人妻離子散、家破人亡。《性別悲劇》寫的是農民在富裕起來之後的納妾現象，再現了傳統觀念在農民思想中的根深蒂固。新潮報告文學中數量眾多的婚戀家庭倫理題材的作品，亦表現了傳統文化的長期浸染而導致的國民的愚昧落後，那些換親、典妻、私奔，以至於性蒙昧、性禁忌、性變態的個體，無不打著傳統文化的烙印。作家們在無情揭露和尖銳批判這些愚昧落後觀念和行為的同時，激情呼喊現代文明之光照亮我們社會每一個陰暗的角落。除此之外，政治對於民眾的愚昧也有不可推卸的責任，謝德輝的長篇報告文學《錢，瘋狂的困獸》即是這方面的典型之作。那些發了財的個體戶大都吃喝嫖賭揮霍無度，患上了「巨財恐懼症」和「巨財舞蹈症」，歸根結蒂是因為政治勢力長期以來對於金錢和商品經濟的妖魔化所致。另外，人們對待知識和人才的態度，文教衛生中的種種亂象，對保護環境的漠視和對自然生態的破壞，以及固化在人們頭腦中的對待戰俘、對待失敗的態度及對於歷史人物和歷史事件的評價，無一不可歸咎於政治。作家們從這些事實當中冷靜地反思我們的經濟體制、政治體制以及由此而導致的民主精神的極其缺乏，在對政治文明的強烈呼籲中，彰顯著自己的批判精神和現代意識。

再次是反傳統。作家們還清醒地認識到，中國作為農業社會，有太多不適宜現代社會的落後傳統，它積存在中國人的身上，嚴重阻礙著中國的現代化進程。賈魯生的《亞細亞怪圈》和《莊園驚夢》對於傳統的「亞細亞」生產方式進行了反思，作者寫道，在中國，專制獨裁和大鍋飯似乎更能夠在短期內使人們致富，然而，它是以犧牲自由和民主為代價的，「使歷史痛心疾首的一點就在這裡，人民把自己的偉大鑲嵌在皇冠上心甘情願地奉獻給帝王以此換回被奴役的地位」，這是追求歷史進步的中國人民必須警惕的發展方式。另有反映著名改革家「落馬」的報告文學，如賈魯生、丁鋼的《未能走出「磨坊」的廠長》、周嘉俊的《步鑫生現象的反思》、徐志耕的《步鑫生：黃牌警告》、

盧躍剛的《創世紀荒誕》、張嵩山的《傻子瓜子衰微錄》、凌世子的《「傻子瓜子」落難記》等，作家意在反思傳統意識和傳統觀念在改革者身上根深蒂固，致使他們在傳統的「磨道」裏打轉的現狀，啟示人們，改革必須首先改掉人們思想中的傳統流毒，否則，改革注定會以失敗而告終。再有「魯布革」系列報告文學，如盧惠龍的《魯布革啟示錄》、成建三、王劍的《中國西部神話——魯布革》、湯世傑、李鵬程的《魯布革陣痛之秘》等，皆以國際招標重點工程——中國魯布革水電工程為對象，作家們意圖通過對中外企業中企業管理、文化建設甚至是民族精神的對比，反思中國企業「少慢差費」的傳統根源，在對比中彰顯對傳統的批判。

中國的當權者還有一個傳統，那就是聽不得批評，或曰「猖狂進攻」，或曰「不懷好意」，或曰「別有用心」，以至於理論家們也不得不出來為「批評」正名。報告文學評論家李炳銀說：「批判的態度並不一定就是消極的態度，更不能把批判性簡單地視為破壞性。在許多時候，批判正是一種進取，是一種建設，是勇敢的探求。」〔註 10〕報告文學新潮作家身上所顯現的自覺的批判精神，恰恰是我們這個社會寶貴的財富。

總之，報告文學「不批判，無以立」。「就真正意義上的報告文學而言，它往往不屑於皈依或趨同主流意識形態或公眾的庸俗經驗，而是常常執著於懷疑與挑戰。」〔註 11〕而這種報告文學要求作家必須具有獨立的意志和獨立的人格，自覺地站在現存秩序的對立面，做一名批判者和變革者，使安於現狀者的美夢不能做得舒適，唯如此，社會的進步才具備可能性。1980 年代報告文學新潮作家正是一批這樣的具有鮮明批判意識的創作群體。

第二節　強烈的理性精神

傳統的觀點認為，報告文學既然是文學，就必須講求文學性，它應該注重塑造豐滿的人物形象，有生動形象的細節，強調抒情性和感染力等等。此種觀點的發明權在茅盾，茅盾於 1937 年 2 月 20 日的《中流》第 1 卷第 11 期發表的《關於「報告文學」》認為：「好的『報告』需要具備小說所有的藝術上的

〔註10〕李炳銀：《生活與文學凝聚的大山——對報告文學創作的閱讀與理解》，《文學評論》1992 年第 2 期。
〔註11〕龔舉善：《轉型期中國報告文學的文化理路》，《文藝理論與批評》2003 年第 6 期。

條件，——人物的刻畫，環境的描寫，氛圍的渲染等等。」這種觀點在 1949
年後很少被懷疑，一直佔據主導地位。在這種認識的指導下，長期以來，我
們幾乎一直是把報告文學當作小說來寫的，承擔報告文學寫作任務的，也主
要是小說家。

　　然而，新潮報告文學在傳統意義的文學性上漸趨衰弱，而其影響力不但
沒有下降，反而提高了，原因何在？麥天樞認為：「當思想的深度構成讀者
對報告文學的普遍要求的時候，思想性就表現為一種美；思想性通過文學
手段來承載，思想性就變成了文學性。」〔註 12〕思想性也是一種美，它同
樣可以給讀者帶來美的享受，這無疑是對文學性的一種嶄新認識，它有助
於報告文學作家擺脫傳統「文學性」長期以來對報告文學創作的束縛，創作
出更多具有理論性和思辨性的報告文學作品。眾多論家也支持這一關於「思
想性」的認識。論者秦晉認為：「在大變革之際，在中西觀念碰撞、新舊思
維交替的過程中，人們普遍感到困惑，通過文學的反射瞭解變得陌生的生
活和難以名狀的心態，更希望能夠從歷史與現實、社會與文化、觀念與行為
的總體思考中解釋周圍所發生的一切。」因而他認為，思考的時代要求有思
考的文學，是社會審美需求的變化，自然地引領著報告文學作家們文學觀念
的變化。〔註 13〕賀興安強調：「問題報告文學的興起在於報告文學作家能把
報告文學變成一種文化精美的載體，而且能夠把哲學家、社會學家、文化學
家、歷史學家的思維成果借用過來，綜合起來，而問題報告文學的文學性恰
恰就在這個時候發揮作用，它把哲學性、新聞性、歷史性、社會調查等靠文
學性統一起來，靠作家的心靈、情感統一起來，報告文學的文學性正表現為
作家的主體人格對新聞性及其他東西的駕馭。」〔註 14〕張韌認為：「問題報
告文學已不再尾隨小說，走寫一人一事、個人命運的小說化的路子，它在走
向成熟的過程中已經形成了自己綜合性的大信息量的文體意識和美學原則，
強調新的思想就是一種美。」〔註 15〕何西來認為，問題報告文學的文學性和

〔註 12〕見《太行夜話——報告文學五人談》，《光明日報》1988 年 9 月 23 日。
〔註 13〕秦晉：《走出困境——關於報告文學批評的思考》，《光明日報》1988 年 11 月
　　　　18 日。
〔註 14〕艾妮：《弄潮人的求索——問題報告文學研討會概述》，《文學評論》1989 年
　　　　第 3 期。
〔註 15〕艾妮：《弄潮人的求索——問題報告文學研討會概述》，《文學評論》1989 年
　　　　第 3 期。

新聞性結合後形成了新的特點,「這個新特點的核心就是問題報告文學的理性特點」。〔註 16〕

　　這裡,當時的作家和理論家都在論證一個問題,那就是「思想性」就是文學性。但在筆者看來,這種論證除了達到使大家在情理上接受報告文學新潮的功用之外,對報告文學自身毫無益處。有兩個問題值得思考。第一,報告文學和小說究竟是什麼關係?長期以來,人們將報告文學和小說混為一談,當然這並非是說人們不清楚這兩種文體,而是指人們潛意識裏往往拿要求小說的標準來要求報告文學,或者希望報告文學跟隨小說的腳步,主要原因是人們認為二者具有同樣的職能。考察中國當代文學史會發現,1949 年以後,報告文學和小說承擔著同樣的社會功能,即政治宣傳和社會教育。這種功能的同一性到了新時期前期幾乎沒有什麼改變,二者都致力於控訴或歌頌,控訴的對象只有一個——「四人幫」,是政治的需要;歌頌的對象由工農兵變成了知識分子,也是政治的需要。報告文學也主要是小說作家的業餘創作,或小說作家轉行而成了報告文學作家。遺憾的是這種狀況好像並沒有引起報告文學研究者的注意。1985 年以後,報告文學和小說出現分離的跡象,這主要表現在小說的「向內轉」和報告文學的「學術化」傾向。應該說,報告文學從「小說化」的束縛中解脫出來是報告文學文體自身的一件大事,它不僅使報告文學在職能上有別於小說,在創作方法上也與小說分道揚鑣,報告文學出現了少有的文體自覺。報告文學回到了對複雜的社會生活的揭示,對社會陰暗面的直接揭批和直率評判,表現出更多的理性精神和批判精神,方法上也更多地引入各種社會科學的研究方法。實際上,報告文學和小說本就應該是一種根本對立的關係,此種對立最根本的是真實和虛構的對立。另外,報告文學不排斥宣傳,而小說則絕對忌諱宣傳。郁達夫在《戰時的小說》中說:「有一次曾和郭沫若先生談到戰爭時期文學作品的種別問題。郭先生說:『在這抗戰時間,事實上似乎不容易產生出偉大的小說來。你看,報告文學,有煽動性的各種論文小品詩歌,以及宣傳戲劇等在這一年裏產生得很多,而小說卻還沒有。』對這一點,我和他是有同樣的感想。」〔註 17〕從對話中我們應該可以看出在「宣傳」的職能上報告文學與小說的巨大差別。

〔註 16〕艾妮:《弄潮人的求索——問題報告文學研討會概述》,《文學評論》1989 年第 3 期。
〔註 17〕郁達夫:《郁達夫文集》(第 7 卷),廣州:花城出版社 1983 年版,第 40 頁。

　　或許有人會提出，這樣以來報告文學豈不就喪失了文學性嗎？這正是我們要討論的第二個問題：報告文學是傳統意義上的文學嗎？「文學」概念雖然歷來莫衷一是，但卻也有最基本的規定性。如韋勒克、沃倫的《文學理論》即指出：「文學的核心性質——虛構性。」〔註18〕如果我們承認這一判定尺度，那麼，對報告文學是不是傳統意義上的「文學」就會有所懷疑。而回望1980年代新潮報告文學的「學術化」傾向，那些為了說明問題而採取的材料的舉證和科學的論證，似乎距離所謂的「文學性」越來越遠，無怪乎人們懷疑他們是否是文學，實際它根本不是傳統意義上的「文學」。波蘭理論家英加登在《對文學的藝術作品的認識》中說：「文學的藝術作品的主要意向卻不是以概念和判斷的形式形成和固定科學知識，也不是同別人交流科學研究的成果。如果偶然發生了這種情況，那它就遠遠超出了它的真正功能。文學的藝術作品不是為了增進科學知識，而是在它的具體化中體現某種非常特殊的價值，我們通常稱之為『審美價值』。它使這些價值呈現出來。使我們可以觀照它們並對它們進行審美體驗，這個過程本身就有某種價值。如果在某個特殊事例中，文學的藝術作品由於某種原因沒有體現這些價值，那麼它即使能夠提供這種或那種知識也是無濟於事的。……我們所說的也適用於那些沒有呈現出審美價值，但卻表現了重要的哲學或心理學洞識的作品；它們仍然不是藝術作品。」又說：「當我們出於學術目的而閱讀科學著作時（不是欣賞它的風格、結構，或思想的明晰），我們最終希望通過它的中介作用獲得其中的判斷所指稱的那些對象的知識；我們所要求的知識正是這種著作想要給我們提供的知識。所以我們對科學著作的興趣比我們對文學的藝術作品的興趣（特別是以審美態度）要有限得多和簡單得多。後者的結構比科學著作的結構要複雜和豐富得多。科學著作中的許多要素和因素是無關緊要的，如果是出於求知的目的來讀它，特別是科學著作語音學構成層次可能出現的任何審美相關性質都是毫不相關的。在閱讀中，即使它們生動地顯現出來，通常也被忽略了，科學著作語音層次的唯一功能是作為確定語詞和句子意義的手段，否則它在作品中沒有任何作用。」〔註19〕筆者無意於將報告文學說成科學著作，

〔註18〕韋勒克、沃倫著，劉象愚等譯《文學理論》，北京：生活・讀書・新知三聯書店，1984年版，第15頁。

〔註19〕羅曼英加登著，陳燕谷等譯《對文學的藝術作品的認識》，北京：中國文聯出版公司，1988年版，第157、166頁。

我要說明的是，讀者在閱讀報告文學的時候，並不是在「審美」，它的審美「過程本身」沒有價值，讀者的主要興奮點在於作家所揭示的那種真實的生活現象和由此引發的思考；因而，敘述方式等技巧對它並不重要，它們的作用無非是怎樣更好地揭示問題，技巧過甚反而有礙讀者對作品所揭示的社會現象的把握，弄巧成拙。實際上，對於那些真實地傳播了社會真實和大膽揭露了黑暗的報告文學作品，讀者是很少顧及它們的「文學性」的。從這些意義上說，報告文學就根本不是「文學」。司馬長風說：「報告文學並非文學」，「究其實來說，『報告文學』或『新聞文藝』都是廣義散文的一種，比雜文距文學更遠，把它們稱作文學或文藝，實是誤解或混淆。」〔註20〕郭沫若、郁達夫、周立波等也都有相似的看法。

當然，說報告文學不是文學並非貶低報告文學，正像說天鵝不是鵝一樣，反而有利於報告文學成為它自身，強化它本應有的新聞性特徵。或許，報告文學（Reportage）在一開始命名的時候糾纏上「文學」本來就是一個錯誤。分析至此，我們就沒有必要再像開始的理論家那樣，小心翼翼地證明「思想性也是一種文學性」了。作家們可以大聲地宣稱，我們本來就沒有在搞「文學」而是在搞「報告文學」，我們就是要以強烈的理性精神寫出具有高度思想性的作品，就是要借用各種社會科學的方法，從而實現知識分子參與社會的職能。

與之前的報告文學作家的小說家身份不同，1980 年代中後期這批報告文學作家大多是新聞記者出身，雖然在思想上他們對報告文學的認識是模糊的，但在實踐中他們並沒有拘泥於「搞文學」，他們只不過是借用了報告文學的形式來反映社會問題，因此，思想上的模糊不清並無礙於高度理性精神的發揮。考察 1980 年代中後期充滿思想鋒芒的報告文學創作，從家庭倫理到自然生態，從社會改革到權力腐敗，從當代思考到歷史反思，從大地震到森林大火……縱橫馳騁，思接千載，視通萬里，將豐富的思想信息和深刻的理性精髓傳輸給讀者，正體現著一代作家強烈的理性精神。

解讀 1980 年代報告文學新潮作品，我們會清楚地感受到作家在注重「問題」和「矛盾」的展示之外，更多地把眼光聚焦在問題背後的深刻意蘊。該時期的幾乎每一篇優秀作品都體現著強烈的理性精神。《洪荒啟示錄》中，作者

〔註20〕司馬長風：《中國新文學史》（下卷），香港：昭明出版社，1978 年版，第 141
～142 頁。

沒有滿足於對中原大地上洪荒自然災害的鏡象式反映，而是將精力更多地投注在「啟示」上，作者指出，與自然災害相比，權力的災難才是我們這個古老民族曠日持久的災難的總根源；《陰陽大裂變》書寫當代中國的離婚現象，但作者並沒有將筆觸停留在婚姻裂變的外在形式上，他深刻剖析了「陳世美原型」、「秦香蓮原型」投射在我們這個民族心理上的濃重陰影，完成了一次對於傳統婚姻觀念的現代審視；《神聖憂思錄》擺脫了傳統意義上對教育改革的呼籲和對教師的「歌功頌德」，作者要我們深思的是，我們這個民族曾經的「神聖」為什麼一朝黯然失色？人們在追求好的教育和不願做教師之間出現價值取向上的兩難選擇，究竟是什麼原因？《西部在移民》寫的是甘肅中部和寧夏西南部兩個乾旱地區 70 萬百姓千里移民的故事，但移民的過程並不是作者關注的焦點，展現在我們面前的是中國農民的閉鎖心態，是整個鄉土中國的無盡悲哀，是政治的、歷史的、文化的反思；《白夜》為我們記述的是中國人由於性禁忌而導致的性知識的缺乏，並因而造成的各種各樣的悲劇、鬧劇，但作者並沒有就事論事，他將批判的矛頭指向了愚民的政治和虛偽的文化，籲請對於人性的尊重，呼喚科學和理性的精神灌注到我們民族的血液之中；《強國夢》揭露了我國體育界眾多的「問題」和「黑幕」，但作者並不把思想停留在揭露上，他借體育界出現的種種問題將批判的矛頭指向了狹隘、封閉、保守、虛偽的民族心理，他不是在探討如何強健國民體魄的問題，而是在探究如何強健民族靈魂的問題；《未能走出的墓穴》表面上看是寫人死後靈魂安葬的處所──墳墓，但作者並沒有侷限於墓穴本身的考察，他遍訪祖國的東西南北、城市鄉村，為的是證明一個事實，那就是在中國大地上，無論是沿海還是內地，無論是富有還是貧窮，到處都是一樣麻木而昏睡的靈魂。

　　與現實題材相比，歷史題材報告文學具有更強的理性思辨色彩。蘇曉康的《「烏托邦」祭》中，作者將學者型的馬克思主義者張聞天的遭遇和非學者型的馬克思主義者毛澤東的經歷加以對比，在對比中聯想陳獨秀、瞿秋白等以往學者型人物的命運，深具歷史意味，有力地激發了人們對於國際共產主義運動中諸多理論問題的思考，體現了報告文學的學術價值和理性精神。錢鋼的《海葬》選取中國近代史上自鴉片戰爭至甲午中日戰爭 50 年的歷史作為敘寫對象，深入思考了中國現代化道路的艱難和不可逆轉的悲劇命運。作品將 1888 年與 1988 年放在同一主題下進行比較，將中國與日本、俄國現代化初期的情況進行比較，將光緒帝與彼得大帝進行比較，將嚴復與伊藤博文進行

比較，這每一項比較，雖然作者有意識避免激烈的評論，但每一項選擇本身就體現了作者的深入思考和匠心獨運，作者正是在這看似毫無關聯的事件之間找到了本質的聯繫，從而引領讀者逐層深入地認識歷史，反觀現實，達到了思想史專著都難以企及的良好效果。沒有良好的史家修養和深厚的社會科學知識素養，是很難達到如此境界的，所以，人們稱錢鋼為學者型報告文學作家。這種報告文學的理性精神，使它不僅僅是報告文學，還可以作為珍貴的歷史文獻存在。

總之，報告文學新潮作家將報告文學看成是「思想發生器」，他們將高度的理性精神灌注到作品之中激發讀者的思考，從而對 1980 年代「思考的一代」、「覺醒的一代」的形成頗多貢獻。

第三節　文化反思的自覺選擇

1980 年代中期以後，文學在轟轟烈烈的現實觀照之後產生分化，歸結起來主要是兩個路徑：一是朝向古老的文明汲取營養，尋根文學中不論是接續傳統還是批判傳統，其價值取向都是文學面向民族文化之根的開掘；一是面向現代文明的反思，許多作品表現了對現代性的焦慮和對現代人異化的恐懼，傳達的是對於古樸田園生活和人性和諧的嚮往。1980 年代作為新啟蒙時代，啟蒙在這樣的二律悖反中力量被無限分化趨近於無。此時的啟蒙重任即由報告文學作家接續了，啟蒙的方式是借問題的暴露和批判進行文化反思。

如果考察新潮報告文學作家的文化意識，我們會清晰地發現，他們的精力主要聚焦於阻礙改革開放的種種文化因素，意欲為進一步深化改革掃平障礙，尤其是文化障礙。1980 年代中後期，中國的改革進入深水區，改革面臨著越來越多的體制的和文化的瓶頸，聰明的頭腦開始思考文化的問題，人們發現，改革遭遇困難的最根本原因是傳統文化施加於國民的意識形態；單從經濟上講，市場經濟是中國改革的必由之路，然而講求家庭觀念和親緣關係的農耕文化，永遠也不可能適應以人人平等的契約關係為標誌的商業文明，人有親疏遠近而不能契約面前人人平等，市場經濟的前提即被取消了，即使勉強發展市場經濟，也必然是非驢非馬的東西；因此，改革勢必要觸碰中國傳統文化的核心，實際也就是否定農耕文明而提倡商業文明，否定黃河文明而提倡海洋文明。自然，這種提法的風險很大，中華民族有著超乎其他任何

民族的愛國情結和文化自豪感，否定其文明傳統，輕則會被批判為數典忘祖，重則會以「漢奸」之名淪為階下囚。然而，除非中國固守著農業社會而拒絕市場經濟，否則這痛苦的一步早晚要邁出，而且越早邁出越好。對此，報告文學新潮作家顯然有著十分清醒的認識，他們探討中國的文化問題，為改革的深化做文化上的補課。

　　報告文學新潮作家幾乎都有一個共識，那就是選擇具有文化內涵和文化意義的題材和對象進行書寫，即使一般的材料，也要儘量挖掘其中所蘊含的文化根源和本質。即以反映農村和農民問題的報告文學而言，如 1980 年代前期那樣正面肯定和歌頌農村改革的作品幾乎沒有，所有的是對農村和農民當中傳統落後根性的揭批和反思。蘇曉康的《洪荒啟示錄》，麥天樞的《西部在移民》《土地與土皇帝》《問蒼茫大地》，賈魯生的《難以走出的墓穴》《莊園驚夢》等，對等級觀念、小農意識、家族觀念、迷信愚昧、權力崇拜等問題的報告，觸及的都是農村和農民中落後傳統文化的流毒。賈魯生的《莊園驚夢》寫的是號稱「中國第一黃金村」的山東省招遠市蠶莊鎮前孫家村令人觸目驚心的地主莊園式的野蠻經營模式：村黨支部書記孫良林一手遮天，他像管理牲口似的統治著全村人；村民沒有思想、沒有自由，更沒有參政議政的權利；村民們都心甘情願地接受這種毫無尊嚴的管理，以致他們見了外人都會異口同聲地說：「我們能過上好日子，是多虧有個好書記。」就經濟而言，村民們確實過上了「好日子」，但孫良林作為「莊園主」，生活卻更為奢華侈靡，他成了地地道道的「土皇帝」，他甚至盤算著將「莊園主」的位子世襲給自己的兒子。如此不可思議的獨裁專制統治，居然堂而皇之地存活於新時期中國的土地上，而統治者和被統治者居然都認為理所當然，其中的文化內涵何其深刻！陳義風的《來自首都的經濟內參》〔註21〕從另一個側面表現了中國農民中的傳統觀念和小農意識，即農民中見利忘義的「奸商行為」。文章提到，中國市場上出現了大量的假冒偽劣商品，而這些商品幾乎全都是鄉鎮企業和農村專業戶生產的，例如在河南省鞏縣，即有一百多個村莊的數萬人加工銷售假化肥，這些化肥行銷全國許多地區，它不但不能給農田增產增收，反而會使土地板結，農作物絕產。作者在做了大量的調查之後指出：「我提醒大家注意的是上面這些偽劣商品都是和農民的名字聯繫在一起的。這種現象給了我們一些什麼啟示呢？它告訴我們，自由渙散的農民和自由渙散的農村環境是滋生

〔註21〕《報告文學》1988 年第 6 期。

不法商人的最好的土壤。」在新潮報告文學作家看來，中國的農村不再是欣欣向榮，而是藏污納垢；中國農民也不再是勤勞善良，而是愚妄麻木、怯弱無知。總之，深受落後文化傳統薰染的農民，將成為中國改革的巨大阻力，不在農民中完成啟蒙的任務，中國的改革將永遠沒法徹底成功。

　　體育報告文學往往以歌頌體育界的先進任務和先進事蹟為出發點，如《揚眉劍出鞘》《三連冠》《中國姑娘》《中國男子漢》等所謂的「冠軍文學」皆是如此。然而如《強國夢》《兵敗漢城》《淚灑漢城》和《世界冠軍的沉默》等新潮報告文學卻境界大變，作者在作品中致力於暴露中國體育界的危機和矛盾，並深入挖掘其文化根源。在《強國夢——當代中國體育的誤區》中，作者反思了中國在體育觀念和體制方面的「誤區」：我們賦予體育過重的政治功利性，將體育視為國家強盛的符號，由此形成了以奪取金牌為唯一目標的「一條龍」體育模式，運動隊官辦、封閉、急功近利，顯示了殘缺不全的民族情結和文化心理。在此種心理的支配下，社會各階層都表現出嚴重的危機。作為觀眾，只許贏不許輸。《強國夢》一開篇作者即寫了這樣一位畸型體育迷，他只看中外比賽，且只聽結果不看過程，如果中國隊獲勝則喜笑顏開，連贊「好好，不賴」，如果中國隊落敗則大發雷霆，痛斥：「飯桶！大草包，都他媽該撤換。」這種贏得起輸不起的畸型體育迷在中國恐怕為數不少，「5‧19之夜」〔註22〕球迷們瘋狂的打砸搶燒事件即是證明；他們將體育作為滿足民族虛榮心的工具，彷彿體育的勝利可以抹殺經濟的、政治的、文化的等一切方面的落後，實際純粹是「阿Q精神」的發作，有著深刻的文化淵源。作為體育界的領導，公然違背自由、公平、公開的體育精神，長官意誌盛行，教練的任用、運動員的選拔、訓練的安排甚至是比賽的結果都要按照領導的意圖進行，致使足球場上出現過 69：0 甚至 92：0 的罕見紀錄，也出現過籃球賽中為避開另一組的強勁對手而爭相向自家籃筐投球的醜聞。馬役軍的《世界冠軍的沉默》〔註23〕即寫了以組織名義實行長官意志的實例。第 39 屆世乒賽上，何智麗擊敗南朝鮮選手梁英子捧得「蓋斯特」杯，沒有鮮花和掌聲，輿論界一片沉默。究其原因，是何智麗沒有按照領導的意圖在半決賽中讓位給隊友管建華，

〔註22〕1985 年 5 月 19 日晚，中國、香港足球隊為爭奪世界盃東亞賽區的小組出線權，在北京工人體育場舉行比賽，結果中國隊出人意料地以 1：2 負於香港隊，導致球迷騷亂。理由的《傾斜的足球場》、傅溪鵬的《悲劇的價值》、劉心武的《「5‧19」長鏡頭》等報告文學都報告過此事。

〔註23〕《中國作家》1988 年第 4 期。

讓管建華去拿這塊金牌，領導認為這是「破壞組織紀律」、「不聽從指揮」，不但不應該表揚反而應該處分。這種長官意志和衙門作風是中國傳統文化的痼疾，就體育而言，它扼殺了運動員的競爭意識和個性，帶來的是中國體育的悲劇。由於體育問題上的急功近利，致使中國的體育事業深受其害，《兵敗漢城》和《淚灑漢城》即記述了中國體育在 1988 年漢城奧運會上的慘敗；同時這種急功近利還導致我們群眾體育的薄弱，《強國夢》的最後作者禁不住大聲疾呼：「我們發展體育運動的終極目的，究竟是奪取金牌呢，還是強化民族體質進而提高民族素質？」「如果說，我們忽視競技運動就失掉了國際比賽中的金牌，那麼，我們忽視全民體育就會失掉整個民族的健康。」「身不強，國何強？民不強，國何強？」體育與文化反思的意義不言而喻。

另外，前文分析過的如《陣痛》《步鑫生現象的反思》《未能走出「磨房」的廠長》等反映著名改革家紛紛「落馬」的報告文學，作者意在表現小農經濟意識和落後保守觀念對改革的羈絆；《神聖憂思錄》《黑色的七月》《多思的年華》《高考落選者》等教育問題報告文學，所反映的對知識和人才的輕視，教育思想的陳腐，學而優則仕意識的頑固等等，無不與傳統文化密切相關；《北京失去平衡》《沉淪的國土》《伐木者，醒來》《只有一條長江》等生態報告文學，在破壞生態環境的報告中所展示的損公肥私、以鄰為壑、君子固窮、信仰缺失、無視法律、是非不分、人情冷漠、迷信盛行、賭博成風、生育泛濫等現象，都是傳統文化沉澱在中國人性格中的腐爛變質的垃圾。總之，新潮報告文學作家在揭示社會問題時，往往注重探求問題背後的文化根源，表現出強烈的文化意識。

第四節　開闊的現代文化視野

新潮報告文學作家選擇觸碰文化問題固然重要，而更為重要的是他們擁有怎樣的文化視野，這決定著他們能否為中國的社會問題號準脈，從而開出救助病痛的良方。實際上，1980 年代不少作家都在尋找救助中國社會的方法，然而由於文化視野的問題，他們往往誤入歧途。那些將目光鎖定在民俗風情的作家，表現出對於中國民間文化的偏愛，他們試圖從民間文化中發掘出中國傳統文化的精髓，以救治中國文化的危機，然而，實踐證明，中國民間並不是濾清了一切人間雜質的世外桃源，而是沒落文化的垃圾場，野蠻、血腥、

保守、奴性，哪一樣也做不成現代文化的還魂丹。另有一些作家，將希望寄託在老莊哲學之上，認為道家「無為而治」、「返歸自然」的思想可以補救儒家的缺失，然而他們沒有意識到，恰恰是道家的消極遁世哲學幫助了集權專制的高枕無憂，它是沒落傳統文化的重要組成部分。正因為如此，文化智慧和文化立場成為對新潮報告文學作家的嚴峻考驗，而事實證明，作為 1980 年代報告文學的新生代力量，他們已經具備了開闊的文化視野和嶄新的現代文化立場。

《土地與土皇帝》發表以後作者麥天樞遭受巨大壓力，原因是文章不是從倫理、道德、情感層面對李計銀個人的批判，而是剖析了一個人大代表能夠無法無天的廣闊的社會背景，將矛頭指向了政治體制的缺陷和「土皇帝」誕生的文化。作者一針見血地指出：「一個典型的封建小王國的藍圖，卻被橫山的有些人順理成章地塗抹上共產主義的色彩。」言外之意豐富而深刻，只是作者不便明言，他只得提示我們去思考：「仍然痛苦地顫慄著的橫山，注定了要向整個中國和中國的改革訴說些什麼。」麥天樞的《愛河橫流》借對農村中大量存在的青年男女「私奔」現象的描述，反映的是專制主義的沉重枷鎖對青年人的束縛和戕害，其意圖是呼籲整個社會對於人的價值和尊嚴的保護，並進而要求改革漠視「人」的政治、經濟、文化因素。麥天樞的《問蒼茫大地》〔註24〕報告了山西省 L 縣城 1987 年 12 月 9 日「民主選舉」的一次壯舉，縣人大、政協代表終於行使了代表人民的權力，使不稱職的人大主任、縣長、副縣長、政協主席等在選舉中紛紛落馬，完成了一次權力「向人民的認祖歸宗」，這事件的轟動本身就體現著深刻的文化內涵；而人大選出的新領導班子卻得不到縣委的承認，沒法正常開展工作，更使中國的「民主政治」面臨著莫大的諷刺——在中國，即使是操作層面的民主也遙遙無期。麥天樞的代表作《西部在移民》〔註25〕獲得 1988 年「中國潮」報告文學徵文一等獎，更典型地體現了作者的現代文化視野。農業文明曾經給我們這個社會帶來穩定和相對的繁榮，然而隨著工業文明的到來，它越來越失去活力，越來越表現出腐朽的徵兆，作者的反思正是圍繞這一認識展開的。中國西部物質貧困，但更為貧困的是精神，例如缺乏環境保護意識、強烈的繁殖後代的欲望、拒絕遷徙的祖先觀念和神明觀念、靠天和靠政府吃飯的惰性等等；作者將農業

〔註24〕《中國作家》1988 年第 5 期。
〔註25〕《解放軍文藝》1988 年第 5 期。

文明的弊病借「移民」向我們一一展示，其啟蒙意圖和變革思想十分清晰。在種種嚴峻的現實問題面前，麥天樞表現出了一個現代知識分子應該具有的獨立思考能力和較高的文化素養。

胡平也是一位具有較突出文化意識的報告文學作家，其報告文學《中國的眸子》〔註26〕帶有深刻的文化反思特徵，它超越了一般作品對「四人幫」和極左政治的淺層次批判，深入到文化結構的深層，對於造成青年女性李九蓮和鍾海源「文革」中被冤殺的文化根源進行深入地分析。對權力者蠻橫強暴的分析，深刻揭示了極權專制的文化傳統對人權的踐踏和對生命的漠視；對庸眾愚昧麻木的分析，彰顯了長期的專制傳統薰染和愚民政策對人的自由精神和獨立意志的戕害，以及「群氓專政」的偽民主給社會造成的沉渣泛起的惡局；對告密者的卑劣無恥的分析，暴露的是階級鬥爭和極左思潮給民眾帶來的道德滑坡和人性喪失，充滿了對革命倫理和鬥爭哲學的反思。總之，全文在文化反思之中內蘊著一種透徹骨髓的悲涼，作者甚至將中世紀黑暗的羅馬宗教法庭那段歷史拿來作比，藉以說明李九蓮們冤死的文化原因，他告訴我們，李九蓮與鍾海源由被捕坐牢到被殘忍槍斃的整個過程，與中世紀宗教「異端法庭」迫害異教徒的方式如出一轍，都是野蠻專橫，都是師心自是，都是無恥妄為。這種無情的文化解剖產生了強烈的警醒效果，也體現了作者開闊而現代的文化視野。

賈魯生的《丐幫漂流記》〔註27〕和劉漢太的《中國的乞丐群落》〔註28〕都以中國的乞丐為記述對象，也都借乞丐問題進行文化考察。《丐幫漂流記》以鬆散的散文筆法記述了丐幫的生活和「乞丐王國」的恩怨情仇，作者化身乞丐的經歷和對乞丐真誠的同情增強了文章的感染力。作者觀察到，乞丐王國實際是對現實社會的模仿：他們通過各種乞討手段致富了，卻並不想就此「洗手」而自食其力，收穫的輕而易舉養成了他們懶惰的習性和享樂的作風，他們喝茅臺、抽「三五」，在高消費中獲得滿足和虛榮；腰纏大量鈔票的乞丐慨歎「富而不貴」，社會森嚴的等級制使他們有錢而不能住高級賓館、坐火車臥鋪、乘坐小汽車，他們分明覺得在常人眼裏還是「下賤人」，他們要報復社會；他們按照社會的方式成立幫會，名義上採取「民主集中制」的原則，實際上

〔註26〕《當代》1989 年第 3 期。
〔註27〕《中國作家》1987 年第 3 期。
〔註28〕劉漢太《中國的乞丐群落》，江蘇文藝出版社 1987 年版。

幫主一人獨裁，乞丐們「對他的任何一道旨令不敢有絲毫的違抗」；丐幫管理鬆散，乞丐們之所以臣服於統治者而不離去，完全因為人的奴性，恰如一乞丐所說「牲口還有個頭，人活著，沒人管，連牲口都不如」；乞丐中亦流行阿諛奉承、溜鬚拍馬這一套，善於此技者吃香喝辣、節節高升；乞丐和現實社會的人一樣，很善於鑽法律的空子，慣於「在法律的邊緣上走鋼絲」；他們境遇如此，卻不收外國人的錢，不允許外國人拍照，甚至騙外國人說自己衣衫襤褸是在拍電視劇，表現出對於「國格」的神經過敏。《中國的乞丐群落》對乞丐群落的分析更具體更理性，作者對丐幫的組織形式、生活狀態、行為特點、分配原則和精神狀況等皆做了細緻的分析。組織形式上，「座次」嚴格，等級分明；生活方式上，存在三種主要形式，即吃了睡、睡了吃的蠢豬式，專事敲詐勒索別人勞動成果的賊鷗式，一心積累財富的田鼠式；精神和行為上，有醉生夢死型、好吃懶做型、欺軟怕硬型、幻想發跡型等。通過兩文作者的剖析，我們不僅對於乞丐群落有了直觀的瞭解，而且看到了其中傳統文化心理的積澱，更重要的是，我們可以借乞丐群落反觀現實社會，乞丐所具有的文化心理皆可一一對應到現實人群。於此，作者考察書寫丐幫的文化意義就凸顯出來了。

陶鎧、張義德、戴晴的報告文學《走出現代迷信》書寫的是新時期之初全國上下開展的一次關於「真理標準問題」的大討論。作品將著眼點放在「現代迷信」這一當代中國發人深思的文化現象上，詳細考察了「現代迷信」之所以在中國暢行無阻的歷史和文化原因。令人疑惑的是，兩個「凡是」的思想陳腐落後、專制迷信思想嚴重，為什麼深受「文革」災難的中國人民卻仍然深信不疑？為什麼人們寧願將一己的命運甚至是民族的命運交給一個已經死去的人？從「五四」就開始接受啟蒙的中國人為什麼至今還不能撥開「現代迷信」的迷霧？作品將這一系列疑問借助「實踐是檢驗真理的唯一標準」提出的艱難過程而展開，發人深省！問題的反思已經深入到了文化的深層結構，不具備現代文化意識和文化觀念是難以完成這一深刻反思的。

總之，報告文學新潮作家作為文革後成長起來的新生代作家，又多兼具新聞從業的經歷，更容易接受現代文化觀念，從而形成了他們自覺的文化啟蒙意識；體現在報告文學創作中，則相較於前代作品更具有自覺的文化意識和文化批判的特色以及強烈的理性精神，從而形成新潮報告文學的現代品格。

結 論

　　由於特殊的歷史原因，1980 年代報告文學新潮作為一種強大的潮流煙消雲散了，報告文學新潮作家們也大都改弦更張、各奔東西，報告文學在一片歌舞升平的絃歌聲中，再也難以見到「萬頭攢動看潮頭」的盛況了。以報告文學新潮的折戟沉沙為標誌，中國 1980 年代「新啟蒙」運動也終於偃旗息鼓、淒然落幕。

　　報告文學新潮在短短的四、五年時間內取得的成就，令人驚訝。它以洶湧澎湃之勢，迅即將中國的報告文學由稚嫩而推向成熟、由無足輕重而變成文壇和社會熱點，報告文學取得了史無前例的輝煌。就內容而言，報告文學在反映社會的廣度和深度上獲得重大突破，報告文學第一次全面地進入反思和批判的狀態，第一次全面地高揚民主和科學的啟蒙精神。就形式而言，作品的「報告」意識被強化，報告文學創作由注重結構精巧、情節曲折和講究人物刻畫，轉向對場景、畫面的粗線條勾勒，宏觀整體觀照社會性問題，並從現代、文化、歷史等多個角度加以全景透視，從而實現對社會歷史文化的全面審視。總之，報告文學新潮以其嶄新的姿態踐行著「干預生活」的使命，促進著人們思想觀念的變革，實現著報告文學作家作為知識分子參政議政的理想。報告文學的價值和意義史無前例地被凸顯出來。考察 1980 年代報告文學新潮，我們對報告文學的特點有了更清晰的認識。

　　首先，文體上的「轟動效應」。1980 年代中期以後，小說和詩歌失去了轟動效應，而新潮報告文學卻異軍突起，在讀者大眾中產生廣泛影響，幾乎每一篇重要作品的問世都要引來社會的熱捧，這種情況看似奇特，實際是報告文學向其自身的回歸。「轟動效應」是報告文學應有之義。報告文學的「報告」

特性使它必須貼近生活，反映社會生活中人們最為關心的和最急需解決的問題，引起社會關注是其文體應有之義。1990 年代以後報告文學之所以會失去轟動效應，與小說、詩歌的回歸本體不同，它是對本體的背離，缺失了直面現實的勇氣和干預生活的熱情，報告文學還是它自身嗎？當然，報告文學的繁榮離不開適宜的社會生態。「報告文學是一種危險的文學樣式」，只有在適宜其生長的社會生態環境中才能枝繁葉茂。1980 年代是「重估一切價值」的新啟蒙時代，關於真理標準問題的討論、政治對文學和思想的鬆綁、西方現代思想的大量湧入等，形成了一種相對寬鬆的社會環境，尤其是 1980 年代中期以後，時代漸趨開放多元，思想漸趨活躍，現代觀念逐漸形成。此時，報告文學成為實現社會民主的一種方式。

其次，反思和批判的主題。閱讀新潮報告文學作品，我們時刻會為作家激憤而又冷靜、焦慮而又理性的複雜情感所打動。面對現實，作家們表現的是濃重的憂患意識。對於教育體制和教師現狀的深深憂慮，對於人才早逝和人才外流的無限哀傷，對於自然生態慘遭破壞的痛心疾首，對於官僚主義和特權、腐敗的深惡痛絕，對於畸形婚姻和禁慾主義的深刻反思等等，新潮報告文學總是能從問題的背後找出社會的或文化的負面因素，作為反思和批判的靶子。面對歷史，作家們表現出了嚴謹科學的態度和反思批判的勇氣及現代意識，總是能給人帶來驚喜和震撼。面對政治、經濟、婚姻家庭等領域的傳統思想觀念，作家們更是透過現象抓住本質，以高屋建瓴的現代理論視野，揭批愚昧和落後，張揚現代意識和現代精神。總之，反思與批判成了新潮報告文學的血液，可以說，沒有反思與批判就沒有 1980 年代報告文學新潮。

再次，文體的現代品格。新潮報告文學作為知識分子參與社會和啟蒙大眾的一種方式，其創作主體具有鮮明而獨立的主體人格，並具有強烈的社會責任感和歷史使命感，其作品呈現出強烈的理性精神，敢於揭露和批判任何與民主和科學精神背道而馳的傳統觀念和落後思想；同時作家們都具有廣闊的現代文化視野，他們習慣於思考問題產生的歷史的、文化的、體制的原因，從而使報告文學作品體現出文化反思的傾向。所有這些，使新潮報告文學具有了一種現代品格。

總之，回望二十多年前的報告文學新潮，我們不能不由衷地欽佩那些作家們的敏銳的眼光和長遠的見識，他們當年所苦苦思索的民主問題、法治問題、腐敗問題、教育問題、民生問題、環境問題等仍然是我們今日的焦慮，

其中有些問題還愈演愈烈。時下流行的說法是，改革中的陣痛是新興國家必然要經歷的過程，誠然如是，然而，新生兒分娩的陣痛固然不可避免，瞎折騰而導致的痛苦卻完全可以免除，而中國的改革之痛又有多少是改革必要經歷的呢？寄望於以此來掩蓋改革中的失誤和頑固保守之過將是更大的悲劇，文過飾非可以保障一時的面皮光鮮，卻難以抵擋歷史風雨的剝蝕侵襲，我們今天驚心動魄、險象環生的反腐敗不就是在為 1980 年代的漠然置之埋單嗎？改革是一項系統工程，這早已是被中外改革的經驗和教訓證明了的道理，卻再一次被我們忽視了。我們幻想著「以經濟建設為中心」，經濟改革可以大刀闊斧直至實行市場經濟，然而市場經濟是建立在商業文明基礎上的經濟發展模式，而商業文明是建立在契約雙方絕對平等基礎之上的，可以說沒有「人人平等」觀念就沒有市場經濟。因此，在中國發展市場經濟完全沒有與之相適應的上層建築，然而我們卻不願意觸動政治改革和文化改革。政治上的官本位傳統使權力的無形大手籠罩著市場，權力成為市場資源配給的重要手段，中國的經濟改革走向了一條「權貴資本主義」的道路，權力腐敗成為經濟改革的毒瘤；文化上以農耕文明為背景而形成的家庭親緣關係是中國人與人之間的主要社會關係，家族倫理是社會的主要道德倫理準則，人們按照親緣關係的遠近處理著各種人際關係，人人平等觀念在此種文化背景下無從談起，然而長久以來我們卻幻想著中國傳統文化可以發展出一個現代社會。因此，在中國一切問題都是政治問題。作家莫言說：「官員的腐敗，是所有社會醜惡現象的根本原因。官員腐敗問題得不到控制，製假賣假問題解決不了，社會風氣墮落問題解決不了，環境污染問題解決不了。連那些瀕臨滅絕的珍稀動物，他們的天敵，也是腐敗官員。」〔註 1〕

今天看來，這批報告文學作家的可貴之處不在於他們寫了什麼，而在於他們都在自由地寫、自由地說，在於他們身上閃光的懷疑態度和批判精神，那種知識分子自由的胸懷、優游的氣度、獨立的精神著實羨煞人也。時至今日，我總覺得那是中國思想文化界的黃金時代，而這樣的時代在中國現當代史上屈指可數，所以更值得我們後來者紀念。令人遺憾的是，在有意識地壓制和遮蔽之下，那一段歷史正迅速地被淡化；而更為可悲的是，知識分子群體本身對此時過境遷的遺忘和迴避。所有這一切，不能不使我們再一次強烈地感覺到，我們的啟蒙運動「路漫漫其修遠兮」！

〔註 1〕莫言：《酒後絮語——代後記》，《酒國》，上海：上海文藝出版社，2008 年版。

鑒於此，我們可以進入報告文學批判性的討論。我們有理由要求報告文學摒棄歌功頌德，充分發揮其社會批判功能和輿論監督功能。建國之後的相當長一段時期內，我們將報告文學定義為社會主義事業的宣傳工具，歌頌成了它的天職，使報告文學失去了靈魂，成為附著於權力「臉蛋兒」上的脂粉。我們不難想到，一個「臉蛋兒」之所以需要塗脂抹粉，甚至需要濃妝豔抹，恰恰是因為它有缺欠不願意示人，是缺乏自信的表現。一個現代社會，是必須以真面目示人的，因此它不應該拒絕暴露和批判，甚至還要歡迎暴露和批判。一個人、一個政黨、一個社會，接受批判的程度越高，她的文明程度就越高。報告文學正是必須承擔這一批判功能的文體。報告文學之所以應該拒絕歌頌，是因為它必須是完全真實的，它的主要職責是客觀地「報告」信息，本就不應該帶有太強烈的感情色彩。一切的歌頌似乎都難以與政治意識形態撇清關係，正如一切道德都帶著統治階級的印記一樣。合作化運動中我們歌頌積極入社的先進分子，大躍進運動中我們歌頌大放「衛星」的浮誇明星，文化大革命中我們歌頌「紅衛兵」闖將……在當時的歷史語境中，又有誰會懷疑歌頌的正當性，然而歷史很快就嘲笑了我們的膚淺。於是我們知道，充當宣傳工具的報告文學是沒有前途的，在人類還充滿苦難的情況下，報告文學更不應該眼開眼閉、麻木不仁。另外，報告文學不是面向小眾的藝術，而是像新聞報導一樣是面向大眾的傳播媒介，它承載著更多的傳播社會文化信息的功能，因此，它成功的關鍵不在於展現作家本身的藝術才華，而在於作家是否具有深邃的思想和獨立的精神，最終會歸結到作家是否敢於背叛傳統和批判現實。從另一個層面講，人民大眾不需要別人喋喋不休地告訴自己生活是多麼幸福，而是需要瞭解自己的生活還存在哪些需要改進的問題，因此，那種引吭高歌、人云亦云、粉飾太平、抬轎吹號的「歌德式」文學，不是大眾真正需要的文學。由此，我們不妨從反面給報告文學下一個定義：缺乏社會批判功能的文學作品不能叫做報告文學。這正如我們都聽說過的西方哲人的一句話：每一個偉大的藝術品背後都橫臥著人類亙古的苦難。文學作品不去關注人類的苦難還有什麼存在的意義？在這個意義上，新潮報告文學才是真正的報告文學。

報告文學作為知識分子干預現實的一種文學形式，其存在的意義是顯而易見的。康德說，知識分子要勇於「在一切公共領域運用理性」。1980 年代逐漸走向自覺的中國知識分子，必須與權力話語和民間話語爭奪話語權，

然後才能將「理性」運用到公共領域，從而逐步改變權力話語的霸權地位。一個社會堅持的是知識分子話語的評判標準還是權力話語的評判標準，是這個社會能否走向公平正義的關鍵所在。在這一點上，報告文學新潮的繁榮發展超越了文學本身的意義，它有可能建立一種嶄新的社會秩序，從而完成自上而下的改革不可能完成的任務。果真如此，新潮報告文學就充當了時代的先鋒角色，而這也正是知識分子必須承擔的社會角色。對此，報告文學新潮作家是有清醒認識的。蘇曉康就說：「我只是憑著自己作為一個普通人在生活裏諦聽到的來自社會深處或是已經掙扎在社會表層的某種呼喚和呻吟，便四處去尋找它們，去摹寫它們。」〔註2〕麥天樞說：「文學的大痛苦不是個人的痛苦，是文學與人民與民族與時代喘息相因的痛苦；文學的磨難不僅僅是個人的磨難，是作家與社會變革結伴相依的磨難。文學如果不想承擔甚至直接地承擔這種痛苦和磨難，文學便只有委屈文學自己。」〔註3〕顯而易見，作家們並不關心創作的文學史意義，而是更多地矚目於現實責任的承擔，作家們甚至從來沒有將自己的報告文學創作看成是文學創作，因為現實中有比文學更要緊的事情。〔註4〕我們甚至可以這樣說，為了干預現實的需要，作家們發明了「新潮報告文學」這個嶄新的東西，它以社會問題為陣地，以自由的精神和科學理性的分析為武器，欲開展一次社會轉型的現代戰爭。然而，多年來，我們知識界對於新潮報告文學的政治抱負認識不足，總是在純文學的範疇內對它發起責備和挑剔，嚴重地折損了報告文學作家的鬥志和前行的勇氣，終至其在權力話語的強大攻勢下漸趨衰弱。

　　總之，只要中國社會的民主化進程還沒有最終完成，社會上還存在著妨礙公平、破壞正義、禁錮思想、鉗制自由、壓抑人性的現象，報告文學就應該高揚科學和民主的精神，踐行其反思和批判的功能，參與到中國的現代化進程之中去。因此，我們大聲呼籲報告文學又一個春天的到來。這是知識分子的責任，也是民眾的期盼。

〔註2〕蘇曉康：《麻木冷漠不起來》，《蘇曉康報告文學選》，天津：百花文藝出版社1988年版。

〔註3〕麥天樞：《無法逃避的命運》，《太原日報》1988年8月15日。

〔註4〕在評論者斤斤於新潮報告文學的「文學性」的時候，他們和報告文學作家們根本不是在一個層面上討論問題。

參考文獻

一、著作

1. 《報告文學》，1985～1989 年。

2. 李炳銀、周百義主編：中國新時期優秀報告文學大系《坳問蒼冥》《神聖憂思錄》《癡情》《最後的疆界》《婚姻大世界》《毛澤東以後的歲月》《中國之約》《美麗與悲愴》《強國夢》《熱血男兒》，武漢：長江文藝出版社，1998 年。

3. 中國作家協會編：《1985～1986 全國優秀報告文學評選獲獎作品集（上、下冊）》，北京：作家出版社，1988 年。

4. 周明等編選：《1985 年報告文學選》，北京：人民文學出版社，1986 年。

5. 周明等編選：《1986 年報告文學選》，北京：人民文學出版社，1988 年。

6. 周明等編選：《1987 年報告文學選》，北京：人民文學出版社，1989 年。

7. 周明等編選：《1988 年報告文學選》，北京：人民文學出版社，1991 年。

8. 吳曄等編選：八十年代中期報告文學大選《愛河橫流》《爆炸！爆炸！》《北京失去平衡》《中國的要害》《一個省長的墮落》，西安：華嶽文藝出版社，1988 年。

9. 劉茵、李炳銀、張勝友、周明編：《中國報告文學精品文庫》（上、中、下），北京：作家出版社，1997 年版。

10. 中國報告文學學會編：《首屆徐遲報告文學獎獲獎作品集》（上、中、下），北京：作家出版社，2003 年版。

11. 趙遐秋：《中國現代報告文學史》，北京：中國人民大學出版社，1987 年版。

12. 張春寧：《中國報告文學史稿》，北京：群言出版社，1993 年版。

13. 王暉：《百年報告文學：文體流變與批評態勢》，長春：吉林人民出版社，2003 年版。

14. 王暉：《現實與虛構》，北京：作家出版社，2005 年版。

15. 丁曉原：《文化生態與報告文學》，上海：上海三聯書店，2001 年版。

16. 丁曉原：《中國報告文學三十年觀察》，北京：作家出版社，2011 年版。

17. 章羅生：《中國報告文學發展史》，長沙：湖南人民出版社，2002 年版。

18. 章羅生：《新時期報告文學概觀》，廣州：華南理工大學出版社，1995 年版。

19. 章羅生：《中國報告文學新論——從新時期到新世紀》，長沙：湖南大學出版社，2012 年版。

20. 李炳銀：《中國報告文學的世紀景觀》，武漢：長江文藝出版社，2003 年版。

21. 李炳銀：《中國報告文學的凝思》，北京：作家出版社，2009 年版。

22. 李炳銀：《當代報告文學流變論》，北京：人民文學出版社，1997 年版。

23. E·E·基希著，賈植芳譯：《論報告文學》，上海：泥土社，1953 年版。

24. 陳進波、馬永強：《報告文學探論》，蘭州：蘭州大學出版社，1997 年版。

25. 張瑗：《20 世紀紀實文學導論》，北京：文化藝術出版社，2005 年版。

26. 周政保：《「非虛構」敘述形態：九十年代報告文學批評》，北京：解放軍文藝出版社，1999 年版。

27. 張昇陽：《當代中國報告文學史論》，北京：中國社會科學出版社，2002 年版。

28. 王吉鵬、何蕊：《中國新時期報告文學史稿》，長春：吉林人民出版社，2002 年版。

29. 周國華、陳進波編：《報告文學論集》，北京：新華出版社，1985 年版。

30. 劉雪梅：《報告文學論》，長春：吉林人民出版社，2000 年版。

31. 中國作家協會創作研究部編：《報告文學藝術論》，北京：作家出版社，2012 年版。

32. 俞卓立、張益揮：《目擊：二十年中國事件記》，北京：經濟日報出版社，1998 年版。

33. 朱子南、秦兆基：《報告文學十家談》，成都：四川文藝出版社，1987 年版。

34. 王榮綱：《報告文學研究資料選編》，濟南：山東人民出版社，1983 年版。

35. 潘旭瀾、王錦園：《十年文學潮流》，上海：復旦大學出版社，1988 年版。

36. 佘樹森、陳旭光：《中國當代散文報告文學發展史》，北京：北京大學出版社，1995 年版。

37. 楊如鵬：《中國報告文學論》，廣州：廣州文化出版社，1988 年版。

38. 齊峰、德明：《報告文學百題》，西安：陝西人民教育出版社，1987 年版。

39. 夏衍、張友漁、胡績偉、劉賓雁等著：《報告文學及其寫作》，重慶：重慶出版社，1984 版。

40. 曹文軒：《中國八十年代文學現象研究》，北京：作家出版社，2003 年版。

41. 李新宇：《突圍與蛻變——20 世紀 80 年代中國文學的觀念形態》，天津：南開大學出版社，2008 年版。

42. 吳義勤：《中國新時期文學的文化反思》，南京：江蘇文藝出版社，2009 年版。

43. 程光煒編：《重返八十年代》，北京：北京大學出版社，2009 年版。

44. 程光煒：《文學講稿：「八十年代」作為方法》，北京：北京大學出版社，2009 年版。

45. 賀桂梅：《「新啟蒙」知識檔案——80 年代中國文化研究》，北京：北京大學出版社，2010 年版。

46. 程光煒編：《文學史的多重面孔——八十年代文學事件再討論》，北京：北京大學出版社，2009 年版。

47. 程光煒、楊慶祥編：《文學史的潛力——人大課堂與八十年代文學》，北京：文化藝術出版社，2011 年版。

48. 席揚：《選擇與重構——新時期文學價值論》，長春：時代文藝出版社，1989 年版。

49. 朱力：《社會問題概論》，北京：社會科學文獻出版社，2002 年版。

50. 王尚銀：《中國社會問題研究引論》，杭州：浙江大學出版社，2005 年版。

51. 章輝美：《社會轉型與社會問題》，長沙：湖南大學出版社，2004 年版。

52. 李世濤編：《知識分子立場：激進與保守之間的動盪》，長春：時代文藝出版社，2000 年版。

53. 余英時：《中國知識分子論》，鄭州：河南人民出版社，1997 年版。

53. 余英時：《士與中國文化》，上海：上海人民出版社，1987 年版。

54. 張岱年等著：《中國知識分子的人文精神》，鄭州：河南人民出版社，1994 年版。

55. 崔衛平：《知識分子二十講》，天津：天津人民出版社，2009 年版。

56. 張光芒：《啟蒙論》，上海：上海三聯書店，2002 年版。

57. 〔美〕孫隆基：《中國文化的深層結構》，桂林：廣西師範大學出版社，2004 年版。

58. 許紀霖：《當代中國的啟蒙與反啟蒙》，北京：社會科學文獻出版社，2011 年版。

59. 許紀霖：《啟蒙如何起死回生》，北京：北京大學出版社，2011 年版。

60. 許紀霖：《中國知識分子十論》，上海：復旦大學出版社，2010 年版。

61. 〔美〕愛德華・W・薩義德著，單德興譯：《知識分子論》，北京：生活・讀書・新知三聯書店，2002 年版。

62. 〔美〕保羅・博雅著，蕭莎譯：《權力中的知識分子：批判性人文主義的譜系》，南京：江蘇人民出版社，2005 年版。

63. 〔英〕哈耶克著，鄧正來、張守東、李靜冰譯：《法律、立法與自由》，北京：中國大百科全書出版社，2000 年版。

64. 〔日〕豬口孝、〔英〕愛德華・紐曼、〔美〕約翰・基恩編著，林猛等譯：《變動中的民主》，長春：吉林人民出版社，1999 年版。

65. 〔美〕巴林頓・摩爾著，拓夫等譯：《民主與專制的社會起源》，北京：華夏出版社，1987 年版。

66. 翁芝光：《中國家庭倫理與國民性》，昆明：雲南人民出版社，2002 年版。

67. 〔英〕羅素著，文良文化譯：《性愛與婚姻》，北京：中國編譯出版社，2009 年版。

68. 〔奧〕弗洛伊德著，滕守堯譯：《性愛與文明》，合肥：安徽文藝出版社，1987 年版。

69. 李銀河：《中國人的性愛與婚姻》，鄭州：河南人民出版社，1991 年版。

二、論文

1. 童慶炳：《新時期文學審美特徵論及其意義》，《文學評論》，2006 年第 1 期。

2. 王一川：《現代性的顏面》，《文藝爭鳴》，2006 年第 5 期。

3. 范培松：《報告文學拒絕「低谷化」》，《甘肅社會科學》，2005 年第 1 期。

4. 范培松：《論九十年代報告文學的批評退位》，《當代作家評論》，2002 年第 2 期。

5. 王暉：《報告文學：作為非虛構文體的文學魅力》，《新華文摘》，2005 年第 10 期。

6. 王暉：《報告文學：現代性的追尋與反思》，《文學評論》，2003 年第 3 期。

7. 王暉：《晚近寫實文學的核心原則與價值體現》，《文藝評論》，2005 年第 4 期。

8. 王暉：《二十世紀中國報告文學的敘事模式》，《中國社會科學》，2003 年第 2 期。

9. 王暉：《意識形態與百年中國報告文學》，《社會科學輯刊》，2004 年第 2 期。

10. 丁曉原：《召喚啟蒙：走向自覺的新時期報告文學》，《社會科學研究》，2002 年第 1 期。

11. 丁曉原：《論九十年代報告文學的堅守與退化》，《文藝評論》，2000 年第 6 期。

12. 丁曉原：《報告文學：虛擬的問題與現實的問題》，《文藝評論》，2005 年第 1 期。

13. 丁曉原：《報告文學：作為知識分子的寫作方式——兼論新時期報告文學作家主體性的生成》，《文藝評論》，2003 年第 3 期。

14. 丁曉原：《熱效應及其泡沫化——1977～1989 報告文學理論批評之研究》，《文藝評論》，1999 年第 6 期。

15. 丁曉原：《文體轉型：走向開放的新時期報告文學》，《江蘇社會科學》，2001 年第 3 期。

16. 南帆：《曲折的突圍》，《文學評論》，2006 年第 4 期。

17. 呂欽文：《真實，文學藝術的當下缺失》，《文藝爭鳴》，2006 年第 4 期。

18. 曹文軒：《文學：為人類構築良好的人性基礎》，《文藝爭鳴》，2006 年第 3 期。

19. 董希文：《文學文本互文類型分析》，《文藝評論》，2006 年第 1 期。

20. 傅翔：《生活距離我們到底有多遠》，《文藝評論》，2006 年第 5 期。

21. 麥天樞：《1988‧關於報告文學的對話》，《花城》，1988 年第 6 期。

22. 謝泳：《當前報告文學的新走向》，《當代文壇》，1989 年第 4 期。

23. 章羅生：《新世紀報告文學：探索中的多元發展》，《文學評論》，2006 年第 5 期。

24. 章羅生：《論新時期報告文學的民族精神》，《湘潭大學社會科學學報》，1996 年第 6 期。

25. 章羅生：《論新時期報告文學的理性精神》，《求索》，1995 年第 6 期。

26. 章羅生、楊建華：《報告文學的批判「退位」了嗎》，《湖南大學學報》，2004 年第 2 期。

27. 章羅生：《論問題報告文學》，《中國文學研究》，2005 年第 1 期。

28. 章羅生：《報告文學研究與文藝學的創新》，《文學評論》，2011 年第 3 期。

29. 章羅生：《關於報告文學的「學理性」與「功利性」──報告文學本體新論之一》，《浙江大學學報》（人文社會科學版），2009 年第 5 期。

30. 郭兆昆：《真實是報告文學的生命》，《齊魯學刊》，2005 年第 3 期。

31. 劉寶珍：《問題報告文學產生的時代原因分析》，《民族論壇》，2005 年第 4 期。

32. 劉寶珍：《問題報告文學真實性透視》，《湖北師範學院學報》，2009 年第 5 期。

33. 楊聰鳳：《「作家社會責任感」上的誤區》，《廈門大學學報》，1990 年第 2 期。

34. 陸岳芬：《九十年代報告文學品位的確定》，《新聞界》，2004 年第 5 期。

35. 徐金客：《變革時代的深沉憂思》，《湖北大學學報》，1989 年第 3 期。

36. 李朝全：《報告文學發展中存在的問題》，《南方文壇》，2009 年第 6 期。

37. 傅書華：《報告文學寫作的困境與出路》，《人民日報》2011 年 12 月 6 日第 24 版。

38. 尹均生：《大河奔流、滄桑巨變的恢宏詩卷——新中國報告文學 50 年（上）》，《廣播電視大學學報》（哲學社會科學版），1999 年第 4 期。

39. 尹均生：《大河奔流、滄桑巨變的恢宏詩卷——新中國報告文學 50 年（下）》，《廣播電視大學學報》（哲學社會科學版），2000 年第 1 期。

40. 劉子傑：《論「新寫實」思潮與 1980 年代後期的中國文學》，《內蒙古社會科學》，2006 年第 4 期。

41. 朱長萍：《全景式關照——20 世紀 80 年代中後期報告文學文體特徵分析》，《華中師範大學研究生學報》，2007 年第 1 期。

42. 龔舉善：《新時期報告文學論綱》，《江漢論壇》，1999 年第 4 期。

43. 龔舉善：《新時期報告文學美學品格的多維形態》，《華中師範大學學報》，1998 年第 2 期。

44. 陳壽福：《新時期以來我國報告文學的文本特徵》，《南京大學學報》，1999 年第 4 期。

45. 張立國：《新中國報告文學六十年》，《廣播電視大學學報》，2009 年第 3 期。

46. 張振金：《知識分子形象的重新發現——新時期報告文學研究》，《廣東社會科學》，1998 年第 1 期。

47. 宋恩泉：《中國報告文學主體思想情結探源》，《廣播電視大學學報》（哲學社會科學版），2004 年第 1 期。

三、附新潮報告文學篇目

1. 李延國：《中國農民大趨勢》，《解放軍文藝》，1985 年第 5 期。

2. 張西庭等：《花環與鎖鏈——一個省人大代表的婚姻與家庭》，《報告文學》，1986 年第 2 期。

3. 蘇曉康：《洪荒啟示錄》，《中國作家》，1986 年第 2 期。

4. 涵逸：《中國「小皇帝」》，《中國作家》，1986 年第 3 期。

5. 錢鋼：《唐山大地震——「七·二八」劫難十週年祭》，《解放軍文藝》，1986 年第 3 期。

6. 沙青：《北京失去平衡》，《報告文學》，1986 年第 4 期。

7. 趙瑜：《但悲不見九州同》，《黃河》，1986 年第 4 期。

8. 賈魯生：《孔子與中國》，《崑崙》，1986 年第 5 期。

9. 孟曉雲：《多思的年華》，《十月》，1986 年第 5 期。

10. 蘇曉康：《陰陽大裂變》，《中國作家》，1986 年第 5 期。

11. 閔國庫：《在傾斜的版圖上》，《十月》，1986 年第 5 期。

12. 謝致紅等：《荒灘桑小做蠶難——一樁拖了二十八年的離婚糾紛》，《報告文學》，1986 年第 5 期。

13. 涵逸：《生活中的「小太陽」》，《中國青年報》，1986 年 5 月 7 日。

14. 鄧加榮等：《命運狂想曲——雷宇與海南「汽車狂潮」》，《中國作家》，1986 年第 5 期。

15. 霍達：《萬家憂樂》，《當代》，1986 年第 7 期。

16. 賈魯生等：《未能走出「磨坊」的廠長》，《報告文學》，1986 年第 7 期。

17. 劉賓雁：《沒上銀幕的故事》，《人民日報》，1986 年 8 月 7 日。

18. 賈宏圖：《大學生問題——一位青年思想政治工作者的論文》，《中國青年》，1986 年第 8 期。

19. 劉賓雁：《三十七層樓上的中國》，《人民文學》，1986 年第 8 期。

20. 唐敏：《人工流產》，《福建青年》，1986 年第 9 期。

21. 劉漢太：《中國乞丐的群落》，《文匯月刊》，1986 年第 10 期。

22. 趙瑜：《中國的要害》，《文學大觀》，1986 年第 10 期。

23. 劉賓雁：《未完成的埋葬——關於權力和真理的故事》，《報告文學》，1986 年第 10 期。

24. 孫引南：《一個人與一部書的命運》，《人民文學》，1986 年第 10 期。

25. 馮驥才：《一百個人的十年》，《十月》，1986 年第 6 期，《文匯月刊》，1986 年第 11 期。

26. 陳冠柏：《黑色的七月》，《文匯月刊》，1986 年第 11 期。

27. 蔣巍：《中國「地龍熱」——瘋狂與憤怒》，《中國青年報》，1986 年 12 月 23 日。

28. 李樹喜：《陣痛——改革與幾位相關人物的命運》，《報告文學》，1986 年第 11 期。

29. 江永峰：《走出「死亡婚姻」》，《藍盾》，1986 年第 12 期。

30. 陳安先：《辯護律師》，《花城》，1987 年第 1 期。

31. 麥天樞：《土地與土皇帝》，《中國作家》，1987 年第 1 期。

32. 胡平、張勝友：《歷史沉思錄——井岡山紅衛兵大串聯二十週年祭》，《中國作家》，1987 年第 1 期。

33. 大鷹：《志願軍戰俘記事》，《崑崙》，1987 年第 1 期。

34. 李延國：《虎年通緝令》，《人民文學》，1987 年第 1 期。

35. 羅達成：《少男少女的隱秘世界——記「早戀」和「青春期騷動」中的中學生們》，《人民文學》，1987 年第 1 期。

36. 賈魯生等：《中國西部大監獄》，《中國作家》，1987 年第 1 期。

37. 羅達成：《青春的騷動——關於中學生早戀問題的採訪箚記》，《萌芽》，1987 年第 2 期。

38. 沙青：《皇皇都城——上篇：垃圾的困惑》，《十月》，1987 年第 2 期。

39. 熊焰：《在傾斜的天平上》，《記者文學》，1987 年第 2 期。

40. 麥天樞：《接班》，《報告文學》，1987 年第 3 期。

41. 胡松植：《揚子鰐的呼喚》，《文匯月刊》，1987 年第 3 期。

42. 蘇曉康：《關於現代婚姻的痛苦思考》，《文學大觀》，1987 年第 3 期。

43. 孟曉雲：《我們與你們》，《十月》，1987 年第 3 期。

44. 賈魯生：《丐幫漂流記》，《中國作家》，1987 年第 3 期。

45. 牧笛：《野山貓悲歌》，《延河》，1987 年第 3 期。

46. 李宏林：《忠誠》，《當代企業家》，1987 年第 4 期。

47. 張開理：《人道與天道——坎坷的優生之路》，《文匯月刊》，1987 年第 4 期。

48. 陳冠柏：《酒杯托起的海》，《報告文學》，1987 年第 4 期。

49. 洪天國：《異常世界》，《報告文學》，1987 年第 4 期。

50. 朱曉陽：《盲流中國》，《中國作家》，1987 年第 4 期。

51. 李奇淵：《因為只有一個地球》，《天山》，1987 年第 4 期。

52. 帥學軍等：《中國老人婚戀面面觀》，《青春叢刊》，1987 年第 4 期。

53. 喬邁：《到大興安嶺火災區去》，《當代》，1987 年第 4 期。

54. 賈宏圖：《大爆炸——獻給哈爾濱亞麻廠的英雄兒女》，《當代》，1987 年第 4 期。

55. 張士敏：《地層深處的報告》，《文匯報》，1987 年 5 月 29 日。

56. 劉漢太等：《在傾斜的地平線上》，《報告文學》，1987 年第 5 期。

57. 喬邁：《漠河大火記——大興安嶺森林大火災》，《當代》，1987 年第 5 期。

58. 劉大偉等：《白天鵝之死——關於人・社會・生物圈的思考》，《當代》，1987 年第 5 期。

59. 焦國力：《在大興安嶺火災場上空的搏鬥》，《神劍》，1987 年第 5 期。

60. 麥天樞：《愛河橫流》，《中國作家》，1987 年第 5 期。

61. 丁道希：《燃燒：在大興安嶺密林裏》，《人間》，1987 年第 5 期。

62. 畢國昌：《焦土下的根——大興安嶺火災追記》，《人間》，1987 年第 5 期。

63. 楊羽儀：《中國「魔水」之謎》，《芳草》，1987 年第 6 期。

64. 殷家：《孤獨的人類》，《中國作家》，1987 年第 6 期。

65. 徐志耕：《南京大屠殺——祭石頭城 50 年前的 300000 冤魂和英魂》，《崑崙》，1987 年第 6 期。

66. 蘇曉康等：《最後的古都——關於和她命運的鏡頭剪輯》，《花城》，1987 年第 6 期。

67. 尹衛星：《中國體育界》，《花城》，1987 年第 6 期。

68. 陳祖芬：《一九八七：生存空間——關於我國住宅商品化的可行性文學報告》，《花城》，1987 年第 6 期。

69. 魏亞南：《五・七：煉獄之夜》，《人民日報》，1987 年 7 月 12 日。

70. 溫書林：《南京大屠殺》，《解放軍文藝》，1987 年第 7 期。

71. 姜灝等：《陰間・陽間——來自亡靈世界的報告》，《報告文學》，1987 年第 7 期。

72. 張西庭等：《消費者》，《報告文學》，1987 年第 7 期。

73. 韓作榮等：《大興安嶺森林大火災》，《人民文學》，1987 年第 7 期。

74. 劉朱嬰：《大興安嶺撲火救災紀實》，《北國風》，1987 年第 8 期。

75. 白樺：《血的證言和淚的反思——南京大屠殺遇難同胞 50 週年祭》，《文匯月刊》，1987 年第 8 期。

76. 肖復興：《啊，老三屆》，《文匯月刊》，1987 年第 8 期。

77. 谷莉：《婚姻的沼澤地帶》，《藍盾》，1987 年第 9 期。

78. 世盛等：《大興安嶺備忘錄》，《鴨綠江》，1987 年第 9 期。

79. 賈魯生等：《被審判的金錢與金錢的審判——記溫州地區樂清縣的「抬會」事件》，《報告文學》，1987 年第 9 期。

80. 蘇曉康：《自由備忘錄》，《天津文學》，1987 年第 9 期。

81. 蘇曉康等：《神聖憂思錄——中小學教育危境紀實》，《人民文學》，1987 年第 9 期。

82. 江迅：《來自垃圾世界的報告》，《報告文學》，1987 年第 10 期。

83. 陳冠柏：《夕陽並不孤獨——「中國的白髮浪潮」紀實之一》，《文匯月刊》，1987 年第 10 期。

84. 孫洪康：《「死亡檔案」——車輪下的報告》，《文匯》，1987 年第 11 期。

85. 韓靜霆：《1987．高考考生的父親母親們》，《報告文學》，1987 年第 12 期。

86. 李顯福：《未婚同居者詠歎調》，《文匯》，1987 年第 12 期。

87. 李延國：《走出神農架》，《解放軍文藝》，1988 年第 1 期。

88. 徐剛：《伐木者，醒來》，《新觀察》，1988 年第 1 期。

89. 胡發雲：《輪空，或再一次選擇》，《中國作家》，1988 年第 1 期。

90. 朱谷忠：《獨身的女子們》，《報告文學》，1988 年第 1 期。

91. 趙抗援等：《猖狂的盜墓者》，《文匯》，1988 年第 1 期。

92. 張曉琳等：《中國大學生——來自復旦大學的報告》，《鍾山》，1988 年第 1 期。

93. 王立友：《收容遣送的少男少女們》，《青春》，1988 年第 1 期。

94. 朱右棣：《理性與情感——當代大學生戀愛及婚姻的思考》，《青年文學》，1988 年第 1 期。

95. 胡平、張勝友：《世界大串聯——中國出國潮紀實》，《當代》，1988 年第 1 期。

96. 周嘉俊：《步鑫生現象的反思》，《文匯》，1988 年第 2 期。

97. 趙瑜：《強國夢——當代中國體育的誤區》，《當代》，1988 年第 2 期。

98. 盧躍剛：《創世紀荒誕》，《開拓》，1988 年第 2 期。

99. 謝德輝：《錢，瘋狂的困獸》，《芙蓉》，1988 年第 2 期。

100. 何曉魯：《江西蘇區悲喜錄》，《崑崙》，1988 年第 2 期。

101. 何建華等：《物價！物價！物價！》，《開拓》，1988 年第 2 期。

102. 蘇曉康等：《活獄——來自我們心靈的報告》，《報告文學》，1988 年第 2 期。

103. 賈魯生：《亞細亞怪圈》，《報告文學》，1988 年第 2 期。

104. 麥天樞：《白夜——性問題採訪手記》，《報告文學》，1988 年第 2 期。

105. 賈魯生等：《離開狼群的悲哀》，《天津文學》，1988 年第 2 期。

106. 董漢河：《西路軍蒙難記》，《西北軍事文學》，1988 年第 2 期。

107. 中凤：《僑鄉步兵師》，《崑崙》，1988 年第 3 期。

108. 霍達：《國殤》，《當代》，1988 年第 3 期。

109. 瘦馬：《人工大流產》，《青年文學》，1988 年第 3 期。

110. 吳基民：《塔尖上的女性》，《報告文學》，1988 年第 3 期。

111. 韓磊：《公關·1987 年的中國》，《報告文學》，1988 年第 3 期。

112. 劉志清：《精神病世界探秘》，《鴨綠江》，1988 年第 3 期。

113. 劉志清：《分裂的世界與愛的陽光》，《百花洲》，1988 年第 3 期。

114. 洪天國：《心理變態者——他們中一群人的經歷和心路歷程》，《中國作家》，1988 年第 3 期。

115. 賈魯生等：《臺灣海峽》，《花城》，1988 年第 3 期。

116. 理由：《元旦的震盪》，《當代》，1988 第 4 期。

117. 賈宏圖：《中國「比基尼」及其丈夫的奇遇》，《文匯月刊》，1988 年第 4 期。

118. 姜惠林：《某省選舉紀實》，《文匯月刊》，1988 年第 4 期。

119. 張民阜：《私奔之路》，《萌芽》，1988 年第 4 期。

120. 魯娃等：《千年荒墳》，《人民文學》，1988 年第 4 期。

121. 賈魯生：《難以走出的墓穴》，《中國作家》，1988 年第 4 期。

122. 張樺等：《高考落選者——也獻給未落選的人們》，《中國作家》，1988 年第 4 期。

123. 吳曉平：《中國人體模特兒》，《青春叢書》，1988 年第 4 期。

124. 鄧加榮：《惱人的物價怪圈》，《當代》，1988 年第 4 期。

125. 麥天樞：《西部在移民》，《人民文學》，1988 年第 5 期。

126. 沙青：《依稀大地灣——我或我們的精神紀實》，《十月》，1988 年第 5 期。

127. 傅溪鵬：《沉重的車站鐘聲》，《中國作家》，1988 年第 5 期。

128. 岳非丘：《只有一條長江》，《報告文學》，1988 年第 5 期。

129. 孟曉雲：《尋找中國潮》，《人民文學》，1988 年第 5 期。

130. 謝致紅：《紅色十字架——醫務界現狀一瞥》，《文匯月刊》，1988 年第 5 期。

131. 向婭：《女十人談——流動於當代女性世界的性愛觀念》，《天津文學》，1988 年第 5 期。

132. 施曉宇：《探索男性世界的秘密》，《百花》，1988 年第 5 期。

133. 麥天樞：《問蒼茫大地》，《中國作家》，1988 年第 5 期。

134. 江灝：《來自亡靈世界的報告》，《花城》，1988 年第 5 期。

135. 郝敬堂：《來自煙草王國的秘聞》，《芙蓉》，1988 年第 5 期。

136. 劉丹：《大寨：在歷史的座標上》，《紅岩》，1988 年第 5 期。

137. 戴晴等：《走出現代迷信》，《鍾山》，1988 年第 3 期。

138. 喬邁：《中國，水危機》，《人民日報》，1988 年 6 月 26 日。

139. 胡平等：《東方大爆炸——中國人口問題面面觀》，《人民日報》（海外版），1988 年 6 月 27 日。

140. 陳冠柏：《再造一支青春賓》，《報告文學》，1988 年第 6 期。

141. 魯娃等：《未來公民——關於「中國小皇帝」的另一種思考》，《文匯月刊》，1988 年第 6 期。

142. 胡平：《神州「大拼搏」——專業技術職稱評聘印象錄》，《人民文學》，1988 年第 6 期。

143. 凌世學：《「傻子瓜子」落難記》，《青春》，1988 年第 6 期。

144. 康健：《性病在中國》，《北京文學》，1988 年第 6 期。

145. 戴煌等：《權柄魔術師》，《當代》，1988 年第 6 期。

146. 王立新：《毛澤東以後的歲月》，《崑崙》，1988 年第 6 期。

147. 平原：《1988：關於外嫁的報告》，《鍾山》，1988 年第 6 期。

148. 趙瑜：《太行山的斷裂》，《花城》，1988 年第 6 期。

149. 賈魯生：《第二渠道》，《報告文學》，1988 年第 7 期。

150. 肖思科：《尋找公僕》，《長江文藝》，1988 年第 7 期。

151. 吳建芳等：《黑色的太陽——來自不孕症的內部報告》，《萌芽》，1988 年第 7 期。

152. 徐志耕：《特價！特價？》，《雨花》，1988 年第 7 期。

153. 周綱：《西天一柱》，《現代作家》，1988 年第 8 期。

154. 大鷹：《誰來保衛 2000 年的中國》，《解放軍文藝》，1988 年第 8 期。

155. 張作民：《中國當代歌潮》，《天津文學》，1988 年第 8、9 期。

156. 張開理：《中國的人體模特兒》，《文匯月刊》，1988 年第 8 期。

157. 張茂龍：《黑戶》，《報告文學》，1988 年第 8 期。

158. 陳冠柏：《蔚藍色的呼吸》，《文匯月刊》，1988 年第 9 期。

159. 劉元舉：《黃河悲歌》，《鴨綠江》，1988 年第 9 期。

160. 成建三等：《中國西部神話──魯布革》，《山花》，1988 年第 9 期。

161. 張雅文等：《吶喊，不僅僅是為了一個人，一座山》，《北方文學》，1988 年第 9 期。

162. 鄧晨：《中國窮吃》，《青春》，1988 年第 9 期。

163. 李訓舟：《中國西部採金風潮》，《莽原》，1988 年第 9 期。

164. 劉志清：《自由國度》，《鴨綠江》，1988 年第 9 期。

165. 李延國等：《法之劍》，《人民文學》，1988 年第 9 期。

166. 長江：《中國市場戰》，《解放軍文藝》，1988 年第 9 期。

167. 伊文等：《乞丐王國探秘》，《法制與文明》，1988 年第 9 期。

168. 劉元舉：《黃海悲歌》，《鴨綠江》，1988 年第 9 期。

169. 謝臺生：《並非前提的警告──青少年犯罪啟示錄》，《萌芽》，1988 年第 9 期。

170. 張湘東等：《兒女大事──關於某地區農村畸形婚姻的報告》，《報告文學》，1988 年第 9 期。

171. 尋堅：《夕陽下的騷動──老年人性問題採訪散記》，《報告文學》，1988 年第 9 期。

172. 王龍貴：《中國律師界》，《律師與法》，1988 年第 9 期。

173. 張建偉：《黃與黑──中國知識分子的畸變》，《天津文學》，1988 年第 9 期。

174. 牟崇光：《關於生與死的報告》，《光明日報》，1988 年 10 月 2 日。

175. 賈魯生：《莊園驚夢──發生在中國黃金第一村的故事》，《報告文學》，1988 年第 10 期。

176. 楊民青：《龍年人代會——一個新聞記者的目擊》，《三月風》，1988 年第 10 期。

177. 賈魯生：《性別悲劇——80 年代：妾與文化的雜亂》，《新觀察》，1988 年第 10 期。

178. 麥天樞：《天荒——一個正常的人與一個異常的世界》，《文匯月刊》，1988 年第 10 期。

179. 萬瑞雄：《性愛是大變奏——關於中國同性戀的幾點探討》，《芳草》，1988 年第 10 期。

180. 張敏：《找尋失落的價值》，《光明日報》，1988 年 11 月 6 日。

181. 鄭加真：《北大荒移民錄——1958 年十萬官兵拓荒紀實》，《東北作家》，1988 年第 11 期。

182. 李顯福：《個體世界的困惑》，《報告文學》，1988 年第 11 期。

183. 賈永等：《中國女性大震盪》，《現代婦女》，1988 年第 11 期。

184. 楊守松：《小財主，還是資本家》，《報告文學》，1988 年第 12 期。

185. 常揚：《夾縫時代——第三次待業高峰》，《報告文學》，1988 年第 12 期。

186. 萬瑞雄等：《性病復燃面面觀》，《藍盾》，1988 年第 12 期。

187. 趙瑜：《兵敗漢城》，《文匯》，1988 年第 12 期。

188. 蔣巍等：《我問自己一千次——知識青年上山下鄉 20 週年祭》，《文匯》，1988 年第 12 期。

189. 徐剛：《中國，悲壯的事業》，《光明日報》，1989 年 1 月 31 日。

190. 錢鋼：《海葬——大清國北洋海軍成軍一百週年祭》，《解放軍文藝》，1989 年第 1 期。

191. 賈魯生：《黑話》，《報告文學》，1989 年第 1 期。

192. 吳英：《人販子與野蠻的婚姻——一個女研究生被拐賣始末》，《報告文學》，1989 年第 1 期。

193. 麥天樞：《真實是可怕的——關於〈土地與土皇帝〉的非文學風波》，《文學報》，1989 年 1 月 12 日。

194. 蘇曉康：《龍年的悲愴——關於〈河殤〉的簡記》，《文匯》，1989 年第 1 期。

195. 鄭義：《超越魯布革》，《黃河》，1989 年第 1 期。

196. 麥天樞：《挽汾河》，《山西文學》，1989 年第 1 期。

197. 肖思科：《報復在廿一世紀——中國學校「流失生」問題的思考》，《西北軍事文學》，1989 年第 1 期。

198. 白玲玲：《搖滾搖滾搖搖滾滾》，《青年文學》，1989 年第 2 期。

199. 王唯銘：《1988：「金字塔」崩潰之後——對隱秘的城市和城市人的描述》，《收穫》，1989 年第 2 期。

200. 孟祥國等：《擁擠的死亡之路——對中國吸煙問題的多角度透視》，《天鵝》，1989 年第 2 期。

201. 吳勳：《當代知識分子的神聖的崩潰》，《花城》，1989 年第 2 期。

202. 高紅：《法在龍年》，《十月》，1989 年第 2 期。

203. 周良平：《重大事故沉思錄》，《百花洲》，1989 年第 2 期。

204. 田申：《才殤》，《飛天》，1989 年第 2 期。

205. 劉忠賢：《中國水污染》，《中國環境報》，1989 年 3 月 11 日。

206. 馬立誠：《「蛇口風波」始末》，《文匯月刊》，1989 年第 3 期。

207. 長江：《1988 橫豎撇捺》，《報告文學》，1989 年第 3 期。

208. 毛福忠：《無形的落差——關於大學生「心病」的思考》，《天津文學》，1989 年第 3 期。

209. 馬役軍：《痛苦的年代——深圳 30 萬臨時工紀實》，《中國作家》，1989 年第 3 期。

210. 蔣法武：《礦工婚姻面面觀》，《清明》，1989 年第 3 期。

211. 楊馬林：《長江警報》，《百花洲》，1989 年第 3 期。

212. 胡平：《中國的眸子》，《當代》，1989 年第 3 期。

213. 杜衛東：《中國商標戰》，《文匯月刊》，1989 年第 4 期。

214. 蕭斌臣等：《牧歌與陷阱——關於中國失業問題的報告》，《報告文學》，1989 年第 4 期。

215. 李顯福：《性病——瘋狂的惡魔》，《報告文學》，1989 年第 4 期。

216. 徐海觀等：《「第三者」面面觀——經歷離婚、訴訟的婚外戀》，《雨花》，1989 年第 4 期。

217. 孟曉雲：《走出混沌——躁動的十六歲》，《十月》，1989 年第 4 期。

218. 王衛華等：《法制的沉思：周志遠現象》，《十月》，1989 年第 4 期。

219. 范家安：《中國當代民謠沉思錄》，《清明》，1989 年第 4 期。

220. 季宇：《「天堂」之門——中國涉外婚姻紀實》，《百花洲》，1989 年第 4 期。

221. 蘇曉康：《世紀末的回眸》，《文匯月刊》，1989 年第 5 期。

222. 祁有紅：《中國特異功能狂潮》，《奔流》，1989 年第 5 期。

223. 鍾健夫：《一千萬病態的靈魂》，《中國作家》，1989 年第 5 期。

224. 陳寶旗：《黑孩！黑孩！》，《中國作家》，1989 年第 5 期。

225. 葉永烈：《嚴蔚冰案件始末》，《中國作家》，1989 年第 5 期。

226. 王巍巍：《愛的裂谷——來自現代婚變的報告》，《野草》，1989 年第 5 期。

227. 徐剛：《沉淪的國土》，《人民文學》，1989 年第 6 期。

後　記

　　1988年我進入坐落於孔子故里的曲阜師範大學學習，現在想起來，彼時的大學校園充滿了激情和誘惑。各種學術報告和學術沙龍充斥著校園，以至於有的學術活動找不到室內場所只能在露天草坪進行。我興趣盎然地在各種學術活動之間穿梭，有時按捺不住內心的衝動也要發表一下自己的「高見」。思想的交鋒帶給自己的是淺薄幼稚的焦慮，於是產生了讀書求知的動力。多年以後，我成了一名高校教師，常常懷念那段時光，覺得那才是大學應有的樣子。可惜好景不長，1989年五六月份，這種「美好」就戛然而止了。一切歸於死寂，一切回歸傳統；老師噤若寒蟬，學生目光呆滯。很多人流連於球場、舞場，又有很多人忙於戀愛。總之，此後在我的記憶裏留存的，是一串無奈的省略號。

　　苦悶彷徨了很長一段時間之後，我一頭扎進圖書館，開始啃那些晦澀艱深的哲學著作，薩特的《存在與虛無》、海德格爾的《存在與時間》、弗洛伊德的《夢的解析》、榮格的《人類及其象徵》、尼采的《權力意志》等等。說句實話，現在想來是根本沒有讀懂，但當時以為讀懂了，還結合現實問題寫了不少讀書筆記。也恰在此時，讀到了那些震撼人心靈的報告文學作品：《陰陽大裂變》《神聖憂思錄》《自由備忘錄》《丐幫漂流記》《唐山大地震》等等。雖然讀得零散，但印象卻十分深刻，隱約感到那是一塊有待開掘的寶藏。多年以後進入南開大學文學院攻讀博士學位，導師李新宇先生提示這個選題，我竟然興奮得不能自己，這不就是埋藏在我心中多年的期盼嘛！

　　論文寫作過程十分順利，雖然閱讀那些卷帙浩繁的報告文學作品耗費了大量時間。這首先是因為報告文學作家們作為現代知識分子的言說內容和言說

方式令我陶醉，他們的啟蒙立場、批判精神、反思視角，常常讓我拍案叫絕。我感覺他們說出了積壓在我心底想說而沒有說出的話。其次，我要感謝導師李新宇先生。李老師多年致力於二十世紀文學思想史的研究，學養深厚，他的教誨常常令我茅塞頓開，產生思想被「打通」的喜悅。整個寫作過程是在興奮之中進行的，自然也就不覺得苦。我還要感謝南開大學喬以鋼、羅振亞、李錫龍、耿傳明等諸位先生，他們的著述言說都深深地影響著我的學術視野。何其幸也，新開湖畔，范孫樓前，能聆聽南開諸先生的教誨！

　　對於本書，我還要額外補充說明一點。由於時代之侷限，1980 年代的作家們行文中難免出現不夠嚴謹的非學術化用語。譬如「封建」一詞的使用即有頗多舛誤，「封建專制」、「封建傳統」、「封建思想」、「封建婚姻」等的誤用乃長期意識形態話語使然，本書引用時不得不遵從原文。此種情形文中牽涉多處，恕不一一注明。

陳元峰於通遼北城一號寓所

2022 年 3 月 6 日